Weitere Titel der Autorin:

Als wir Töchter waren
Als er für immer ging
Allein aus Freundschaft

Nicci Gerrard

Das Fenster nach innen

Nicci Gerrard

Das Fenster nach innen

Roman

Übersetzung aus dem Englischen
von Rita Seuß und Barbara Steckhan

Ehrenwirth

Lübbe Ehrenwirth in der
Bastei Lübbe GmbH & Co. KG

Titel der englischen Originalausgabe:
»The Winter House«

Lektorat: Regina Maria Hartig
Umschlaggestaltung: Guter Punkt, München
Einband-/Umschlagmotiv: © mauritius images/
Uppercut Independent, © gettyimages/George Marks,
© shutterstock/eldirector 77
Satz: Bosbach Kommunikation & Design GmbH,
Köln
Gesetzt aus der Adobe Caslon
Druck und Einband: Friedrich Pustet, Regensburg

Printed in Germany

ISBN 978-3-431-03812-5

5 4 3 2 1

Sie finden uns im Internet unter: www.luebbe.de
Bitte beachten Sie auch: www.lesejury.de

Dezember 2010

Für Jackie, Tim und Kate und Susanna,

Wie du sicher schon bemerkt hast, gibt es von mir zu jedem Buch, was ich dir schenke, auch eine Widmung.
Dieses Buch schenke ich dir im Zeichen der Liebe + Zusammenarbeit. In diesem Buch werden Themen angesprochen, die wir zusammen erlebt + gemeistert haben!
Zusammengearbeitet haben wir perfekt; spätestens als es um deine Weihnachtsfeier dieses Jahr ging!
Vielen Dank, dass ich das miterleben durfte!
Naja.. und auch all die anderen Schwierigkeiten haben wir mehr oder weniger gut gemeistert!
Bleib' wie du bist!!! Und nun, viel Spaß beim Lesen!

Küssle, Nina

E i n s I

Der Anruf kam Viertel vor acht, noch bevor es richtig hell war. Ein kalter Nieselregen überzog die Fensterscheiben mit einem feinen Schleier, der die Konturen der Häuser verwischte und Dächer und Bäume in ein trübes, geheimnisvolles Licht tauchte. Marnie zögerte einen Moment. Die Brotscheibe auf dem Toaster war auf einer Seite bereits geröstet, der Kaffee brodelte in der Espressomaschine, und die Zeitung lag aufgeschlagen auf dem Tisch, neben dem Teller und dem Glas Marmelade. Dies war für sie der friedlichste Moment des Tages. Sie hatte schon gejoggt und geduscht und saß nun im Morgenmantel in der Küche, frisch geschrubbt und zufrieden mit sich selbst. Sie spürte ihre Muskeln – ein angenehmes Gefühl. Es roch nach getoastetem Brot, Waschpulver und dem Basilikum in dem Topf auf dem Fensterbrett, das sie jeden Morgen goss. Eva und ihr Freund schliefen im Zimmer nebenan und würden erst viel später aufstehen. Ein neuer Tag lag vor ihr. Unwillig nahm sie den Hörer ab.

»Hallo? Hier Marnie.«

»Marnie?« Die Stimme in der knackenden Leitung ließ sich nicht sofort zuordnen, obwohl sie ihr seltsam vertraut erschien. Es war wie bei manchen Gerüchen, die eine intensive, aber schwer fassbare Erinnerung wachrufen.

»Ja, am Apparat.«

»Hier ist Oliver. Oliver Fenton.«

»Oliver?« Sie runzelte die Stirn und umklammerte den Hörer.

Der Morgen entwickelte sich anders als erwartet. »Aber … Ich meine … Was …?«

»Ich weiß, das kommt überraschend. Es ist wegen Ralph.«

»Warte mal«, sagte Marnie. »Nur einen Moment.« Sie legte behutsam den Hörer beiseite und schaltete mit zitternden Händen den Toaster aus. Das Brot war schon ganz schwarz am Rand, fast verbrannt. Sie schenkte sich eine halbe Tasse Kaffee ein und griff erneut zum Hörer, den Blick aus dem Fenster gerichtet, das sorgfältig arrangierte Tableau zum Auftakt des Tages im Rücken. In der Wohnung gegenüber aß ein Mann in Boxershorts Cornflakes direkt aus der Packung. »Entschuldige«, sagte sie. »Ich musste schnell noch … Ralph, sagst du?«

»Du musst herkommen. Zu ihm.« Olivers Stimme klang verzerrt, verschluckte Silben, als müsse er gegen einen starken Wind anschreien.

»Herkommen. Zu ihm«, wiederholte sie, wie vor den Kopf gestoßen. »Das verstehe ich nicht.«

»Er liegt im Sterben.« Draußen ging eine junge Frau in einer Hose im modischen Military-Look vorbei, einen Styroporbecher mit Kaffee in der Hand. Marnie sah hinunter auf den geraden hellen Scheitel in ihrem glänzend schwarzen, hinten zusammengebundenen Haar. Die Frau bewegte sich anmutig wie eine Tänzerin.

»Marnie?«

»Ja, ich bin noch da.«

»Tut mir leid.«

»Ich versteh dich nur ganz schlecht.«

»Ich sagte, er liegt im Sterben. Und er möchte dich gern sehen.«

»Aber ich …«

»Er ist in seinem Cottage in Schottland. Ich habe einen Flug für dich gebucht, zum nächsten Flughafen, neunzig Kilometer entfernt.«

»Moment … Ich kann doch nicht einfach …«

»Das Flugzeug geht heute Nachmittag um zwanzig nach drei. Von Stansted. Du brauchst nur deinen Pass vorzuzeigen.«

»Ich muss heute zur Arbeit.«

»Es wird dich jemand abholen.« Oliver redete weiter, als hätte sie gar nichts gesagt.

»Die Verbindung ist sehr schlecht.«

»Ich sagte: Jemand wird dich abholen. Okay?«

»Oliver, warte! Du musst mir sagen … Ich meine: *Wieso?*«

»Ich schaff's nicht allein«, sagte er. Zumindest glaubte sie, das gehört zu haben. Es knisterte in der Leitung.

»Warte!« Jetzt hörte sie nur noch ein Rauschen, und sie erschauderte, als hätte der kalte Atem des Windes ihre Haut gestreift. »Für wie lange?«, schrie sie in den Hörer. »Hallo? Oliver? Bist du noch da? Hörst du mich? Verdammt.«

Stirnrunzelnd legte sie auf. Ihre Hände zitterten jetzt nicht mehr, aber sie fröstelte und fühlte sich merkwürdig gelähmt. Der Kaffee war lauwarm und schmeckte so bitter, dass sie ihn in den Ausguss kippte. Das verbrannte Toastbrot warf sie in den Abfalleimer. Die Marmelade stellte sie in den Schrank zurück und faltete die Zeitung so, dass die Schlagzeile (»Familie stirbt in Flammeninferno«) nicht mehr zu lesen war. Dann setzte sie sich an den Tisch, stützte den Kopf in die Hände und schloss die Augen. Sie versuchte nachzudenken, aber ihr Kopf war leer, keine Gedanken, keine Bilder, nur eine Stimme in der Dunkelheit, die ständig wiederholte: »Ralph … Er liegt im Sterben …« Worte, die keinen Sinn ergaben.

Als sie den Kopf hob, kam ihr das Zimmer so fremd vor, als hätte sie es bereits verlassen, als wäre es Teil ihrer Vergangenheit wie eine Geschichte, die längst vorbei war. Ein kleiner, hell erleuchteter Raum. Vier Stühle um einen Holztisch, den sie vom Sperrmüll gerettet und abgeschliffen hatte. Gut gefüllte Vorratsschränke, Regale mit Küchenkräutern, an der Wand ein Kalender mit dem Monat Dezember und dem Foto eines Baums, der seine kahlen Äste in eine leere Winterlandschaft reckt. An der Tür ein kleines Whiteboard, darauf mit rotem Stift die Einkaufsliste: Milch, Mülltüten, Telefonkarten, Geburtstagskarten für Claire, Martin und Anna. Die Küche war gemütlich und zugleich funktional wie die Kajüte eines großen Linienschiffs. Abends, wenn Marnie von der Arbeit nach Hause zurückkehrte, schaute sie stets zu dem erleuchteten Fenster hinauf, und dann schien ihre Wohnung dort oben in einem Meer von Dunkelheit zu schwimmen.

Vielleicht sollte sie den Anruf einfach ignorieren und so tun, als habe es ihn nie gegeben. Dadurch könnte ihr Leben im selben Takt weitergehen, in dem gleichmäßigen Rhythmus, der sie in den letzten Monaten getröstet hatte. Während sie noch mit diesem Gedanken spielte, traf sie jedoch bereits die ersten Vorbereitungen. Sie goss sich eine zweite Tasse Kaffee ein, erwärmte sie in der Mikrowelle und überlegte, was sie unbedingt noch erledigen musste; vorsichtig, um bloß nicht einzubrechen und in die gefährliche Tiefe gezogen zu werden, glitt sie im Geist über die Eisfläche der neuen Gegebenheiten. Sie musste ein paar Anziehsachen einpacken. In Schottland war es im Dezember ziemlich kalt. Also Wanderschuhe und dicke Pullis, Handschuhe und Thermo-Socken. Das Zwiebelprinzip, Kleidungsstücke zum Übereinandertragen, hatte ihre Mutter ihr stets empfohlen, wenn Marnie sich ans Kofferpacken machte, was sie fast ihr ganzes Leben lang getan hatte – so kam es Marnie zumindest vor. Ralph liegt im Sterben, hatte Oliver gesagt. Aber das konnte einfach nicht wahr sein, es war vollkommen unmöglich. Sie durfte ihren Reisepass nicht vergessen, obwohl es nur ein Inlandsflug war. Ein paar Bücher. Ihr Notizheft. Leichtes Gepäck. Wie lange würde sie überhaupt bleiben? Einen Tag? Zwei? Oder länger? Ralphs Gesicht flackerte vor ihrem inneren Auge auf, so voller Leben und jugendlichem Elan, mit unendlich viel Zeit, die noch vor ihm lag; er lächelte sie an, während sie verwirrt in ihrer Küche saß. Und plötzlich stieg eine entsetzliche Panik in ihr auf. Er durfte nicht sterben!

Er durfte noch nicht gehen. Tampons, Zahnbürste, Make-up, Migränetabletten. Sie hatte nicht einmal gefragt, was passiert war. War er von einem Auto überfahren worden? Oder hatte er einen Schlaganfall, sodass sein lebhaftes Gesicht jetzt ganz gelähmt war oder einseitig schief? Ob sie ihn überhaupt wiedererkennen würde?

Acht Uhr. Seit Olivers Anruf waren nicht mehr als fünfzehn Minuten verstrichen. Sie musste Elaine Bescheid geben, dass sie ein paar Tage nicht zur Arbeit kommen würde. Elaine würde nicht gerade begeistert sein. Marnie arbeitete in einem Marionettenmuseum in Soho, nur wenige Minuten von ihrer Wohnung entfernt, und Elaine war die Besitzerin des Museums. Eine kleine, dicke Amerikanerin undefinierbaren Alters, die mit ihren Katzen in Chichester lebte, in senfgelben Leggings und kratzigen Wollpullis herumlief, ihr oft prall gefülltes Portemonnaie in einer Plastiktüte bei sich trug und mit Hochgeschwindigkeit redete. Eine intelligente Person und offensichtlich stinkreich, auch wenn es Marnie ein Rätsel war, woher sie das Geld hatte. Das Museum, viel zu klein, dunkel, staubig und skurril, um diesen Namen zu verdienen, war eines von Elaines Hobbys, die sie nach gelegentlich aufflackernden Anfällen von Begeisterung und beträchtlichem finanziellem Aufwand wieder vernachlässigte. Sie erwartete nicht, damit Geld zu verdienen, und sie verdiente auch keines. Das Museum lag versteckt in einer kleinen Seitenstraße. Elaine machte keine Werbung dafür, und daher wusste kaum jemand, dass es überhaupt existierte. Oft erschien den ganzen Tag über kein einziger Besucher; Marnie verbrachte dann die Zeit damit, die zum Verkauf angebotenen Artikel neu zu arrangieren, die Exponate abzustauben, Fenster zu putzen und sich Kaffee zu kochen. Manchmal stahl sie sich für eine halbe Stunde davon, drehte das »Geöffnet«-Schild auf »Geschlossen« und bummelte durch Soho. Die Sexshops mit den Lederkorsetts und all den bizarren Hilfsmitteln der Lust ließ sie links liegen; stattdessen schlenderte sie durch Läden mit indischen Hochzeitsschals oder durch Antiquariate mit abgegriffenen Kupferstichbänden.

Trotzdem legte Elaine Wert darauf, dass Marnie zwischen halb zehn und achtzehn Uhr im Museum blieb, außer mittwochs und sonntags, den Ruhetagen. Dann konnte man es für Veranstaltungen und Feste mieten, aber seit Marnie hier arbeitete, hatte das noch nie jemand getan. Die Räume waren viel zu klein, die Treppe zu schmal, es gab keine Küche und nur eine enge Toilette, eingeklemmt zwischen sizilianischen Marionetten und Regalen mit winzigen Fingerpuppen.

Marnie wählte die Nummer, und schon nach dem ersten Klingelton hob Elaine ab.

»Hallo.«

»Elaine, ich bin's, Marnie. Ich habe Sie hoffentlich nicht geweckt.«

»Unsinn, es ist doch schon nach acht. Was glauben Sie, wann ich aufstehe?«

»Ich habe ein Problem. Ich muss mir ein paar Tage frei nehmen.«

»Sind Sie krank?«

»Nein, ich nicht. Aber ein Freund von mir.« Sie zögerte. »Ein guter Freund. Ich muss nach Schottland.«

»Wann?«

»Heute noch.«

»Oh!« Elaine stieß einen leisen, unwilligen Seufzer aus. Marnie hörte, wie sie mit ihren Stummelfingern auf eine Tischplatte trommelte. »Tja, was sein muss, muss sein. Dann werde ich eben eine Vertretung für Sie finden müssen. Das Museum kann ja nicht einfach geschlossen bleiben.«

»Ich wüsste jemanden, der für mich einspringen könnte. Sie ist noch jung, nicht mal zwanzig, aber sie ist ...« – Marnie zögerte kurz – »... verantwortungsbewusst. Und sie kennt das Museum. Ich habe sie schon öfter mal mitgenommen. Es gefällt ihr.«

»Und wer ist diese Perle?«

»Eva. Meine … Ähm … Meine Nichte. So was in der Art.«

Das erschien ihr einfacher, als zu sagen, dass Eva ihre Ex-Stieftochter war.

»Ich wusste gar nicht, dass Sie Geschwister haben.«

»Hab ich auch nicht. Ach, es ist kompliziert.«

»Und diese Eva, wann könnte sie anfangen?«

»Sofort. Sie wohnt bei mir. Ich könnte ihr also schnell noch alles zeigen, bevor ich aufbreche.«

»Hm. Verantwortungsbewusst, sagen Sie?«

Diesmal schob Marnie die Bedenken beiseite und gab sich entschiedener. »Ja.«

»Haben Sie sie schon gefragt?«

»Ich dachte, ich frage erst mal Sie. Aber sie ist ganz bestimmt einverstanden. Sie sucht nämlich Arbeit.«

Auch das stimmte nicht ganz. Eva hatte in den vergangenen zehn Tagen angefangen, sich über eine Arbeit Gedanken zu machen, oder vielmehr den Vorsatz gefasst, darüber nachzudenken.

»Also gut. Wenn Sie sich für sie verbürgen.«

»Das tue ich.«

»Und … Marnie …«

»Ja?«

»Ihr Freund … Hoffentlich geht es ihm bald wieder besser.«

»Danke.« Für einen Moment wurde Marnie bewusst, was sie da eigentlich vorhatte, und ihr stockte der Atem, obwohl sie nicht nur Angst verspürte, sondern auch eine geheimnisvolle, prickelnde Erregung. Es gab Augenblicke im Leben, da schwanden alle Gewissheiten und man stand ganz allein vor dem Abgrund des Zweifels. Sie streckte eine Hand aus, um den Tisch zu berühren, und drückte ihre nackten Zehen auf den Fliesenboden. Sie wollte noch etwas hinzufügen, aber das Einzige, was ihr in den Sinn kam, war: »Er heißt Ralph.« Als sie den Namen laut aussprach, wurde sein Bild schärfer. Wann hatte sie zum letzten Mal seinen Namen gesagt?

Elaine wechselte wieder in ihren gewohnten forschen Tonfall.

»Gut. Und geben Sie dieser Eva meine Telefonnummer, für alle Fälle.«

»Natürlich. Danke, Elaine.«

»Alles Gute!«

»Danke. Ihnen auch.«

Marnie kochte noch eine Kanne Kaffee, diesmal besonders starken. Sie machte Milch warm und goss sie mit dem Kaffee in zwei Becher. In einen davon gab sie einen Teelöffel Zucker. Die beiden Becher in einer Hand, klopfte sie an Evas Tür. Sie wartete. Klopfte erneut.

»Hm?«

»Eva?« Sie versuchte die Tür mit dem Fuß aufzustoßen, aber die öffnete sich nur einen Spaltbreit. Irgendetwas lag im Weg. »Guten Morgen.«

»Wie spät?«

»Ich bring Kaffee für euch zwei.«

Marnie zwängte sich durch den Türspalt, stieg über Berge verstreuter Kleidung und trat auf Gegenstände, die unter ihren Füßen knirschten – eine CD-Hülle, ein Handy, eine Brieftasche –, bis sie am Futonbett angelangt war, in dem Eva und ihr Freund Gregor schliefen. Sie konnte Gregors braunen Lockenkopf ausmachen, ein blinzelndes Auge, eine herunterhängende Hand, deren Finger den zugemüllten Teppich berührten, während Eva unsichtbar war. Sie hatte sich ein paillettenbestickes Kissen, das Marnie vor vielen Jahren genäht hatte, vollständig über den Kopf gezogen und sich in die Bettdecke gewickelt. Nur drei dunkellila lackierte Zehen lugten darunter hervor. Und da war noch jemand im Zimmer. Er lag auf dem Fußboden, mit Boxershorts und nur einem Socken bekleidet; ein T-Shirt von Eva bedeckte sein Gesicht. Durch das T-Shirt drang sporadisch ein Pfeifen, und die haarlose Brust hob und senkte sich in friedlichem Schlummer.

Die Vorhänge waren zugezogen, und in der Luft lag ein

säuerlicher Geruch, durchsetzt von Tabak und Parfüm. Marnie rümpfte die Nase. Bevor Eva bei ihr aufgekreuzt war, war das ihr kleines Atelier gewesen. Sie hatte alle ihre Utensilien und Materialien in Schuhschachteln und großen Tüten unter ihrem Bett und auf dem Kleiderschrank verstaut. Dafür lagen jetzt Evas und Gregors Sachen im Zimmer verstreut wie Saatgut auf dem Feld. Es war ein mathematisches Rätsel, wie die beiden mit ihren wenigen Habseligkeiten so viel Unordnung zustande brachten.

»Ich hätte dich nicht geweckt, wenn ich nicht in einer Notlage wäre.«

Unter dem Kissen ein Geräusch wie eine Frage. Gregors Finger schlossen sich zur Faust, die unter die Decke zurückgezogen wurde. Er stieß einen gequälten Seufzer aus. Der Junge am Boden drehte sich auf die andere Seite.

»Ich habe Arbeit für dich, Eva, hörst du?«

»Arbeit?«

»Ja. Du hast doch gesagt, du suchst einen Job. Ich habe einen.«

»Ich bin im Winterschlaf.«

»Eva, ich stelle zwei Becher Kaffee hier auf den Boden. Ich wusste nicht, dass ihr einen Gast habt. Pass auf, dass sie nicht umkippen! Ach, hier sind meine Kaffeebecher alle geblieben. In einigen wächst ja schon der Schimmel. Hör zu, Eva, ich muss für ein paar Tage verreisen.«

Evas Kopf kam unter dem Kissen hervor und drehte sich in Marnies Richtung. Ihre Augen waren immer noch fest geschlossen.

»Wann?«

»Heute. In wenigen Stunden. Du wirst mich vertreten.«

Evas Augen öffneten sich einen Spaltbreit.

»Ach ja?«

»Ja.«

»In deinem Museum?«

»Genau.«

»Oh.«

Die Augen schlossen sich erneut.

»Schlaf bloß nicht wieder ein, Eva! Ich mach jetzt das Licht an, okay? In einer halben Stunde gehen wir zusammen los. Ich zeige dir alles, und du bleibst dann gleich dort.«

»In einer halben Stunde!«

»Ja. Bitte, Eva! Es ist wichtig.«

»Warum?«

»Weil ich losmuss, bevor …«

»Nein.« Eva setzte sich auf und strich sich eine Haarsträhne aus dem Gesicht. »Wohin musst du denn?«

»Das sage ich dir, wenn du aufgestanden und angezogen bist.«

»Marnie!«

»Zehn Minuten. Ich mach dir inzwischen was zu essen.«

»Okay.«

»Trink deinen Kaffee, bevor er kalt wird!«

»Ja, ja.«

Marnie schloss die Zimmertür hinter sich. Sie zog einen schwarzen Kordrock an, ein dünnes T-Shirt, einen hellgrauen Pulli mit V-Ausschnitt und alte schwarze Stiefel. Dann holte sie ihre Reisetasche aus dem Schrank. Der Gepäckabschnitt vom letzten Flug klebte noch am Griff, und in einer Seitentasche fand sie ein kleines Deospray und eine Haarbürste. Sie warf Slips, BHs, mehrere Paar Socken und Kosmetiksachen hinein. Ohne groß nachzudenken, nahm sie eine Jeans aus dem Schrank, drei Blusen und einen weiteren Pulli. Ihren Morgenmantel, den sie gerade ausgezogen hatte, packte sie ebenfalls ein. Was noch? Shampoo, Zahnbürste. Ihren Reisepass, der erst in sechs Jahren ablief. Vor vier Jahren hatte sie sehr viel jünger ausgesehen. Ihre Gesichtszüge waren weicher gewesen. Sie nahm ihren grauen Mantel mit Gürtel aus dem Schrank und warf ihn auf die Reisetasche.

Im Vorbeigehen klopfte sie noch einmal an Evas Tür, dann schob sie zwei Panini in den Ofen. Ein Panino mit Marmite-

Aufstrich und geriebenem Käse war derzeit Evas Lieblingsfrühstück (davor waren es Zimt-Bagel gewesen). Sie war eine schlanke junge Frau mit schmalen, fast zerbrechlich wirkenden Hand- und Fußgelenken, schmal auch im Gesicht, an Hüften und in der Schulter. Aber am Ende eines anstrengenden Tages aß sie wie ein Scheunendrescher. Unerklärlich, wohin sie das alles steckte. Sie trieb kaum Sport und war faul wie eine Katze, die sich in der Sonne räkelt. Eva und ihre jüngere Schwester Luisa waren wahrscheinlich der Hauptgrund gewesen, warum Marnie so lange mit Fabio, dem Vater der beiden, zusammengeblieben war. Vielleicht waren die Mädchen sogar der Grund, aus dem sie sich überhaupt erst in ihn verliebt hatte. Dies und die Sehnsucht nach einem eigenen Kind, die in ihrem gesamten Körper brannte. Als sie die Mädchen kennenlernte, waren sie neun und sieben Jahre alt: feingliedrige Mädchen mit dunklen Augen und Strubbelkopf, die eineinhalb Jahre zuvor die Mutter verloren hatten und nach Liebe hungerten. Jedes auf seine Art so hilflos, dass Marnie geradezu überwältigt war von einem mütterlichen Beschützerinstinkt, den sie nie ganz abgelegt, sondern nur zu kaschieren gelernt hatte. Luisa, ein sanftes, rührend schüchternes Wesen, hatte sofort Vertrauen zu ihr gefasst. Sie war zu Marnie und Fabio ins Bett geklettert und hatte auf dem morgendlichen Weg in die Schule ihre Hand in Marnies Hand geschoben. Sie hatte sich von Marnie das widerspenstige Haar zu Zöpfen flechten lassen und mit ihr zusammen etwas zum Anziehen ausgesucht. Eva dagegen hatte Marnie zunächst ignoriert, sich dann in Fabios Gegenwart über sie lustig gemacht und Marnies Geduld mit Provokationen auf die Probe gestellt. Sie hatte nach Marnie geschlagen, ihr einmal sogar ins Gesicht gespuckt und sie angefaucht wie eine wilde Katze, bevor sie sie endlich in einem Strom von Tränen akzeptierte.

Marnie hatte die beiden Mädchen durch die schwierigen Jahre der Pubertät begleitet. Sie hatte ihnen über Liebeskummer, die einsetzende Menstruation, Schulprüfungen, die ersten Freundschaften mit Jungs und den ersten Kater nach einer durchzechten Nacht hinweggeholfen. Sie hatte ihnen gezeigt, wie man englische und italienische Gerichte kocht, wie man mit Öl- und Aquarellfarben malt, wie man näht, stickt, zerbrochenes Geschirr und Steckdosen repariert. Und die Mädchen hatten ihr Florenz, Siena und Pisa gezeigt und Marnies italienische Grammatik verbessert. Marnie hatte mit ihnen Segeltouren unternommen wie früher ihre eigene Mutter mit ihr. Die Mädchen lachten, wenn ihnen die salzige Gischt ins Gesicht spritzte, und wenn sich das kleine Boot in den Wellen aufbäumte, lächelten beide auf dieselbe Weise. Damals hatte Marnie sich vorgenommen, diese Momente des Glücks niemals zu vergessen. Sie hatte die beiden getröstet, wenn sie weinten, mit ihnen gekichert und herumgealbert. Das gewünschte eigene Kind mit Fabio hatte sie nie bekommen, und erst ganz allmählich – wie im Nebel, der sich langsam lichtet – erkannte sie, dass Fabio außer ihr noch andere Frauen hatte, mit denen er gleichfalls keine Kinder bekam. Die überschwängliche, reumütige Zärtlichkeit, mit der er nach jedem Abenteuer wieder zu ihr zurückgekehrt war, hätte schon viel früher ihren Verdacht erregen müssen. Ihn zu verlassen war ihr leichtgefallen, die Mädchen zu verlassen hingegen war die schwerste Entscheidung ihres Lebens gewesen. Als es so weit war, hatten die beiden allerdings gerade begonnen, sich von zu Hause abzunabeln. Dann, vor wenigen Wochen, war Eva plötzlich mit einer kleinen Tasche und einem großen, zerzausten polnischen Freund hier aufgetaucht. Sie würde gern eine Weile bleiben, hatte sie lässig erklärt, und sich nach einer Arbeit umsehen, bevor sie auf die Reise gehen wolle. Das sei doch kein Problem? Und Marnie, die ihre Freude und Dankbarkeit hinter einer ebenso beiläufigen Miene verborgen hatte, hatte geantwortet, das gehe schon klar. Eva könne bleiben, solange sie wolle.

Jetzt rieb sie Käse über die Panini, schob sie in den Toaster und rief durch die Küchentür hinaus:

»Eva! Jetzt komm endlich!«

»Nur eine Minute.«

»Du hattest schon fünfzehn.«

Als Eva schließlich auf hochhackigen Schuhen in die Küche stakste, trug sie einen kurzen grünen Glockenrock, gemusterte Strümpfe, eine orangerote langärmelige Bluse – halb aufgeknöpft, sodass das pinkfarbene Top darunter hervorschaute –, eine Halskette, glitzernde Armreife und klimpernde Ohrringe. Dazu ein Nasenpiercing. Ihre Fingernägel waren zinnoberrot lackiert, die Augenlider türkis geschminkt, die Wimpern dunkelblau getuscht, und ihre Lippen glänzten in einem satten Rot.

»Ach, du meine Güte!«, sagte Marnie in einem Anflug von Heiterkeit trotz des Anrufs von vorhin. »Da tun einem ja die Augen weh.«

»Ich dachte, es wäre gut, wenn ich mich ein bisschen zurechtmache.« Eva sprach fließend Englisch, obwohl ihre Intonation immer noch klang wie ein melodisches Maschinengewehr.

»Wer ist der junge Mann, der auf dem Boden in deinem Zimmer liegt?«

»Ach, ich weiß nicht mehr«, sagte Eva vage. »Obwohl er mir gesagt hat, wie er heißt. Wir haben ihn gestern Abend kennengelernt. Er hat seinen Zug nach Hause verpasst. Ist das für mich?«

Eva biss mit herzhaftem Appetit in das Panino, dessen geschmolzener Käse lange Fäden zog. Auf ihrem Schlüsselbeinknochen prangte eine gemalte kleine Spirale – oder war es ein Tattoo?

»Du siehst aus wie eine Warnblinkleuchte. Aber zum Glück ist es im Museum dunkel, das dämpft die Farben. Außerdem wird ohnehin kein Besucher kommen, der sich abgeschreckt fühlen könnte. An manchen Tagen ist es sehr ruhig.«

Eva setzte sich auf einen Stuhl.

»Und jetzt erzähl! Wohin musst du, so ganz in Schwarz und Grau wie eine Nonne?«

»Einen kranken Freund besuchen.«

»Einen Freund?«

»Jemand, den ich von früher kenne.«

»Länger als Dad?«

»Viel länger.«

»Mysteriös. Wie krank ist er denn?«

Marnie antwortete nicht. Trotz Evas Besorgnis fand sie die richtigen Worte nicht. Sie schluckte, biss sich auf die Lippen und starrte aus dem Fenster. In dem stärker werdenden Regen eilten drei junge Frauen vorbei; dann eine Politesse mit gesenktem Kopf; ein Vater mit Kind, das einen bunten Schal um den Hals trug und eine Pudelmütze, die bis an die Augenbrauen in die Stirn gezogen war.

»Ist es so schlimm?«, fragte Eva. »Oje, oje.« Sie hatte etwas Mütterliches an sich. Tröstende Worte murmelnd, strich sie Marnie mit ihrer kleinen, beringten Hand über die Schulter.

»Ich weiß nicht, wann ich wieder da bin, aber ich bleibe nicht lange. Vielleicht ein paar Tage. Vielleicht bin ich auch schon morgen wieder zurück. Ich rufe dich an. Wirst du zurechtkommen?«

»Natürlich komme ich zurecht.«

»Und du wirst …?«

»… die Wohnung pfleglich behandeln und nachts nicht zu viel Krach machen und darauf achten, dass bei deiner Arbeit alles glattläuft. Leihst du mir deine pinkfarbene Wolljacke?«

»Ja«, sagte Marnie. »Ich rechne fest damit, dass du meinen Kleiderschrank plünderst. Das gibt mir das Gefühl, immer noch deine Stiefmutter zu sein.«

»Du wirst immer meine Stiefmutter bleiben. Meine zweite Mutter.«

»Dann ist es ja gut. Wir müssen los.«

Aber sie zögerte noch. Dann nahm sie einen etwas schief getöpferten, gestreiften Keramikbecher von der Anrichte sowie ein Gläschen Muskatnüsse und ein Glas Honig vom örtlichen

Imker aus dem Vorratsschrank. Eva verfolgte alle ihre Bewegungen genau, stellte aber keine Fragen.

Das Museum war von Dickens'scher Enge, aber gerade das hatte für Elaine seinerzeit wahrscheinlich den Ausschlag gegeben. Sie war ganz angetan von diesem kuriosen, typisch englischen Touch, frei von jeglichem Komfort, den verzogenen Jalousien und dem engen Treppenaufgang. Wenn sich jemand den Kopf an den Deckenbalken stieß, war sie jedes Mal entzückt. Bei ihr selbst bestand diese Gefahr nicht, denn sie war viel zu klein. Das schmale dreistöckige Haus lag eingekeilt zwischen einem Bürogebäude aus den sechziger Jahren und einem heruntergekommenen Mietshaus. Nach hinten ging es auf einen winzigen Innenhof, den Marnie von dem Krempel befreit hatte, der sich dort angesammelt hatte (ein kaputtes Kinderdreirad, ein Haufen Dachziegel, Dosen mit eingetrockneter Farbe, eine morsche Tür). Sie hatte vor, den Hof mit Stauden in Kübeln zu verschönern und vielleicht sogar einen Apfelbaum zu pflanzen. Sie würde ein Vogelhäuschen kaufen. In einer Ecke des Hofs hatte sie sogar einen Komposthaufen angelegt, wo sie den Satz des Besucherkaffees, Teebeutel und Orangenschalen entsorgte. Von dem Zwang, sich eine wohnliche Atmosphäre zu schaffen, hatte Marnie sich noch nie befreien können. Selbst wenn sie nur eine Nacht in einem anonymen Hotelzimmer verbrachte, räumte sie stets ihre Sachen aus der Reisetasche in die Schubfächer und legte Zahnbürste, Haarbürste, Gesichtscreme und Shampoo so zurecht, als bliebe sie länger. Ralph hatte sie immer damit aufgezogen und eine »Glucke« genannt. Dünn und unordentlich, wie er war, hatte er sich zu ihren Füßen gelegt und gesagt, sie solle sich bloß nicht einfallen lassen, ihn ebenfalls zu entsorgen.

»Die Glühbirnen gehen ständig kaputt«, sagte Marnie und sperrte die Tür auf. »Im Schrank sind neue.« Sie schaltete das Licht ein, und sofort erwachten die von den Deckenbalken hängenden und auf den Regalen sitzenden Marionetten zum Leben. An die unheimliche Wirkung der zahlreichen Puppen, die sie aus gemalten Augen beobachteten, die schief grinsenden Münder halb aufgerissen, mit spindeldürren, hängenden Armen und eingeknickten Beinen, hatte sie sich nie ganz gewöhnen können. Dabei waren sie ihr längst vertraut. Marnie kannte ihre Namen, ihr Alter (einige waren ein paar hundert Jahre alt), ihre Herkunft. Sie konnte den Besuchern erklären, welche der Marionetten aus Sizilien stammten, welche aus Indonesien und welche von hier. Viele Kostüme hatte sie selbst restauriert. Den japanischen Seidenkimono zum Beispiel hatte sie am Rücken wieder zusammengesteppt, für einen der alten hölzernen Krieger im hintersten Raum hatte sie ein neues Schwert und für die Kurtisane aus Hickory-Holz mit den zinnoberrot bemalten Wangen einen Fächer gebastelt. Bei dem großen, abgewetzten Drachen am Eingang, den die Kinder so liebten, hatte sie die Nähte ausgebessert und Rolands Rüstung auf Hochglanz poliert. Manchmal, wenn sie allein war, nahm sie eine Marionette herunter und bewegte sie über den Fußboden. Die rautenförmigen Füße trommelten auf die Dielen, die Arme gingen ruckartig nach oben, als wollten sie Schläge abwehren. Einige Puppen, so die siebzig Zentimeter große Prinzessin aus Birma, waren aufwändig geschmückt, andere, vor allem die im oberen Stock, waren einfache Handpuppen. Unter ihnen *topsy-turvy dolls*, die zwei Gesichter hatten, eines oben, das andere unten, und einige, die sie an die Puppe aus Pappmaché erinnerten, die sie in der Schule gemacht hatte, indem sie Zeitungsschnitzel in Wasser und Klebstoff eingeweicht und über eine grobe Form aus Knetmasse modelliert hatte. Es gab unbewegliche Figuren an Führungsstäben und andere, die die Bezeichnung Marionette letztlich nicht verdienten. Ihr Lieblingsstück war ein kleiner Hund mit flacher Schnauze und konturlosem Kopf aus Papua-Neuguinea, dessen brüchiger, beinloser Rumpf aus Baumrinde gestaltet war.

Marnie drehte die Heizung auf, legte Stapel mit Broschüren

und Postkarten auf die Besuchertheke, zeigte Eva, wo Kaffee und Tee waren und wie die Kasse bedient wurde. Man konnte hier für wenig Geld Marionetten kaufen: Tiere mit lustigen Gesichtern, schnurrbärtige Schurken, Könige mit Kronen, Harlekine mit überrascht hochgezogenen Augenbrauen und sogar ein aufklappbares, leuchtend buntes Miniaturtheater mit winzigen Pappfiguren, die man bemalen und an Führungsstäben bewegen konnte. Als Kind wäre Marnie begeistert gewesen, und jedes Mal, wenn sie eine Marionette verkaufte, schwelgte sie in nostalgischer Wehmut.

»Glaubst du«, sagte Eva und fuhr prüfend mit dem Zeigefinger über das Regal mit den Pappmasken, »glaubst du, dass du und Dad jemals wieder …?«

»Nein.«

»Das ist aber sehr … Wie sagt man?«

»Unmissverständlich?«

»Das habe ich, glaube ich, nicht gemeint. Du hättest uns nicht verlassen dürfen.«

»Ich habe nicht euch verlassen, sondern ihn. Außerdem hatte er sich innerlich schon längst von mir verabschiedet, als ich gegangen bin. Du weißt, wie es war. Aber jetzt ist wirklich nicht der richtige Moment, um darüber zu reden.«

»Ich weiß. Ich fange immer an zu reden, wenn der andere gerade im Aufbruch ist. Eine schlechte Angewohnheit. Keine Ahnung, woher das kommt.«

»Eva, ich muss jetzt wirklich los. Meinst du, du wirst das hier schaffen?«

»Mach dir keine Sorgen! Vergiss nicht, ich bin inzwischen erwachsen.«

»Und Gregor, wird er …«

»Ob er bleibt? Ja. Das hast du schon mal gefragt. Aber er wird sich zu benehmen wissen, okay? Wir werden uns beide zu benehmen wissen. Wir werden weder deine Weinvorräte plündern, noch das Mobiliar kurz und klein schlagen.«

»Dann geh ich jetzt also.«

»Ja, gut.« Eva kniff die Augen zusammen. »Musst du nicht ein Flugzeug erwischen?«

»Ja.«

Marnie streckte die Hand aus und zupfte ein imaginäres Haar von Evas Schulter, nur weil sie sie berühren und den vertrauten Geruch einatmen wollte – nach Nikotin, gemischt mit den Aromen von Kamille und Zitrone, ein frischer, sauberer Duft. Sie umarmten sich. Evas weiches schwarzes Haar streifte Marnies Hals, und ihr warmer Atem strich wie frisches Gras über ihre Wange.

»Viel Glück«, sagte Eva zum Abschied.

Als das Flugzeug abhob, lehnte Marnie den Kopf an das verschmierte Oval der Fensterscheibe. Ihre Stirn vibrierte sanft im Einklang mit den Motoren. Der Himmel war verhangen und grau. Sie erhaschte einen kurzen Blick auf Häuser und Hügel und die sich dahinschlängelnde Themse. Irgendwo da unten ging der Tag weiter, allerdings ohne sie. Eva war jetzt in dem dunklen Museum, trommelte mit den lackierten Fingernägeln gelangweilt auf den Tisch oder lächelte mit ihrem vollen, rot geschminkten Mund den Besuchern zu. Währenddessen saß der schweigsame, blasse, kräftige Gregor in ihrer Wohnung, wo es nach Bier und Tabak und polnischem Essen roch. Ihre Mutter lag unter einem kleinen Flecken Erde, auf die ein winterlicher Nieselregen fiel. Wie die beiden anderen, die allerdings vor so langer Zeit gestorben waren, dass ihre Gräber bereits abgeflacht und mit Gras überwuchert waren, eins davon so klein, dass es für das menschliche Auge kaum sichtbar war. Und dann war da noch David, obwohl Marnie versuchte, nicht an ihn zu denken und die Erinnerung an ihn in die trüben Tiefen ihres Unterbewusstseins zu verbannen. Dort regte sie sich nur gelegentlich und schickte dunkle Wolken empor, in denen Marnie keinerlei Gestalt, sondern nur eine vage Bedrohung erkennen konnte. Vor ihr lag die Begegnung mit Ralph und Oliver. Ihre Vergangenheit hatte sich in die Zukunft katapultiert und wartete dort auf sie. Nach Monaten der friedlichen Untätigkeit, einer Zeit der Heilung und allmählichen Bewältigung, befand sie sich nun erneut auf einer Reise. Und obwohl sie auf dieser Reise Abschied nehmen musste, spürte sie eine kribbelnde Erregung. Etwas war in Gang gekommen; das Leben verschob sich unter ihren Füßen.

2 Zwei

Sie war in einer anderen Welt gelandet. Hier herrschte ein Winter, der London noch nicht erreicht hatte und wahrscheinlich nie erreichen würde, jedenfalls nicht in dieser Strenge. Als sie aus dem Flugzeug stieg, schlug ihr schneidend kalte Luft entgegen, sodass die Nase zu schmerzen und die Fingerspitzen zu pochen begannen und sie Kinn und Mund mit dem Schal bedeckte. Die Sonne war bereits hinter dem Horizont verschwunden, und der Mond schwebte als schiefe Sichel über der bereiften Landschaft, obwohl der Nachmittag noch nicht fortgeschritten war. Beiderseits der Landebahn erstreckten sich Felder. Auf einer Wiese grasten Pferde, vom Fluglärm offenbar nicht beeinträchtigt. Ein anderes Feld war gepflügt und wirkte im Zwielicht der Dämmerung wie ein mit Eisschollen bedecktes Meer. Dahinter zeichneten Kiefern und Birken ihre Umrisse in den Himmel. Marnies abgetragene Stiefel rutschten auf dem spiegelglatten Asphalt.

Das Flughafengebäude glich einer Baracke. In der Ankunftshalle wurde das Gepäck bereits auf ein ruckartig anspringendes Laufband geladen. Eine quietschende Tür führte in die von einer nackten Glühbirne beleuchtete Toilette. Marnie betrachtete ihr Gesicht im Spiegel, aber nicht aus Eitelkeit oder Besorgnis, sondern um sich ihr Aussehen in Erinnerung zu rufen. Sie rechnete beinahe damit, dass ihr das Gesicht einer Fremden entgegenstarren würde – oder das Gesicht der jüngeren Marnie, die Ralph damals gekannt hatte. Aber nein, das war zweifellos sie: mit Krähenfüßen in den Augenwinkeln, den ersten feinen Kerben oberhalb der Lippe, schwachen Falten zwischen Nasenwurzel und Mundwinkeln, mit dem Haar, das mit den Jahren dunkler geworden war, und ihren – von jeher – ruhigen Augen. Ihr Herz schlug langsam und gleichmäßig, ihre Hände zitterten nicht. Sie hatte einen klaren Kopf, auch wenn sie sich dem Geschehen seltsam entrückt fühlte. Sie beugte sich vor, bis sie die Flecken in ihrer Iris und die kaum sichtbare Äderung ihrer hellen Haut sehen konnte. Einige Zeit nachdem sie bei Fabio eingezogen war, noch bevor er sich anderen Frauen zuwandte, hatte er ihr erklärt, er habe sie bei der ersten Begegnung gar nicht richtig wahrgenommen. Doch dann sei sie ihm »ans Herz gewachsen«, und eines Tages habe er festgestellt, dass er sie schön finde. Und Ralph hatte einmal gesagt, vor ihr sei ihm noch keine Frau begegnet, die sich unsichtbar machen könne. Als sie eingewandt hatte, das sei ihr gar nicht bewusst, hatte er ungläubig den Kopf geschüttelt. »Du bist eine Beobachterin«, hatte er gesagt. »Du hältst dich gern im Hintergrund und beobachtest das Geschehen, ohne selbst gesehen zu werden. Du bist eine Spionin, Marnie.«

Marnie verließ die Toilette und nahm ihre Reisetasche vom Gepäckband, straffte die Schultern und ging durch die Schwingtür hinaus in die Halle, deren schmutziger weißer Fliesenboden von Neonröhren beleuchtet wurde. Es gab nur einen einzigen Schalter für Autovermietung. Die anderen Reisenden schienen alle genau zu wissen, wohin sie wollten, denn sie liefen zielstrebig hinaus in die kalte Abenddämmerung zu einem Wagen auf dem Parkplatz jenseits der Straße oder umarmten einen wartenden Partner. Ein kleiner Junge stürzte Hals über Kopf auf seine zurückkehrende Mutter zu. Dabei zerriss die Papiertüte, die er bei sich trug, und kleine grüne Äpfel rollten über den Boden in alle Richtungen. Er blieb stehen, und sein Mund zitterte. Marnie bückte sich, um die Äpfel aufzuklauben, und beneidete plötzlich die Frau, die von einem Sohn mit einem Armvoll Äpfel abgeholt wurde. Sie schaute sich unsicher um. Ob Oliver käme? Würde sie ihn überhaupt erkennen? Und er sie? Sie blickte forschend in fremde Gesichter, aber kein Funken von Wiedererkennen. Niemand beachtete sie. Sie stellte die Reisetasche ab, holte ihr Handy hervor und schaltete es ein. Keine neuen Nachrichten. Sie ging zur Tür, spähte hinaus in die Dämmerung.

»Marnie Still!« Es war eher ein Befehl als eine Frage.

Marnie drehte sich um und sah sich einer dicken Frau mit struppig grauer Topffrisur gegenüber, deren Gesicht wie zerknittertes Leinen von zahllosen Fältchen durchzogen war, die Augen von einem frappierenden Hellblau. Sie erinnerte Marnie an die in Tusche gezeichnete Squaw in einem ihrer Kinderbücher, allerdings eine Squaw, die nicht zueinander passende Kleidungsstücke kombinierte: Gummistiefel zur khakifarbener Drillichhose und ein schwarzes Herrenjackett (dessen linke Tasche zerrissen war) über einem dicken grauen Fleece-Pullover.

»Oliver konnte nicht kommen«, sagte die Frau in breitem Dialekt, reichte Marnie eine schwielige Männerhand und drückte so fest zu, dass Marnie der Ring ins Fleisch schnitt. »Ich bin Dorothy.«

»Hallo. Schön, dass Sie mich abholen.«

»Oder Dot.«

»Wie bitte?«

»Ralph meint, das passt besser zu mir.« Bei der Erwähnung von Ralphs Namen wechselte Dots Miene von Ernst zu mädchenhafter Sanftheit. Marnie kannte diesen Gesichtsausdruck älterer Frauen, wenn sie von Ralph sprachen, Frauen, die bei seinem ruppigen Charme wehmütig wurden und ihm nichts entgegenzusetzen hatten.

»Ist Ralph …?«

»Das Auto steht dort drüben.«

Es war ein klappriger kleiner Rover, dessen Beifahrertür eingedrückt und mit Klebeband gesichert war. Marnie stellte ihre Tasche in den Kofferraum neben eine rostige Bügelsäge und eine Dose Grundierungsfarbe, bevor sie über den Fahrersitz ins Wageninnere kletterte. Es roch nach Hund und Nikotin.

»Leider funktioniert die Heizung nicht.«

»Macht nichts«, sagte Marnie tapfer und zog den Mantelkragen bis zum Kinn hoch. »Die Fahrt dauert ja nicht lange, oder?«

»Eineinhalb, zwei Stunden.«

»Oh.«

»Holprige Straße. Und Hochwasser.«

Dot sprach offenbar nur selten in ganzen Sätzen. Sie ließ die Verben weg und die Fragezeichen, sodass ihre Worte wie schnelle Bälle angeflogen kamen und man sich nur noch wegducken konnte, um nicht getroffen zu werden.

»Hochwasser? Dann hat es also viel geregnet.«

»Kann man wohl sagen. Zigarette?«

»Nein, danke.«

Dot steckte sich eine Zigarette in den Mundwinkel, zündete sie aber nicht gleich an. Sie startete den Motor, der schnaubte und stotterte, ehe sich der Wagen dann doch zügig in Bewegung setzte. Die Scheinwerfer beleuchteten eine schmale Fahrbahn.

»Sind Sie eine Freundin von Ralph?«

»Freundin?« Dot bog links ab, in eine noch schmalere Straße. »Hoffe ich doch.«

»Was genau hat er?«

Aber Dot antwortete nicht. Sie drückte den Zigarettenanzünder, und als er heraussprang, hielt sie die rot glühende Metallspirale an ihre Zigarette. Ein beißender Geruch erfüllte den Wagen. Rauch kräuselte aus Dots kleinem geschlossenem Mund.

»Oliver hat am Telefon gesagt, Ralph liegt im Sterben.«

»Der ist doch kein Arzt«, blaffte Dot und warf Marnie einen empörten, vom Rauch getrübten Blick zu. Die Frau konnte nur mit Mühe die Tränen zurückhalten.

»Ich habe ihn seit Jahren nicht mehr gesehen«, sagte Marnie leise mehr zu sich selbst. Sie fuhren jetzt bergauf zu einem flachen Plateau, und der Wind rüttelte an dem leichten Wagen. Marnie konnte zwar nicht viel erkennen, hatte aber den Eindruck, dass sich zu beiden Seiten der Straße eine weite Landschaft erstreckte. »Ich wusste gar nicht, dass er immer noch an mich denkt.«

Natürlich denkt er an mich, machte sie sich klar. Wenn er nach wie vor meine Gedanken heimsucht wie ein Geist, der keine Ruhe findet, dann wird es umgekehrt wohl ähnlich sein. Wir könnten Gespenster spielen.

Dot antwortete nicht. Sie beugte sich über das Lenkrad, die Zigarette in den Fingern der rechten Hand, einen Rauchschleier vor dem wettergegerbten Gesicht. Marnie beobachtete, wie die Aschespitze immer länger wurde und Dot schließlich in den Schoß fiel.

»Hat er Krebs?«, fragte Marnie schließlich.

»Er ist sehr dünn. Das war er zwar schon immer, aber jetzt ist er nur noch Haut und Knochen. Haut und Knochen und dann dieses Lachen. Ich weiß gar nicht, wie in seinem armseligen Körper noch Raum für dieses Lachen sein kann, aber das ist es.« Sie wandte Marnie so plötzlich den Kopf zu, als hielte sie sie für eine Schwindlerin. »Sie kennen doch sein Lachen, oder?«

»Ja, ich kenne es. Kannte es.«

»Kichert wie ein kleiner Junge.«

»Stimmt.«

Dot warf ihre Kippe auf den Boden und schaltete das Radio ein. Es zischte und knisterte, und nur gelegentlich drang ein Schwall Musik daraus hervor. Sie drehte am Suchknopf, aber bei anderen Sendern war der Empfang auch nicht besser, und schließlich schaltete sie es wieder aus. Marnie nahm es als Hinweis, dass Dot sich nicht unterhalten wollte, weder über Ralph noch über sonst irgendetwas. Daher ließ sie sich tiefer in den Sitz sinken, vergrub das Gesicht in ihrem Schal, verschränkte die Arme vor der Brust, um sich zu wärmen, und schaute aus dem Fenster.

Der Mond war fast vollständig hinter den Wolken verschwunden, die Landschaft huschte schemenhaft vorüber, und nur ab und zu entdeckte Marnie ein paar Häuser in der Ferne. Der klapprige Rover quälte sich die Hügel hoch, gelegentlich wurden sie von einem Wagen überholt, oder ein entgegenkommendes Fahrzeug beleuchtete für einen kurzen Augenblick das Moor. In dem kalten, stinkenden Auto neben der wortkargen Dot, auf dem Weg zu einem sterbenden Mann, der ihr fremd geworden war, überkam Marnie plötzlich Furcht. Und da war noch etwas, etwas Düsteres, Schweres, was sie bedrückte. Sie hatte Heimweh, aber nicht nach ihrer Wohnung in Soho, auch nicht nach dem italienischen Zuhause, das sie sich erst aufgebaut und dann verlassen hatte. Es war Heimweh nach ihrem verlorenen Ich, nach ihrer toten Mutter, nach ihrer Kindheit in dem heruntergekommenen Haus am Meer, wo sie nachts bei stürmischem Wind im Bett gelegen hatte, wohlbehütet und verschanzt vor der Welt.

Es begann zu regnen. Zuerst fielen nur einzelne dicke Tropfen, dann goss es so heftig, dass die Scheibenwischer kaum noch nachkamen und die abgenutzten Gummis über das Glas quietschten. Der Regen klatschte aufs Dach, überflutete die Straße und spritzte rund um die Reifen in hohem Bogen empor. Fast hätte man meinen können, sie bewegten sich unter Wasser. Dot beugte sich noch weiter vor, bis ihre Nase fast die regenüberströmte Scheibe berührte und ihr Körper sich gegen das Lenkrad zu pressen schien. Zwischen ihren Lippen steckte eine neue Zigarette in einem überraschend schrägen Winkel. Rauch kräuselte sich vor ihrem Gesicht, Asche rieselte auf ihren Kragen und hinterließ eine graue Spur auf ihrem Hals.

»Möchten Sie vielleicht eine kurze Pause einlegen?«, wagte Marnie zu fragen, als das Auto zum dritten Mal auf den schlammigen Seitenstreifen geriet und die Reifen im Matsch durchdrehten.

»Passiert schon nichts«, sagte Dot.

Aber Marnie fühlte sich gar nicht sicher – nicht in dieser Blechkiste, die viel zu leicht wirkte, um die Spur zu halten, und auch nicht in sich selbst. Sie presste die Stirn an das Fenster und suchte nach Anhaltspunkten in der Landschaft, die ihr in der regennassen Dunkelheit wie ein riesiger Ozean erschien. Ralph liebte solche Fahrten ins Unbekannte, Marnie nicht. Sie musste die Dinge planen und auf alles vorbereitet sein. Ralphs Bild tauchte vor ihr auf – Ralphs Gesicht von früher –, und auf einmal kam es ihr so vor, als reise sie in die Vergangenheit, zurück zu ihrem alten Ich.

Während der Wagen die holprige Fahrt fortsetzte, lehnte sich Marnie zurück und schloss die Augen. Schlaf übermannte sie, und sie spürte, wie sie in einen Traum sank, in dem Ralph einen Pullover trug, den ihre Mutter für ihn gestrickt hatte. Er war sehr jung in diesem Traum, fast noch ein Kind, und er weinte untröstlich. Sie wollte ihn umarmen, aber plötzlich war er verschwunden und an seine Stelle war ein Fremder mit gezwirbeltem Schnurrbart und kalten Augen getreten, der eine Fliege trug. Er sah aus wie Salvador Dalí oder wie ein Schurke in einer Komödie. Dann war sie wieder im Auto, neben Dot, die sich standhaft übers Lenkrad beugte. Marnie blinzelte mehrmals, um den Traum abzuschütteln, und rieb sich mit den Fäusten die Augen, die vor Müdigkeit und vom Zigarettenrauch brannten. Sie fühlte sich benommen und hatte keine Ahnung, wie lange sie geschlafen hatte. Die Zigarette, die Dot zwischen den Lippen hatte, war vielleicht noch dieselbe wie in dem Moment, als Marnie die Augen zugefallen waren, vielleicht aber hatte sie inzwischen noch einige mehr geraucht. Die Landschaft draußen wirkte unverändert schwarz, nass und leer.

Sie musste noch einmal eingeschlafen sein, denn Dot legte ihr die Hand auf die Schulter und sagte mit lauter, aber keineswegs unfreundlicher Stimme: »Marnie! Marnie, wachen Sie auf! Wir sind da.«

Marnie richtete sich verwirrt auf und strich sich ein paar

Haarsträhnen hinter die Ohren. Das Auto stand vor einem kleinen, weiß getünchten Haus am Ende eines zerfurchten Wegs. Die Fenster im oberen Stock waren dunkel, doch im Erdgeschoss schimmerte Licht hinter den zugezogenen Vorhängen, und aus dem Schornstein stieg Rauch auf. Nach wie vor trommelte der Regen aufs Wagendach.

»Entschuldigung«, sagte sie. Sie war ganz klamm vor Kälte, ihre Zunge wie gelähmt, sie fühlte sich wie benebelt und völlig unvorbereitet auf das, was vor ihr lag. »Wie spät ist es?«

»Viertel vor sieben, so ungefähr. Schaffen Sie's mit Ihrer Tasche?«

»Kommen Sie nicht mit rein?«

»Ich? Nein.«

»Aber ich …« Marnie unterbrach sich. Was gab es da noch zu sagen? »Vielen Dank, dass Sie mich hergebracht haben.«

»Gern geschehen«, erwiderte Dot.

»Bevor Sie gehen, sagen Sie mir noch eins: Ist er …? Ich meine – werde ich ihn wiedererkennen?«

Dot bedachte sie mit einem langen Blick.

»Er ist Ihr Freund.«

Dot stieg aus und hielt ihr die Fahrertür auf. Marnie kletterte über den Fahrersitz nach draußen. Es verschlug ihr den Atem, als ihr der kalte Regen ins Gesicht peitschte und wie Nadelstiche auf den Wangen brannte. Sie hob ihre Tasche aus dem Kofferraum und wartete, bis Dot den Wagen auf dem Weg zurückgesetzt hatte und verschwunden war. Eiskaltes Wasser lief Marnie in den Kragen, ihre Haare waren im Nu klatschnass. Sie wandte sich zum Haus, das so schlicht war wie eine Kinderzeichnung: klein und rechteckig, jeweils zwei Fenster mit Vorhängen oben und unten, in der Mitte eine blau gestrichene Tür mit Türklopfer. Auf der einen Seite stand eine Birke mit blätternder Rinde, auf der anderen ein Holzschuppen, neben dem zwei kleine Pkws hintereinandergeparkt waren. Sie holte tief Luft, bückte sich nach ihrer Tasche und ging, den Pfützen ausweichend, zum Eingang. Sie hob die Hand, betätigte dreimal den Türklopfer, trat einen Schritt zurück und wartete.

Worauf musste sie sich gefasst machen? Dass Ralph, zum Skelett abgemagert, über die Schwelle trat? Oder dass Oliver ihr mit ernstem, taxierendem Blick gegenüberstand? Doch es öffnete eine kleine Brünette, ein hübsches, adrettes Wesen, und lächelte sie an.

»Sie sind bestimmt die Freundin? Ich bin die Pflegerin. Ich wollte gerade gehen. Mr Fenton erwartet Sie schon. Er wird gleich kommen. Scheußliches Wetter, nicht?« Damit spannte sie einen kleinen Regenschirm auf wie eine wohltätige Mary Poppins und war fort. Marnie fand sich in einem engen Flur wieder, als die Tür hinter ihr ins Schloss fiel.

Die Situation erschien ihr so unwirklich, dass sie sich fast benommen fühlte. Marnie zog Handschuhe, Schal und Mantel aus, den sie neben eine Jacke und einen Regenmantel an die Garderobe hängte. Sie entledigte sich ihrer Stiefel und schlüpfte in die mitgebrachten Hausschuhe. Von der Diele führte eine Holztreppe nach oben. Links befand sich eine geschlossene, rechts eine halb geöffnete Tür, die anscheinend in den Wohnraum führte. Marnie ging vorsichtig darauf zu.

»Hallo?«, fragte sie leise. »Oliver?«

Das Feuer im Kamin züngelte und warf ein bizarres flackerndes Licht. Daneben stand ein tiefer Lehnstuhl mit einem umgekehrt aufgeschlagenen Buch, auf der anderen Seite ein kleines, abgewetztes Sofa mit einer karierten Decke über der Lehne; zwischen den Sitzmöbeln stand eine Packkiste, die als Tisch diente, mit einer Flasche Whisky und einem leeren Glas darauf. Auf dem Boden lagen Stapel von Büchern und ein Laptop mit grün blinkendem Licht. Am hinteren Ende des Zimmers hatte man eine unglaublich winzige Küche unter die Deckenbalken gequetscht, bestehend aus einem Metallherd mit zwei Kochplatten, darüber Regale mit Töpfen und Pfannen, einer Spüle – randvoll mit Geschirr – und einem kleinen Holztisch, auf dem sich Zettel, Zeitschriften und zum Teil noch ungeöffnete Briefe häuften. Daneben lag Gartenwerkzeug – Gartenschere, Drahtzange, Arbeitshandschuhe, eine Gartenschaufel, an der noch Erde klebte, eine Rolle Zwirn – und auf einem der Stühle eine kleine Säge. Neben der Tür stand ein Wäschekorb, der von Betttüchern überquoll.

Marnie blieb unschlüssig stehen. Sie glaubte hinter der nach wie vor geschlossenen Tür eine Stimme zu hören. Sie legte ein Holzscheit ins Feuer, ging zur Spüle, krempelte die Ärmel hoch und begann aufzuräumen. Das schmutzige Geschirr stellte sie auf den Tisch, bevor sie das Abtropfbrett schrubbte und Wasser ins Spülbecken laufen ließ. Als Kind hatte ihre Mutter sie auf einen Stuhl gehoben, ihr eine Schürze um die schmale Taille gebunden und ihr gesagt, man müsse zunächst immer die Gläser und das Besteck abwaschen und den Schaum gut abspülen, bevor man sich an die Tassen, Teller und Schüsseln und zuletzt an das Reinigen der Töpfe und Pfannen mache. Als sie so dastand, die Arme bis zu den Ellbogen im Spülwasser, während der Dampf ihr ins Gesicht stieg, das ganz rot und feucht wurde, dachte Marnie an ihre Mutter. Jedes Mal wenn Marnie sich verloren fühlte, wie in diesem Augenblick, versuchte sie sich vorzustellen, was ihre Mutter an ihrer Stelle getan hätte, und dann war es manchmal, als höre sie in ihrem Kopf den leisen Widerhall einer Stimme. Es war ein unheimliches Gefühl, als würde sie zwei Leben gleichzeitig leben oder als folge sie Spuren, die ihre Mutter für sie gelegt hatte. Als trete sie in die Fußstapfen ihrer Mutter, als wiederhole sie deren Worte, als könnten sich ihre Gedanken nicht von ihrer Mutter lösen, obwohl die längst tot war und nur in Träumen und Erinnerungen wiederkehrte. Marnie hob die Hände aus der schaumigen Lauge und betrachtete sie: kräftige Hände, mit einem einzigen Ring am rechten Ringfinger, mit kurz geschnittenen, unlackierten Nägeln und kräftigen Knöcheln. Es waren die zupackenden Hände ihrer Mutter, wie geschaffen, um zu tragen und zu stützen. Wenn sie sich in diesem Moment in einem Spiegel betrachten könnte, würde sie darin auch das Gesicht ihrer Mutter erblicken. »Marnie«, würde sie sagen, leise und deutlich, mit derselben Stimme wie Marnie, und ihr dabei fest in die Augen schauen. »Wenn du etwas tust, dann tue es mit ganzem Herzen oder gar nicht.«

»Marnie.« Sie fuhr herum. Spülwasser spritzte auf die Fliesen. Ihr Herz klopfte, und ihre Beine zitterten, als wäre ihr Blutzuckerspiegel im Keller und sie müsse so schnell wie möglich etwas essen, um nicht zusammenzubrechen.

»Oh«, sagte sie, und ihre Stimme klang heiser. Sie fühlte sich furchtbar verlegen. »Hallo, Oliver.«

»Warum um Himmels willen wäschst du ab?«

»Weil es einfacher ist, wenn ich mich nützlich machen kann.«

»Nützlich machen?«

»Ja. Warum siehst du mich so an?«

»Du hast dich überhaupt nicht verändert.«

Marnie spürte, dass sie errötete. »O doch.«

»Ja, natürlich, so habe ich es nicht gemeint.«

»Nein. Schon gut.«

Sie standen sich gegenüber, durch die gesamte Länge des Raums getrennt, und betrachteten sich gegenseitig, vorsichtig, unschlüssig, ob sie aufeinander zugehen und sich die Hand geben, sich umarmen oder auf die Wange küssen sollten. Waren sie Fremde oder Freunde, die sich nach langer Zeit wiedertrafen? Ob sie ihn erkannt hätte, wenn sie ihm ganz zufällig auf der Straße begegnet wäre? Marnie schien es, als hätte sich ein neues Bild über das von einst gelegt und als könne sie alle beide zugleich, aber keines davon besonders deutlich sehen. Der schlaksige junge Mann war füllig geworden. Sein Gesicht, das Marnie als schmal in Erinnerung hatte, war fleischig und hatte den erwartungsvollen Ausdruck verloren. Wenn er lächelte, erschien zwar immer noch ein Grübchen auf seiner Wange, aber er hatte jetzt Falten im Gesicht und Tränensäcke unter den Augen. Sein braunes Haar war nach wie vor struppig, aber kürzer als früher und von silbernen Strähnen durchzogen, und die Bartstoppeln waren grau. Er trug verwaschene Jeans und einen hellbraunen Rollkragenpulli mit zerrissenen Ärmeln und keine Schuhe. Die Zeit hat ihn zerknittert und zerzaust. Und er sieht müde aus, dachte Marnie. Als trüge er ein Gewicht auf den Schultern, das seinen Bewegungen die Leichtigkeit und Anmut geraubt hat, die er früher besaß. Von Gefühlen überwältigt, biss sie sich auf die Lippen; dann fuhr sie sich mit den nassen Händen über den Rock, strich sich die Haare aus dem Gesicht und ging auf ihn zu.

»Da bin ich also«, sagte sie und schwieg. Es war ihr wichtig, nicht mit albernen, unüberlegten Sätzen herauszuplatzen. Aber was konnte sie sagen? Die unausgesprochenen Worte vieler Jahre schnürten ihr die Kehle zu, sodass sie nur kurze, alberne Fetzen herausbrachte.

»Ich wusste, dass du kommen würdest. War Dot rechtzeitig da?«

»Ja. Wer ist sie?«

»Eine Nachbarin. Eine einsame Frau, die sich mit allen anlegt und ihre Gänse und ihre Hunde liebt. Und vermutlich auch Ralph.«

Bei der Erwähnung des Namens Ralph fühlte sie sich auf sichererem Boden. Seinetwegen war sie ja schließlich hier. Dies war das Wichtigste, dem nichts entgegenstehen durfte.

»Sie hat mir nicht gesagt, was ihm fehlt.«

Oliver seufzte und rieb sich mit der Hand übers Gesicht – eine Geste, die Marnie so vertraut war, dass sie fast einen kleinen Schrei ausgestoßen hätte. »Komm, ich zeig dir, wo du schläfst, dann können wir etwas trinken und alles bereden.«

»Ist er da drin?« Sie wies mit dem Kopf auf die geschlossene Tür, nur einen Meter entfernt.

»Er schläft jetzt. Er hatte einen schlechten Tag und ist völlig erschöpft.«

»Also gut, zeig mir mein Zimmer!«

Er nahm ihre Tasche, und sie folgte ihm die schmale, steile Treppe hinauf.

»Eigentlich ist es Ralphs Zimmer«, sagte Oliver. »Aber wir fanden es besser, dass er unten schläft, neben dem Wohnzimmer, wo er sich am liebsten aufhält.«

»Es kommt mir nicht richtig vor, dass ich sein Zimmer nehme.«

»Nicht richtig?«

»Seltsam«, verbesserte sie sich. »Zu intim und so traurig.«

Oliver schaute sie nur an. Sie konnte die Worte hören, die er nicht aussprach: Dies *ist* seltsam, intim und traurig.

»Gut«, sagte sie. »Danke.«

»Das Bett ist frisch überzogen, und wenn du frierst, im Schrank sind Decken. Das Fenster geht auf den See. Morgen früh wird er zu sehen sein.«

»Ein See?«

»Nur ein kleiner, der diesen Namen kaum verdient, gleich hinter der Wiese. Das Bad liegt gegenüber. Der Boiler ist leider sehr klein. Das heiße Wasser reicht gerade mal für eine schnelle Dusche. Ich lass dich mal für ein paar Minuten allein, ja? Ich bin unten.«

»Gut.«

Sie gingen so höflich miteinander um, förmlich und wachsam.

»Hast du Hunger? Ich habe keine Ahnung, wie spät es ist.«

»Jetzt, wo du es sagst, schon. Eigentlich habe ich heute noch gar nichts Richtiges gegessen. Aber mir reicht ein Stück Brot.«

»Ich mache uns ein Sandwich, ja?«

»Danke.«

Marnie hörte seine Schritte auf der Treppe, hörte, wie er vor Ralphs Zimmer stehen blieb, bevor er ins Wohnzimmer ging. Sie zog die schweren Vorhänge auf, sah aber nur ihr eigenes Gesicht, das sich in der Scheibe spiegelte. Regenschwere Dunkelheit brandete gegen die Scheiben wie das Meer, und der Wind strich tosend um das kleine Haus. Die Luft im Zimmer war abgestanden und schwer. In Streifen fiel das Licht der Lampe auf das niedrige Bett, die knorrigen Fußbodendielen, den schweren Holzschrank, die Kohlezeichnung an der weiß getünchten Wand, an die sie sich gut erinnerte, auf die Teekanne mit der geschwungenen Tülle auf dem Fensterbrett. Auf dem Sims des kleinen Kamins stand ein Foto aus alten Zeiten, das sie kaum anzuschauen wagte, um die Kontrolle über ihre Gefühle nicht zu verlieren. Eine Wand wurde von einem Bücherregal eingenommen, gebaut aus Brettern und Backsteinen, darin eine Shakespeare-Gesamtausgabe, eine Tschechow-Biografie, ein dicker Band *Die Vogelwelt Großbritanniens* und ein weiterer über Bäume; Pablo Nerudas Liebessonette, ein Buch über den Spanischen Bürgerkrieg, ein Italienisch-Wörterbuch. Weitere Bände stapelten sich auf dem Boden: ein Roman von Charles Dickens, eine Lyrik-Anthologie, der Katalog einer Holbein-Ausstellung (die auch Marnie besucht hatte; vielleicht waren sie ja beide am selben Tag dort gewesen und hatten Rücken an Rücken die großen Gemälde betrachtet), eine Broschüre über die Gletscherschmelze, ein Buch über imaginäre Zahlen, eine Bastelanleitung für Mobiles, ein Buch über das Schachspiel und eines mit Zaubertricks für Anfänger. Einen Augenblick lang hatte sie das Gefühl, als wäre Ralph hier bei ihr und wolle sie mit seiner anfallartigen Begeisterung für die unterschiedlichsten Dinge überzeugen.

Am Fußende des Betts standen ein Paar Schuhe, und Marnie bemerkte die dunkleren Abdrücke von Ralphs Fersen und Zehen in den Einlegesohlen. Eingeklemmt in die Schranktür der Ärmel eines weißen Hemds. Ein Bademantel hing am Türhaken, und aus einer plötzlichen Regung heraus stand sie auf und schmiegte das Gesicht hinein. Beim Einatmen des halb vertrauten, halb fremden Geruchs fuhr sie zusammen. Für einen Moment bekam sie kaum Luft. Um Fassung ringend, zog sie ihr Handy aus ihrer Umhängetasche, um Eva anzurufen. Aber sie hatte keinen Empfang.

Bevor sie nach unten ging, räumte Marnie ihre wenigen Sachen aus der Reisetasche in die kleine Kommode – vielleicht um den Augenblick hinauszuzögern. Die meisten Schubladen waren leer, nur die oberen beiden enthielten einige T-Shirts und Unterwäsche. Sie machte sie schnell wieder zu, denn sie wollte nicht indiskret sein. Ihren Waschbeutel trug sie in das ungeheizte Badezimmer, wo sie sich die Zähne putzte und das Gesicht wusch, erst warm, dann kalt. Leise, um Ralph nicht zu stören, ging sie schließlich die Treppe hinunter.

Oliver bereitete die Sandwiches. Er hatte mehrere dicke Scheiben Weißbrot abgeschnitten und mit Mayonnaise bestrichen, die er nun mit Hühnchenbruststreifen und Avocadoscheiben belegte.

»Du könntest uns etwas zu trinken einschenken«, sagte er, ohne den Kopf zu drehen.

»Was möchtest du denn?«

»Es gibt Whisky und Wein. Ich bin in den letzten Tagen auf den Whiskygeschmack gekommen. Aber im Kühlschrank steht auch eine Flasche Weißwein, wenn du möchtest. Die Gläser sind im Schrank, dort in der Ecke.«

»Whisky ist prima. Seit wann bist du schon hier?«

»Wir sind vor ein paar Tagen angekommen. Seitdem geht es mit ihm rapide bergab.«

»Ihr seid gemeinsam angereist?«

»Ralph wohnt nicht hier. Er lebt derzeit in Holland und kommt nur gelegentlich her.« Sein ruhiger, durchdringender Blick ruhte auf Marnie. »Der Ort erinnert ihn an glückliche Zeiten.«

»Aha« war alles, was Marnie herausbrachte. Und nach einer Weile: »Das wusste ich nicht. Ich weiß gar nichts. Ich weiß nur, was du am Telefon gesagt hast, und das ist nicht viel.«

»Schenk uns ein Glas Whisky ein! Wir setzen uns dann gleich an den Kamin.«

»Ich habe Ralph seit Jahren nicht gesehen, Oliver.«

»Ich weiß.«

»Ist das zu viel Whisky?«

»Nein, ich glaube, wir haben ihn beide nötig. Im Gefrierfach ist Eis. Hier, dein Sandwich … Es sieht nicht besonders professionell aus.«

»Danke.«

Marnie setzte sich in den tiefen Lehnstuhl, Oliver auf das Sofa neben dem Kamin. Sie schnupperte an ihrem Whisky, der nach Moder und Desinfektionsmittel roch, und nahm einen kräftigen Schluck. Er brannte in der Kehle, und als es nachließ, biss Marnie in das dick geschnittene Weißbrot mit der gummiartigen Hühnchenbrust und den weichen Avocadoscheiben.

»Köstlich«, sagte sie. Jetzt, da sie wohlbehütet im Sessel vor dem warmen Feuer saß und in Olivers vom Leben gezeichnetes, freundliches Gesicht blickte, hätte sie am liebsten angefangen zu weinen. Sie zwang ihre Gedanken zurück zu Ralph, zurück in die Gegenwart. »Also, jetzt erzähl!« Oliver holte tief Luft. »Zunächst einmal: Warum ist er so krank?«

»Pankreas-Karzinom. Bauchspeicheldrüsenkrebs. Aber er hat inzwischen überall Metastasen.«

»Und es gibt keine …«

»Nein.«

»Er ist noch so jung. Wie lange?«

»Wie lange er schon krank ist oder wie lange er noch zu leben hat?«

»Wie lange er noch zu leben hat.«

»Nicht mehr lange. Ein paar Wochen. Vielleicht auch nur Tage oder Stunden. Das Tückische bei diesem Krebs ist, wie ich gelernt habe, dass man ihn so schwer erkennt. Zuerst meint man, es seien Verdauungsstörungen. Und ein Pankreas-Karzinom ist schwierig zu behandeln. Es wurde bei ihm erst festgestellt, als auch Leber und Milz bereits befallen waren. Ralph hat eine Strahlentherapie gemacht, aber sie hat nicht viel genutzt.«

»Dann ist er also zum Sterben hier?« Marnie umklammerte

ihr Whiskyglas mit beiden Händen und beugte sich vor. Das Kaminfeuer wärmte die eine Hälfte ihres Körpers, die andere war kalt.

»Am Anfang war ihm das wohl selbst nicht klar, als er mich zu dieser Reise überredet hat, aber es sieht ganz danach aus, ja.« Oliver hob den Kopf und schaute ihr in die Augen. »Bereust du, dass du gekommen bist?«

»Nein. Ich weiß nicht. Es erscheint mir alles so … so unwirklich. Oliver, ich weiß nicht, wie ich die Frage stellen soll. Du darfst es nicht falsch verstehen. Muss ich hierbleiben, bis …« Sie unterbrach sich und trank einen Schluck Whisky. »Bis es vorbei ist?«

»Du musst gar nichts.«

»Gut, aber ist es das, was Ralph von mir erwartet?«

»Wie bitte? Er weiß ja nicht mal, dass du kommst.«

»Was? Er weiß es nicht?«

»Nein.«

»Aber das ist doch … Ich dachte, er wollte mich sehen. Vielleicht will er mich gar nicht hierhaben!«

»Doch, natürlich.«

»Woher willst du das wissen? Das ist nicht mehr als eine Vermutung. Vielleicht bringt es ihn aus dem Gleichgewicht.«

»Ach, Marnie! Ralphs ganzes Leben war aus dem Gleichgewicht. Er will nicht sterben, ohne dich noch einmal gesehen zu haben. Du fehlst ihm.«

Fragen bestürmten sie: Hat er Angst? Ist er wütend? Traurig? Gefasst? Hat er ein glückliches Leben geführt? Hat er den Eindruck, dass die Dunkelheit über ihn hereinbricht und er nichts dagegen tun kann? Werde ich ihn wiedererkennen, oder ist er ein totenbleiches, fremdes Wesen, abgemagert und mit großen Augen, die mich liebevoll, vorwurfsvoll oder gequält anstarren?

»Hat er starke Schmerzen?«, fragte sie.

»Er nimmt regelmäßig Morphium, in Tropfenform, aber zu

viel davon verursacht ihm Albträume und furchtbare Verstopfung. Als wir hier eintrafen und es plötzlich schlimmer wurde, habe ich mich mit dem nahe gelegenen Hospiz in Verbindung gesetzt. Jetzt kommt zweimal täglich eine ausgebildete Pflegekraft vorbei und versorgt ihn mit allem, was er braucht. Sie ist sehr tüchtig.«

»Ich bin ihr an der Haustür begegnet.«

»Colette. Wir haben ihm auch ein richtiges Krankenbett organisiert, damit er sich besser aufsetzen kann.«

»Wirst du die ganze Zeit hierbleiben?«

»Ja. Ich habe bei meiner Arbeit Bescheid gesagt. Ich werde ihn jetzt nicht alleinlassen.«

»Du bist bestimmt erschöpft.«

Oliver schob ein verrutschtes, angekohltes Holzscheit ins Feuer, und eine helle Flamme schoss empor. »Geht schon«, sagte er lapidar. »Er ist mein Freund und braucht Hilfe. Dasselbe würde er auch für mich tun, ohne zu zögern. Es klingt vielleicht hochtrabend, aber ich empfinde es als ein Privileg, dass ich das für ihn tun kann.«

»Hat er keine Angehörigen?«

»Nein. Nur solche, mit denen er nichts zu tun haben will und die mit ihm nichts zu tun haben wollen. Aber du kennst ihn ja: Er hat viele gute Freunde.« Oliver machte eine Kopfbewegung zu den ungeöffneten Briefen auf dem Tisch. »Er hat schon jetzt mehr Post bekommen als ich in einem ganzen Jahr.«

»Dann ist er also nicht verheiratet?«

»Nein.«

»Keine Kinder?«

»Keine Kinder.«

»Wir reden, als wäre er schon tot. Er liegt hier nur ein paar Meter entfernt, wie du sagst, aber ich werde die Vorstellung nicht los, dass es dort, hinter der geschlossenen Tür, gar niemanden gibt. Oder dass es nicht er ist, der da liegt. Und wir sitzen hier und reden über ihn, als könnte er nicht mehr für sich selbst sprechen. Als hätte er keine Worte mehr und wäre nur noch eine leere Hülle.« Angst packte sie. »Aber so ist es doch nicht, oder?«

»Nein, da drinnen liegt immer noch Ralph. Und du hast Recht, du solltest reingehen und ihm Hallo sagen.«

»So habe ich es nicht gemeint. Außerdem hast du doch gesagt, er schläft.«

»Sein Schlaf ist nicht tief. Er schläft ein und wacht auf, schläft ein und wacht auf, Tag und Nacht, und manchmal kann man nicht mehr unterscheiden, ob er schläft oder nicht.« Oliver schwenkte den Whisky in seinem Glas und starrte auf die bernsteinfarbene Flüssigkeit. »Manchmal komme ich rein und denke, er ist tot. Dann muss ich mein Ohr an seinen Mund legen, um ihn atmen zu hören. Es erinnert mich an meine Kinder kurz nach ihrer Geburt. Dieses kaum merkliche, aber entschlossene Festhalten am Leben.«

Marnie stand auf. Sie wurde von der Sehnsucht überwältigt, die Hand auf sein struppiges Haar zu legen und seinen Nacken zu küssen. Aber das kam natürlich nicht in Frage. Sie wusste nicht, wie sie sich Oliver gegenüber verhalten sollte, denn sie waren einander fremd geworden, obwohl sie sich einmal so gut gekannt hatten. Jetzt waren sie hier, an Ralphs Sterbebett, wieder zusammengetroffen. »Ich bin froh, dass du da bist«, sagte sie schließlich ein wenig steif, um ihre Verlegenheit zu überspielen. »Wir werden es gemeinsam durchstehen. Ich gehe jetzt zu ihm und begrüße ihn.«

Aber sie zögerte.

»Du brauchst keine Angst zu haben«, meinte Oliver. »Da drinnen ist niemand anders als Ralph, dein Freund Ralph.«

Dot hatte beinahe das Gleiche zu ihr gesagt.

»Aber irgendwie frage ich mich, warum ich eigentlich hier bin.«

»Das kann ich dir auch nicht sagen. Um ihn zum Lachen zu bringen, seine Hand zu halten, seinen Nachttopf zu leeren, ihm über die Stirn zu streichen und ihm zu sagen, dass du ihn liebst. Vielleicht bist du hier, um ihm im Tod beizustehen.«

»Vielleicht hätte ich ihm besser im Leben beistehen sollen.«

Sie blieb vor Ralphs Tür stehen und horchte. Ein verschleimter Husten durchbrach die Stille, und vorübergehend fühlte sie sich in ihr Elternhaus zurückversetzt, in die Zeit, als ihre Mutter im Sterben lag und sie, Marnie, vor dem Schlafzimmer stand und lauschte. So leise wie möglich zog sie die Tür einen Spaltbreit auf und schlüpfte hinein. Es war nicht ganz dunkel. Auf dem breiten Fensterbrett stand eine Petroleumlampe, in deren gelblichem Lichtkegel die Umrisse der Möbel zu erahnen waren: ein großer Schrank, ein Tischchen und ein niedriges Metallbett. Sie stieß gegen eine große Plastikschüssel am Boden. Zuerst dachte sie, alles sei nur ein übler Scherz oder ein Traum und das Bett sei leer, denn Ralphs Körper zeichnete sich kaum unter der Bettdecke ab. Aber dann hörte sie ihn atmen: ein leises, unregelmäßiges Hauchen. Die Luft im Raum war schwer vom Geruch menschlichen Verfalls, den der Pinienduft des Lufterfrischers nur notdürftig überlagerte. Für Sekunden setzte die Atmung aus. Marnie blieb wie versteinert stehen, nur wenige Schritte vom Bett entfernt. Sie hörte das stetige Ticken einer Uhr und fragte sich, wie Ralph es ertragen konnte, dass ihm die verrinnende Lebenszeit so vor Augen geführt wurde. Im Dämmerlicht erkannte sie jetzt auch seinen Kopf auf dem Kissen, den dunklen Haarschopf, das bleiche Gesicht. Eine Hand schmiegte sich an seine Wange. Dann atmete er weiter, ein heftiges Kratzen, bevor es wieder in das sanfte Hauchen überging, und Marnie setzte sich vorsichtig aufs Bett. Er ließ ein leises Grunzen hören. Sie saß da, ohne sich zu regen oder zu sprechen, und schaute zu ihm hinab. Selbst im schummrigen Licht sah sie, wie schmal sein Gesicht war: die Nase markant, der Hals eingefallen, die Wangen hohl. Unter der pergamentenen Haut schienen sich die Knochen abzeichnen. Er wirkte abgezehrt und wächsern.

Schließlich griff sie nach der Hand auf dem Kissen und nahm

sie in ihre Hände. Eine Hand wie ein Fächer aus Elfenbein und Papier, nahezu gewichtslos.

»Ralph«, sagte sie leise. »Ich bin's, Marnie.«

Seine Augen blieben geschlossen. Sein Atem rasselte und kratzte. Dann gab die Gestalt im Bett ein Geräusch von sich, das Marnie zunächst für ein Würgen hielt. Doch es war ein Lachen.

»Was sagst du?«, flüsterte sie und beugte sich hinunter, bis sie seinen heißen, sauren Atem auf ihrem Gesicht spürte.

Er sagte etwas, was sie nicht verstand.

»Ralph?«

Aber die Gestalt im Bett war verstummt.

Ich habe gesagt: Ich hätte wissen müssen, dass du mich findest, Marnie Still. Schleichst dich in mein Zimmer wie eine Katze. Schlüpfst durch die Tür wie ein Schatten und setzt dich neben mich. Du hast nie viel Lärm gemacht. Trotzdem wusste ich immer, wenn du da warst. Man fühlt sich anders, wenn du im Zimmer bist. Das heiße Pochen in meinem Kopf hört auf. Die Luft wird sanfter, der Boden unter den Füßen fester, alles scheint wieder am richtigen Platz zu sein. Du gibst mir ein Gefühl von Sicherheit. Hör nicht auf, meine Hand zu halten! Wenn du meine Hand hältst, kann nichts mich fortreißen. Deine Hände sind warm und stark und lieb. Ich erinnere mich an sie. Ich erinnere mich an deinen Geruch. Wälder, tief und sauber. Geriffelte Rinde, Pflanzensaft, Kiefern und Erde, moderndes Laub. Jahrhundertealt. Wasser, das über Felsbrocken plätschert und in den Torf sickert. Licht, das durch grünes Geäst bricht und gesprenkelte Schatten erzeugt. Moos, weich wie ein Schwamm, in das unsere Füße einsinken. Könnte ich die Augen öffnen, sähe ich dein Gesicht. Deine grauen Augen, den klaren, aufmerksamen Blick. Aber ich spüre auch so, dass du mich anblickst, und ich sehe dich selbst mit geschlossenen Augen. Ich weiß, wie du aussiehst, auch wenn seit unserer letzten Begegnung viele Jahre vergangen sind. Du wirst immer das ernste, strahlende Mädchen bleiben, das ich geliebt habe und immer noch liebe.

Und was siehst du? Einen lebenden Toten, spindeldürr, die Augen tief in den Höhlen? Oder siehst du mich? Ich bin immer noch hier, auch wenn ich einem welken Blatt an einem Zweig gleiche, das der nächste Windstoß losreißen und in den dunklen Raum davontreiben kann. Den Raum, der sich unendlich weit in alle Richtungen dehnt. Lichtjahre des Nichts. Die Nächte sind am schlimmsten, und die Winternächte sind lang. In den frühen Morgenstunden kein Laut, nur das Ticken der Uhr, das Flüstern des Winds, das leise Rasseln meines Atems. Dann empfinde ich die Dunkelheit wie ein Grab, das sich vor mir auftut, darüber die kalten, kalten Sterne. Eine unendliche Einsamkeit. Aber jetzt hältst du meine Hand, und die Dunkelheit hüllt mich ein wie eine schützende Decke. Das Ticken der Uhr ist nicht mehr bedrohlich, sondern ähnelt eher einem Herzschlag als dem metronomischen Takt der verrinnenden Zeit.

Jetzt beugst du dich zu mir hinunter. Dein Haar streift meine Haut, ich spüre deinen warmen Atem auf meiner Wange und deine Lippen auf meiner Stirn. Eine kurze Berührung, und du weichst zurück. Deine Hand lässt meine los. Geh nicht! Bleib! Ich bin noch immer hier. Marnie.

Drei 3

Das Tosen des Windes riss Marnie aus dem Schlaf. Im ersten Moment wusste sie nicht, wo sie sich befand. Sie wusste nur, dass sie nicht zu Hause war, in der Stadt, wo es nie ganz dunkel wurde. Hier dagegen konnte man die Hand nicht vor Augen sehen, und es machte keinen Unterschied, ob man die Lider offen oder geschlossen hatte. Sie tastete nach ihrem Handy, um nach der Uhrzeit zu sehen. Erst vier. So weit oben im Norden würde die Sonne erst in ein paar Stunden aufgehen. Doch sie konnte nicht mehr einschlafen, das war ihr klar, und sie war auch nicht mehr müde, obwohl die Erschöpfung sie vergangene Nacht, nach dem Besuch in Ralphs Zimmer, beinahe überwältigt hatte. Sie setzte sich im Bett auf, knipste die Nachttischlampe an und blinzelte in das grelle Licht. Die Gegenstände im Zimmer nahmen Gestalt an, und während die Erinnerung an den vergangenen Tag wuchs, verblasste ihr Traum. Sie glaubte, von unten ein Geräusch zu hören, aber als sie den Atem anhielt und lauschte, stöhnte nur der Wind.

Im Schlafzimmer war es bitterkalt. Sie zog sich ihre wärmsten Sachen an und schlüpfte in ihre Pantoffeln, bevor sie leise die Treppe hinunterging. Die Teller und Gläser vom Vortag standen noch im Spülbecken. Das Feuer war längst erloschen; von dem Aschehaufen wirbelte die Zugluft aus der Diele feinen Staub auf. Sie beschloss, ein wenig Ordnung zu machen. Oliver hatte gesagt, dass Ralph die meiste Zeit in diesem Zimmer verbrachte. Er sollte es gemütlich haben. Das Wasser im Boiler war nur lauwarm, deshalb setzte sie einen Kessel Wasser auf und spülte das restliche Geschirr. Danach wischte sie alle Oberflächen sauber. In dem hohen Dielenschrank fand sie einen Kehrbesen. Es lag etwas eigenartig Befriedigendes darin, Krümel und Staub zusammenzukehren und in den Mülleimer zu werfen. Später würde sie noch den Boden wischen. Sie reinigte den Gitterrost von der immer noch warmen Asche und legte ein neues Feuer an. »Für den Anfang nimmt man zusammengeknülltes Zeitungspapier«, hörte sie ihre Mutter sagen. »Darauf schichtet man Späne und dann größere Scheite, die man wie ein Wigwam anordnet. Man braucht keinen Anzünder, man braucht nur Geduld.« Auf dem Fußboden lagen Streichhölzer. Marnie riss eines an, hielt die Flamme an das zerknüllte Zeitungspapier und beobachtete, wie das Feuer die Späne erfasste. Als sie sicher war, dass es nicht wieder ausgehen würde, begann sie, die Bücher und Zeitschriften zu ordentlichen Stapeln aufeinanderzuschichten und an die Wand zu schieben. Die Gartenwerkzeuge legte sie in einer Plastiktüte in die Diele. Die schmutzige Wäsche im Korb stopfte sie in die kleine Waschmaschine, die ein wenig holprig lief, nachdem sie sie eingeschaltet hatte. Ihre Mutter hatte stets behauptet, die Geräusche von Haushaltsgeräten – Wasch- und Spülmaschine, Staubsauger und Kaffeemühle – hätten etwas zutiefst Beruhigendes und seien ein Zeichen dafür, dass das Leben reibungslos funktioniere.

Marnie dämpfte das Mahlgeräusch der Kaffeemühle mit einem Geschirrtuch und kochte eine Kanne starken Kaffee. Dann warf sie einen Blick in den kleinen Kühlschrank. Er enthielt nicht viel: das Gerippe des Hühnchens, ein paar Scheiben geräucherten Schinken, drei Eier, ein halbes Stück Butter, etwas Milch und einen Becher Kichererbsenpüree. Neben dem Kühlschrank stand ein Gemüsekorb. Marnie putzte eine Zwiebel und zwei Karotten und legte sie zusammen mit den Hühnchenknochen in einen Topf. Sie würde eine Suppe kochen. Suppe war gut für Kranke; außerdem vermittelte der Duft einer kräftigen Brühe auf dem Herd das Gefühl, umsorgt zu werden. Das Gefühl, die Welt sei in Ordnung. Und während sie putzte, fegte und kochte – die Karikatur einer fleißigen Hausfrau –, klopfte ihr Herz und sie blickte immer wieder bange auf die geschlossene Tür.

Als sie schließlich die Vorhänge aufzog, entdeckte sie einen schmalen Streifen Licht am Horizont. Es wurde allmählich Tag. Sie stellte einen Topf Porridge auf den Herd, halb Wasser, halb Milch, den sie überflüssigerweise unablässig rührte, nur um sich zu beschäftigen. So stand sie da, als Oliver, noch schlaftrunken, aus Ralphs Zimmer trat.

»Ich wusste gar nicht, dass du schon auf bist«, sagte er.

»Und ich wusste nicht, dass du schon auf bist.«

»Ich war nicht auf. Ich habe auf einem Klappbett in Ralphs Zimmer geschlafen. Ich wollte ihn nicht allein lassen.«

»Schläfst du immer bei ihm?«

»Ja.«

»Kein Wunder, dass du so erschöpft aussiehst.«

»Tu ich das?«

»Ich mache frischen Kaffee, ja? Und es gibt Porridge.«

Oliver machte ein paar Schritte ins Zimmer und schaute sich um.

»Schaut gemütlich aus. Wie hast du das hingekriegt?«

»Ich habe nur ein bisschen aufgeräumt.«

»Typisch Marnie. Das hatte ich ganz vergessen.«

»Ein Talent für Ordnung und Sauberkeit«, sagte sie leichthin, doch in ihrer Stimme schwang ein wenig Wehmut mit. »Ist Ralph schon wach?«

»Er hat sich gerade gerührt.«

»Weiß er, dass ich hier bin?«

»Noch nicht.«

»Soll ich warten, bis du ihm Bescheid gesagt hast?«

»Keine Ahnung.«

»Du musst mir sagen, was zu tun ist.«

»Zu tun ist?«

»Ich meine, sollen wir ihm helfen, sich zu waschen und anzuziehen, oder kann er das selber? Kann er aufs Klo, oder muss er eine Bettpfanne benutzen? Solche Sachen.«

»Wir sind erst seit fünf Tagen hier, und bisher hat ihn die Krankenschwester im Bett gewaschen. Seit gestern kann er nicht mehr selbstständig aufs Klo. Aber es ist wohl besser, ich kümmere mich um diese Dinge. Es könnte ihm peinlich sein.«

»Gut. Aber du musst mir sagen, wie ich dir helfen kann, ja?«

»In Ordnung.«

»Wenn ich schon hier bin, dann richtig. Und wenn ich bleibe, dann weil ich Ralph und dir nützlich sein kann. Ich bin nicht zimperlich. Scheiße und Kotze machen mir nichts aus.«

»Okay.«

»Wenn Ralph mich allerdings nicht hierhaben will, fliege ich mit der nächsten Maschine wieder nach Hause.«

»Ja, sicher.«

»Möchtest du Porridge?«

»Gern. Ich habe mich die ganze Zeit von Brot, Käse und Dots Hühnchen ernährt. Und von Whisky. Außer gleich am ersten Tag war ich nicht weiter einkaufen, und da habe ich in den kleinen Läden im nächsten Ort Milch und ein paar andere Sachen geholt. Aber jetzt will ich mich erst mal waschen.«

»Glaubst du, Ralph möchte auch etwas Porridge?«

»Marnie.« Er blickte sie an, und sein angedeutetes spöttisches Lächeln versetzte ihr einen Stich. Das gleiche Lächeln wie früher, nur hatte er jetzt eine kleine Falte zwischen den Augen. »Das fragst du ihn am besten selbst.«

»Oh. Ja, du hast Recht. Jetzt sofort, meinst du?«

»Wenn du dazu bereit bist.«

Die Lampe war gelöscht und die Vorhänge aufgezogen. Ralph lag im schmutzig trüben Grau der Morgendämmerung, ein Kissen im Rücken, die Arme mit den Handflächen nach oben auf der Decke. An den schmalen, zerbrechlich wirkenden Handgelenken zeichneten sich blau die Adern ab. Marnie stellte sich vor, wie Colette, die Krankenpflegerin, mit dem Daumen Ralphs flatternden Puls fühlte. Seine Augen waren geschlossen, und sie dachte: Wird er so aussehen, wenn er tot ist? Aber er lebte, denn er schluckte, wie die Bewegung des Kehlkopfs an seinem sehnigen Hals verriet. Sie machte einen Schritt auf ihn zu und blickte durch das Fenster auf den fahlgrauen Himmel, das schwere braune Erdreich und das aufgewühlte Wasser des Sees in der Ferne.

»Hallo, Ralph.« Er schlug die Augen auf und sah sie an. Ihre Blicke trafen sich. Der Raum schien erfüllt von einer schweren, bedeutungsvollen Stille, und Marnie hielt den Atem an. Sie trat an sein Bett und setzte sich, um nicht von oben auf ihn hinunterschauen zu müssen. »Ich bin's, Marnie. Ich bin gekommen, um dich zu besuchen.«

»Du hast wieder längere Haare.« Seine Stimme war überraschend kräftig. »Gut. Das gefällt mir besser so.«

»Alle Männer mögen es, wenn Frauen lange Haare haben.«

»Stimmt nicht. Es sind die Kinder, die wollen, dass ihre Mütter lange Haare haben. Hast du Kinder?«

»Nicht direkt.«

»Eine typische Marnie-Antwort: nicht direkt.«

»Tut mir leid, Ralph.«

»Was tut dir leid?«

»Dass du …« Sie wollte sagen, »dass du krank bist«, aber dann bemerkte sie das Glitzern in seinen Augen. »Es tut mir leid, dass du sterben musst.«

»Mir auch, wie du dir denken kannst.«

Er fing an zu husten, und Marnie konnte nur hilflos zusehen, wie sein magerer Oberkörper geschüttelt wurde. Sein Gesicht war wächsern, er hatte eingefallene Schläfen und blaue Schatten unter den Augen.

»Kann ich dir irgendetwas bringen, Ralph? Ein wenig Porridge? Etwas Heißes zu trinken?«

»Vielleicht. Ich weiß nicht.«

»Bin gleich wieder da.«

Sie rannte fast ins Wohnzimmer. Wie gut, dass Oliver sie nicht so sah. Sie stellte ein Töpfchen Milch auf die Herdplatte, bevor sie den Keramikbecher mit Streifendekor, den Honig und die Muskatnüsse aus ihrem Zimmer holte. Sie rührte einen Löffel Honig in die Milch, rieb etwas Muskatnuss hinein und goss die heiße Flüssigkeit in den Becher. Dann kostete sie vorsichtig einen kleinen Schluck – die Milch durfte nicht zu heiß sein – und trug den Becher in Ralphs Zimmer.

»Hier«, sagte sie, als sie sich auf seine Bettkante setzte. Wieder schlug er die Augen auf. Sie schob ihm einen Arm unter die Achsel, und während sie ihn in eine sitzende Position zog, spürte sie jede Sehne und jeden Knochen unter seinem dünnen T-Shirt. Er war leicht wie eine Feder. »Trink einen Schluck!«

Sie hielt ihm den Becher an die Lippen, und er nippte. Dann hob er den Kopf und lächelte sie zum ersten Mal richtig an.

»Erinnerst du dich?«

»Natürlich erinnere ich mich.«

Nach wenigen Schlucken legte er den Kopf aufs Kissen und stieß einen leisen Seufzer aus. Marnie saß ein paar Sekunden schweigend da. Was sollte sie als Nächstes tun? Sie wollte gerade aufstehen, um sich auf Zehenspitzen aus dem Zimmer zu schleichen, als er nach ihrem Handgelenk griff.

»Marnie.«

»Ich bin hier.«

»Geh nicht!«

»Ich gehe nicht.«

Sie machte es sich auf der Bettkante bequem.

»Sprich mit mir! Erzähl etwas!«

Marnie, die nie gut über sich selbst sprechen konnte, hob den Blick zum Fenster, wo sich die kahlen Bäume im Wind bogen, und holte tief Luft.

»Wir haben uns so lange nicht gesehen, Ralph. Keine Ahnung, wo ich anfangen und was ich erzählen soll. Was meinst du?«

»Ich meine, dass du nicht auf einer bescheuerten Cocktailparty bist«, keuchte er.

»Du hast dich kein bisschen verändert.«

»Man hat Narrenfreiheit, wenn man im Sterben liegt. Also, leg los!«

»Na gut. Ich wohne jetzt in London. Allein. Nein, nicht ganz, denn im Moment lebt meine Stieftochter Eva bei mir. Eigentlich müsste ich sagen, meine Ex-Stieftochter. Jedenfalls habe ich eine Wohnung in Soho und arbeite in einem Marionettenmuseum. Es ist ein ganz verrückter Ort, klein, dunkel und verwinkelt und voll mit Handspielpuppen in allen Formen und Größen. Wenn ich morgens eintreffe, ist es, als käme ich in eine völlig andere Welt, die von seltsamen Lebewesen bevölkert ist. Ich kenne sie, glaube ich, recht gut, aber sie können einen durchaus überraschen. Wenn ich in der falschen Stimmung bin, können sie recht finster dreinschauen, fast bedrohlich. Sie machen nie die Augen zu. Manchmal träume ich von ihnen – verstörende Träume.« Sie hielt inne. Ralph schaute an die Zimmerdecke. Sie konnte nicht erkennen, ob er ihr zuhörte. An seiner Schläfe pochte eine kleine Vene. »Bis vor kurzem habe ich in Italien gelebt«, fuhr sie fort. »In der Nähe von Florenz. Aber ich musste gehen, weil … Na ja, ich bin eben gegangen. Eines Morgens dachte ich: Das ist das falsche Gesicht neben mir auf dem Kissen. Ich kann nicht für den Rest meines Lebens mit dem falschen Gesicht an meiner Seite aufwachen. Dann schon lieber gar keines. Aber das ist eine andere Geschichte, und ich weiß nicht, ob du sie überhaupt hören willst. Es ist ein komisches Gefühl, hier zu sitzen und einfach nur zu reden, über alles und nichts. Meine Worte fallen wie Steine in die Stille, und ich weiß nicht, was ich sagen soll, Ralph. Was willst du hören? Wie fängt man an? Vielleicht könnte ich dir etwas vorlesen. Vielleicht ein Gedicht …«

»Erzähl mir von uns!« Seine Stimme war nur noch ein dünnes Krächzen.

»Von uns?«

»Wie es damals war. Die alten Erinnerungen.« Sie musste sich zu ihm hinunterbeugen, um sein Wispern zu verstehen, das verzweifelt war, drängend wie das eines verlassenen Kindes. »Erzähl mir von mir! Von uns. Ich kann die Stille nicht ertragen. Sprich weiter, damit diese Stille verschwindet! Bitte!«

»Ralph.« Sie nahm seine schmale Hand, beugte sich zu ihm hinunter und roch den sauren Geruch der Krankheit. »Psst, mein Schatz!«

»Sprich weiter!«

Die Sonne war aufgegangen, blieb aber versteckt hinter den dunklen, windgepeitschten Wolken, die neuen Regen ankündigten. Heute wird es gar nicht richtig hell werden, dachte Marnie. Dämmerung, bis der Abend kommt und erneut die Nacht hereinbricht.

»Gut, dann hör zu!«, sagte sie.

Vier 4

Ohne David hätte sie Ralph niemals kennengelernt. Und David hatte sie nur an diesem Abend begegnen können, einem Abend, an dem sie übellaunig und viel zu spät dran war. Marnie hatte eigentlich gar keine Lust gehabt, zu der Party zu gehen. Sie mochte die Leute nicht, die sie dort treffen würde, und die Leute mochten sie nicht. Sie gehörte nicht dazu. Sie sei sonderbar, sagten die anderen. Ihr schien es gleichgültig zu sein, was sie über sie dachten. Marnie trug altmodische Klamotten, die sie secondhand bei Oxfam kaufte oder sich aus dem Kleiderschrank ihrer Mutter lieh, der voller Überraschungen war. Ihre Schulsachen verstaute sie in einem abgestoßenen Instrumentenkoffer. Sie fuhr mit einem alten Hollandrad zur Schule und wohnte in einem Haus mit einem undichten Dach. Sie konnte Akkordeon spielen, liebte die Oper und das Segeln und alte Philosophen mit zotteligen weißen Bärten. Und zu allem Überfluss konnte sie sogar stricken. Sie war Legasthenikerin zu einer Zeit, als man gerade anfing, die Lese-Rechtschreib-Schwäche als solche zu erkennen. Die anderen aber sagten, sie habe eine Macke, sie sei *dumm*, *unterbelichtet*, *einfältig*, *vertrottelt*, *zurückgeblieben*. Und dann hatte sie auch noch diese Mutter, die älter war als die meisten anderen Mütter, alleinerziehend, mit einer widerspenstigen dunklen Mähne und einem Blick, der vernichtend sein konnte. Sie trug lange Röcke, die am Boden schleiften, selbst gestrickte Pullis, kein Make-up, einmal abgesehen von den Farbspritzern und Schmutzspuren auf den Wangen, die sie abzuwischen vergaß, bevor sie das Haus verließ. Man nannte sie eine *Hexe*, eine *Spinnerin*, eine *Verrückte* (wenngleich nur hinter ihrem Rücken und ganz verstohlen, aus Angst, sie könne plötzlich wie aus dem Nichts auftauchen). Natürlich war es eine traurige Geschichte, die ihr und Marnie zugestoßen war – aber das war nun schon so lange her, dass die beiden eigentlich längst darüber hinweg sein müssten. Das Leben geht weiter, sagten die Leute. Marnie und Emma hatten gelernt, sich nicht umzudrehen und zu fragen: Ja, aber wie geht das Leben weiter? Ganz bestimmt nicht wie vorher, auch wenn es nach außen den Anschein hat.

An jenem Abend also hatte Marnie ihrer Freundin Lucy versprochen, sie zu einer Party zu begleiten. Die gewissenhafte, sarkastische Lucy, ein Bücherwurm mit einer randlosen Brille, der sämtliche Romane von Charles Dickens mindestens zweimal gelesen hatte, hatte nämlich beschlossen auszugehen und Marnie erklärt, sie müsse unbedingt mitkommen. Sie brauche sie als moralische Stütze und als Gesprächspartnerin für den Fall, dass sie wieder einmal – wie auf allen Partys, die sie besuchte – in der Ecke stehen und niemanden haben würde, mit dem sie reden konnte. Missmutig zwängte Marnie sich in ihr hellgraues Kleid, das ihr viel zu eng war. Bei genauerer Betrachtung hatte es wirklich einen komischen Schnitt, aber es war zu spät, sich jetzt noch einmal umzuziehen, denn sie konnte Lucy nicht länger warten lassen. Also schlüpfte sie in ein Paar klobige Stiefel, die nicht im Geringsten zu dem Kleid passten, und hielt sich weder damit auf, sich zu schminken, noch ihr widerspenstiges Haar zu kämmen.

»Das Kleid ist ziemlich kurz«, stellte ihre Mutter fest, als Marnie ins Auto stieg.

»Ich glaube, ich bin rausgewachsen.«

»Hm. Pass auf dich auf!«

»Wie bitte? Glaubst du etwa, jemand könnte es ausnutzen, nur weil ich meine Beine zeige?«

»Deinen Po.«

»Ich zeige meinen Po nicht!«
»Ist schon gut.«
»Dann behalte ich eben den Mantel an.«
»Marnie, ich habe nur gesagt: Pass auf dich auf!«
»Ich weiß, was du sagen willst.«
»Dass du vorsichtig sein sollst.«
»Ich habe ohnehin keine Lust, zu dieser Party zu gehen. Mir kommt es jetzt schon so vor, als säße ich in der Falle. Fast als würde ich ersticken. Ich werde mich in eine Ecke stellen, die Arme verschränken und eine Schnute ziehen.«
»Klingt lustig.«

Und so sah David sie da stehen: ein Mädchen, das anders war als alle anderen. In einem knapp sitzenden Kleid und klobigen Lederstiefeln, als wolle sie mit einer ausgefallenen Kombination Weltläufigkeit demonstrieren. Ihn beeindruckte ihr ungeschminktes, blasses Gesicht, das, halb versteckt hinter der langen Mähne, finster blickte, anstatt freundlich zu lächeln oder einen Schmollmund zu ziehen. Normalerweise gab sich Marnie höflich und gelassen, doch an diesem Abend war sie gereizt. Wie fast alle Anwesenden kannte sie David vom Sehen. Er war der Junge vom Gymnasium gegenüber der Mädchenoberschule und ging mit der magersüchtigen Lily, die sich die Lippen rot schminkte. Er hatte den Eintausendfünfhundert-Meter-Lauf der Grafschaft gewonnen und war in allen Zeitungen gewesen und sogar im Fernsehen, wo er sagte, er hätte nichts dagegen, an der nächsten Olympiade teilzunehmen, spiele aber lieber Fußball. Er hatte dickes blondes Haar und ein kantiges Kinn, weiße Zähne und stand gern breitbeinig da wie ein Cowboy, die Daumen im Hosengürtel.

An jenem Abend betrat er, lässig wie immer und natürlich mit angemessener Verspätung, den Raum wie ein bewaffneter Westernheld. Flankiert von seinen Bewunderern, ließ er den Blick über die Menge gleiten. Die Atmosphäre veränderte sich schlagartig. Ohne dass es den Mädchen bewusst war, rückten sie näher an ihn heran, sprachen lauter, damit er sie hörte, drehten ihm ihr Profil zu und unterhielten sich angeregt. Marnie fiel ihm auf, weil sie ihn kaum zu beachten schien. Als er auf sie zuging, ein Lächeln auf dem Gesicht, starrte sie ihn nur ausdruckslos an. Sie hatte leichte Kopfschmerzen, und beim Schlucken schmerzte ihr Hals. Sie würde eine Erkältung bekommen, dazu noch ihre Periode, die sich mit leichten Rückenschmerzen, einem Ziehen in der Brust und Hautjucken ankündigte. Sie wünschte sich nichts sehnlicher, als sich zu Hause in ihr Bett zu kuscheln und sich eine Sprachkassette anzuhören, neben sich eine Tasse Kamillentee, die Katze zusammengerollt zu ihren Füßen. Sie hatte bereits ihre Mutter angerufen und sie gebeten, sie frühzeitig abzuholen.

»Kann ich dir was zu trinken bringen?«

»Ich hab schon.« Sie hob ihr Glas und nahm einen Schluck.

»Okay. Wie wär's damit: Hast du Lust zu tanzen?«

»Niemand tanzt. Außerdem bin ich nicht in der Stimmung.«

»In welcher Stimmung bist du denn?«

»Jedenfalls nicht in Partystimmung.«

»Wie heißt du?«

»Marnie.«

»Und ich bin David.«

»Ich weiß.«

Er lächelte noch breiter.

»Du weißt, wer ich bin?«

»Ja. Und das ist Lucy.«

Er würdigte Lucy kaum eines Blickes. In seinem Rücken hatten sich ihre Peinigerinnen versammelt und beobachteten sie irritiert. Unwillkürlich musste Marnie grinsen.

»Was gibt es da zu lachen?«

»Ach, nichts.«

»Nun sag schon!« Er kam näher. Er roch nach Bier und moschusartig nach Schweiß. Seine Gesichtszüge verschwammen.

»Ich hab's mir anders überlegt«, sagte sie. »Ich möchte doch tanzen. Aber nur ein Mal. Danach geh ich nach Hause.«

»Das werden wir ja sehen.«

»Sprich nicht so!«, fuhr sie auf, wütend über seinen anmaßenden Ton.

»Wie denn?«

»So selbstherrlich.«

»Entschuldigung.« Es klang fast kleinlaut.

Sie gingen in die Mitte des Raums, und er legte ihr die Arme um die Taille. Seine Hände lagen auf ihrem Rücken, sein fester Körper schmiegte sich an sie, sein Atem strich warm über ihre Wange. Ihr wurde heiß, und sie kickte ihre schweren Stiefel von den Füßen, sodass er plötzlich ein Stück größer war als sie und sich hinunterbeugen musste, wenn er mit ihr sprechen wollte. Die Haare fielen ihm ins Gesicht, und er redete schnell und leichthin mit ungetrübtem Selbstbewusstsein über nichts Besonderes.

»Ich geh jetzt«, sagte sie, als ein neues Lied anfing. »Bye-bye, David.«

»Aber das kannst du doch nicht machen!«

»Doch.«

»Habe ich dir gesagt, dass du schön bist?«

»Ja. Danke.«

»Kann ich dich anrufen?«

»Wie bitte?«

»Ich möchte dich wiedersehen. Gib mir deine Telefonnummer!«

»Oh.« Marnie runzelte die Stirn, während sie in ihre Stiefel schlüpfte. »Die steht im Telefonbuch.«

»Na gut. Wie ist dein Nachname?«

Sie zögerte kurz, dann zuckte sie die Achseln. »Still.«

»Marnie Still.«

»Ja.«

»Wie heißt dein Vater?«

»Ich habe keinen Vater.«
»Sorry«, sagte er, ohne sich abwimmeln zu lassen.
»Außer uns gibt es keine Stills.«

Und so kam es, dass Marnie – die unmodische, unsportliche Marnie, die kein Blatt vor den Mund nahm, sich ihre Kleider selbst nähte und sich von ihrer Mutter die Haare schneiden ließ – mit David Tinsley ausging, dem Schwarm aller Oberstufenschülerinnen, dem Held auf dem Fußballplatz und auf der Aschenbahn. Wenn sie jetzt nach all den Jahren zurückblickte, wurde ihr klar, dass sie nie wirklich in ihn verliebt gewesen war – und wenn, dann gewissermaßen nur aus zweiter Hand, weil andere Mädchen, die Marnie nicht ausstehen konnte, so für ihn schwärmten und es nicht fassen konnten, dass er ihr den Vorzug gab. Marnie wusste, dass sie für ihn nicht die Richtige war, aber genau deshalb ließ er nicht locker: Sie bewunderte ihn nicht, sie kam nicht zum Fußballplatz, um ihn spielen zu sehen, sie verbrachte nicht Stunden vor dem Spiegel, um sich hübsch zu machen, bevor sie sich trafen. Sie lachte nicht über seine lahmen Witze, heuchelte keine Zustimmung und sagte seinetwegen nie ein Treffen mit Lucy ab. Und sie war ihm nicht dankbar dafür, dass er sie erwählt hatte.

»Wann lerne ich ihn endlich kennen?«, fragte ihre Mutter.

»Du kannst ihn bestimmt nicht ausstehen.«

»Heißt das, du willst ihn mir nicht vorstellen?«

»Nein, ist schon okay. Was hältst du davon, wenn ich ihn morgen mitbringe?«

Es war März, und nach den trüben Winterwochen, in denen das braune Meer und der graue Himmel übergangslos ineinanderflossen und durch die Decke im Badezimmer Wasser auf den Rand der Wanne tropfte, lebte auch das unverwüstliche kleine Haus an der Küste wieder auf. Im Garten leuchteten die Narzissen, die Kamelien neben dem Eingang standen in voller

Blüte, und die Bäume zeigten schon klebrige grüne Knospen. Das Meer, das sie von ihrem Haus aus sehen und über einen schmalen Pfad erreichen konnten, war von einem flirrenden Blaugrün, das ein Diamantenglitzern zurückwarf, wenn die Sonne zwischen den Wolken hervortrat. Jeden Morgen öffnete Emma Still die Fenster, und perlendes Vogelgezwitscher drang in das Haus. Manchmal entdeckte Marnie einen Vogel in dem kahlen Geäst eines Baums, die winzige Brust pulsierend in kraftvollem Gesang.

Marnie war in diesem Haus geboren, und sie wusste, dass ihre Mutter niemals von hier fortgehen würde, obwohl es alt war und immer mehr verfiel. Die Deckenbalken waren morsch, die Mauern bröckelten, die Heizung verdiente ihren Namen nicht. Jeder Sturm fegte Ziegel vom Dach, aber Emma rief keinen Dachdecker, sondern kletterte selber hinauf, um sie zu ersetzen, und ihr Haar flatterte im Wind wie eine zerschlissene Fahne. Emma war praktisch veranlagt. Sie verlegte Teppichböden, baute Regale auf, nähte spätabends Vorhänge, den Fuß auf dem Nähmaschinenpedal, Stecknadeln zwischen den Lippen. Oft bat sie ihre Tochter, ihr zu helfen. Marnie hatte schon als Kind ihr Zimmer selbst getüncht, und es machte ihr Spaß, frische, saubere Farbe auf die fleckige Wand zu pinseln.

Das Haus, viel zu groß für sie beide, war lautlos und still – genau wie Marnie und ihre Mutter, die zurückhaltend waren und ihre Gefühle unterdrückten. Für Marnie war diese Stille oft beinahe mit Händen greifbar. Die Stille erfüllte die Räume und drückte gegen die Fenster. Und manchmal stellte Marnie sich vor, dass der gleiche Druck auch in ihr und in ihrer Mutter herrschte: all die im Innern aufgestauten Schreie, die ihnen ihre Unbekümmertheit und Sorglosigkeit nahmen und sie zu grüblerischen Menschen machten. Marnie hatte keine Erinnerungen an jene Zeit, aber sie stellte sich vor, wie das Leben zu viert verlaufen war, als es nicht nur Emma und sie, sondern auch noch ihren Vater Paolo und ihren Bruder Seth gab.

Das lag lange zurück. Marnie war drei Jahre alt gewesen, als Paolo und der siebenjährige Seth zu einem Angelausflug aufgebrochen waren – der fürsorgliche Vater und sein stolzer Sohn – und in dem heftigen Sturm, der den Einheimischen im Gedächtnis geblieben war, ihr Leben verloren hatten. Jahrelang hatte Marnie davon geträumt, wie die beiden in den aufgewühlten Fluten um Hilfe schrien und unter Wasser mit Armen und Beinen ruderten. Wie ihre Lungen platzten und Seetang sich um ihre angstverzerrten Gesichter schlang, bevor sie starben. Jetzt musste Marnie immer wieder feststellen, dass sie sich nicht mehr so recht an sie erinnern konnte, eigentlich nur noch, wenn sie die Fotos im Erdgeschoss vor Augen hatte: Paolo und Emma vor der Kulisse des Meeres bei einsetzender Ebbe; sie und Seth nebeneinander auf einer Schaukel im Garten, Marnie mit ernster, Seth mit schelmischer Miene; sie alle vier gemeinsam, Marnie in die Sonne blinzelnd und sich an Emmas wehendem Rock festhaltend. Ihre wirklichen Gesichter waren verblasst, Marnies Erinnerungen lückenhaft und dürftig. Wenn Seth jetzt zu ihr kam, ohne dass sie ihn darum gebeten hatte, wie es oft geschah – aber davon sagte sie ihrer Mutter nichts –, war er stets streitsüchtig oder unverschämt. Einmal war sie auf sein Modellflugzeug aus Balsaholz getreten, das er frisch zusammengeklebt hatte, und er hatte sie umgestoßen und ihren Kopf auf den Boden geschlagen, bis sie Sterne sah. Ein anderes Mal hatten Seth und sein bester Freund Stephen auf dem Sofa Kissen auf sie gehäuft und sich dann daraufgesetzt, um fernzusehen. Sie wusste noch – oder meinte noch zu wissen –, wie es gewesen war, als sie in der erstickenden Dunkelheit lag und sich bemühte, nicht zu weinen, während die beiden Jungen auf ihr herumhopsten. Gern hätte sie glückliche Bilder vor Augen gehabt, aber je mehr sie in ihrer Erinnerung danach suchte, desto tiefer zogen sie sich in den trüben Bodensatz ihres Bewusstseins zurück.

Manchmal hatte sie in der Stille Seths Stimme im Ohr, aber sie klang spöttisch und nicht wie die eines Siebenjährigen, sondern mehr wie die von Marnies verborgenem zweitem Ich. Inzwischen hatte sie sich an diese Stimme gewöhnt und fuhr nicht mehr herum, um ihn zu sehen, bevor er wieder verschwand. An ihren Vater hatte sie zu ihrem Kummer leider überhaupt keine Erinnerungen mehr. Er war zu einem Vatermythos geworden, verschwommen wie Nebel. »Hat er mir vorgelesen?«, wollte sie von ihrer Mutter wissen. »Hat er mich auf seine Schultern gehoben? Hat er mich gekitzelt, mich gefüttert, mir die Tränen abgewischt?« Und als Emma bestätigte, natürlich habe er all das getan, stellte sich Marnie vor, wie Paolo an ihrem Bett gesessen oder sie hoch in die Luft geschwungen hatte, und sie versuchte, diese Bilder als Erinnerungen abzuspeichern. Ihre echten Erinnerungen, auch jene an die Zeit vor dem schweren Sturm, waren jedoch allesamt mit Emma verknüpft: mit ihren starken Schultern und ihrem festen Blick, ihren schwieligen Männerhänden, die sich um Marnies Hand schlossen, den Falten und Runzeln in ihrem Gesicht wie Spuren der Brandungserosion an einer Klippe. Emma war nach der Tragödie der Fels in der Brandung gewesen, ein Fels, gegen den der Schmerz vergeblich anbrandete.

Und sie hat nie gewankt, dachte Marnie. Kein einziges Mal, zumindest nicht in meiner Gegenwart. Als ihr Mann und ihr Sohn aus ihrem Leben fortgerissen wurden, war Emma Keramikerin gewesen, jetzt kam sie nur noch in ihrer Freizeit zum Töpfern. Um den Lebensunterhalt zu sichern, hatte sie das Haus in ein Bed & Breakfast verwandelt. Jetzt, da der Frühling nahte, würde die neue Saison bald beginnen. Weiße Baumwolllaken würden sich an der Wäscheleine blähen und bei Regen zum Trocknen über die Stühle gebreitet werden. Der Kühlschrank würde gefüllt sein mit Schinkenspeck und Schweinewürstchen, mit Eiern vom Bauernhof am Ende der Straße, mit Fleischtomaten, die Emma grillen würde, mit weißen Champignons und Packungen voller Kaffeebohnen. Von allen Menschen, die Marnie kannte, war Emma am wenigsten geeignet, eine Frühstückspension zu führen. Wie Marnie fiel auch ihr der Kontakt zu anderen nicht leicht. Und wenn sie jemanden nicht leiden konnte, war es ihr beinahe unmöglich, ihre Gefühle zu verbergen. Mehr als einmal bekam ein bedauernswerter Gast, der sich ärgerte, weil sein Zimmer kein eigenes Bad, keinen Fernseher und keine Kaffeemaschine hatte, ihren Zorn zu spüren. Marnie hatte einen siebten Sinn für die Leute entwickelt, die Emma unfreundlich behandeln würden. Bereits wenn die Leute aus dem Auto stiegen, sank Marnie das Herz, wusste sie doch, dass ihre Mutter das Frühstück wortlos zubereiten, mit den Tellern klappern und ledrige Spiegeleier braten würde, die wie eine klebrige Beleidigung neben einem aufgeplatzten, verkohlten Würstchen auf dem Teller lägen.

So ähnlich war es auch, als sie David zur Begutachtung mit nach Hause brachte. Emmas Mund wurde zu einem dünnen Strich, als er mit beiden Händen ihre Hand ergriff und sagte: »Jetzt weiß ich, woher Marnie ihr Aussehen hat.«

Emma zeigte ein seltsam schmales Grinsen, das ihre Zähne haifischartig aufblitzen ließ. Er ist sich gar nicht bewusst, was er da gesagt hat, dachte Marnie. Er glaubt, er hätte ihr ein Kompliment gemacht. Sie stiegen die schmale Treppe zu ihrem Zimmer hoch. Marnie spürte den Blick ihrer Mutter im Rücken und Davids heiße Hand an der Taille.

»Das ist offenbar gut gegangen«, sagte er und zog sie auf seinen Schoß. »Ich glaube, ich kann mit Müttern umgehen. Möchtest du auch meine Mutter kennenlernen?«

Marnie wollte eigentlich nicht. Sie wusste, dass es zu Ende sein würde, noch bevor es richtig begonnen hatte. »In Ordnung«, sagte sie.

Und so begegnete sie Ralph. David wohnte in einer Reihenhaussiedlung am Stadtrand, in einem gelben Backsteinhaus aus den dreißiger Jahren. Es war ein Sonntagnachmittag, als sie zum ersten Mal zu ihm nach Hause kam, und die Langeweile lag schwer in der Luft. Männer wuschen ihre Autos, und Mütter schoben träge und ziellos ihren Kinderwagen durch die Straßen.

Marnie schloss ihr Fahrrad am Zaun an und läutete. Sie hörte die Melodie der Klingel im Haus, dann erschien eine Gestalt an der Milchglasscheibe.

»Ja?«

Eine schmale, blasse Frau öffnete die Tür. Sie sieht ausgelaugt aus, dachte Marnie, oder wie ausradiert, als seien ihre Konturen verschwommen und ihre Farbe verwässert.

»Ich bin Marnie.«

»Ja?«

»Eine Freundin von David«, sagte Marnie höflich. David hatte seiner Mutter doch bestimmt gesagt, dass sie zum Tee kommen würde.

»Dann komm rein!«

Davids Mutter trat nur so weit zur Seite, dass Marnie sich an ihr vorbei ins Haus drängen konnte wie ein unliebsamer Handelsvertreter. Aber da stürmte David, zwei Stufen auf einmal nehmend, mit federndem blondem Haar die Treppe herunter. Er legte eine Hand auf die schmale Schulter seiner Mutter. Schlagartig veränderte sich ihre Miene, und ihr Gesicht erstrahlte in fast mädchenhafter Freude.

»Das ist meine Mutter«, erklärte er überflüssigerweise.

»Guten Tag«, sagte Marnie. Sie drückte die schmale, schlaffe Hand der Frau. In die Stille hinein fügte sie hinzu: »Ich freue mich, Ihre Bekanntschaft zu machen.«

»Ich habe einen Kuchen gebacken«, sagte die Frau. Ihr Blick wanderte über Marnies Gesicht. »Komm doch in die Küche!«

Dort sagte David beiläufig: »Das ist meine Schwester Grace.«

»Hallo, Grace.« Marnie beugte sich hinunter und griff nach der plumpen, an den Knöcheln geröteten Hand. »Ich bin Marnie.«

Dann schaute sie David an. Warum hatte er ihr nichts gesagt? Grace saß in einem Rollstuhl am Tisch. Ihre Beine waren dünn und schlaff wie die einer Stoffpuppe, ihr Oberkörper lang und unförmig. Sie hatte ein rundes, lächelndes Gesicht, einen schiefen Mund und blaue Augen – die gleichen wie David – unter einem blonden Pony. Ihr Blick irrte nervös durchs Zimmer. Ihre Finger zuckten. Sie stieß einen kehligen Laut aus und hob den Arm wie ein Dirigent, der um Ruhe bittet. Als ihre Mutter ihr ein Babylätzchen umband, sträubte sie sich und versuchte es herunterzureißen.

»Wo ist Dad?«, fragte David.

»Er hat sich hingelegt.«

»Unsinn, hier bin ich.«

Der Mann im Türrahmen war eine ältere Version von David, aber alles, was bei dem Sohn attraktiv war, wirkte bei dem Vater derb. Er hatte ein fleischiges Gesicht, dessen Züge wie gestaucht wirkten, dicke Ringe unter den Augen und schmutzige Speckfalten am Nacken. Seine Haut war wettergegerbt und rissig, und in seinen blutunterlaufenen blauen Augen glaubte Marnie eine Spur von Gemeinheit zu entdecken. Sein Bauch quoll über den viel zu eng geschnallten Gürtel seiner stramm sitzenden Jeans.

»Du bist Marnie, nicht wahr?« Er nahm ihre Hand in beide Hände, und Marnie bemerkte seine nikotingelben Fingernägel und roch süßlichen Alkohol in seinem Atem. »Mein Sohn hat einen guten Geschmack. Genau wie der Vater.« Er zwinkerte ihr auffällig zu, wobei er das Gesicht verzog.

Marnie fragte sich, ob er betrunken war. Sie lächelte zaghaft und wollte ihm die Hand entziehen, aber er hielt sie fest.

»Ach, wie schön, wenn man jung ist!«, fuhr er fort. »Jung und frei.« Und er zwinkerte erneut.

Diesmal gelang es Marnie, ihre Hand zu befreien, und als sie einen großen Schritt nach hinten tat, stieß sie gegen den Tisch. Davids Mutter schnalzte missbilligend mit der Zunge, als eine hellbraune Flüssigkeit aus der Teekanne schwappte. Grace fing an, mit einem Löffel auf ihren Teller zu trommeln. David verzog keine Miene, und plötzlich empfand Marnie Mitleid mit ihm –

ausgerechnet mit ihm, der nichts mehr hasste als Mitleid, der unangreifbar sein und stets alles unter Kontrolle haben wollte. Er stand vor den gerahmten Urkunden, mit denen seine sportlichen Leistungen ausgezeichnet worden waren, als wolle er ihr zu verstehen geben, wie er gesehen werden wolle: als siegreicher Held und nicht als Sohn eines betrunkenen Vaters und Bruder einer behinderten Schwester.

»Wo ist mein verrückter Bruder?«, fragte er unvermittelt.

»In seinem Zimmer natürlich. Er weiß, dass du hier bist.«

»Wollen wir ihn holen?«, fragte David. Er zog Marnie an der Hand aus der Küche, und sie folgte ihm die Treppe hinauf.

»Was hat Grace?«, fragte sie in seinem Rücken.

»Ach, Grace. Sie ist schon von Geburt an so.«

»Ja, aber …«

»Das ist Ralphs Zimmer. Er ist der eigentliche Spinner in der Familie …«

Ohne anzuklopfen, drückte er mit einem kräftigen Schlag die Tür auf. Marnie war erstaunt über die zwanghafte Unordnung in dem Raum. Das übrige Haus war sauber und unpersönlich, hier jedoch hatte man das Gefühl, eine Räuberhöhle zu betreten. Ein Spiegelbild von Ralphs fiebrigem Hirn, dachte sie später. Auf dem Boden standen alle möglichen Sachen herum: eine zerbrochene Gitarre, ein Stuhl, dem ein Bein fehlte, eine alte Schreibmaschine, ein Hosenbügler, an dem eine abgetragene Samtjacke hing; ein Pappkarton in Körpergröße eines Menschen, der in großen roten Buchstaben die Aufschrift RIP trug. In einer Ecke das lebensgroße Modell eines Skeletts, besser gesagt, eines halben Skeletts: Der Schädel, der halbe Oberkörper und ein Bein fehlten. Es lehnte an der Wand, damit es nicht umfiel. Bücher stapelten sich auf dem Boden, und auf dem schmalen Bett lagen Notizhefte, Zettel und Mappen. Die Wände und selbst die Zimmerdecke waren mit zahllosen Ansichtskarten gepflastert. Das alles stach ihr ins Auge, noch bevor sie den Bewohner des Zimmers entdeckte, eine magere Gestalt, die mit dem Rücken zur Tür am anderen Ende des Raums auf dem Boden kniete. Auf die Wand vor sich hatte er ein großes, etwas schief geratenes Rechteck gezeichnet.

»Was willst du?«, fragte er, ohne sich umzudrehen. Er tauchte einen Pinsel in eine Farbdose neben sich auf dem Boden, und als er ihn herauszog, tropfte Farbe auf den Teppich. Das Rechteck malte er mit einem dicken Klecks Türkisblau aus.

»Dad wird dich umbringen«, sagte David, und in seiner Stimme lag mehr als nur ein Hauch Schadenfreude.

»Schon möglich.« Ralph zuckte mit den schmalen Schultern. Er trug einen weiteren Farbfleck auf. Er hatte schwarzes, lockiges Haar, ein Fuß war nackt, die Sohle schmutzig, am anderen Fuß trug er einen weißen Turnschuh.

»Komm runter zum Tee! Das ist Marnie.«

Ralph legte den Pinsel auf dem umgedrehten Dosendeckel ab und wandte sich um. Marnie blickte in ein schmales, blasses Gesicht mit gesprenkelten grünlichen Augen und dicken Brauen. Seine Haare waren ungekämmt. Er war genauso alt wie sie, wirkte aber jünger, und schon auf den ersten Blick hatte sie den Eindruck, dass er hungrig, bedürftig und unstet wie eine flackernde Kerze war.

»Hi, Ralph!«, grüßte sie, während sie ins Zimmer trat.

Er stand mit einem Schwung auf und kam wegen des fehlenden Schuhs leicht hinkend auf sie zu.

»Hallo.«

Ein Lächeln huschte über sein Gesicht und erstarb sofort.

»Was malst du da?«

»Ein Fenster. Es ist total dunkel hier drin, und wenn ich schon kein richtiges Fenster haben kann, dachte ich, könnt ich mir eins auf die Wand malen, ein großes mit einem blauen Himmel und Wolken. Und vielleicht ein kleines Flugzeug in der Ferne. Was meinst du?«

»Die Farbe gefällt mir«, sagte sie verlegen. Er schaute sie erwartungsvoll an. »Ein Frühlingshimmel«, fügte sie hinzu. »Oder wie der Himmel am frühen Morgen, bevor es richtig warm wird.«

»Genau das wollte ich: dass alles neu ist.«

»Dad wird darauf bestehen, dass du es überstreichst, das weißt du.«

»Du könntest auch einen Vogel aufs Fensterbrett malen.«

»Ich bin schlecht in Kunst. Ich kann nicht zeichnen.«

»Ich könnte es für dich tun.«

»Wirklich?«

»Der Tee ist fertig, Marnie«, schaltete sich David ein. »Kommst du?«

»Wenn du willst, könnte ich …«

»Kommst du nun oder nicht?«

»Du könntest mir eine Schwalbe malen! Einen Vogel, der jedes Frühjahr zurückkehrt.«

»Okay.«

»Hast du ihre Lehmnester gesehen?«

»Marnie. Er gibt nur an und versucht, die Aufmerksamkeit auf sich zu lenken. Du darfst nicht darauf reinfallen.«

Ralph errötete. Er warf David einen vernichtenden Blick zu und biss sich auf die Lippen, bevor er sich abwandte. Marnie bemerkte seine angespannte Nackenmuskulatur.

»Sag Mum, ich hab keinen Hunger!«

»Wie du willst.«

»Da standest du also«, sagte Marnie und beugte sich zu Ralph hinunter. »Ein flammender Stern in einem dunklen Haus.«

Und du: Du standest in der Tür mit diesem komischen zaghaften Lächeln, das du immer aufsetzt, wenn du noch nicht weißt, ob du lächeln sollst oder nicht. Ich sehe dich noch genau vor mir, oder ich bilde es mir zumindest ein. Vielleicht habe ich mir diese Szene unserer ersten Begegnung in der Erinnerung aber auch bunter ausgemalt, als sie war. Das tue ich oft. Die Vergangenheit strahlt heller als die Gegenwart. Wie auch immer, mir steht heute noch dein freundliches, blasses, etwas schmuddeliges Gesicht vor Augen, halb verdeckt von deinem Haar. Die grauen Augen. Der schiefe Pony, als hättest du in einem Moment der Zerstreuung daran herumgeschnipselt. Der große Mund, das entschlossene Kinn. Die Sommersprossen auf deiner Nase, die im Sommer zahlreicher wurden. Kein Make-up, nur die Daumennägel dunkellila lackiert, wie ich später bemerkte. Du trugst, jedenfalls in meiner Erinnerung, diese uralte Jeans, die dir viel zu groß war und die du mit einem Leinengürtel zusammenhieltest; einen gesmokten Pulli, abgetragene Stiefel. Warst alles andere als herausgeputzt, obwohl du uns zum ersten Mal besucht hast. Du warst nicht so, wie ich es mir vorgestellt hatte, ganz und gar nicht. Ich hatte jemanden wie Davids bisherige Freundin erwartet: eine spindeldürre Blondine, kühl, eitel und herablassend. Sie betrachtete mich, als wäre ich nicht ganz dicht im Kopf, ein Sonderling, verrückt, nur ansatzweise amüsant und bedauernswert klein. Du dagegen – wenn du mich anschautest, hatte ich das Gefühl, erkannt zu werden. Du hast in mein Inneres geblickt und dich nicht abgewandt.

Meine Mutter hat mich nie auf diese Weise wahrgenommen. Sie wartete geradezu darauf, von mir enttäuscht zu werden. Sie musterte mich missbilligend und fand immer etwas an mir auszusetzen: Meine Kleidung war unordentlich, mein Haar zu lang und ungekämmt, mein Gesicht das falsche, weil es nicht das von David war. Ich hatte nicht sein goldblondes Haar, seine bösen babyblauen Augen, sein charmantes Lächeln. Ich sprach die falschen Worte, hatte die falschen Empfindungen und trug in mir eine Wut, die sie nicht einmal ansatzweise verstand. Meine arme Mutter! Was habe ich nicht alles versucht, um ihr zu gefallen! Als Kind bin ich ihr wie ein Schatten gefolgt; ich versicherte ihr, wie sehr ich sie liebe, ich hing an ihrem Rockzipfel und wartete vor der abgeschlossenen Badezimmertür. Ich schmollte, wenn sie David ihre Aufmerksamkeit schenkte, und konnte nicht einschlafen, bevor sie mir nicht gute Nacht gesagt hatte. Ich bettelte, dass sie mich in den Arm nehmen möge, und machte sie wahnsinnig mit meinem Bedürfnis nach Zuwendung.

»Was bist du nur für ein Wesen?«, fragte sie manchmal ratlos. »Wie komme ich nur zu einem Sohn wie dich?« Ich wurde ganz klein, wenn sie mich ansah, ich verkroch mich in mich selbst wie eine Seeanemone, die man mit einem Stock berührt: das mickrige mittlere Kind zwischen dem heldenhaften, weltgewandten Erstgeborenen und der hilflosen, unschuldigen Tochter.

Einmal versuchte ich dir das zu erklären, aber ich weiß nicht, ob du mich richtig verstanden hast. Ich hatte das Gefühl, du wärst der erste Mensch, der mich so sah, wie ich wirklich war und wie ich sein wollte. Ich fühlte mich erkannt. Kein Wunder, dass ich mich schon bei der ersten Begegnung in dich verliebt habe, als du mich angelächelt und dich erboten hast, mir einen Vogel auf die Zimmerwand zu malen. Ich habe mich Hals über Kopf verliebt. Liebe, bis der Tod uns scheidet. Jetzt wird der Tod uns scheiden.

Du kannst mich nicht hören. Du küsst mich auf die Stirn und sagst: »Alles ist gut, Ralph. Es ist gut.« Geschieht das hier, in diesem Augenblick, oder ist es etwas, was ich aus der Erinnerung hervorkrame und das schon vor vielen Jahren geschehen ist? Vielleicht ist es auch noch gar nicht geschehen, sondern erwartet mich noch auf dem immer kürzer werdenden Weg, der vor mir liegt. Vergangenheit und Zukunft haben in diesem Zimmer, das den Geruch meines eigenen Verfalls trägt, nicht mehr dieselbe Bedeutung wie früher. Alles zieht sich zusammen wie eine Pupille im Licht, bis nur noch eine stecknadelgroße Öffnung bleibt. Gerade groß genug, um zu sehen. Aber die Dunkelheit naht.

5 Fünf

Oliver holte aus. Kurz schwebte die Axt über seinem Kopf in der Luft. Er hatte ein Bein etwa einen Fußbreit vor das andere gesetzt, seine Halsmuskeln waren angespannt. Marnie beobachtete ihn. Seine Miene zeugte von höchster Konzentration, und für einen Moment dachte sie, er habe vergessen, wo er war und was dort geschah. Dann ließ er die Axt niedersausen und spaltete das Holz, von dem kleine Späne in alle Richtungen flogen. Marnie nahm die beiden Hälften, atmete den frischen, würzigen Duft ein und warf sie in die Schubkarre, dass es schepperte.

Ralph wurde noch immer von der Krankenschwester betreut, und seit einer halben Stunde arbeiteten Marnie und Oliver mehr oder weniger wortlos zusammen. Oliver spaltete das Holz, das er schon vor Marnies Ankunft gesägt hatte, und sie fuhr die Scheite mit der Schubkarre zum Schuppen neben dem Haus, wo sie sie ordentlich aufeinanderschichtete. Es war eine anstrengende Tätigkeit, und obwohl es kalt und stürmisch war und nach Regen aussah, hatten sie ihre Jacken ausgezogen. Marnie fragte nicht, warum sie diese Arbeit machten und wofür all das Holz bestimmt war – für Ralph jedenfalls nicht. Wenn es lang genug gelagert und trocken war, würde Ralph nicht mehr leben. Aber die körperliche Betätigung erleichterte ihnen den Umgang miteinander, und die alltäglichen Verrichtungen schenkten ihnen Trost: Holz musste gehackt und gestapelt, Bettwäsche gewaschen, und die Fußböden mussten gewischt werden. Auf dem Herd köchelte die Suppe.

Nachdem Marnie an diesem Morgen eine Weile an Ralphs Bett gesessen hatte, hatte sie mit vor Kälte tränenden Augen einen kurzen Spaziergang gemacht. Wenn sie tief einatmete, brannte ihre Kehle und schmerzte die Lunge von der kalten Luft. Der See lag am Fuß eines Hügels hinter einem Wäldchen aus Kiefern und Birken, deren Äste im Wind knackten und ächzten. Kleine Regentropfen trommelten auf Marnies Wangen. Ihre Füße sanken durch die bereiften braunen Blätter in den weichen Untergrund. Marnies Erinnerungen an diese Landschaft mit ihren Seen und Kiefernwäldchen reichten weit zurück, aber damals war Sommer gewesen, eine Idylle aus Blau- und Grüntönen, wie in Aquarell gemalt. Die Sonne hatte ein glitzerndes Kaleidoskop über die Wasseroberfläche gebreitet, die glänzte und funkelte und silbrige Lichtsplitter reflektierte. Nun jedoch bot sich ihrem Blick ein düsteres Bild aus Braun-, Beige-, Grau- und Schwarztönen in schweren Ölfarben. Selbst die immergrünen Kiefern wirkten karg und leblos, und das diesige Licht verlieh der gesamten Szenerie etwas Gespenstisches. Marnie erschauderte und beschleunigte ihren Schritt; sie schlang die Arme um sich, um sich warm zu halten. Sie erreichte den See, der brackig und trostlos wirkte. Vor dem welken Schilf ging sie in die Hocke und tauchte die Fingerspitzen ins Wasser. Hier, nahe am Ufer, war es schlierig und fast schon zu Eis gefroren. In ein paar Wochen würde der ganze See zugefroren sein, und vielleicht würde es dann sogar schneien und diese farblose Welt sich in ein Paradies von strahlend weißer Schönheit verwandeln.

Sie hob einen flachen, kantigen Stein auf und ließ ihn über die Wasseroberfläche schnellen. Er hüpfte ein einziges Mal, bevor er verschwand.

»Warum können Mädchen nicht richtig werfen?« Es war die Stimme ihres Bruders, fröhlich und selbstgefällig.

Als sie jünger war, hatte Marnie oft versucht, sich vorzustellen, wie ihr Bruder mittlerweile aussähe und was er machen würde, wenn er noch am Leben wäre. An Neujahr hatte ihre

Mutter sie und Seth – und später dann nur noch sie – immer gemessen. Sie stellte Marnie vor den Türpfosten und zog über ihrem Scheitel einen Bleistiftstrich, daneben schrieb sie ihren Namen und das Jahr. Nach dieser Prozedur trat Marnie einen Schritt zurück und besah sich die Striche: ihre eigenen, die immer höher hinaufkletterten, und Seths Striche, die bei ein Meter vierzig aufhörten. Mit acht war sie etwa so groß, wie er mit sieben gewesen war, mit neun war sie größer – aber nicht wirklich, denn sie zog einen imaginären Strich da, wo er vermutlich angelangt wäre. Somit war er ihr immer ein Stück voraus. Er war ihr voraus in der Körpergröße, beim Lesen und Schreiben (als Legasthenikerin lag sie ohnehin Jahre zurück), in Mathe, in Französisch, bei den Prüfungen und wenn es darum ging, Freundschaften zu schließen oder alles besser zu wissen. Sie konnte ihn nie einholen. Sie wusste, wann er in den Stimmbruch kommen würde und wann er seine erste Freundin gehabt hätte. Sie kannte den Zeitpunkt, wann er sich an den Strand gestohlen und heimlich eine Zigarette geraucht hätte. Sie malte sich sein Gesicht aus, erst makellos, später pickelig und dann stoppelig, als er zum Mann geworden war. Sein schmächtiger Körper wurde in ihrer Vorstellung groß und kräftig, mit breiten Schultern. Ab einem bestimmten Alter jedoch verlor sie ihn aus dem Blick. Jetzt wäre er um die vierzig. Was würde er machen? Einmal, es war lange her, hatte sie ihre Mutter gefragt. Emma aber hatte ihrer Tochter einen Blick zugeworfen, der ihr Angst einjagte. Einen Blick, so leer und gespenstisch wie der Mond.

Als sie jetzt Seths spöttische Stimme hörte, verzog sie das Gesicht. Sie hob noch einen Stein auf, duckte sich, holte zum Wurf aus und beobachtete dann, wie er schnell ein paarmal übers Wasser hüpfte.

»Siehst du«, sagte sie laut. »Aber du hättest es besser gekonnt, stimmt's? Natürlich hättest du es besser gekonnt. Das ist unfair.«

Aber sie wollte nicht Seths Stimme hören, sondern die ihrer Mutter. Emma hatte immer genau gewusst, wann ein Ratschlag angebracht war und wann nicht. Sie war bedächtig in ihrem Urteil. Marnie hatte ihr Gesicht vor Augen, ihr nachdenkliches Stirnrunzeln. Emma, die Beine leicht gespreizt, pflegte die Hände in die Hüften zu stemmen und sich Zeit zu lassen, bis sie sicher war, was sie sagen wollte.

»Ich weiß nicht, was ich machen soll.« Marnie setzte sich auf ein kleines Holzboot, das man ein Stück weit ans Ufer gezogen und umgedreht hatte. Die Ruder waren unter den bauchigen Bug geschoben, und die Mitte des Rumpfs war mit einer Plane abgedeckt. »Ich habe Angst.«

Aber ihre Mutter antwortete nicht. Marnie kam es so vor, als sei sie eine Ewigkeit da sitzen geblieben, dabei waren es nur wenige Minuten. Sie lauschte dem unregelmäßigen Platschen der kleinen Wellen und ließ ihren Gedanken freien Lauf.

Jetzt warf Marnie noch ein paar Holzscheite in die Schubkarre, dann richtete sie sich auf und schaute zu Oliver hinüber. Sobald sie aufhörte, sich zu bewegen, wurde ihr kalt.

»Mach ruhig weiter! Aber ich würde gern etwas mit dir besprechen, ja?«

»Klar.« Oliver ließ die Axt auf einen kleineren Holzklotz niedergehen. Sie fuhr hindurch wie ein Messer durch ein Stück Butter.

»Ich werde mit deinem Auto in den nächsten Ort fahren, wir sollten also eine Einkaufsliste schreiben. Du musst mir sagen, was er noch essen kann.«

»Gut. Aber ich kann auch einkaufen gehen. Oder Dot. Sie möchte sich ohnehin irgendwie nützlich machen.«

»Ich würde gern selbst fahren, wenn das okay ist. Außerdem habe ich überlegt, ob wir Ralphs Bett nicht besser in den Wohnraum stellen sollten. Dann liegt er nicht so abgekapselt in diesem kleinen Zimmer, das mir wie ein Warteraum des Todes vorkommt. Was hältst du davon? Das Wohnzimmer ist der zentrale Ort des Hauses, hier spielt sich alles ab. Hier wird gekocht und gewaschen, geredet, gelesen und Musik gehört. Wenn er sich schon nicht beteiligen kann, so ist er doch wenigstens dabei.«

Oliver wischte sich mit dem Arm über die Stirn. »Wenn Ralph das gern möchte«, sagte er. »Aber vielleicht würde er sich ein bisschen wie auf dem Präsentierteller fühlen. Was ist, wenn er die Bettpfanne braucht oder wenn er einfach nur für sich sein will?«

»Ich könnte aus dem Vorhang in meinem Zimmer einen Raumteiler machen. Wenn er ungestört sein will, könnten wir den Vorhang einfach zuziehen.«

»Wir fragen ihn einfach.«

»Und wir beide könnten in diesem Zimmer auch schlafen.«

»Wirklich?« Oliver klang skeptisch.

»Mir kommt's einfach nicht richtig vor, ihn allein zu lassen.«

»Wenn du meinst.«

»Ich denke die ganze Zeit, es könnte jeden Moment vorbei sein mit ihm.«

»Hm.«

»Wir sollten mir ihm sprechen, auch wenn es so aussieht, als ob er schläft. Vielleicht kann er uns trotzdem hören.«

»Dann werde ich das so machen.«

»Das alles scheint sehr lange her zu sein, nicht wahr?«

Er antwortete nicht, sondern hob nur erneut die Axt und ließ sie aufs Holz niedersausen. Die Klinge blitzte, Atemwölkchen traten aus seinem Mund.

»Mir kommt es wenigstens so vor«, fuhr Marnie unbeirrt fort. »Lange her und trotzdem unwahrscheinlich nah.«

Oliver verharrte mit der Axt auf dem Hauklotz und wischte sich mit dem Handrücken über die Stirn. Marnie verschränkte die Arme vor der Brust und wartete auf seine Reaktion. Zunächst starrte er nur an ihr vorbei in Richtung des Wäldchens, als fessele dort irgendetwas seine Aufmerksamkeit. Erst nach einer Weile wandte er sich ihr zu.

»Ich weiß nicht, Marnie«, sagte er. »Ich weiß nicht, was ich von alldem halten soll.«

Es war ein scheinbar inhaltsloser kleiner Satz, aber für einen Moment schien es, als sei die Distanz zwischen ihnen gewichen.

»Tja«, sagte sie und lächelte ihn an, aber er lächelte nicht zurück. Er sah müde und bedrückt aus.

»Es ist seltsam, sich unter diesen Umständen wiederzusehen.«

»Es wäre unter allen Umständen seltsam gewesen.«

»Wahrscheinlich.«

»Stell dir vor, wir wären uns auf einer Party oder im Theater oder sonst wo über den Weg gelaufen!«

»Das wäre auch seltsam gewesen«, stimmte er zu. Aber er lächelte immer noch nicht, und seine Miene wirkte weiterhin besorgt. Marnie hätte ihn gern so vieles gefragt: Bist du verheiratet? Wie viele Kinder hast du? Hast du jemals an mich gedacht? Wen liebst du? Hast du dein Glück gefunden? Doch sie merkte, dass sie es nicht über sich brachte.

»Bist du immer mit Ralph in Kontakt geblieben?«, fragte sie stattdessen. »Ich meine, nachdem …« Sie sprach den Satz nicht zu Ende.

»Soweit er es zugelassen hat. Manchmal war er eine Zeit lang von der Bildfläche verschwunden.«

»War er glücklich?«

»Glücklich? Nein. Dieses Wort würde ich nicht verwenden. Fröhlich manchmal. Euphorisch. Aufgeregt. Rastlos. Elend. Verzweifelt. Im Himmel und dann wieder in der Hölle.«

»Gab es Menschen, die ihn liebten?«

»Hin und wieder.«

»Und hat er selbst geliebt?«

Oliver legte die Axt vorsichtig auf den Boden und bettete die Klinge auf ein Stück Holz.

»Manches weiß ich nicht, und über manches kann ich nicht sprechen.«

»Hat er jemals über mich gesprochen?«

»Früher oft. Aber er hat dich schon lange nicht mehr erwähnt.«

Marnie bestieg den Hügel auf der anderen Seite des Sees. Dort oben schien es mit dem Empfang besser zu klappen. Sie hörte ihre Handynachrichten ab, zog die Handschuhe aus und wählte mit vor Kälte klammen Fingern Evas Nummer.

»Marionettenmuseum«, hörte sie eine gut gelaunte Stimme. »Wie kann ich Ihnen helfen?«

»Ich bin's.«

»Marnie! Ich kann dich kaum verstehen. Klingt, als wärest du unter Wasser. Geht's dir gut?«

»Ja. Und wie läuft's bei dir? Alles in Ordnung?«

»Es ist ein bisschen gruselig. Ich denke andauernd, die Puppen werden gleich lebendig.«

»Aber es geht dir gut?«

»Ja. Es macht Spaß.«

»Und ist alles …«

»Ich kann dich nicht besonders gut hören.«

»Ich sagte …«

»Marnie, ich versteh dich nicht.«

»Ich ruf später noch mal an«, schrie Marnie.

In der Hoffnung auf einen besseren Empfang ging sie ein paar Schritte weiter und rief Lucy an, die um einen Rückruf gebeten hatte.

»Lucy?«

»Marnie? Warte mal kurz. Ich geh nur schnell raus, damit wir reden können.«

Marnie hauchte ihre Finger an und zog ihre Handschuhe wieder an.

»Okay. Bist du noch da?«

»Ja.«

»Ich habe gestern Abend bei dir zu Hause angerufen, und

Eva sagte, du bist nach Schottland gefahren, um einen Freund zu besuchen, der im Sterben liegt.«

»Ja. Es ist Ralph.« Lucy holte hörbar Luft, und Marnie fiel ein, dass sie seit Jahren zum ersten Mal über ihn redeten. Er war ein Tabuthema für sie. »Tut mir leid«, sagte sie leise. »Ich hätte es dir gesagt, aber es ging alles so schnell.«

»Ich dachte mir schon, dass er es ist, ich weiß auch nicht, warum. Es war nur so ein Bauchgefühl.«

»Tut mir leid«, sagte Marnie noch einmal.

»Und stimmt es?«

»Dass er sterben wird? Ja.«

»Dann werde ich ihn also nie mehr wiedersehen.« Es war keine Frage, sondern eine traurige Feststellung. »Ich dachte immer … Aber du. Du bist bei ihm.«

»Ja«, sagte Marnie. Angesichts der Bitterkeit in Lucys Stimme fühlte sie sich hilflos.

»Bist du allein?«

»Oliver ist auch hier.«

»Ah.« Es war mehr ein Seufzer als eine Bemerkung. »Würdest du Ralph etwas ausrichten?«

»Selbstverständlich.«

»Sag ihm …« Kurze Stille. Marnies Blick ging den Hügel hinunter auf den See, dessen braune Wasseroberfläche vom Wind gekräuselt wurde. »Sag ihm, dass ich glücklich verheiratet bin und zwei Kinder habe, aber dass kein Tag vergeht, an dem ich nicht an ihn denke.«

»Das sag ich ihm.«

»Jetzt muss ich wieder in meine Sitzung zurück.«

»Natürlich.«

»Ich kann es einfach nicht glauben. Er war immer so lebendig.«

Was konnte sie darauf antworten? Marnie drückte den Hörer ans Ohr und schwieg.

Die Krankenschwester war gegangen. Oliver nahm Ralph wie ein Baby auf die Arme und trug ihn zum Sofa, wo Marnie saß. Er bettete Ralphs Kopf in ihren Schoß und deckte ihn mit der karierten Decke zu. Im Kamin flackerte ein Feuer, und auf dem improvisierten Tischchen vor ihnen standen die ersten Narzissen. Dot hatte sie mitgebracht. Marnie ließ ihre Finger durch sein Haar gleiten, es war sauber und weich. Die Krankenschwester hatte es ihm am Morgen gewaschen.

»Alles in Ordnung?«, fragte sie.

»Mm.«

»Oliver wird gleich dein Bett rüberbringen. Sag, wenn du etwas brauchst.«

»Ja.« Er schlug die Augen auf und schaute sie an. »Riecht gut.«

»Ich habe uns Hühnersuppe gekocht. Möchtest du welche?«

»Nein. Du. Du riechst gut.«

»Es ist nur Seife und der Geruch von Holz. Wenn du willst, lese ich dir etwas vor.«

»Später. Warte!«

»Okay. Lucy schickt dir eine Nachricht.«

»Lucy«, murmelte er.

»Sie sagt, sie ist glücklich verheiratet und hat zwei Kinder, aber es vergeht kein Tag, an dem sie nicht an dich denkt.«

»Gut.« Er kicherte, doch dann wurde er von einem quälenden Husten geschüttelt, sodass sich sein Körper auf der Couch zusammenkrümmte. »Das mit der glücklichen Ehe und den Kindern, meine ich.«

»Ja, gut, nicht wahr?«

»Wenigstens einer von uns hat es geschafft. Einer von uns vieren.«

Marnie beugte sich hinunter, küsste ihn auf die Stirn und auf seine spröden Lippen und atmete den schalen Krankengeruch ein. Oliver beobachtete sie von der Tür aus.

»Immerhin sind wir jetzt hier.«

»Erzähl weiter!«

Sechs 6

Entgegen ihrer Erwartung und fast gegen Marnies Wunsch blieben David und sie zusammen. In jenem Frühjahr machte er seinen Führerschein und holte sie voller Stolz mit dem blauen Saab seines Vaters ab, einem Auto mit schwarzen Plastiksitzen und einem Duftbäumchen, das von der Decke baumelte. Nur selten kam David ins Haus. Gewöhnlich stand Emma in der Haustür, die Hände an den Hüften, und zog ein finsteres Gesicht, wenn ihre Tochter mit David unter aufwirbelndem Splitt davonfuhr. Emma und Marnie redeten nicht oft über David, aber Emma drang noch entschiedener darauf, dass Marnie für die Schule lernte, und verhielt sich gegenüber ihren Feriengästen noch unwirscher. Sie ließ den Schinken in der Pfanne anbrennen, die Eidotter zerlaufen und knallte das Bügeleisen geräuschvoll aufs Brett, wenn sie Bettlaken bügelte. In der Schule hingegen galt Marnie jetzt rätselhafterweise als cool. Die modebewussten Mädels in ihrer Klasse ignorierten sie nicht mehr. Sie erhielt Einladungen zu Partys (natürlich zusammen mit David), die sie meistens höflich ablehnte. Sie schämte sich, dass sie sich insgeheim über diese Anerkennung freute, obwohl sie den Grund dafür missbilligte und genau wusste, dass man sie augenblicklich wieder fallenlassen konnte. Für Marnie war es Ehrensache, dieselben alten Klamotten zu tragen wie vorher, sie schminkte sich auch weiterhin nicht und verbrachte mehr Zeit als je zuvor mit Lucy, ihrer uncoolen, als Außenseiterin abgestempelten, treuen Freundin Lucy, die Marnie spät in der Nacht anrief, um mit ihr über *Jane Eyre* und die Bilder von Edward Hopper zu reden, und die dachte und – nach kurzem Zögern, um möglichst eindringliche Worte zu finden – auch aussprach, dass sie nie erwartet hätte, dass Marnie sich für einen wie David entscheiden würde.

Marnie selbst hätte das auch nicht für möglich gehalten. Dennoch stieg sie in den Wagen, der seinem Vater gehörte, und ließ sich von David ans Meer fahren, wo er seine Hand unter ihren BH schob, sein Gesicht an ihren Hals presste und dabei leise Worte murmelte, was Marnie an das Rauschen von Meeresmuscheln erinnerte, wenn man sie ans Ohr hielt. Manchmal fuhr er mit ihr zu einem Pub, was er jedoch bald aufgab, weil Marnie darauf bestand, zu Fuß nach Hause zu gehen, wenn er Alkohol getrunken hatte; dann beschimpfte er sie als prüde, bigott und arrogant. Sie erwiderte darauf nur, sie habe Emma ihr Wort gegeben – Ende der Diskussion. Oft brachte er sie zu sich nach Hause, wo seine Mutter sie noch immer mit finsteren Blicken bedachte, weil sie Marnie ihres perfekten Sohns nicht für würdig befand. Sein Vater flirtete bierselig mit ihr, und Grace lächelte und lächelte, während ihr der Speichel das Kinn hinunterrann.

Ralph sah sie nur selten. Sie hatte ihm vor dem Hintergrund eines türkisfarbenen Himmels die Schwalbe auf das gemalte Fensterbrett gezeichnet. Einmal, als er mit ihr und David im Auto saß, redete er über seine Lieblingsautoren, als gälte es sein Leben; die meisten Namen hatte sie noch nie gehört. Ein andermal, als sie auf Davids triumphale Rückkehr von irgendeinem Fußballspiel wartete, ließ sie sich von Ralph die Grundregeln des Schachspiels erklären. An jenem Nachmittag erzählte sie ihm von ihrer Legasthenie; dass es ihr immer noch schwerfalle, die Uhrzeit abzulesen, die Monatsnamen aufzusagen oder ein Wort richtig zu schreiben – zum Beispiel das Wort Legasthenie –, und dass sie manchmal das Gefühl habe, durch dichten Nebel zu tappen und sich blind voranzutasten. Sie habe Angst vor den bevorstehenden Prüfungen, sagte sie, und wache oft schweißgebadet auf.

»Trotzdem bist du der klügste Mensch, den ich kenne«, sagte er. Seine Augen glühten. Seine Haare standen nach allen Seiten ab, seine Wangen waren gerötet.

»Ich?« Sie lachte.

»Ja. Du.«

»Ich bin nicht klug.«

»Doch, du bist klug auf die einzige Weise, die zählt. Es gibt nur eins, was ich an dir auszusetzen habe, und zwar …«

»Was?«

»Nichts. An dir gibt es nichts auszusetzen.«

»Das ist wahnsinnig nett.« Sie lächelte ihn an, aber er wandte sich brüsk ab, fegte die Schachfiguren vom Brett und stürmte in einem seiner plötzlichen Wutausbrüche aus dem Zimmer. Doch Marnie war bereits aufgefallen, wie fürsorglich und respektvoll er mit Grace umging. Seinem Vater hingegen begegnete er schroff und seiner Mutter trotzig wie ein kleines, übellauniges Kind oder, noch schlimmer, unterwürfig und um Liebe bettelnd.

Die Kamelien vor ihrem Haus waren verblüht, jetzt entrollten sich die Blätter. Die Magnolien standen in voller Blütenpracht am Ende der Auffahrt, die voller Schlaglöcher war. Von ihrem Fenster aus blickte Marnie jetzt auf ein blaues Meer, und von der Dachrinne tropfte kein Regenwasser mehr auf das Pflaster. Ihre Mutter hatte einen Hahn und vier Hennen für den Garten gekauft, und jeden Morgen wurde Marnie vom triumphierenden Krähen des Hahns geweckt. Dann stand sie auf, schlüpfte in Morgenmantel und Hausschuhe und lief durch das taunasse Gras zum Hühnerstall am Ende des Gartens, um die frisch gelegten Eier zu holen. Meistens waren mehrere im Stroh, und sie fühlten sich glatt und warm an. Marnie trug sie in die Küche, wo ihre Mutter den Frühstückstisch deckte.

An einem solchen herrlichen Tag im Mai ging sie zu David nach Hause, um mit seiner Familie frühzeitig zu Abend zu essen und dann mit ihm bei einem seiner Fußballfreunde Poker zu spielen. Marnie hatte keine Ahnung von Poker und nur ein Pfund in kleinen Münzen in der Gesäßtasche ihrer Jeans dabei. Falls sich herausstellte, dass man laut und ausgelassen Strip-Poker spielen würde, bei denen die eigenen Kleidungsstücke eingesetzt wurden, würde sie aufstehen und nach Hause gehen, ohne auch nur ein Haarband abzunehmen.

Die ganze Familie war versammelt, und Marnie wurde der Platz am Kopfende des Tisches zugewiesen, rechts von ihr David, links Robert Tinsley. Ralph saß neben Grace und erzählte ihr, wie viele Arten französischen Käse es gibt, und Grace kicherte und gluckste, glückselig über die Aufmerksamkeit, die er ihr schenkte. Diana Tinsley stellte Marnie einen Teller hin: drei fettige, halbgare Würstchen, dazu einen Berg Kartoffelbrei und Baked Beans. Viel zu viel, um alles aufzuessen. Diana Tinsley band Grace ein Lätzchen um und stellte auch vor sie einen vollgehäuften Teller. Ralph stach mit der Gabel in eines seiner rosa Würstchen, stellte die Gabel senkrecht und verkündete laut und deutlich:

»Ich glaube, ich bin Vegetarier.«

»Unsinn!«, erwiderte sein Vater. Er riss eine Dose Bier auf.

»Seit wann, wenn ich fragen darf?«, sagte seine Mutter.

»Seit heute.« Er kicherte nervös. »Zu viel Schwein auf meinem Teller.«

»Wenn du nicht essen willst, was deine Mutter gekocht hat, verlasse den Tisch.«

»Dad.« Ralph drehte sich zu ihm und hob zitternd den Zeigefinger. »Du brauchst dich nicht persönlich gekränkt zu fühlen, es ist eine ethische Entscheidung.«

»Ethische Entscheidung, so ein Quatsch! Ich werde dir zeigen, was ethisch heißt.«

»Iss und hör auf, dich so aufzuspielen!«, sagte Diana Tinsley streng.

Grace nahm ein Würstchen in die Hand und versuchte, es

sich in den Mund zu schieben. Ihre linke Wange beulte sich aus.

»Ohne Proteine wirst du nie groß und stark werden«, mischte sich David in jenem ironischen, herablassenden Ton ein, den er Ralph gegenüber gewöhnlich anschlug.

»Du meinst, so wie du?«

David lächelte Marnie an, verdrehte die Augen und lehnte sich zurück. Er trug ein nagelneues blaues Hemd mit hochgekrempelten Ärmeln und spannte den Arm an, dass seine Muskeln spielten. »Könnte schlimmer sein«, sagte er.

»Das glaube ich nicht.« Ralph sprach sehr leise, aber alle hatten es gehört. Es folgte eine unbehagliche, unheilvolle Stille. Grace stöhnte leise auf und tauchte die Finger in die weißen Bohnen auf dem Teller vor sich.

»Ach ja?« David beugte sich zu Ralph über den Tisch und schenkte ihm ein strahlendes Lächeln, aber in seinem Blick lag Hass. »Zumindest sitze ich nicht den ganzen Tag in meinem Zimmer und schreibe Gedichte.«

»Du hast meine Sachen durchwühlt!«

»Deine süßen, kleinen Geheimnisse.«

»Sei still, sei sofort still!«

»Also … mal sehen, woran ich mich noch erinnere.«

»Ich sagte, sei still. Sei verdammt noch mal stillstillstillstill!«

»Raus mit dir, Ralph!«, schrie sein Vater. »Und zwar sofort.«

»Wie ging es noch mal? Ach ja. ›Ich erwachte, aber mir war, als träumte ich noch …‹«

Mit einem Satz sprang Ralph auf, den Teller in der einen, das Glas in der anderen Hand, und bevor jemand es verhindern konnte, flog seine Mahlzeit über den schmalen Tisch hinweg, landete in Davids gehässig grinsendem Gesicht und seinen dicken blonden Haaren und tropfte auf das neue blaue Hemd. Ein paar Bohnen kullerten auf Davids frisch gewaschene Jeans. In dem verblüfften Schweigen, das folgte, schüttete Ralph ihm fast lustlos auch noch das Glas Milch ins Gesicht.

Sekundenlang waren alle wie erstarrt. Sein Vater hatte sich halb aus seinem Stuhl erhoben, mit gerötetem Hals, hochrotem Gesicht und geöffnetem Mund, doch noch ohne das Gebrüll, das gleich folgen sollte. Seine Mutter hatte empört die schmalen Lippen verzogen und bleckte die Zähne. Grace, die Miene erschlafft, hielt noch immer die flache Hand in ihrem Teller, und Ralph stand ruhig und gefasst da in Erwartung des Sturms. Ein feines Lächeln umspielte seine Lippen. In Davids verschmiertem Gesicht glühte die Wut eines der Lächerlichkeit preisgegebenen Kindes.

Dann ein Lachen. Glockenhell perlend erfüllte es den Raum. Marnie schlug sich die Hand vor den Mund, trotzdem brach es nur so aus ihr heraus. In dem nachfolgenden Durcheinander – Robert Tinsley zerrte Ralph brüllend an den Haaren aus der Küche, Diana eilte David zu Hilfe, und Grace kippte mit einem gurgelnden Geräusch ihren Teller auf den Boden – wurde Marnies Lachen leiser und verebbte schließlich.

»Verzeihung!«, sagte sie leise mit einem letzten übermütigen Schluckauf. »Ich muss immer lachen, wenn ich geschockt bin.«

»Mit dir bin ich fertig, du kleines Miststück!«, zischte David. Seine Mutter presste in verdrießlicher Zustimmung die Lippen aufeinander und legte ihm den Arm um die Schulter, wobei ein paar Bohnen an ihrem rosaroten Pulli kleben blieben. »Keine Ahnung, wieso ich es so lange mit dir ausgehalten habe.«

Er wischte sich mit einer Serviette übers Gesicht und verließ die Küche. Die Haustür fiel ins Schloss, der Wagenmotor sprang an, und dann knirschte der Kies in der Auffahrt und Steinchen wirbelten von den Rädern auf.

»Tja«, sagte Marnie. Ihr war ganz schwindlig.

»Du solltest jetzt besser gehen.«

»Wahrscheinlich.« Ein Kichern stieg in ihrer Kehle auf, aber sie unterdrückte es.

Mit einem Hosengürtel in der Hand kam Robert Tinsley ins Zimmer, in seinem puterroten Gesicht den Ausdruck rechtschaffener Genugtuung. Marnie starrte ihn so lange an, bis er wegschaute. Bei seinem Anblick wurde ihr übel.

»Sie will gerade gehen«, sagte Diana.

»Auf Wiedersehen, Grace«, sagte Marnie und umrundete den Tisch, um Davids Schwester einen Kuss auf die Stirn zu drücken. »Sagen Sie Ralph, er war vollkommen im Recht. David hätte nicht in seinen Sachen herumschnüffeln dürfen. Und Sie hätten ihn nicht schlagen sollen. Sie sind ein ekelhafter Tyrann.«

»Wenn du nicht gleich draußen bist, kriegst du den auch noch zu spüren.«

»Ach ja: Und richten Sie David aus, ich bin wirklich froh, dass es aus ist.«

Während Marnie in der hereinbrechenden Dämmerung gemächlich nach Hause radelte, durchströmte sie ein innerer Frieden. Ihr Haar wehte im Wind, sie fühlte sich leicht und unbeschwert. Sie genoss die Anstrengung ihrer Beinmuskeln, glücklich, dass es vorbei war und sie sich nicht länger mit widerstreitenden Gefühlen – dem Konflikt zwischen dem, was sie ersehnte, und dem, was sie verabscheute – herumschlagen musste. Sie musste nicht mehr Davids zudringliche Hände wegschieben, unerwünschte Einladungen ihrer Mitschülerinnen ablehnen oder seine wütende, unglückliche Familie besuchen. Vor ihr erstreckte sich das silbergrau glitzernde Meer, und ihr Herz hüpfte vor Freude.

Ihre Mutter war in der Werkstatt, und Marnie brachte ihr eine Tasse frisch gekochten Tee. Emma war gerade damit beschäftigt, eine große flache Schüssel zu dekorieren, die sie vor einer Woche getöpfert hatte. Sie trug eine weiße Schürze, hatte sich die Ärmel hochgekrempelt und Farb- und Lehmspritzer auf den bloßen Armen. Die Zungenspitze auf ihrer Lippe zeigte, wie konzentriert sie war.

»Hier«, sagte Marnie. »Eine Tasse Tee für dich.«

»Du bist schon zurück?«

»Ja. Kann ich dir helfen?«

»Hast du Lust, einen Becher zu dekorieren? Er ist ein bisschen schief geworden, du kannst also damit machen, was du willst.«

»Gern.«

Marnie hatte schon seit einer Ewigkeit nichts mehr getöpfert in dieser Werkstatt mit den unglasierten Keramiken, wo es nach frischem Ton, Glasuren und Klebstoff roch. Unschlüssig blieb sie vor den Farbtöpfen stehen, bevor sie sich für Terrakottarot entschied und den Pinsel eintauchte. Als Grundierung war dies das Beste.

»Ich werde mich wohl nicht mehr mit David treffen«, sagte sie nach einer Weile. »Also habe ich massig Zeit, dir im Haushalt zu helfen und für meine Prüfung zu büffeln.«

Ihre Mutter antwortete nicht sofort. Sie beugte sich zu ihrer Schale hinunter, die Stirn gerunzelt, nachdenklich.

»Und wie geht es dir damit?«, fragte sie schließlich.

»Blendend.«

»Gut.«

»Er war nicht sehr nett.«

»Hm.« Emma strich mit dem Pinsel leicht über den Rand der Keramikschüssel und trat einen Schritt zurück. Ihr Haar ergraute allmählich. »Wollen wir morgen ein Picknick machen, falls das Wetter hält? Wenn ich die Feriengäste vom Hals habe, könnten wir zu der kleinen Insel rausrudern. Du kannst Lucy mitnehmen, wenn sie Lust dazu hat.«

»Ich werde die Sandwiches machen.«

»Dann ist es also beschlossene Sache. Ich glaube, du solltest die Farbe etwas dünner auftragen.«

»Manchmal möchte ich nicht erwachsen werden. Ich möchte einfach nur hier bei dir bleiben, in unserem Haus am Meer, getöpferte Sachen bemalen und Picknicks planen. Es ist ein komisches Gefühl, so als hätte ich Heimweh nach etwas, was ich noch gar nicht verloren habe.« Sie sah zu ihrer Mutter hoch, deren Gesicht ernst und traurig war. Emmas Blick schien durch sie hindurchzugehen, in weite Ferne. »Was habe ich gesagt?«

»Nichts. Gar nichts.«

»Du denkst an sie, stimmt's?«

»Nicht wirklich.«

»Du hast dann so einen bestimmten Blick. Als wärest du weit fort.«

Emma seufzte, legte den Pinsel aus der Hand und strich sich das Haar aus der Stirn. »Marnie, du brauchst keine Angst zu haben.«

»Hab ich doch gar nicht!«

»Doch. Aber das ist ganz normal.«

»Ich wünsche mir so sehr …« Marnie unterbrach sich.

»Sprich weiter!«

»Ich wünsche mir so sehr, dass du glücklich bist. Ich möchte dich glücklich machen.«

»Aber du machst mich doch glücklich.«

»Nein, tu ich nicht. Ich bin dir nicht genug.«

»Du bist alles für mich.«

»Alles ist nicht genug.«

Emma legte ihre rissige, raue Hand auf Marnies Wange. Auf ihrem Haar lag feiner Staub. »Alles ist alles. Verlange nicht nach mehr!«

Marnie erfuhr es erst am nächsten Morgen. Sie hatte bereits mit ihrer Mutter für die Familie Lake aus Leicester das Frühstück gemacht und die erkalteten Essensreste abgeräumt, die Betten abgezogen und die erste Ladung Bettwäsche in die altersschwache, rumpelnde Waschmaschine getan und war gerade damit beschäftigt, die Schinkenbrote mit Senf zu bestreichen. Sie summte vor sich hin.

Emma kam in die Küche und nahm ihr das Messer aus der Hand. Sie setzte sich mit ihr an den Tisch, und dann sagte sie ihr, dass David am Abend einen Autounfall gehabt habe. Er habe die Kontrolle über den Wagen verloren und sei gegen eine Mauer geprallt. Er sei sofort tot gewesen.

Lange sagte Marnie kein Wort. Sie saß still auf ihrem Stuhl, spürte den Blick ihrer Mutter auf sich und betrachtete ihre Hände, die sie untätig im Schoß gefaltet hatte. Sie hörte sich schlucken und hörte das laute Ticken der alten Uhr, die zehn Minuten vorging. Sie sah Davids wütendes Gesicht, beschmiert mit orangeroten Bohnen und gelblich weißem Kartoffelbrei, dann hörte sie ihr eigenes schadenfrohes Lachen. Bevor ihre Mutter es verhindern konnte, nahm sie das Brotmesser, führte es ihren Arm entlang und beobachtete, wie das Blut hervorquoll.

In der Nacht hörte ich Schreie. Ich hatte noch nie jemanden so laut schreien hören. Ich dachte, es wäre in meinem Zimmer, in meinem eigenen Kopf. Es klang wie ein Tier, das geschlachtet wurde, aber es hörte einfach nicht auf, und dann plötzlich war es still, und diese Stille war fast noch schlimmer als die Schreie: eindringlich und bedrohlich wie ein Tier, das zum Sprung ansetzt. Ein Panther mit blutigem Maul. Blaues Licht an der Zimmerdecke. Autos in der Auffahrt. Laute Stimmen. Fußgetrappel. Ich lag mucksmäuschenstill. Bewegte mich nicht aus Angst, mein Körper würde auseinanderbrechen. Ich sank in ein unendlich tiefes Loch in meinem eigenen Innern. Weißt du, wie das ist, wenn man diese Angst hat, die alle Klischees erfüllt? Das Herz schlägt dir bis zum Hals, dir ist flau im Magen, du stehst an einem gefährlichen Abgrund, die Erde tut sich unter deinen Füßen auf, die Welt hört auf, sich zu drehen.

Schließlich ging ich hinaus auf den Flur. Mein Rücken brannte noch von den Striemen des Gürtels. Das Schlafzimmer meiner Eltern und Davids Zimmer waren leer, aber Grace lag in ihrem Bett, hellwach, die Decke bis übers Kinn hochgezogen. Ich setzte mich zu ihr und nahm ihre Hand. Ich spüre heute noch ihre Finger, warm, weich und reglos. Ich wusste es schon. Ich sprach mit Grace über alles Mögliche, bedeutungsloses Flüstern in der Dunkelheit. Sie hörte nicht zu, sie hörte nichts. Ich dachte, solange ich redete, könne nichts passieren. Dabei war es längst passiert.

Ich darf jetzt nicht daran denken, an die kalte Nacht vor der Morgendämmerung.

Als ich zum ersten Mal eine andere küsste als dich – das ist eine Geschichte für sich –, schloss ich die Augen und stellte mir vor, es seist wieder du, die ich küsste. Endlich war ich nach Hause gekommen. Ich wurde von dem einzigen Menschen geliebt, von dem ich geliebt werden wollte. Sie roch genauso wie du. Wie sie mir mit den Fingern durchs Haar strich – genau wie du. Wie sie sich an mich schmiegte –

genau wie du. Dann hörte die Musik auf. Das Küssen hörte auf. Ich öffnete die Augen, und nicht du warst es, die vor mir stand, sondern eine Fremde – die falsche Figur, das falsche Lächeln und die falsche Art und Weise, meinen Namen zu sagen.

Das war nicht das einzige Mal. Als ich mit Lucy gegangen bin, warst du oft bei mir. Du warst immer die Dritte in unserer Affäre, wenn »Affäre« das richtige Wort ist für diese seltsame, intensive und doch aussichtslose Liebesgeschichte, die mehr mit dem zu tun hatte, was unausgesprochen blieb, als mit Sehnsucht oder Lust im eigentlichen Sinn. Ich glaube, Lucy hat es gewusst. Und du? Natürlich. Du hast es immer gewusst. Als ich das letzte Mal mit einer Frau geschlafen habe – und mit »schlafen« meine ich, nebeneinander im Bett liegend die Nacht zu verbringen –, habe ich von dir geträumt. Als ich aufwachte, lag ich im Dunkeln und hörte den gleichmäßigen Atem der Frau neben mir. Ich spürte ihre Wärme nur wenige Zentimeter entfernt und zwang mich zurückzukehren in den Traum, aus dem ich nicht heraustreten wollte. Damals wusste ich bereits von meinem Krebs. Ich wusste es schon seit ein paar Wochen, hatte es aber niemandem gesagt, nicht einmal Oliver. (Zu Oliver kommen wir später, ja? Ich sehe ihn schon am Horizont deiner Geschichte auftauchen und spüre schon seinen Schatten. Tag um Tag lebte ich mit diesem still und ständig wachsenden Geheimnis, das mich Stück für Stück überwältigte. Es erschien mir seltsam, dass sich mein ganzes Leben verändert hatte und offensichtlich niemand etwas davon mitbekam. Wir sind mutterseelenallein, Marnie, nicht wahr? Sogar beim Sex sind wir allein, auch wenn wir fieberhaft versuchen, uns im anderen zu verlieren, um uns einreden zu können, wir wären es nicht. In jener seltsamen Nacht mit dieser Frau, die ich seit vielen Jahren kannte, versuchte ich mir vorzustellen, du wärest endlich bei mir und wenn ich mich zur Seite drehte, würde ich in dein Gesicht blicken, in deine grauen Augen, in denen ich mich verlieren konnte. Und du würdest die Arme ausstrecken, sodass ich mich in sie hineinfallen lassen könnte, endlich in Sicherheit. Als ich mich dann umdrehte, sah ich einen winzigen trügerischen Augenblick in dein Gesicht, o Gott, in dein liebes

Gesicht. Du hattest deine Arme um mich geschlungen. Weißt du, wie es ist, sein ganzes Leben lang Heimweh zu haben?

Aber wen sah ich, wenn ich dich anschaute? Wir waren uns so viele Jahre nicht begegnet. Du warst eine Erinnerung, ein Phantom. Sah ich das Ich deiner Kindheit oder die Person, die du inzwischen geworden warst und die ich nur in meiner Phantasie kannte? Ich weiß es nicht, und es spielte auch keine Rolle. Träume haben ihre eigene Logik. Du warst es, niemand sonst. Und dann wieder nicht. Das unerträgliche Wissen, dass du immer noch nicht bei mir warst.

Jetzt bist du da. Ich habe dich so vermisst. Mein Gott, Marnie, ich habe dich so sehr vermisst.

7 Sieben

Als Marnie zum Einkaufen fuhr, nahm sie Olivers und Ralphs Handy mit, um die Nachrichten abzurufen, sobald sie das Funkloch verlassen hatte. Die Telefone lagen neben ihr auf dem Beifahrersitz, zwei geheimnisvolle Päckchen, die sie öffnen durfte.

Der stürmische Wind trieb den Regen vor sich her. Durch die Windschutzscheibe sah Marnie die Landschaft wie durch einen Vorhang aus Wasser. Das verhangene Moor war aufgeweicht, die Bäume windgepeitscht, der schwere Himmel hing tief über den nebligen Hügeln. Es war ein kleiner, unscheinbarer Ort, die Häuser abweisend, mit grauen Schieferdächern und mittelgroßen Fenstern. Er duckte sich an einen Hügel, und auf den ersten Blick schien es, als wäre er den Winter über geschlossen. Hinter den Fenstern brannte kein Licht, die Türen wirkten verriegelt, die Straßen verlassen. Aber aus einigen Schornsteinen stieg Rauch, der sich in der feuchten grauen Luft rasch auflöste, und als Marnie die Hauptstraße entlangfuhr, sah sie, dass die Bäckerei, die Metzgerei und der Lebensmittelladen geöffnet hatten. Sie fuhr auf einen Parkplatz und schaltete den Motor aus. Im strömenden Regen verschwamm die Welt jenseits der Windschutzscheibe, und für einen Moment saß Marnie in ihrem eigenen Dunst da und lauschte den Tropfen, die auf das Autodach trommelten und auf den Asphalt klatschten. Schließlich nahm sie die Mobiltelefone zur Hand und wartete auf das Empfangssignal.

Zuerst fragte sie Olivers Mailbox ab und notierte die Nachrichten in ihr Heft. *Jenny* (sie klang wie ein junges Mädchen, vielleicht seine Tochter): »Wo bist du, und wann kommst du wieder?« *Sylvia:* »Wie geht es Ralph?« *Roger* erbat dringend Auskunft über irgendeinen Fall. *Tony:* »Ruf doch bitte zurück!« Nochmals *Jenny*. Ein gewisser *Mal*: »Was ist mit diesem Essen?« *Lorrie:* »Die Pläne für Weihnachten müssen endgültig festgeklopft werden.« War Lorrie seine Frau? Seine Exfrau? Und dann, kein Name, nur eine leise, zärtliche Stimme, die Marnie unangenehm berührte: »Ruf mich an, Liebling!« *Professor Goodman:* etwas über ein Treffen, das er abgesagt hatte. Wieder kein Name, nur diese zärtliche Stimme: »Oliver, Oliver, Liebling, ich muss mit dir reden. Bitte!« Einen Augenblick spielte Marnie mit dem Gedanken, diese Botschaft aus Olivers anderer, realer Welt, in der er »mein Liebling« genannt und zu Plänen für Zusammenkünfte aufgefordert wurde, nicht an ihn weiterzugeben.

Dann Ralphs Handy. Nachrichten von Menschen aller möglichen Nationalitäten: Holländer, Engländer, Südamerikaner. Sie versicherten Ralph, dass sie an ihn dachten, und fragten an, ob sie ihn besuchen kommen könnten. »Ich liebe dich, Schatz«, sagte eine Frau, den Tränen nahe. Jemand versprach für ihn zu beten. Ein anderer erinnerte ihn daran, wie wichtig die Ernährung sei; es sei nie zu spät. Einige hatten offenkundig keine Ahnung, dass er nicht mehr zu Hause war, und wollten sich mit ihm verabreden: für den Nachmittag, für den nächsten Tag oder wann immer er sich bei Kräften fühle. Margriet hatte seinen Lieblingskuchen gebacken, Mark ihm eine CD mit Vogelgesang zusammengestellt. Zuletzt schaltete Marnie das Handy aus. Sie starrte auf das mit Namen, Nachrichten und Telefonnummern beschriebene Blatt und erkannte deutlicher als je zuvor, wie sehr sie und Ralph sich voneinander entfernt hatten und wie überraschend es war, dass ausgerechnet sie in seinen letzten Stunden bei ihm sein sollte.

Seufzend knöpfte sie ihren Mantel zu und stieg aus. Der Regen traf sie wie Nadelstiche. Noch bevor sie die Straße zur Bäckerei überquert hatte, war sie klatschnass, ihre Hände so klamm, dass sie Mühe hatte, den Geldbeutel zu öffnen.

Im Haus hatte Oliver inzwischen kräftig eingeheizt und auch schon die Vorhänge zugezogen. Der Wind rüttelte an den Scheiben und fuhr durch das Schlüsselloch, aber im Innern war es warm, und das Kaminfeuer und die Petroleumlampe erzeugten ein angenehm gedämpftes Licht. Ralph lag auf dem Sofa, durch ein Kissen im Rücken so gestützt, dass er beinahe saß, zugedeckt mit einer Decke, und spielte mit Oliver Schach. Seine Hand, die gerade einen Bauern bewegte, war wie eine Vogelkralle, aber er machte einen sehr viel besseren Eindruck als am Morgen. In den wenigen Stunden von Marnies Abwesenheit schien er fülliger geworden zu sein. Seine Wangen hatten Farbe bekommen, und seine Augen funkelten fröhlich, was sicher auf das Morphium zurückzuführen war. Das frisch gewaschene Haar umrahmte in weichen Locken sein schmales Gesicht. Als Marnie hereinkam, lächelte er sie so liebevoll an wie damals, als er noch jung gewesen war, und auch Oliver hob den Kopf und schenkte ihr ein wehmütiges, zärtliches Lächeln, sodass sie für einen flüchtigen Augenblick das Gefühl hatte, die Zeit sei stehen geblieben.

Sie setzte sich an den Tisch und putzte Gemüse, während die beiden weiterspielten. Niemand sagte ein Wort. Gelegentlich gluckste Ralph leise, wenn er glaubte, sich einen Vorteil verschafft zu haben. Das klackende Geräusch der auf dem Schachbrett bewegten Figuren wurde durch die Filzbeschichtung auf der Unterseite gedämpft. Marnies Messer klapperte auf dem Schneidebrett. Das Feuer knisterte, und der Knoblauch zischte, als sie ihn ins heiße Öl gab. Das kochende Wasser im Kessel erzeugte ein geräuschvolles Pfeifen.

Marnie gab das Gemüse in den Topf und holte eine Mixschüssel aus dem Schrank. Weil es in der kleinen Küche keine Waage gab, tat sie Zucker und Butter nach Augenmaß hinein und verrührte beides mit einem Holzlöffel. Sie zuckte zusammen, als Ralph trocken hustete, aber dann hörte sie Olivers leise, beruhigende Stimme. Sie nahm die Eier aus dem Karton, und als sie die porzellanhafte Kühle in ihrer Hand spürte, fiel ihr ein, wie sie als Mädchen morgens immer die frischen Eier aus dem Hühnerstall geholt hatte, manche noch ganz warm. Sie schlug das erste Ei an der Tischkante auf und ließ es in die Schüssel gleiten. Ralph würde bestimmt keinen Kuchen essen können, aber es tat ihr gut, etwas für ihn zu backen, während die Nacht hereinbrach und der Sturm gegen die Scheiben drückte. Der frische Duft der abgeriebenen Zitronenschale, die aufstäubende Wolke, als sie das Mehl in die Schüssel siebte, und später der Duft des Kuchens im Ofen versetzten sie zurück in ihre Kindheit und hielten die Zukunft auf Abstand. Ein unverhofftes Glücksgefühl durchströmte sie, so stark, dass ihre Kehle brannte und ihr Tränen in die Augen traten.

»Er ist eingeschlafen«, sagte Oliver schließlich und stand auf.

»Wer hat gewonnen?«

»Noch keiner. Wir spielen später zu Ende. Aber er gewinnt immer, also wohl auch diesmal. Es riecht gut.«

Sie nahm die Küchenschürze ab, band ihr Haar auf, schüttelte es und trat zu Oliver. Gemeinsam betrachteten sie Ralph, der zusammengekrümmt auf dem Sofa lag, ein Arm hing herunter, die Hand war geöffnet. Auf seinen Lippen lag ein sanftes Lächeln.

»Er sieht heute viel besser aus«, sagte Marnie. Sie hob Ralphs Arm vorsichtig auf das Sofa, deckte ihn zu und schob seinen Fuß ein wenig von der Kante weg. Er bewegte sich und murmelte etwas im Schlaf.

»Manchmal geht es ihm besser.«

Marnie wandte sich Oliver zu – oder vielleicht war er es, der sich zuerst zu ihr umdrehte, ihr den Arm um die Schulter legte und sie fest an seinen warmen Körper drückte. Er legte das Kinn auf ihren Kopf und atmete in ihr Haar. Sie schmiegte die Wange an seine Brust und spürte das kräftige Pochen seines Herzens. Sie dachte an Ralphs Herz, das zuckte und flatterte wie ein sterbender Vogel, und schmiegte sich fester an Oliver. Sein Hemd roch nach Rauch.

»Ich habe immer gewusst, dass ich dich wiedersehen werde«, sagte er in ihr Haar. Seine Stimme war fast ein Seufzen.

Dann lösten sie sich wieder voneinander.

Der Arzt, der an diesem Abend kam, hatte die breiten Schultern eines Rugbyspielers und sandfarbenes, schon etwas schütteres Haar. Sein rosarotes Gesicht war aufgedunsen und mit braunen Flecken übersät, als würde es sich langsam zersetzen. Aber sein Blick hinter der Brille war scharf. Marnie begleitete ihn zu seinem Auto, und sobald sie die Haustür hinter sich geschlossen hatte, fragte sie ihn, ob Ralphs plötzliche Besserung Anlass zur Hoffnung gebe. Der Arzt antwortete nicht sofort.

»Ms Still …«

»Marnie.«

»Marnie. Bei Krebs ist alles möglich, und es sind schon sehr viel merkwürdigere Dinge geschehen.«

»Aber?«

»Aber … Kommen Sie, setzen wir uns kurz in mein Auto! Hier draußen im Sturm können wir nicht reden.« Sie stiegen ein, und er startete den Motor, damit es ein wenig wärmer wurde, und knipste die Innenbeleuchtung an. Müde und freundlich sah er sie an. »Was wissen Sie über den Zustand Ihres Freundes?«

»Ich weiß, dass er Bauchspeicheldrüsenkrebs hat und die Prognose sehr schlecht ist.«

»Es ist eine heimtückische Geschwulst, geformt wie ein Slipper. Schwer zu entdecken, weil die Bauchspeicheldrüse hinter dem Magen und mitten im Bauch liegt. Und schwer zu behandeln. Seinem Arzt in Holland zufolge hatte der Krebs bereits auf mehrere angrenzende Organe übergegriffen, bevor er entdeckt wurde.«

»Angrenzende Organe?«

»Darm, Leber und Lunge.« Er hustete. »Um nur einige zu nennen.«

»Ich verstehe.«

»Ralph hat eine Strahlentherapie hinter sich. Eine Operation wäre in seinem Fall nicht ratsam und eine Chemotherapie nicht sinnvoll gewesen. Jetzt kann es nur noch darum gehen, die Symptome zu lindern.«

»Morphium.«

»Ja. Aber das Medikament hat Nebenwirkungen. Die Benommenheit natürlich. Schwere Verstopfung und Magenkrämpfe. Gelegentlich Albträume und sogar Halluzinationen in der Phase des Einschlafens.«

»Ich verstehe.«

»Aber er leidet keine großen Schmerzen. Und wenn er ins Krankenhaus muss …«

»Das muss er nicht«, sagte Marnie schnell. »Er ist hier gut aufgehoben. Wir können damit umgehen.«

Sie saßen eine Weile schweigend da.

»Wenn es so ist …«, sagte er schließlich.

»Ja. Und vielen Dank.«

»Wenn Sie etwas brauchen …«

»Danke.« Sie öffnete die Autotür. »Doktor Gray?«

»Mm.«

»Wie lange noch?«

»Diese Frage kann ich nicht beantworten. Aber ich würde sagen: nicht mehr lange.«

An jenem Abend versuchte Ralph zu entkommen. Er stolperte aus dem Bett, die Decke um die Hüfte geschlungen, und stakste schwankend auf seinen spindeldürren Beinen davon. Marnie und Oliver versuchten ihn festzuhalten, aber die Panik verlieh ihm Kräfte. Wie wild schlug er um sich. Marnie spürte seinen heißen Atem auf ihrem Gesicht, und sein knochiger Körper entglitt ihren Händen. Er versetzte Oliver eine Ohrfeige und bohrte ihm schmerzhaft den Finger ins Auge. Er stieß obszöne Flüche aus und schrie, sie sollten ihn in Gottes Namen gehen lassen, es sei seine letzte Chance. Irgendwann gelang es ihm, sich loszumachen. Er stolperte zum Fenster und versuchte schluchzend, es zu öffnen.

Plötzlich waren seine Kräfte versiegt. Sein Körper fiel in sich zusammen, und der Ausdruck der Angst verschwand aus seinem Gesicht. Er glich jetzt zugleich einem Baby und einem verwirrten, einsamen alten Mann. Fürsorglich legten sie ihm die Arme um die Schultern und führten ihn zurück zu seinem Bett neben dem Sofa. Sie deckten ihn zu und beugten sich über ihn, um ihm zu sagen, dass alles in Ordnung sei, dass sie ihn liebten und ihn nicht alleinlassen würden; er sei sicher und geborgen. Sie sagten zärtliche Worte, hielten seine Hände und strichen ihm liebevoll über die feuchte Stirn. Sein keuchender Atem beruhigte sich, obwohl sein eingefallener Brustkorb sich immer noch hob und senkte. Eine Weile später machte Marnie etwas Milch heiß und würzte sie mit Muskatnuss und Honig. Sie hielt ihm den gestreiften Becher an die Lippen, und er trank ein paar winzige Schlucke. Seine Augen waren geschlossen, die Lider bläulich verfärbt, und seinem Körper entströmte ein unangenehm riechender Schweiß. Oliver legte eine CD mit Chopins *Etüden* auf, schenkte zwei Gläser Whisky ein und reichte Marnie wortlos eines davon. Nach einer Weile schlief Ralph ein, und Oliver ging mit langsamen, schweren Schritten die Treppe hoch. Marnie setzte sich neben Ralphs Bett auf den Boden, hielt seine Hand und lauschte der Musik, während sie ihren Whisky trank, der an diesem Abend überhaupt keine Wirkung zeigte. Ihr stand immer noch das Bild vor Augen, wie Ralph an dem Fenster gerüttelt hatte. Mit einem Blick wie ein in die Enge getriebenes Tier.

Er wimmerte und zuckte im Schlaf. Marnie legte die Hand auf seine feuchte Stirn und murmelte beruhigende Worte. »Alles ist gut«, flüsterte sie, obwohl nichts gut war. Sie fühlte sich schutzlos und ausgeliefert, und in einem plötzlichen Anfall von Depression fragte sie sich, wie sie das alles durchstehen werde. Einen Moment lang stellte sie sich vor, wie sie in die eisige Nacht hinausging und Ralph und Oliver in diesem kleinen Haus sich selbst überließ.

»Marnie.«

Sie musste eingeschlafen sein. Das Feuer war fast ganz heruntergebrannt, und sie fror. Ihre Gliedmaßen waren steif und ihr Rücken schmerzte, weil sie so verkrampft dagesessen hatte.

»Ja«, flüsterte sie.

»Es ist nichts. Ich wollte nur wissen, ob du noch da bist.«

»Ich bin da.« Sie stand auf, legte Holzscheite nach und blies Sauerstoff in die schwindenden Flammen. Dann wickelte sie sich fröstelnd in die karierte Sofadecke. Sie trank einen Schluck Whisky. »Ich gehe nicht fort.« Sie lehnte sich zurück und spürte, wie der Schlaf kam und wieder ging. »Hör zu.«

8 Acht

Zunächst hatte Marnie erklärt, sie wolle nicht zu Davids Beerdigung gehen. Die Erinnerung an ihre letzte Begegnung mit ihm war noch zu frisch; noch immer hörte sie das Gelächter, mit dem sie ihn zur Tür hinaus und in sein Auto getrieben hatte. Ihre Mutter konnte ihr noch so oft sagen, dass David auf dem Heimweg vom Besuch bei seinem Freund verunglückt war und dass er getrunken hatte – das Gefühl, an seinem Tod schuld zu sein, ließ Marnie nicht mehr los. Stundenlang hatte sie versucht, einen Beileidsbrief an seine Eltern zu formulieren, doch am Ende blieb es bei zwei kurzen Sätzen in ihrer sorgfältigen, aber ungelenken Handschrift: »Mit tiefem Bedauern nehme ich Anteil an Ihrem Verlust. Mit besten Wünschen, Marnie Still.« Sie hatte wiederkehrende Albträume, aus denen sie voller Entsetzen hochfuhr. Sie brachte kaum etwas herunter, zwang sich jedoch zum Essen, weil sie nicht bemitleidenswert erscheinen und in der Schule nicht mit eingefallenen Wangen herumlaufen wollte. Morgens dauerte es eine halbe Stunde, bis sie ihren Marmeladentoast heruntergewürgt hatte. Jeder Bissen schmeckte wie nasses Leder und verursachte ihr Übelkeit. Obwohl Emma es mit Bedacht vermied, besorgt zu wirken, spürte Marnie, dass die mütterlichen Blicke ihr manchmal folgten. In der Schule betrachtete man sie als eine tragische Heldin. Ihr Freund, dieser blendend aussehende Junge, war gestorben und hatte sie trauernd zurückgelassen. Marnies Weigerung, diese Rolle zu spielen, schien ihren Ruf nur noch zu festigen. Sie war umgeben von

Mädchen, die nur darauf warteten, dass Marnie ihnen das Herz ausschüttete, aber die Einzige, mit der sie redete, war Lucy. Lucy hörte ihr stets aufmerksam zu, den klugen Kopf mit dem großflächigen Gesicht leicht zur Seite geneigt. Sie spendete niemals falschen Trost. Lucy hatte David nicht leiden können. Sie konnte sein strahlendes Äußeres nicht ausstehen und hatte sich von seiner auftrumpfenden, demonstrativen Freundlichkeit in die Ecke gedrängt und herabgesetzt gefühlt. Als Marnie in letzter Minute beschloss, doch zur Beerdigung zu gehen, auch wenn sie nicht genau wusste, warum, rief sie Lucy an. Sie brauchte die unsentimentale Lucy an ihrer Seite, die keine Träne vergießen würde.

Marnie lieh sich von ihrer Mutter einen schwarzen Rock, der ihr um die Taille viel zu weit war und fast bis zu den Knöcheln reichte, und schwarze Stiefel, die ihr inzwischen etwas zu klein waren und an den Zehen drückten. Sie streifte sich einen langen schwarzen Pulli über, band das widerspenstige Haar zusammen, so ordentlich es ging, und legte sich eine dünne silberne Halskette um. Als sie in den Spiegel sah, erkannte sie sich kaum wieder. Sie wirkte blass und schäbig in den an ihr herabhängenden Sachen. Aus einem plötzlichen Impuls heraus griff sie nach der Nähschere mit dem grünen Griff und den langen Klingen und schnitt sich mit einem Ratsch den Pony, der schon fast herausgewachsen war. Mit dem asymmetrisch gestutzten Pony wirkte ihr Gesicht nun nackt und irgendwie jünger.

Der Himmel war weiß und türkisblau marmoriert, die Blätter an den Bäumen immer noch frisch und hellgrün. In der Ferne glitzerte das wogende Meer. Kein Tag für eine Beerdigung. Im Film fanden Begräbnisse meistens an düsteren Wintertagen statt, die vorherrschenden Farben waren Schwarz und Weiß. Seth und Paolo waren im März begraben worden, als der Frühling soeben begonnen hatte. Als Marnie sich später bei Emma nach jenem Tag erkundigte, erzählte diese lediglich, dass es leicht geregnet habe. Marnie selbst erinnerte sich nur in zufällig wirkenden winzigen Bruchstücken an den Tag, als blicke sie durch einen dichten, undurchdringlichen Nebel. Sie wusste noch, dass sie dringend hatte pinkeln müssen und von einem Bein aufs andere getreten war, aber nicht gewagt hatte, es ihrer Mutter zu sagen, die ihre Hand so fest hielt, dass es schmerzte. Außerdem erinnerte sie sich – oder glaubte sich zu erinnern –, wie seltsam klein der Sarg ihres Bruders gewesen war und dass sich eine stattliche Dame in einem dunkellila Kleid mit einem tiefen, geheimnisvollen Dekolleté zu ihr hinuntergebeugt und ihr ein extrastarkes Pfefferminzbonbon geschenkt hatte, das ihr Tränen in die Augen trieb. Hatte irgendjemand – vielleicht der Pfarrer? – gesagt, wenn ein Erwachsener sterbe, blicke man voll Trauer auf dessen Vergangenheit zurück, beim Tod eines Kindes hingegen betrauere man dessen verlorene Zukunft und all das, was hätte geschehen können? Oder hatte sie das später irgendwo gelesen und ihren dürftigen Erinnerungen hinzugefügt? Sie erinnerte sich an einen hochgewachsenen Mann, der, wie sich herausstellte, ihr Großvater war. Er trug einen dicken schwarzen Anzug und weinte so laut und bitterlich, dass die Trauer der anderen dagegen unerheblich schien.

Seth und Paolo wurden nebeneinander auf dem örtlichen Friedhof bestattet. Seths Parzelle war kläglich klein, die Grabinschrift so kurz wie sein Leben (»Unser geliebter Sohn und Bruder: für immer unvergessen«). Marnie begleitete ihre Mutter jedes Wochenende zu dem Doppelgrab, das sie mit frischen Blumen schmückten. Später besuchte Emma das Grab allein, beinah verstohlen, als wolle sie Marnie nicht mit ihrer Trauer belasten. Auch Marnie ging gelegentlich noch hin, allein und zu ungewöhnlichen Zeiten, getrieben von Gefühlen, die sie nicht ganz verstand. Dann stand sie vor den schlichten Grabsteinen, die zunehmend verwitterten und in der Landschaft aufgingen. Immer waren Blumen auf dem Grab, und Marnie fragte sich, wie oft ihre Mutter wohl herkam und wie lange sie bei ihrem toten Mann und Sohn verweilte. Manchmal überfiel Marnie Eifersucht, wofür sie sich schämte, weil sie sich vorstellte, die drei steckten hier draußen die Köpfe zusammen, Woche für Woche, Jahr um Jahr, während sie, Marnie, ihr normales Leben weiterführte.

Davids Beerdigung fand in derselben Kirchengemeinde wie damals statt. Auf dem Friedhof hatte man ein rautenförmiges Loch gegraben, das seinen Sarg aufnehmen sollte, denn seine Eltern wollten keine Einäscherung. Als Marnie mit Lucy auf die Kirche zusteuerte, stellte sie erleichtert fest, dass sich schon eine große Menschenmenge versammelt hatte, in der sie untertauchen konnte; viele junge Leute kannte sie zumindest vom Sehen, und besonders denen aus ihrer Schule wollte sie unbedingt aus dem Weg gehen. Einige Mädchen klammerten sich aneinander und begannen zu weinen oder pressten sich wenigstens Taschentücher vor die Augen. Marnie duckte sich hinter einen großen Strauch und hielt Lucy am Arm zurück. Ihre Freundin trug eine uralte, hässliche Tweedjacke mit riesigen Lederknöpfen, die aussah wie eine Reitjacke. Aber Marnie konnte sich nicht entsinnen, dass Lucy einem Pferd jemals auch nur ein Stück Zucker auf der offenen Hand hingehalten hatte.

»Warten wir bis zum Schluss!«, flüsterte sie. Sie wischte sich mit dem Handrücken über die Stirn. Ihr war heiß, und sie glaubte in den dicken schwarzen Sachen zu ersticken. Der Rock kratzte an der Hüfte, und ihre Füße in den engen Stiefeln schwitzten. »Ich möchte ganz hinten bleiben.«

Lucy nickte. »Klar doch.«

»Was hast du da eigentlich an?«

»Das? Das habe ich im Mums Kleiderschrank gefunden, obwohl ich es nie an ihr gesehen habe. Ich hatte keine Ahnung, was man zu einer Beerdigung anzieht. Schrecklich, nicht?«

Marnie spürte, dass sie gleich losprusten würde. Sie setzte ein ernstes Gesicht auf und konzentrierte sich auf die Leute, die an ihnen vorbei in die Kirche gingen: ein stetiger Strom von Menschen, alte und junge, schlicht gekleidet und mit getragenem, erwartungsvollem Blick.

»Warum sind wir eigentlich hier?«

»Ich bin hier, weil du mich gebeten hast mitzukommen«, sagte Lucy. »Und du bist hier, weil du David gekannt hast. Und das ziemlich gut.«

»Eigentlich nicht. In gewisser Weise waren wir uns fremd.« Sie dachte daran, wie er seinen Mund auf ihre Lippen gedrückt hatte, sie dachte an seine warmen, kräftigen Hände auf ihrem Rücken. Dann sah sie wieder sein verschmiertes Gesicht und seine hasserfüllte Miene vor sich. Seit seinem Tod stand ihr dieses Gesicht in überdeutlicher Klarheit vor Augen. Es erschien ihr in ihren Träumen wie ein böser Fluch.

Lucy umschloss Marnies Hand mit ihrer kleinen rauen Hand mit den angekauten Fingernägeln und einer Schwiele am Mittelfinger, wo sie ihren Füller hielt.

»Es ist richtig, dass du hier bist«, sagte sie. »Quäl dich nicht! Er hat den Unfall gebaut, weil er eine Stinkwut im Bauch hatte. Du hast schließlich nicht das Bremspedal manipuliert. Jetzt wird man ihn als einen Heiligen hinstellen, aber das war er nicht. Ehrlich gesagt war er ein ziemlicher Idiot.«

»Pscht!«

Lucy war bei den letzten Worten lauter geworden, und mehrere Köpfe drehten sich nach ihnen um.

»Entschuldige. Aber hier handelt es sich um das moralische Problem des Zufalls. Oder des Pechs.«

»Wie meinst du das?«

»Er hat sich wie ein Arschloch benommen, und du hast ihn ausgelacht. Was ist daran so schlimm? Wenn er nicht gestorben wäre, würdest du jetzt auch nicht auf die Idee kommen, du hättest dich falsch verhalten, oder?«

»Schon möglich, aber …«

»Ergo war es nicht falsch.«

Das war es, was Marnie hören wollte. Eigentlich hatte sie Lucy genau deshalb mitgenommen. Trotzdem ging es ihr irgendwie gegen den Strich. Es war der falsche Tag für eine Anfängerlektion in Moralphilosophie.

»Nett, dass du mich trösten willst, aber so einfach ist das nicht, Lucy. Im Moment will ich nicht über mich nachdenken. Ich finde, es gehört nicht hierher. Das, wofür wir gekommen sind, hat mit mir und meinen idiotischen Schuldgefühlen – oder auch damit, dass ich mich für mein Verhalten schäme – nichts zu tun. Ich möchte an David denken und an seine arme Familie, und ich möchte denken, wie traurig, dass er tot ist, und nicht daran, wie gemein er war. Deshalb bin ich hier. Ich möchte traurig sein.«

»Gut. Traurig. Aber sie schließen bereits die Kirchentür.«

Von ihrem Platz ganz hinten in der überfüllten Kirche konnte Marnie vor lauter Köpfen die engsten Angehörigen zunächst nicht sehen. Sie stellte sich auf die Zehenspitzen und erhaschte einen Blick auf den Sarg mit einem riesigen Blumenbukett und auf den Pfarrer in seinem weißen Gewand. Seine Worte waren kaum zu verstehen. Sie verhallten in dem hohen Gewölbe, gingen unter im Geraschel der vor ihr stehenden Frau, die in ihrer Tasche nach Bonbons kramte, um sie ihrer kleinen, zappeligen Tochter in regelmäßigen Abständen wie einen Schnuller in den Mund zu stecken. Es wurden Kirchenlieder gesungen, aber da Marnie sich nicht erinnern konnte, nach dem Trauergottesdienst für Seth und Paolo von ihrer Mutter jemals wieder in die Kirche mitgenommen worden zu sein, kannte sie die Melodien nicht. Als sie die eng bedruckten Zeilen im Gesangbuch zu entziffern versuchte, verschwammen die Wörter zu einem Buchstabensalat ohne jeglichen Sinn. Sie legte den Zeigefinger auf die Zeilen, hinkte jedoch bald mehrere Sätze hinterher und gab schließlich auf. Es klang, als sängen die Leute zwei verschiedene Weisen, und irgendwo weiter vorn war ein selbstgefälliger Bariton allen anderen mindestens vier Noten voraus. Marnie runzelte die Stirn, senkte den Kopf, um sich auf die Orgel zu konzentrieren, und wartete darauf, dass nun doch noch ein Gefühl von Traurigkeit in ihr aufstieg. Außer ihr schien niemand damit Probleme zu haben. Ersticktes Schluchzen und Seufzen erfüllten den Kirchenraum. Schniefen und Nasenputzen. Ziemlich weit vorn weinte jemand ununterbrochen leise vor sich hin. Der Direktor von Davids Schule hielt eine Rede, und das Schluchzen schwoll an wie ein Fluss, der über die Ufer tritt. Davids bester Freund Chas Fulbright hielt eine unbeholfene kleine Ansprache, die nicht nur an die Versammelten, sondern auch an den Toten gerichtet war. Er erinnerte an die Siege, die sie zusammen im Fußball errungen hatten, und nannte ihn ausschließlich »Kumpel«. Von Tränen überwältigt, brachte er seine Rede nicht zu Ende.

Nach einem Moment, der von Füßescharren und trockenem Husten erfüllt war, erklang eine Violine. Marnie stand an einen Heizkörper gelehnt, der ihr kalt ins Kreuz drückte. Sie konnte nicht sehen, wer spielte, aber trotz der kreischenden Töne und der schiefen Noten ging ihr die Musik nahe wie keines der gesprochenen Worte. Sie dachte an das sich nach unten verjüngende Grab. Bald würde David ganz in der Nähe ihres Bruders und ihres Vaters liegen, allein in all den kalten, dunklen Nächten, die kommen würden. Nie wieder würde jemand sein breites Grinsen und seine makellos weißen Zähne sehen oder sein ausgelassenes Lachen hören. Sie sah ihn vor sich stehen in seiner typischen Pose: die kräftigen Beine eines Läufers leicht gespreizt, den Kopf ein wenig nach hinten geworfen, die blauen Augen strahlend vor Selbstsicherheit, als gehöre die Welt ihm allein. Damals hatte sie sich darüber geärgert, jetzt erschien es ihr beinah tragisch. Sie spürte Tränen in ihren Augen und wischte sie vorsichtig fort, damit niemand sie sah und ihr ein Mitgefühl schenkte, das sie nicht verdient hatte.

Dann war der Gottesdienst vorbei, und die Menge trat beiseite, um der Familie Tinsley den Weg frei zu machen. Jetzt konnte auch Marnie sie sehen. Ganz in Schwarz gekleidet standen sie neben der Kanzel: Robert Tinsley in einem viel zu engen, an den Schultern spannenden Anzug, nur ein Knopf zugeknöpft, das Gesicht so rot wie nie, die Augen blutunterlaufen, die Lippen fleischig. Beim Anblick seines hochroten Gesichts wurde Marnie mit einem Mal klar, was Davids Tod bedeutete, und ein Schrecken durchfuhr ihre Glieder. Neben Robert stand Diana Tinsley; in ihrer unvorteilhaften Trauerkleidung wirkte sie verdorrt, beinahe vergilbt, ihr Gesicht knochig, ihr Körper unter dem Mantel eckig und kantig. Sie war mit einem Schlag gealtert. Grace saß in sich zusammengesunken im Rollstuhl, den Kopf zwischen die Schultern gezogen. Ein Arm baumelte herab, dessen Hand sich unablässig öffnete und wieder schloss. Und da war Ralph. In seinem schlecht geschnittenen und viel zu großen Anzug wirkte er, als sei er geschrumpft. Man hatte ihm die Haare gestutzt, und mit dieser hässlichen Sträflingsfrisur sah er aus wie ein aufmüpfiger, unglücklicher Zehnjähriger.

»O mein Gott!«, flüsterte Marnie. Lucy griff tröstend nach ihrer Hand. »Die Ärmsten.«

Davids Sarg wurde von sechs Schulfreunden aus der Kirche getragen. Sie wirkten pummelig und unbeholfen in der geborgten Kleidung. Hinter dem Sarg schritten die Tinsleys langsam durch das Spalier der Trauergäste. Graces Rollstuhl holperte über den unebenen Boden. Diana Tinsley bedachte Marnie kurz mit einem flammenden Blick, bevor sie sich wieder abwandte. Ralph hingegen starrte sie an und drehte sogar noch den Kopf, als er bereits an ihr vorbei war, um sie länger im Blick zu haben. Dann waren sie aus der kühlen, stillen Kirche hinaus in die weiche, luftige Wärme des Tages getreten.

Es muss etwa eine Woche später gewesen sein, zu fortgeschrittener Stunde. Die langen Schatten im Garten wurden allmählich von der Nacht geschluckt. Nach einem wolkenlosen Tag war die Luft recht kühl. Marnie und Emma hatten gekochte Eier mit gebuttertem Toast und gedünstete Birnen mit Joghurt gegessen und dann den Frühstückstisch für den nächsten Morgen gedeckt. Es war eine ruhige Woche. Ihre einzigen Gäste waren ein älteres Ehepaar, das abends um halb acht angekommen und noch vor neun Uhr schlafen gegangen war.

Emma hatte sich in die schrankgroße Kammer auf der rückwärtigen Seite des Hauses zurückgezogen, wo sie ihren Schreibkram und die Rechnungen erledigte, und Marnie war nach oben gegangen, um ihre restlichen Hausaufgaben zu machen. Das Thema ihrer Abschlussarbeit war Shakespeares Drama *Der Sturm* und die Entwicklung Prosperos vom ersten bis zum letzten Akt. Sie wusste, was sie erläutern wollte, hatte jedoch Probleme mit der Rechtschreibung und der Zeichensetzung. Sie schlüpfte in ihren Schlafanzug und ihren Morgenmantel und setzte sich an den kleinen Tisch, den Emma aus dem Sperrmüll gerettet und den Marnie grün gestrichen hatte. Hilflos starrte sie auf ihren bisherigen Text. Die Buchstaben ihrer krakeligen Schrift blieben nicht auf einer Linie, und die Sätze waren mit Fehlern gespickt, die ihr verborgen blieben. Emma riet ihr oft, sie solle die Sätze laut lesen und darauf achten, wann sie Atem hole. Das versuchte sie jetzt: »Wenn wir Prospero im ersten Akt begegnen…« Kam hinter »Prospero« ein Komma oder nicht? Nachdem sie eines gesetzt hatte, las sie weiter: »… ist er wütend und nachdenklich…«

Sie brach ab. Plötzlich hörte sie an der Haustür ein leises, beharrliches Klopfen. Sie schaute auf ihre Armbanduhr und runzelte die Stirn. Es war fast zehn Uhr. Erneutes Klopfen, diesmal lauter. Marnie seufzte, zog den Gürtel ihres Morgenmantels fester und ging hinunter, um zu öffnen.

Später versuchte sie Lucy zu beschreiben, wie Ralph ihr vorgekommen war. »Er sah aus wie ein streunender Hund«, sagte sie. »Herumgeschubst, geprügelt und verängstigt, aber mit treuherzigem Blick. Ich musste mich zwingen, ihn nicht auf den Arm zu nehmen!« Er trug eine alte, mit Farbe verschmierte Hose und ein dünnes T-Shirt, Turnschuhe ohne Schnürsenkel, keine Socken. Sein radikal gestutztes Haar stand nach allen Seiten ab. Unter dem blutunterlaufenen rechten Auge prangte ein gelb, blau und schwarz verfärbtes Veilchen.

»Ralph!«, sagte sie. »Was um Himmels willen…« Aber etwas

in seinem Gesichtsausdruck ließ sie stocken. »Willst du nicht reinkommen?«, fragte sie höflich und trat einen Schritt zurück.

Für einen Moment stand Ralph einfach nur da. Sein Gesicht zeigte keine Reaktion. Er starrte sie reglos an.

»Ralph«, sagte Marnie und legte eine Hand auf seinen Arm. Ihr war, als berühre sie einen Stahlträger.

»Ich weiß nicht«, sagte Ralph schließlich zögernd.

»Komm, bleib nicht hier draußen stehen! Es ist viel zu kalt. Ralph?«

»Ich …«, sagte er.

»Lass mich das machen!«, hörte sie eine Stimme in ihrem Rücken. Emma hatte ihre Lesebrille noch auf der Nase, und hinter ihrem Ohr steckte ein Bleistift. »Komm mit!«, sagte sie zu Ralph. Ihre Stimme war nüchtern und so fest, dass man sich daran anlehnen konnte ohne Furcht vor einem Fall. In Emmas Blick jedoch las Marnie eine schmelzende Zärtlichkeit, sodass sie rasch wegschauen musste, als stünde ihre Mutter nackt vor ihr. Es gefiel ihr nicht, und einen Moment lang hätte sie Ralph am liebsten wieder in die Kälte hinausgestoßen und die Tür hinter ihm zugeschlagen.

»Das ist Ralph«, erklärte sie Emma. »Davids Bruder. Ich habe dir von ihm erzählt …«

Aber Emma hörte gar nicht zu. Sie legte Ralph den Arm um die schmalen, verkrampften Schultern, zog ihn ins Haus und überließ es Marnie, die Tür zu schließen.

»Hol ihm einen Pulli!«, sagte sie zu Marnie und führte Ralph zu einem Stuhl am Tisch. Er hob eine Hand und bedeckte verschämt seine lädierte rechte Gesichtshälfte.

Als Marnie wiederkam, hatte Emma ihm die Picknickdecke um die Hüften gelegt und ihm die Schuhe ausgezogen. Sie streifte ihm den Pulli über, was er widerstandslos geschehen ließ.

»Wann hast du zuletzt was gegessen?« Ralph blickte sie ausdruckslos an. »Gut, erst mal mache ich dir was Warmes zu trinken.«

Sie drehte sich zum Herd. Marnie wusste nichts Rechtes mit sich anzufangen.

»Das mit David tut mir sehr leid«, sagte sie schließlich. Es klang so förmlich.

Er sank noch tiefer in sich zusammen und schwieg.

»Hier«, sagte Emma. »Heiße Milch mit Honig und geriebener Muskatnuss. Trink!«

Ralph hob den Becher an den Mund und nahm einen kleinen Schluck, dann stellte er ihn geräuschvoll auf dem Tisch ab. Marnie fürchtete, Ralph könne in tausend scharfkantige Splitter zerbrechen, wenn sie die Hand ausstreckte und ihn berührte.

»Am besten, er bleibt heute Nacht hier«, sagte Emma. »Würdest du bitte das Bett herrichten, Marnie?«

»In Ordnung.« Marnie bekämpfte das Bedürfnis zu weinen, damit auch sie von Emma mit diesem innigen Blick bedacht wurde. »Auf dem Sofa?«

»Nein.«

»Aber die Feriengäste sind …«

»Er kann im Dachzimmer schlafen.«

»Aber …«

»Schon gut, Marnie! Hol das Bettzeug, das ich heute gewaschen habe, aus dem Heizungsraum. Und mach Ralph eine Wärmflasche.«

»Okay.«

Das warme Bettzeug unterm Arm, stieg Marnie mit schweren Beinen die Treppe hoch. Das Dachzimmer roch unbenutzt und nach Holz. Ohne das Licht einzuschalten, tastete sie sich im Dunkeln in den Raum. Dann wartete sie, bis sie etwas erkennen konnte. Durch das Dachfenster fiel ein schmaler Streifen Licht vom Nachthimmel, sodass sich an der gegenüberliegenden Wand die Umrisse des Betts und der Truhe abzeichneten. Sie tauchte das Gesicht in die duftend saubere Bettwäsche. Es fiel ihr schwer, normal zu atmen, als läge ein schweres Gewicht auf ihrer Brust. Sie war lange nicht mehr hier oben gewesen, als hätte sie inzwischen vergessen, dass dieser Raum überhaupt existierte. Sie wusste nicht mehr, wann sie zuletzt die Tür geöffnet und sich in dem leer wirkenden Zimmer umgesehen hatte. Vielleicht kam Emma manchmal herauf, um einfach hier zu sitzen. Aber das wusste Marnie nicht. Es gab Dinge, über die sie und ihre Mutter nicht sprachen. Zu viele geschlossene Türen.

Schließlich knipste sie das Licht an und machte sich an die Arbeit. Sie breitete ein Laken auf dem niedrigen Bett aus, strich es glatt und schlug die vier Ecken straff unter die Matratze, wie Emma es ihr bei den Betten der Feriengäste gezeigt hatte. Dann breitete sie ein zweites Laken darüber sowie eine blaue Decke, die sie doppelt gelegt hatte, damit es warm war, und bezog schließlich noch das Kopfkissen. Sie schüttelte es auf und schlug die Decke zurück, damit das Bett einladend wirkte. Dies alles erledigte sie schnell und effizient, bemüht, auszublenden, wie fremd ihr dieses Zimmer war. Es war schon vor langer Zeit ausgeräumt worden und enthielt nichts Persönliches mehr, doch an den Wänden verrieten helle Rechtecke, wo die Poster gehangen hatten. Von Fußballspielern? Dinosauriern? Marnie wusste es nicht. Sie konnte sich nicht daran erinnern. Sie hatte nie darüber nachgedacht und wollte jetzt nicht damit anfangen.

Sie holte die Wärmflasche aus dem Bad und ging damit in die Küche hinunter, um sie zu füllen. Doch dann blieb sie stehen. Sie hörte die Stimme ihrer Mutter, leise und unaufgeregt, wie sie auch oft mit Marnie redete, und plötzlich empfand sie sich als Eindringling in ihrem eigenen Zuhause.

Emma saß neben Ralph am Küchentisch und hielt ihm eine kalte Kompresse an die Wange.

»Ich bin fertig«, sagte Marnie.

»Danke.« Emma hob den Kopf und sah ihr in die Augen. Ein kaum merkliches, anerkennendes Nicken und ein Lächeln. »Bist du müde?«

»Nicht so richtig.«

»Es ist schon spät, und du musst morgen in die Schule. Vielleicht solltest du besser schlafen gehen.«

»Da hast du wohl Recht«, sagte Marnie. Plötzlich war ihr der Kopf ganz schwer vor Müdigkeit. »Ich gebe nur noch heißes Wasser in die Wärmflasche.«

»Ich wecke dich zur gewohnten Zeit.«

»Also dann, gute Nacht. Gute Nacht, Ralph.«

Jetzt schaute er sie an. Seine Augen glühten in seinem verquollenen, fahlen Gesicht. Aus einem Impuls heraus ging sie auf ihn zu und beugte sich hinunter, um ihn auf die Stirn zu küssen. Er aber hob das Gesicht, und so landete ihr Kuss auf seinem Mund, flüchtig und leicht. Seine Lippen waren heiß und trocken wie die eines fiebrigen Kinds. »Es war nicht unsere Schuld«, sagte sie. »Wir sind nicht dafür verantwortlich.«

Im Bett liegend, lauschte sie den Geräuschen aus der Küche und versuchte zu verstehen, was gesprochen wurde. Geschirr klapperte. Schritte. Sie glaubte zu hören, wie die Haustür geöffnet und wieder geschlossen wurde, aber vielleicht bildete sie sich das auch nur ein, war es Teil ihres Traums, in dem jemand am Fußende ihres Betts stand und ihren Namen rief. Das war natürlich Seth, der sie oft im Schlaf besuchte, wenngleich manchmal auch in seltsamen Rollen. Diesmal teilte er ihr mit, er sei heimgekommen, sie solle aufstehen und ihn willkommen heißen. Doch trotz größter Anstrengungen schaffte sie es nicht, ihre Gliedmaßen zu bewegen oder ihre verklebten Augen zu öffnen. Ob sie sich denn nicht freue, dass er nach all den Jahren zurückgekommen sei, fragte er. Oder solle er lieber wieder gehen? Aber das war doch nicht Seth, oder? Nein, es war ihre Mutter, die sagte, es sei Zeit aufzustehen. Sieh nur, es ist ein wunderschöner Tag. Licht flutete in ihr Zimmer, als Emma die Vorhänge zurückzog, und draußen krähte der Hahn, einmal und noch einmal, eine kräftige Demonstration für seinen Harem. Es duftete nach Schinkenspeck, Kaffee und Toastbrot. Marnie setzte sich auf und rieb sich die Augen. Ihr Traum hallte in ihr nach wie ein Echo in der Ferne.

»Ist Ralph …?«

»Er macht das Frühstück«, sagte Emma. »Und unterhält unsere Gäste.«

»Geht es ihm gut?«

»Er wirkt ganz munter«, gab Emma lapidar zurück. »Überzeug dich selbst. Und beeil dich, du bist spät dran.«

Ralph stand in Emmas weißer Kochschürze am Tisch und schwang einen geschlitzten Bratenwender, als Marnie eintrat.

»Sag nichts!«, sagte er. »Nur einen Moment.«

Er schob den Wender unter das gebratene Spiegelei und jonglierte es von der Pfanne auf einen Teller. Das zerstörte Eigelb floss auf den viel zu kross gebratenen Schinkenspeck, der auf ein Viertel seiner normalen Größe geschrumpft war. Marnie war es ein Rätsel, wie er es geschafft hatte, so viele Pfannen zu verwenden und ein solches Durcheinander anzurichten. Die Fußbodenfliesen waren klebrig.

»Bitte schön, Mr Lomas«, sagte Ralph, während er dem älteren Herrn mit einem eleganten Schlenker den fettigen Teller hinstellte. »Ein Ei, mit der sonnigen Seite nach oben, sozusagen. Leider ist das Dotter ein wenig ausgelaufen. Schinkenspeck, Würstchen, gegrillte Tomate, Pilze und getoastetes Brot. Das Ei ist, wie das Ihrer Frau, frisch von den frei laufenden Hühnern im Garten. Wenn Sie lauschen, können Sie den Hahn krähen hören.«

»Danke«, sagte Mr Lomas, keineswegs überschäumend vor Begeisterung, und klopfte mit der Gabel auf den harten Streifen Schinkenspeck.

»Während Sie das essen, mache ich Ihren Toast.« Er nahm das Brotmesser und ließ seinen Daumen über die scharfe Schneidekante gleiten. »Braun oder hell? Dazu hausgemachte Orangenmarmelade, hausgemachte Konfitüre und Honig aus dem heimischen Suffolk.«

»Ich glaube nicht, dass wir den Toast noch schaffen, mein Junge«, sagte Mrs Lomas, die Ralph liebevoll anstrahlte. »Trotzdem vielen Dank.« Sie wandte sich zu Marnie um. »Dein kleiner Bruder versorgt uns ganz hervorragend«, sagte sie.

»Also, eigentlich«, begann Marnie, unterbrach sich dann aber gleich. Wozu sollte sie es richtigstellen? »Das freut mich«, sagte sie. »Ich werde abspülen. Sagen Sie mir Bescheid, wenn Sie sonst noch etwas brauchen.«

»Wir wollen gleich aufbrechen.«

»Hier ist es toll«, flüsterte Ralph und trat neben sie an die Spüle, wo sie Pfannen aufeinandertürmte. »Als ich heute Morgen aufgewacht bin, konnte ich es nicht glauben. Es ist, als wäre ich in einer völlig anderen Welt. Man sieht das Meer. Wie es wohl ist, wenn man jeden Morgen das Meer sehen kann? Oder gewöhnt man sich daran? Sag, dass man sich nicht daran gewöhnt! Der Anblick muss sich doch ständig verändern je nach den Farben und den Stimmungen. Sieh dir den Dunstschleier an! Die Sonne wird ihn später wegbrennen. Einmal war ich mit Grace am Meer, nur sie und ich. Ich habe sie im Rollstuhl hingebracht, zu Fuß, den ganzen Weg, fünfzehn Kilometer. Ich bin auf der Straße gefahren, der Verkehr brauste unentwegt an uns vorbei. Ich habe die Hitze der Abgase auf meiner Haut gespürt, und ich war so erschöpft, dass ich dachte, ich würde es nicht schaffen. Meine Muskeln taten weh, ich fühlte mich schmutzig, und mir war übel. Ich habe Grace zum Kiesstrand gebracht, den du auch kennst, aber dann konnte ich den Rollstuhl nicht über die Steinchen auf dem Weg zum Strand bewegen, noch dazu ging es bergauf. Von dort, wo wir standen, konnten wir das Meer nicht mal sehen. Außerdem war das Wetter umgeschlagen. Ich hätte fast angefangen zu heulen, so erschöpft war ich, außerdem war mir heiß und kalt zugleich. Vielleicht habe ich ja wirklich geweint. Ich hatte als Kind ziemlich nah am Wasser gebaut. Ich konnte mich nicht beherrschen, die Tränen kamen einfach. David hat mich deshalb immer ausgelacht. Und nicht nur er. In der Schule wurde ich ebenfalls gehänselt, aber das mit David war schlimmer, denn er war ja mein Bruder und hätte mir eigentlich beistehen sollen. Ich glaube, er hat sich für mich geschämt, er wollte keine Heulsuse als Bruder. Als ich zur Welt kam, dachte er wahrscheinlich, er hätte jetzt jemanden, der genauso war wie er. Jemanden, mit dem er Fußball spielen, Regenwürmer durchschneiden und im Armdrücken seine Kräfte messen konnte. Stattdessen bekam er diesen kümmerlichen Zwerg, der Gedichte schrieb und bei traurigen Filmen weinte. Schon komisch, dass ich wegen Davids Tod keine Träne vergossen habe. Obwohl ich gern weinen würde. Ich möchte wirklich gern weinen. Ich sitze in meinem Zimmer und will weinen, aber je stärker ich mich darauf konzentriere, desto weniger bin ich dazu in der Lage. Die anderen glauben alle, es würde mir nichts ausmachen, das sehe ich an den empörten Blicken, mit denen sie mich mustern. Aber ich bin innerlich wie erstarrt, und vielleicht bleibe ich es für immer. Für immer und ewig.«

»Ralph«, sagte Marnie leise. Sie legte eine Hand auf seine Schulter und spürte, wie er bei der Berührung leicht erschauderte. Das Ehepaar hinter ihnen erhob sich vom Tisch, ihre Stühle scharrten über den Fußboden.

»Sorry! Sorry. Wo war ich stehen geblieben? Ach ja, am Strand. Ich hätte sie gern getragen, aber Grace ist wirklich schwer, weißt du, und sie lässt sich hängen, was sie noch schwerer macht. Und dann hat mir eine wirklich nette Frau geholfen. Sie sah ein bisschen so aus wie deine Mum. Vielleicht war sie es ja sogar. Wir haben den Rollstuhl hochgehoben und bis ans Wasser getragen, und Grace saß da und gluckste. Es war wirklich schön, sie so zu erleben. Ich wette, du denkst, sie wäre immer glücklich – ein großer, glücklicher, geistloser Klumpen Fleisch. So jedenfalls sehen sie die meisten. Aber wenn sie lächelt oder so, hat das mit Glück nichts zu tun. Ich glaube, es ist eher Angst.

Sie ist ein unbeholfenes, ängstliches Nervenbündel, das nur darauf wartet, dass ihr etwas Schreckliches zustößt, obwohl sie auf etwas Schönes hofft. Wie ein Hund. Ich mag Hunde. Wenn ich von zu Hause weggehe, werde ich mir einen zulegen. Einen Mischling. Ich hole ihn mir aus dem Tierheim und gebe ihm Sicherheit und Geborgenheit. Hunde mögen dich so, wie du bist. Egal, was geschieht, sie sind an deiner Seite. Okay, aber an diesem Tag war Grace wirklich glücklich. Ich habe ihr die Schuhe und Socken ausgezogen und ihre Füße mit Wasser bespritzt. Ihre Füße sind immer blau. Schlechter Kreislauf, sagt Mum. Und nach innen gedreht. Sichelfüße. Das ist dir wahrscheinlich nie aufgefallen. Wie sollte es auch? Als ich auf der Straße einen Eiswagen gehört habe, bin ich hingelaufen und habe ihr zwei Kugeln in einer Waffel mit einem Schokoröllchen obendrauf gekauft, und als ich zurückkam, war die Flut gekommen und das Wasser umspülte ihre Knöchel. Ich gab ihr das Eis, und sie nahm das Schokoröllchen raus und drückte sich das Eis auf den Mund. Dabei verschmierte sie sich ihr ganzes Gesicht und machte ein wunderbares Geräusch – eine Art Glucksen vor Glück. Da war ich glücklich. Als hätte ich etwas Gutes getan. Das Wasser stieg immer höher. Die nette Frau war längst verschwunden, und mir schoss durch den Kopf, dass wir hier sitzen bleiben mussten, während die Flut höher und höher stieg. Graces Kopf würde aus den Wellen herausschauen, sie würde weiter lächeln, das Gesicht mit Eis, Schokolade und Salz verklebt. Aber natürlich wäre es ganz anders gewesen. Ich kann das Geschirr abtrocknen, wenn du willst. Dann hörte das Wasser plötzlich zu steigen auf. Wie nennt man das?«

»Stauwasser.« Marnie wollte, dass er nicht mehr so schrecklich atemlos redete, dass sein schmächtiger Körper vor Energie pulsierte. Sie hätte ihn am liebsten in die Arme genommen, damit er endlich zur Ruhe käme.

»Stauwasser, ja. Dann hat die Ebbe eingesetzt, und das Wasser ging ganz schnell zurück. Man konnte den Sog unter den

Kieseln spüren. Nur noch nasse Steine und ein grauer Himmel, und es war vorbei.« Er hielt erschöpft inne. »Tja«, sagte er leise.

»Wollen wir jetzt frühstücken?«, fragte Marnie, als sie sicher war, dass er nicht mehr weitersprechen würde. »Ich muss in zehn Minuten los, aber ich könnte uns einen Toast machen.« Sie grinste. »Mit hausgemachter Orangenmarmelade, hausgemachter Himbeerkonfitüre oder Honig aus dem heimischen Suffolk.«

Er lächelte sie an. Sein Gesichtsausdruck veränderte sich unablässig. In diesem Moment sah er jung und verletzlich aus, und sie wurde von einem Gefühl überwältigt, das ihr später im Zusammensein mit Ralph noch vertraut werden sollte: dem Wunsch, ihn zu retten.

»Toast mit Himbeerkonfitüre, bitte.«

»Wissen deine Eltern, dass du hier bist?«

Ralph zuckte die Achseln.

»Ralph?«

»Deine Mutter hat sie gestern Abend angerufen. Ich wollte das nicht, aber sie hat darauf bestanden«, gab er knapp zurück. »Sie sagte, sie würde mich heute Morgen zu ihnen fahren.«

»Waren sie einverstanden, dass du bleibst?«

Er zuckte erneut die Achseln.

»Dein Auge, Ralph, wie ist das passiert?«

»Darüber möchte ich nicht reden.«

»Aber …«

»Ich möchte nicht darüber reden«, wiederholte er nachdrücklich. Er trommelte mit den Fingern auf die Anrichte, während sie Brot schnitt und in den Toaster legte. »Sie hat mir gezeigt, wie man töpfert, bevor ich schlafen ging.«

»Mum?« Deshalb also das Öffnen und Schließen der Haustür: Sie waren mitten in der Nacht in Emmas Töpferwerkstatt gewesen, wo auch der Brennofen stand.

»Sie sagte, ich kann wiederkommen und den Becher bemalen.«

»Das ist gut.«

»Wirklich? Du hast nichts dagegen?«

»Warum sollte ich?«

»Mir fallen zig Gründe ein. Hunderte.«

»Ich habe nichts dagegen«, wiederholte Marnie, obwohl sie nicht sicher war, dass sie die volle Wahrheit sagte. Da Ralph sie noch immer fragend ansah, fuhr sie fort: »Ich würde mich freuen.«

»Du würdest ich freuen?«, wiederholte er, und seine Miene hellte sich auf. »Wirklich?«

»Dein Toast ist fertig. Ja.«

»Du siehst also«, sagte Marnie und schlang die Decke fröstelnd enger um sich, »du warst für mich … Ralph? Ralph?«

Er antwortete nicht, aber sie hörte seine leisen Atemzüge. Das Feuer war heruntergebrannt. Sie stocherte in der Asche, und die Glut glomm kurz auf. Sie kippte den letzten Rest Whisky hinunter und blickte auf ihre Armbanduhr. Vier Uhr morgens. Sie konnte sich kaum vorstellen, dass außer ihr noch jemand auf dieser Welt an einem Krankenbett saß und wachte.

Sie lief zur Haustür, schlüpfte in ihre Stiefel, nahm die Taschenlampe und ging hinaus. Als der kalte Wind sie traf, fuhr sie zusammen. Er heulte und ächzte in den Bäumen, fegte über den Boden und wirbelte Blätter auf. Der Regen peitschte ihr ins Gesicht. Im Holzschuppen knipste sie die Taschenlampe an und leuchtete in die Dunkelheit. Sie fand ein paar Späne und lud sich außerdem so viel Kaminholz auf die Arme, wie sie tragen konnte, bevor sie wieder ins Haus eilte. Das schummrige Licht im Wohnzimmer wies ihr den Weg.

Vor dem Kamin setzte sie sich in die Hocke, blies in die Glut und legte mit tauben Fingern die dünnsten Späne in die bläulich flackernde Flamme.

Ralph atmete gleichmäßig.

Damit begann die glücklichste Zeit meines Lebens.

Ich ging nicht sofort wieder hin, sondern ich zwang mich, mindestens eine Woche zu warten. In der Zeit hatte ich euer Haus am Meer vor Augen wie ein Gemälde: dich in deiner Schuluniform, das Haar zu albernen Zöpfen geflochten; deine Mutter mit ihrem faltigen Gesicht und ihrem wachsamen Blick. Ich verkroch mich in meinem Zimmer, kauerte unter der Schwalbe, die du für mich gemalt hattest, und lauschte den Geräuschen im Haus. Dem Gebrüll meines Vaters, dem Genörgel meiner Mutter, das in Weinen und Jammern überging. Dem Klatschen einer Ohrfeige. Fast glaubte ich das »Klatsch« jedes einzelnen Fingers auf der Wange zu hören, und mein Gesicht brannte vor Scham, weil ich nicht zu Hilfe geeilt war. In den frühen Morgenstunden war es häufig ein Würgen, Erbrechen, Stöhnen, Husten. Grace im Zimmer nebenan, die den Kopf aufs Kissen schlug. Peng, peng, peng, bis ich dachte, sie müsse sich wehgetan haben. Aber ich wusste, dass sie auf diese Weise ihre Wut und Verzweiflung loswerden wollte. Und hinter all den hässlichen Geräuschen lauerte natürlich diese unerbittliche Stille. Davids Zimmer, in dem meine Mutter täglich Staub putzte, penibel darauf bedacht, die vielen Pokale und Medaillen nicht zu verrücken – dieses Zimmer, in dem sie seit dem Tag seines Todes nichts verändert hatte, war das schwarze Loch im Zentrum dieses gewalttätigen, zerrütteten Heims. Es gab dort keine Musik, kein Lachen, kein Türenschlagen und keine junge, freche Stimme, die lauthals Befehle erteilte.

Erst jetzt, nach all den Jahren, also viel zu spät, erkenne ich, wie enttäuscht und unglücklich mein Vater war. Ich erinnere mich, dass er in meiner Kindheit, noch bevor ich in die Schule kam, anders war. Damals war er Berufssoldat und trank noch nicht, zumindest deuteten weder ein torkelnder Gang noch blutunterlaufene Augen darauf hin. Ich glaube, er war David sehr ähnlich in dem Alter, als David starb: der Sonnyboy seiner Schule, ein guter Sportler, von den

Mädchen umschwärmt, ein Charmeur mit breiten Schultern und blauen Augen. Dann fand er eine Arbeit, fand eine Ehefrau, fand Geschmack am Alkohol, er machte Schulden und machte Kinder, von denen nur David seinen Vorstellungen entsprach. Ich war für ihn nur ein »kümmerlicher Wicht, der seine Nase immer nur in Bücher steckte«, und Grace »eine sabbernde Zurückgebliebene«. Seine Worte. Ich weiß nicht, wer von uns beiden ihn mehr abstieß, aber für ihn war es einfacher, seine Wut an mir auszulassen. Sogar er hatte begriffen, dass man es ihm nie verzeihen würde, wenn er auf Grace losginge. Er wurde von niemandem mehr angehimmelt, außer von mir – bis ich sah, wie er meine Mutter schlug und Grace ohrfeigte. Bis dahin wollte ich ihm alles recht machen. Sonntags ging er manchmal angeln, allerdings auf eine recht merkwürdige Art, bei der man den Fisch, den man geangelt hat, zurück ins Wasser wirft, statt ihn über einem offenen Feuer in Butter zu braten, wie wir es damals gemacht haben, weißt du noch? Aber ich bin trotzdem mitgegangen, und manchmal durfte ich die schwarze Teleskoprute halten, sein ganzer Stolz. Sie hatte ihren Platz in der Spülküche neben dem Kistchen mit den Ködern, und ich bemühte mich, die Angel über dem Wasser aus dem Handgelenk auszuwerfen, wie er es mir gezeigt hatte, bevor ich sah, wie er Mum schlug, die Faust gegen Grace erhob und, betrunken und rührselig vor Selbstmitleid, am Küchentisch saß und weinte. Heute versuche ich mich an jene Zeit zu erinnern, als er am Altarm des Flusses stand, schmaler im Gesicht, mit helleren Augen und einem Lachen, das noch nicht bitter und gehässig klang. Ich mache mir klar, dass er eigentlich kein böser Mensch war. Er wusste, dass wir ihn verachteten. Dieses Gefühl, mit all seinen Träumen gescheitert zu sein, fraß ihn von innen heraus auf.

Nach Davids Tod schloss ich oft die Augen und stellte mir vor, wie ich an den gackernden Hühnern vorbei durch euren Garten gehe und durch die Hintertür in eure warme Küche trete, wenn mich mein Vater schlug. Manchmal schafft man es, sich von seinem Körper zu lösen. Kräuter, Kaffee, Orangen, Toast, Seifenlauge, Farbe und Klebstoff. Zwei Frauen am Tisch, in einträchtigem Schweigen. Manch-

mal hast du einen getöpferten Becher bemalt, manchmal Akkordeon gespielt oder mit diesem Stirnrunzeln Hausaufgaben gemacht, das dein Gesicht immer annimmt, wenn du dich auf das Schreiben konzentrierst. Ich versuchte das Kratzen deines Füllers auf dem Papier zu hören, wenn der Hosengürtel auf mich niedersauste. Wenn ich hereinkam, hast du immer aufgeschaut und mich angelächelt. Der Dorn des Gürtels verletzte meine Haut, der Schmerz fuhr mir in die Zähne, in den Kopf, bis in die Fingerspitzen. Er erfasste jede Faser meines Körpers, aber ich habe nicht geschrien. Er sollte mich nie wieder zum Weinen bringen. Im Geist saß ich bei dir zu Hause an dem alten Tisch und legte die Hände auf die Astlöcher im Holz. Ich spürte, wie die Sonne durch das offene Fenster warm auf meine nackten Arme fiel, und irgendwie sah alles schon viel besser aus. Es gab noch eine andere Welt.

Eine Woche oder etwas später, an einem Sonntag, ging ich endlich wieder zu euch. Ich rief nicht vorher an, weil ich fürchtete, du würdest nein sagen oder mich auf ein andermal vertrösten. Ich legte die gesamten zehn Kilometer zu Fuß zurück, aber es war schön, denn in der Nacht hatte es geregnet und es war ein klarer Morgen: blau, grün und golden. Ich brach auf, bevor meine Eltern aufwachten. Es war noch kühl, und ich ließ mir Zeit. Noch jetzt, hier in dem Bett, in dem ich wohl sterben werde, erinnere ich mich genau, dass ich meine Schuhe auszog, als ich die Ortschaft hinter mir gelassen hatte, und im Rhythmus bestimmter Lieder wanderte. Zwischen zwei Bäumen hielt ich die Luft an. Eine Zeit lang ging ich rückwärts. Sprang über Pfützen, entdeckte Figuren in den Wolkenformationen am Himmel. Weißt du, dass Vorfreude manchmal das Schönste ist, eine Zeit, in der alles möglich zu sein scheint? Ich hatte das Gefühl, etwas Bedeutsames zu tun, obwohl ich für dich und Emma ein Junge war, den ihr kaum kanntet und an den ihr seit unserer letzten Begegnung wahrscheinlich keinen Gedanken mehr verschwendet hattet.

Erst als ich mich eurem Haus näherte, wurde ich nervös. Was sollte ich sagen, wenn du mir aufmachst? Ich überlegte. Ich könnte zum Beispiel sagen: »Hi, Marnie, ich war gerade in der Nähe …« Eine dumme Ausrede, denn wie konnte mein Besuch zufällig sein, wo doch die Straße lediglich bis zu eurem Haus führte? Dass ihr nicht zu Hause sein könntet, war mir gar nicht in den Sinn gekommen, aber ihr wart tatsächlich nicht da. Ich nahm den Pfad an der Buche und den Weißbirken, an den Hühnern im Gatter, an den Rosenbüschen und verblühenden Pfingstrosen vorbei. Mir fiel auf, wie gepflegt alles war. In einem Gemüsebeet, das ich später umgraben und neu bepflanzen half, lugten reihenweise erste grüne Spitzen hervor, daneben lag zusammengerollt ein gelber Schlauch. Es gab eine Holzbank mit Blick aufs Meer, das an jenem Tag türkisblau glitzerte.

Ich klopfte, aber niemand antwortete. Im Haus war alles still. Ich hob die Klappe vom Briefkastenschlitz und spähte auf den Holzfußboden in der Diele. Klopfte erneut. Ging zur Werkstatt, wo Emma mir das Töpfern gezeigt hatte, und klopfte auch dort an die Tür, obwohl ich bereits wusste, dass niemand da war. Also setzte ich mich auf die Bank und wartete. Ich hatte nicht mal ein Buch oder ein Notizheft dabei. Ich drehte mir eine Zigarette und rauchte; die Kippe vergrub ich in der Erde. Ich machte einen Kopfstand, den ich einige Minuten hielt, während das Blut in meinem Kopf pulsierte und mir plötzlich ganz elend wurde. Dann überlegte ich, dass ich etwas Sinnvolles tun könnte, und ging zum Gemüsebeet, um Unkraut zu jäten. Es gab nicht viel herauszuzupfen, nur auf einem Fleck ein paar unansehnliche hellgrüne Schösslinge und einige dunklere Pflänzchen, die überall verstreut waren. Ich hätte gern mehr zu tun gehabt. Du solltest bei deiner Ankunft sehen, dass ich euer Beet in Schuss gebracht hatte. Als ich fertig war, drehte ich den Wasserhahn an der Außenwand auf und wässerte das Beet mit dem Schlauch. Weil es mittlerweile so heiß war und ich mich vor Enttäuschung, dass ich niemanden angetroffen hatte, hundsmiserabel fühlte, hielt ich mir den Schlauch so lange über den Kopf, bis ich triefend nass war. In dem Augenblick bist du mit Emma zurückgekehrt, zwischen euch ein

Mann. Ihr habt gelacht, und du hast deine Augen gegen die Sonne abgeschirmt, um besser zu sehen. Für einen Moment dachte ich, du würdest mich nicht wiedererkennen. Du trugst ausgefranste Shorts aus Jeansstoff, ein rotes T-Shirt und Sandalen und hattest die Haare im Nacken zusammengebunden. Als du näher kamst, entdeckte ich, dass du neue Sommersprossen auf der Nase hattest und deine Arme sonnengebräunt waren. Emma trug einen grünen Rock und einen verbeulten Strohhut, in der Hand hielt sie einen Korb mit Deckel. Den Mann beachtete ich nicht weiter, ich registrierte nur, dass er nicht mehr jung war und eine Decke unterm Arm trug.

»Ralph?«

Ich legte den Schlauch auf den Boden, und das Wasser sickerte gurgelnd ins Gras. Dann schüttelte ich meinen Kopf, dass die Tröpfchen durch die Gegend stoben.

»Ich war gerade in der Nähe. Nein, natürlich nicht. Hallo. Du hast nichts gegen meinen Besuch, hattest du gesagt. Also, hier bin ich. Ich … Ähm …«

»Was hast du mit Mums Setzlingen …?«

»Hallo, Ralph«, fiel Emma dir ins Wort. Sie trat zu mir und drückte mir einen flüchtigen Kuss auf die Wange. Es schien sie nicht zu stören, dass ich schmutzig und klatschnass war. »Schön, dass du da bist.«

»War das kein Unkraut?«

»Ist nicht so schlimm.« Sie lief zum Haus und drehte den Wasserhahn zu. »Komm rein und trink einen Kaffee mit uns! Oder möchtest du lieber eine Ingwerlimonade?«

»Wenn es nicht zu viel Mühe macht.«

»Natürlich nicht. Soll ich dir was zum Anziehen holen?«

»Nein. Ich bin bestimmt schnell wieder trocken.«

»Du und Marnie, ihr könnt ruhig hier draußen bleiben, während ich reingehe und die Limonade mache. Das ist übrigens Eric. Er ist aus Schottland gekommen, um seine Mutter zu besuchen, und bleibt ein paar Tage bei uns.« Sie lächelte Eric an und fügte offensichtlich an ihn, nicht an mich gerichtet, hinzu: »Er war früher

als Feriengast hier. Inzwischen sind wir befreundet. Eric, das ist Ralph.«

»Hallo, Ralph.« Eric gab mir die Hand. Er muss damals um die fünfzig gewesen sein und hatte schönes silbergraues Haar, ein wettergegerbtes Gesicht und so viele Lachfältchen um die Augen, als hätte er sein Leben lang nur gegrinst. An diesem Tag war er allerdings ernst und begegnete mir mit einem Respekt, der neu für mich war und mich sofort für ihn einnahm. Sein Händedruck war so fest, dass mir der Atem stockte. »Freut mich, Ihre Bekanntschaft zu machen.«

Außer meinem Namen hattest du bis dahin kein Wort gesagt. Du hast mich von der Seite angesehen, dann hast du Eric die Decke abgenommen, sie ausgeschüttelt und dich im Schneidersitz draufgesetzt.

»Wir haben am Strand gepicknickt«, sagte Emma. »Wenn wir gewusst hätten, dass du kommst …«

Ich setzte mich neben dich auf die Decke. Die Kleidung klebte mir am Körper, und du hast mich angestarrt.

»Soll ich gehen?«, flüsterte ich, als Eric und Emma im Haus verschwunden waren. »War es ein Fehler zu kommen?«

Weißt du, was das Besondere an dir ist, Marnie? Du hast ein großes Herz. Du hattest immer ein großes Herz. Schließlich hast du mich angelächelt und dir die Sandalen von den Füßen gestreift.

»Wir haben noch jede Menge vom Picknick übrig. Möchtest du was essen?«

»Essen?«

»Du weißt schon: wenn man etwas in den Mund steckt, es eine Zeit lang kaut und dann runterschluckt.«

»Was gibt es denn?«

»Scones. Und Erdbeeren.«

»Ja, gern.«

»Hier. Bedien dich!« Sie zog den Korb näher heran und klappte den Deckel hoch. »Du bist ja wirklich klatschnass.«

»Was für Setzlinge habe ich ausgerissen?«

»Rauke. Und Saubohnen, glaube ich.«

»Ich wollte mich nützlich machen.«

»Tja.«

»Tut mir leid.«

»Ist bei dir zu Hause alles in Ordnung?«

Ich murmelte irgendetwas, denn ich wollte mir diesen strahlenden Sommertag nicht mit meinen häuslichen Problemen verderben.

Eine Weile saßen wir schweigend da. Ich zog die Stiele von den Erdbeeren und aß die saftigen Früchte langsam, eine nach der anderen.

Emma erschien mit zwei Gläsern Ingwerlimonade und einem Handtuch. Ich müsse zum Mittagessen bleiben, erklärte sie.

»Du kannst von Glück reden, dass du so eine Mutter hast«, sagte ich.

»Ich weiß.« Du hast deine langen, schlanken Beine untergeschlagen. Dein dichtes braunes Haar glänzte in der Sonne, und auf deiner Oberlippe perlten Schweißtröpfchen. Ich konnte den Blick nicht von dir abwenden. Glücksgefühle stiegen in mir auf, kribbelten in meinen Fingerspitzen und in meinem Kopf. Du hattest dich so völlig unter Kontrolle in deinem Schneidersitz. Deine offenen Handflächen lagen auf den Knien, die Sohlen deiner nackten Füße waren schmutzig.

»Wenn man sich von diesem Baumstumpf hier auf den Weg machen würde – glaubst du, man käme bis ans Meer, ohne den Boden zu berühren?«

»Du meinst, indem man auf Bäume klettert und über Mauern und so hinwegsteigt?«

»Ja.«

»Ich weiß nicht«, hast du skeptisch gemeint und die Nase kraus gezogen. »Wahrscheinlich nicht.« Dann hast du deinen Pferdeschwanz festgezurrt und bist in deine Sandalen geschlüpft. »Versuchen wir's!«

Es kam mir vor, als wären wir wieder sieben Jahre alt, nicht fünfzehn. Wir kletterten auf kleine knorrige Bäume, sprangen von einem Felsbrocken auf einen Baumstamm, balancierten über die bröckelnden Reste von Feldsteinmauern, schürften uns Knie und Hände auf, bekamen Sand in die Augen, spürten den salzigen Wind und die brennende Sonne auf unserer Haut und erreichten mit Schummeln den Strand, indem wir unsere Schuhe auszogen und als Trittsteine über hindernisloses Gelände benutzten. Wir stürzten uns angekleidet ins Meer und schwammen, wir kreischten vor Kälte und kicherten und schubsten einander unter Wasser, bevor wir uns auf den Rücken legten und in den klaren blauen Himmel über uns schauten. Du konntest besser schwimmen als ich – wie ein Delphin. Ich beobachtete dich, und für einen kurzen Moment hatte ich die Sache mit David, meinen angetrunkenen Dad und meine Mum vergessen, die bei meinem Anblick stets die Miene verzog.

Ich blieb zum Mittagessen. Ich tauchte einen sauberen Pinsel in aquamarinblaue Glasur und bemalte meinen selbst getöpferten Becher, der krumm und schief geworden war. Ich saß im Garten und spielte mit Eric Schach, verlor und spielte noch einmal. Wir sprachen nicht. Ich hörte dich und Emma im Haus reden, ohne die Worte zu verstehen. Du hast uns Sahnetörtchen herausgebracht, garniert mit einer Erdbeere, und Tee in einer Kanne mit geschwungener Tülle, die Emma vor langer Zeit getöpfert hatte und die du mit einem zarten Muster dekoriert hattest. Noch heute kann ich den duftenden Tee riechen, den du damals ausgeschenkt hast. Ein lauer Sommerabend mit länger werdenden Schatten auf dem Rasen und geheimnisvollen dunklen Stellen unter Büschen und Bäumen. Salzkörnchen auf meiner Haut; mein Haar verfilzt und klebrig. In den Dachsparren eures Hauses nisteten Schwalben; Schmetterlinge flatterten um den Sommerflieder, Libellen huschten über den kleinen Teich neben der Treppe, und die Hühner brüteten und gackerten. Eine Welle des Glücks riss mich mit sich fort, überwältigend, befreiend.

Ich wollte nicht nach Hause. Am liebsten hätte ich gefragt, ob ich nicht in der leeren Dachkammer übernachten könne wie beim letzten Mal. Damals wusste ich noch nicht, dass es das Zimmer deines Bruders gewesen war; du hast Monate gebraucht, um es mir zu sagen. Aber dann ließ ich es bleiben, denn ich wusste, Emma würde darauf bestehen, dass ich zuerst meine Eltern anrief. Eric fuhr mich nach Hause, nachdem du mir einen Käsetoast gemacht hattest. Er lieh mir sein Schachbuch, was mich freute, denn jetzt hatte ich eine gute Ausrede, um bald wiederzukommen.

Ich erschien schon drei Tage später wieder, nach der Schule, und blieb lange. Und erneut am folgenden Samstag, bereits in aller Frühe. Eric war abgereist; an seiner Stelle war ein griesgrämiges Ehepaar eingezogen. Ich half Emma bei der Zubereitung des Frühstücks. Sie zankten sich sogar, während sie ihre Spiegeleier aßen, die Dotterseite nach oben. Emma machte alles nur noch schlimmer. Sie war kurz angebunden, von eisiger Höflichkeit, und ihre versteinerte Miene zeugte von Abneigung. Der Toast war verbrannt, der Kaffee lauwarm, und sie knallte die Teller vor den Gästen auf den Tisch. Diese Seite von ihr hatte ich noch nicht erlebt und fand sie ziemlich erschreckend. Ich beschloss, mir deine Mutter niemals zum Feind zu machen. Später haben du und ich Bettlaken und Kissenbezüge zum Trocknen auf die Leine gehängt. Die Wäsche blähte sich im auffrischenden Wind, hüllte dich ein und gab dich wieder frei. Dieses Bild ist mir in Erinnerung geblieben: du in Jeansshorts, grüne Farbspritzer auf den Knien, in einem schäbigen grauen Pulli mit Rundausschnitt und einer komischen kleinen Kappe, die du dir in die Stirn gezogen hattest. Dichte Augenbrauen, helle, makellose Haut, die kräftigen Arme über den Kopf gestreckt, ein offener Blick. Ich sehe dich nun, und ich sehe dich auch nicht.

Und ich kam immer wieder, manchmal mehrere Tage hintereinander. Im Laufe der Zeit wurde es ganz normal, dass ich bei euch aufkreuzte und euch bei allem Gesellschaft leistete, was gerade anstand – vielleicht war es das, was ich so liebte. Ihr wart meine Ersatzfamilie, mein Paralleluniversum. Erbsen enthülsen, französische Verben oder chemische Formeln lernen, Hühnereier einsammeln, Geschirr spülen, Zitronenkuchen oder Haferkekse backen. Bücher lesen – du hast die Angewohnheit beibehalten, dir schwierige Abschnitte im Flüsterton laut vorzulesen, und auch wenn du still warst, haben sich deine Lippen bewegt. Oder malen – du stecktest mitten in deiner Abschlussprüfung für die Realschule, und das Examen in Kunst stand bevor. Du hast versucht, mir die Perspektive und Linienführung zu erklären. Das Porträt, das du von mir gemacht hast, eine Kohlezeichnung, besitze ich noch heute. Es hängt gerahmt über meinem Bett in Amsterdam und zeigt den Menschen, der ich sein wollte. Du hast den Ausdruck in meinen Augen eingefangen, und diese Augen waren auf dich gerichtet.

Es war ein langer Sommer. Die Prüfungen für die Mittlere Reife fanden im Juni statt, darauf folgten zehn lange, schulfreie Wochen. Erinnerst du dich an den Tag, an dem wir zusammen mit dem Segelboot hinausfuhren, das Emma unter einer Abdeckplane nicht weit vom Kiesstrand liegen hatte? Heute glaube ich – und ich frage mich, warum ich damals nicht darauf gekommen bin –, dass es dasselbe Boot war, in dem Paolo und Seth ihr Leben verloren haben. Ich weiß nicht, warum sie es nicht weggegeben hat und wie sie zulassen konnte, dass du damit aufs Meer hinausfährst. Sie hatte beschlossen, dich nicht mit ihren Ängsten anzustecken, bestand jedoch trotzdem darauf, dass wir dick gepolsterte gelbe Schwimmwesten trugen. Und bei starkem Wind durften wir nicht hinaus.

Es war ein Holzboot, eine Jolle mit stumpfem Bug, kurzem, dickem Mast und einem uralten, schlecht sitzenden Segel, das wir mit Gartendraht am Baum festbinden mussten. Sobald wir es zu Wasser ließen, lief es voll. Es gab kaum genügend Platz für uns beide, und mir fiel die Aufgabe zu, mich jeweils auf die Seite zu setzen, die sich ins Wasser neigte, während mir lose Seile ins Gesicht schlugen, das Segel wie eine verwundete Möwe flatterte und graues Meerwasser über den Bootsrand schwappte. Das ist bestimmt der falsche Begriff, aber die korrekten Bezeichnungen habe ich nie gelernt. Du hast in deiner gelben Schwimmweste an der Pinne gesessen, ruhig und gelassen, während ich schrie und kicherte und fluchte und zu Boden purzelte und mir das Schienbein am Mittelbrett anschlug oder über die Planken rutschte wie ein gestrandeter Wal, wenn das Boot durch aufgewühlte Wellen pflügte. Und ein weiteres Bild ist in meiner Erinnerung verankert: dein dickes braunes Haar, vom Wind gepeitscht, deine grauen Augen, auf die Wellen gerichtet, dein feines, geheimnisvolles Lächeln.

Marnie Still, all die Erinnerungen an dich habe ich mir bis zum heutigen Tag bewahrt: wie wir dein Zimmer gestrichen haben – ich hastig und schludrig, du peinlich genau; wie wir im Wäldchen unweit deines Hauses Pilze sammelten, die wir dann mit Emma zubereitet haben, wobei sie mir deren lateinische Namen beigebracht hat, die in meinen Ohren wie Zauberformeln klangen; wie ich dir die Komma- und Zeichensetzung beigebracht habe – oder es zumindest versuchte. Es war das einzige Mal, dass du fast hysterisch wurdest – wie eine Fledermaus, der ihr Orientierungssystem abhanden gekommen war. Es war das erste Mal, dass ich dich den Tränen nahe sah, kurz bevor wir unsere Prüfungsergebnisse erhielten, obwohl ich damals offenbar keinen Zusammenhang herstellte. Das zweite Mal sah ich dich weinen, als wir unsere Prüfungsergebnisse erfuhren. Ich hatte gut abgeschnitten, du hingegen nicht, und wir betranken uns in deinem Zimmer mit einer Flasche Wodka, die ich meinem Dad geklaut hatte. Du warst gedrückter Stimmung, aber der Alkohol machte dich nur schlapp und traurig. Ich hätte dich so gern getröstet, wusste aber nicht, wie.

Und dann, wie wir am Strand Zigaretten rauchten, obwohl du nie eine Raucherin wurdest. Wie wir mit dem Rad über Landstraßen fuhren, unser Picknick in den Satteltaschen. Emma hatte mir ein altes Fahrrad geliehen, das offenbar früher Paolo gehört hatte, obwohl sie das nie gesagt hat und ich nie gefragt habe. Damit war es für mich leichter, nach der Schule zu dir zu fahren und spätabends nach Hause zurückzuradeln. Die Lampe, die an der Lenkstange angeschraubt war, warf ein trübes flackerndes Licht auf den Weg vor mir. Wie ich mit Eric Schach spielte, als er in jenem Herbst wiederkam, um erneut seine Mutter zu besuchen, und ich diesmal gewann, nachdem ich in meinem Zimmer mit dem Reiseschachspiel aus Plastik, bei dem mehrere Bauern fehlten, stundenlang geübt hatte. Wie ich euren Garten umgrub, bis ich Blasen an den Händen hatte. Holz hackte, so wie du und Oliver vorhin, etwas, was ich nie wieder tun werde. Wie ich das Feuermachen im Kamin und das Kochen lernte. Du und Emma, ihr habt mir allen Ernstes erklärt, ein Mann müsse mindestens ebenso gut kochen können wie eine Frau, es sei seine moralische Pflicht. Und so lernte ich, Risotto und weiße Saucen zuzubereiten, Omelettes und Biskuitkuchen zu backen und später Currygerichte und Aufläufe zu machen. Mein größter Stolz war Lemon Meringue Pie, Mürbeteigkuchen mit Zitronenfüllung und Baiserhaube. Himmel, du hast mir sogar das Stricken beigebracht! Ich habe es allerdings nie geschafft, ein Zimmer wohnlich einzurichten, wie es dir und Emma stets mit ein paar geschickten Handgriffen gelang. Jetzt hast du genau das hier geschafft. Das Haus, in dem ich im Sterben liege, ist zu meinem Heim geworden.

Es war, als sei ich in zwei Personen gespalten: einerseits der grobe, mürrische Ralph, der die Schule schwänzte, um sich nicht den Schulhofrangeleien auszusetzen, in dem düsteren, unordentlichen Stadthaus wohnte und nachts sein Zimmer abschloss aus Angst, sein Vater könne hereinplatzen und mit kräftigen Fäusten und von Trunksucht gezeichnetem Gesicht und stinkendem Atem über ihm auftauchen und derbe Flüche ausstoßen; und andererseits der Ralph, der aus dieser albtraumhaften Welt floh und bei dir zu Hause auftauchte voller Furcht, dieses neues Glück wieder zu verlieren und dorthin zurückgestoßen zu werden, woher er gekommen war. Nur dass die Dunkelheit dann noch dunkler wäre, denn er hatte ja das Licht gesehen. Aus dieser Angst heraus versuchte ich mich unentbehrlich zu machen und spielte den Alleinunterhalter. Ich merkte mir Fakten, die ich gelernt, Geschichten und Witze, die ich irgendwo gehört hatte. Wenn ich die Schule schwänzte, ging ich in die Bibliothek und las alle Zeitungen. Der Umgang mit mir muss manchmal sehr anstrengend gewesen sein, da ich unablässig Anekdoten und Meinungen zum Besten gab.

Wenn ich bei euch war, habe ich nie von meiner Familie gesprochen. Mein anderes Leben erschien mir wie eine ansteckende Krankheit, die ich nicht verbreiten wollte. Ich habe mich vermutlich dafür geschämt. Ich erinnere mich an einen Abend. Du warst schon schlafen gegangen (du hast immer gern geschlafen; du sagtest, du brauchst mindestens neun, am besten sogar zwölf Stunden Schlaf). Draußen war es kalt, und ich hatte für Emma Feuer im Kamin gemacht. Ich erzählte ihr von einem Philosophiebuch, das ich gerade las, etwas über das Wesen der Gewissheit. Sie legte eine Hand auf meinen Arm und sagte: »Zieh bitte mal dein Hemd aus, Ralph!«

»Mein Hemd?«

»Ja, bitte.«

Meine Wangen brannten. »Nein, Emma. Ich möchte nicht.«

»Keine Angst«, sagte sie sanft. »Ich werde Marnie nichts verraten. Aber ich muss es sehen.«

»Woher wissen Sie es?«, fragte ich bedrückt.

Sie lächelte mich nur an. Jemand anderem hätte ich es nicht gezeigt, aber nun knöpfte ich mein Schulhemd auf und drehte ihr den Rücken zu. Ich fühlte mich bloßgestellt. Als sie die Blutergüsse mit ihren kühlen Fingern berührte, zuckte ich zusammen.

»Das macht er nur, wenn er betrunken ist. Er weiß nicht, was er tut.«

»Hm.«

»Er ist unglücklich.«

»Das ist er ganz bestimmt. Schlägt er deine Mutter auch?«

»Manchmal.« Meine Stimme erstarb zu einem Flüstern. »Und ich tu nichts dagegen.«

»Und Grace?«

»Nein.« Ich zog mein Hemd wieder an und kauerte mich vor das Feuer. »Was wollen Sie jetzt tun? Sie werden doch nichts unternehmen, Emma, oder?«

»Ich muss darüber nachdenken. Ich kann es nicht einfach auf sich beruhen lassen. Das verstehst du doch sicher. Gehst du regelmäßig in die Schule?«

Ich murmelte etwas vor mich hin.

»Ralph?«

»Nein«, sagte ich und wich ihrem Blick aus. »Manchmal schwänze ich. Aber dann gehe ich in die Bibliothek. Ich lese; bringe mir Sachen bei, die ich in der Schule nie lernen würde.«

Ich war inzwischen in der elften Klasse und fast siebzehn, fühlte mich in der Schule aber kreuzunglücklich, denn ich wurde gehänselt und schikaniert. Aber das sollte Emma auf keinen Fall erfahren. Schlimm genug, dass sie wusste, dass ich von meinem Vater verprügelt wurde.

»Ralph, du musst mir jetzt etwas versprechen. Du gehst zur Schule, und zwar jeden Tag. In zwei Jahren bist du fertig. Eine gute Schulbildung wird dir alle Türen öffnen und den Weg in eine bessere Zukunft ebnen. Du gehst in die Schule und lernst, und wenn du die Prüfungen geschafft hast, brichst du auf in die große weite Welt.«

»Aber Emma ...«

»Was willst du einmal werden?«

»Ich? Keine Ahnung. Wenn ich mein Abitur habe, kann ich alles Mögliche machen. Manchmal möchte ich Mathe studieren, denn ich liebe Mathe. Es ist wie eine Geheimsprache. Dann wieder möchte ich Schriftsteller oder Filmemacher werden. Oder Arzt. Letzthin dachte ich, Genetik wäre auch nicht schlecht. Ich habe dieses Buch gelesen und ... Was ist? Sie lachen mich aus.«

»Ich lache dich an, nicht aus«, sagte sie. »Ich mache dir schnell noch einen Tee, dann radelst du nach Hause – es sei denn, du möchtest heute hier übernachten.«

»Sie sind sehr gut zu mir, Emma.«

Am liebsten hätte ich meinen Kopf in ihren Schoß gelegt und mich ganz ihrer Fürsorge hingegeben. Tränen traten mir in die Augen, aber ich blinzelte sie weg. Ich hatte bis dahin noch keine Träne um David vergossen und nach seinem Tod überhaupt nicht mehr geweint. Das geschah erst Monate später. Ich glaube, so etwas lässt sich nicht erzwingen.

Natürlich war nicht alles eitel Sonnenschein. Ich war blind und unzugänglich, typisch für einen Jungen in der Pubertät (ich war sehr unreif und stemmte mich gegen das Erwachsenwerden; mit sechzehn war ich, glaube ich, noch ein Kind; du warst jedenfalls sehr viel reifer als ich). Trotzdem bekam mich mit, dass das Geld bei euch knapp war. Euer geliebtes Haus war alt und baufällig. Immer ging irgendetwas kaputt. Ein neuer Boiler musste angeschafft werden, trotz der Isolierung kroch die Feuchtigkeit ins Mauerwerk, und der Riss neben der Haustür wurde immer größer. Emma maß regelmäßig seine Länge und Breite. Sie vermied es möglichst, die Handwerker zu holen, sondern versuchte die Schäden selbst zu reparieren, und natürlich half ich mit, so gut ich konnte. Am Samstagvormittag schmirgelte ich Holz ab, ich half, die Fassade neu zu verputzen und zu streichen, und schüttete die Schlaglöcher in der Auffahrt mit Kies zu, bis mein Rücken schmerzte.

Manchmal machten die Feriengäste aus ihrer Unzufriedenheit mit der schäbigen Unterkunft keinen Hehl. Sie erwarteten flauschig weiche Teppichböden, einen Farbfernseher, Zimmer mit Dusche und WC, Einbauschränke mit einer Beleuchtung, die sich automatisch einschaltete, sobald man die Türen öffnete. Aber die Toilette war am anderen Ende des Flurs, der alte Heizkörper ratterte und knackte und spendete nur wenig Wärme, die Schränke waren wackelig, die Deckenbalken rissig, doch der Blick über die Felder aufs Meer überwältigend. Sie schrieben bissige Bemerkungen ins Gästebuch, und wir wussten, sie würden nie wiederkommen. »Gut, dass wir die los sind!«, murmelte Emma, als sie aufbrachen. Aber später setzte sie die Brille auf und sah Zahlungsbelege und Rechnungen durch. Sie konnte ausgesprochen mürrisch werden. Dann war es, als sei die Sonne hinter einer Wolke verschwunden und die Welt kalt und dunkel.

Auch du hast dich bisweilen zurückgezogen. Zwar warst du immer freundlich zu mir, aber manchmal hatte ich das Gefühl, du wärst gar nicht richtig präsent. Es gab Zeiten, da wirkte euer heruntergekommenes, schönes altes Haus gar nicht warm und einladend, sondern leer und traurig, heimgesucht von Verlusten, was ich anfangs gar nicht verstand. Dann herrschte eine tiefe, unheimliche Stille. Von deinem Vater und Bruder hast du mir erst sehr viel später erzählt, kurz vor Weihnachten. Es hatte ein wenig geschneit, und wir gingen zum Strand hinunter. Alles wirkte so fremd mit dem Schnee zwischen den Kieseln. Ein farbloser Him-

mel, dazu das bleigraue Meer, und ans Ufer schwappten lautlose Wellen. Deine Stimme klang gedämpft, als du zu reden anfingst. Ich habe dir nicht erzählt, dass Emma es mir schon erklärt hatte, als ich das Familienfoto betrachtete. Ich wollte es aus deinem Mund hören.

Es klingt fast so, als hätte es außer dir und mir und Emma und gelegentlich Eric niemanden gegeben (was mir durchaus gefiel). Aber da waren noch andere Menschen: die Feriengäste natürlich, vor allem im späten Frühling und im Sommer, die auch dann gegenwärtig waren, wenn sie sich in ihre Zimmer verzogen hatten, sodass wir uns gar nicht richtig entspannen konnten. Außerdem war Lucy oft mit von der Partie, und ich wusste, dass ihr beide während meiner Abwesenheit viel zusammen wart. Ich lernte sie kennen, als ich das zweite oder dritte Mal unangemeldet bei euch auftauchte. Ihr wart in der Küche und habt einen Schokoladenkuchen gebacken, der so schwer war, dass er euer Boot hätte versenken können. Ihr habt die Schüssel ausgeschleckt und euch beide gleichzeitig umgedreht, als ich hereinkam. Eure Gesichter waren mit Schokolade verschmiert, und ihr habt fröhlich gegrinst wie zwei ungezogene kleine Mädchen. Die Eifersucht versetzte mir einen Stich ins Herz; in meiner Gegenwart warst du nie so unbeschwert. Ich war auch eifersüchtig auf Lucys Verhältnis zu Emma. Emma behandelte sie wie eine Erwachsene, fragte nach ihrer Meinung und hörte ihr aufmerksam zu. Aber ich konnte Lucy nie lange böse sein. Sie war wahnsinnig klug, sarkastisch, scharfzüngig, loyal und – ja – herzensgut. Ein herzensguter Mensch. Ich sehe sie noch heute vor mir mit ihrer verschmierten Brille, ihrem kleinen, runden Gesicht, den zarten Handgelenken, den hochgezogenen Schultern und knochigen Knien. Sie gab trockene Kommentare ab und wartete, was geschah. Sie bedachte mich mit einem Blick, der mich verunsicherte, bevor sie grinste, als hätte ich eine Art Test bestanden. Nach kurzer Zeit mochte ich sie sehr gern. Mir gefiel ihre Begeisterung für Politik, ihre Radikalität, ihre Schüchternheit. Ich mochte sie, weil sie dich liebte, mir aber großzügig Platz ein-

räumte. Und natürlich mochte ich sie, weil sie mich mochte. Na gut, weil sie mich liebte.

Und dann war da noch Grace. An einem Samstag, als ich nicht mehr mit ansehen konnte, wie sie den ganzen Tag zu Hause vor dem Fernseher saß, während sich meine Eltern zankten und Türen schlugen und die beklemmende Stimmung mit Händen zu greifen war, fuhr ich sie im Rollstuhl den ganzen Weg bis zu eurem Haus. Ich vergaß, sie vor dem Aufbruch noch mal aufs Klo zu bringen und etwas zu trinken mitzunehmen, und als wir endlich ankamen, war sie erhitzt und gestresst und stank nach Urin. Emma half mir, sie zu waschen, und du hast ihr was zum Anziehen geliehen. Dann haben wir sie ins Gras gehoben, und dort saß sie dann zusammengesunken zwischen den Gänseblümchen und grinste und gurrte wie ein Täubchen. Du hast eine Kette aus Gänseblümchen geflochten und ihr um den Hals gelegt. Ich brachte sie in jenem Jahr noch mehrmals zu euch. Du und Emma, ihr habt sie zur Begrüßung auf die Stirn geküsst und mit ihr gesprochen, als könne sie euch verstehen. Du hast ihr Geschichten erzählt. Und um mich zu necken, hast du zu ihr Sachen gesagt wie: »Erklär deinem Bruder, er muss mal wieder zum Friseur!« Oder: »Sag deinem Bruder, er muss lernen, nach dem Kochen die Küche wieder aufzuräumen!« Vielleicht hast du sie sogar ins Vertrauen gezogen, weil sie nicht reagieren oder antworten konnte. Bei ihr waren deine Geheimnisse sicher.

Es ist komisch, aber in diesem ersten Jahr unserer Bekanntschaft kam mir so etwas wie Sex nie in den Sinn. Ich habe dich angehimmelt, aber es war eine romantische, völlig unschuldige Schwärmerei. Wenn wir uns berührten, dann nur spielerisch: beim Armdrücken oder wenn wir im Meer schwammen und uns gegenseitig untertauchten. Gelegentlich hast du mich wie zufällig untergehakt. Wir verhielten uns ein bisschen wie Kinder, wenn wir zusammen waren, jedenfalls am Anfang. Du warst zwar Davids Freundin gewesen, aber ich vermied es, darüber nachzudenken und mir vorzustellen, dass er dich in den Armen gehalten und geküsst hatte. Dass du ihn begehrt haben könntest, war ein Gedanke, der mich erschreckte. David war tot und begraben. Das Grab meines Bruders lag nur einen Steinwurf von dem deines Bruders entfernt.

Ich weiß nicht, wann diese Zeit der Unschuld vorüber war, aber ich glaube, sie endete, als Oliver kam.

Neun 9

Marnie stand am Fenster. Sie wollte nachsehen, was der Sturm anrichtete, der draußen wütete und dabei misstönende Klänge orchestrierte. Der Wind heulte, Äste knackten laut, und Regentropfen prasselten wie Schrotkugeln ans Fenster. Soweit sie es erkennen konnte, zeigte sich kein Lichtstreif am Horizont. Sie hörte Oliver nicht kommen, denn er ging barfuß. Daher fuhr sie zusammen, als er ihr eine Hand auf die Schulter legte.

»Huch!«, sagte sie und drehte sich erleichtert um. »Du hast mich erschreckt.«

»Kannst du nicht schlafen?« In seiner ruhigen Stimme lag ein Anflug von Zärtlichkeit, die Marnie durch und durch ging.

Sie antwortete nicht sofort, sondern schaute ihn an. Behutsam streckte er eine Hand aus und wischte ihr eine Träne von der Wange.

»Ich weiß nicht«, sagte sie schließlich. »Ich habe plötzlich Angst gekriegt.«

»Vor seinem Tod?«

»Nein, einfach Angst.«

»Du hättest mich wecken sollen.«

»Aber du musst dich ausruhen.«

»Du auch. Du siehst mitgenommen aus. Jetzt übernehme ich die Wache. Leg du dich hin und versuch, noch ein bisschen zu schlafen.«

»Ich glaube, ich kann nicht. Soll ich uns Tee kochen?«

»Das wäre schön.«

»Auch was zu essen?«

»Vielleicht später.«

Er setzte sich zu Ralph ans Bett und nahm dessen dünne Hand in seine warmen, kräftigen Hände. »Hallo, mein Freund«, sagte er leise. Man konnte unmöglich sagen, ob Ralph schlief oder nicht. »Hier bin ich. Ich werd gleich Feuer machen. Dot will uns ein elektrisches Heizgerät bringen, damit es hier drin nicht mehr so kalt ist. Sag mir, wenn du was brauchst, ja? Marnie kocht gerade Tee … Marnie und ihr Tee!«

Marnie löffelte Teeblätter in die Kanne und stellte den Kessel auf den Herd. Während das Wasser heiß wurde, ging sie ins Bad und wusch sich Gesicht und Hände. Das Gesicht im Spiegel wirkte erschöpft, aber gefasst. Sie fuhr sich mit dem Kamm durchs Haar. Als sie auf Knoten stieß, zuckte sie zusammen.

»Ich habe furchtbare Sachen geträumt«, sagte Oliver, als sie in die Küche zurückkam.

»Ja?«

Nach dem schrecklichen Erlebnis vom Vorabend fiel ihnen der Umgang miteinander leichter. An die Stelle der bisherigen Befangenheit war eine feierliche Vertrautheit getreten. Beide hatten das Gefühl, dass Ralphs Krankheit eine neue Stufe erreicht hatte, dass der Tod näher gekommen war und sich bereits im selben Raum befand.

»Verworrenes Zeug. Ich habe geträumt, war mir aber auch bewusst, dass ich träumte.«

»Das kenne ich. Hier, dein Tee.«

»Danke.«

Marnie setzte sich auf die andere Seite von Ralphs Bett. Mit der freien Hand strich sie ihm übers Haar. »Hast du das Gewitter heute Nacht gehört?«

»Ja. Und es stürmt immer noch. Wenn es vorbei ist, müssen wir uns die Schäden ansehen. Bestimmt sind ein paar Bäume umgerissen worden.«

»Ich glaube, ich putze heute die Fenster.«

»Im Ernst?« Olivers Stimme klang skeptisch.

»Es kommt dir idiotisch vor, oder? Fenster zu putzen, die der Kranke ohnehin nicht wahrnimmt, einen Fußboden zu schrubben, den er nicht betreten kann, Suppe zu kochen, die er nicht löffeln, und Kuchen zu backen, den er nicht essen kann.«

»Nein, es ist schön. Viel besser als vor deiner Ankunft. Wenn er aufwacht, bist du da, als wärst du nie fort gewesen. Du sorgst dafür, dass das Leben seinen gewohnten Gang geht – bis zuletzt. All die kleinen, alltäglichen Verrichtungen, die man nur als eine lästige Pflicht betrachtet, bis sie einem entgleiten.«

»Sieh mal, draußen wird es schon hell!« Marnie beugte sich über Ralph. »Es ist Tag. Die Nacht ist vorbei.«

Der Sturm flaute ab. Überall lagen große und kleine Äste herum. Unter einem kleinen entwurzelten Baum klaffte ein überraschend tiefes Loch. Mehrere Ziegel waren vom Dach gefallen, und eine unsichtbare Hand schien der Landschaft ein leicht verändertes Gesicht verliehen zu haben. Doch jetzt verzogen sich die Wolken, die mit der Kraft eines aufgewühlten Ozeans über den Himmel gejagt waren, und enthüllten ein blasses Blau. Marnie, die sich nach einem Nickerchen frischer fühlte, spazierte über den aufgeweichten Boden zum See, der so aufgepeitscht war, dass er ein schlammiges Braun angenommen hatte. Dort wandte sie sich um und betrachtete Ralphs von Bäumen gerahmtes Cottage, das dem Sturm tapfer getrotzt hatte. Aus dem Schornstein stieg Rauch auf. Sie wusste, dass Oliver am Bett des Freundes saß, dessen Hand hielt und mit ihm redete. Bald würde sie zu ihnen zurückkehren. Sie würden Gedichte lesen, Tee trinken und die kleinen alltäglichen Pflichten erfüllen, die trotz ihrer Eintönigkeit seltsam befriedigend waren: die gewaschenen Socken zu Paaren zusammenziehen, Ralphs schweißgetränkte T-Shirts waschen, den Holztisch wachsen und mit einer weichen Bürste polieren, bis er in warmem, honiggelbem Glanz erstrahlte, den Vögeln Brotkrumen hinstreuen. Plötzlich empfand sie eine so tiefe Freude, dass es ihr fast den Atem verschlug und sie erschrocken die Hand aufs Herz legte. Wie konnte sie sich freuen, während sie am Bett eines Sterbenden stand? Aber ihr wurde klar, dass sie ein sehr viel feineres Sensorium für das Leben entwickelt hatte.

Sie schaltete ihr Handy ein und hörte die Nachrichten ab. Lucy hatte angerufen, um Hallo zu sagen. Freunde wollten wissen, wo sie stecke und warum sie die beiden letzten Tage nicht zu Hause gewesen sei. Elaine war zu Ohren gekommen, dass Eva das Marionettenmuseum sehr spät öffne, an manchen Tagen nicht vor elf Uhr. Und Luisa, Evas weniger extravagante Schwester, fragte, ob sie Weihnachten nicht mit Eva und Marnie verbringen könne. Sie wusste zwar von Eva, dass Marnie verreist war, wollte jedoch trotzdem in vier Tagen mit dem Flugzeug eintreffen und gleich zu Marnies Wohnung fahren.

»Ich vermisse dich«, sagte sie am Ende. »Marnie?« Eine Pause, als dächte sie, Marnie höre ihr tatsächlich zu. »Marnie?«

Marnie rief Eva im Museum an.

»Hi!«

»Das ist eine sehr saloppe Art, sich zu melden. Es hätte sonst wer dran sein können, Elaine zum Beispiel. Was ist das für ein Krach?«

»Marnie! Warte mal kurz! Greg? Machst du bitte die Musik leiser?«

»Ist Gregor bei dir?«

»Er hilft mir«, sagte Eva beiläufig. »Das ist doch in Ordnung, oder?«

»Weiß Elaine Bescheid?«

»Hätte ich es ihr sagen sollen?«

»Ich weiß nicht.« Ein Knall und dann lautes Gelächter im Hintergrund. »Sind da noch mehr Leute, Eva?«

»Ähm – die anderen schauen auch manchmal vorbei.«

»Die anderen? Welche anderen?«

»Ach, du weißt schon.«

»Nein, tu ich nicht.«

»Mach dir keine Sorgen, Marnie! Es ist alles in Ordnung.«

»Du kannst aus dem Museum keinen Partykeller machen.«

»Sie wischen Staub.«

»Wischen Staub?«

»Alles ist bestens.«

»Warum beruhigt mich das nicht? Diese anderen, wohnen die bei mir?«

»Gewissermaßen.«

»Gewissermaßen. Das heißt also, ja. Wie viele?«

»Ach – nicht viele.«

»Eva!«

»Es ist alles in Ordnung. Wir haben die Wohnung nicht demoliert. Sie wussten nicht, wo sie übernachten sollen, was sollte ich da tun?«

»Aber …« Marnie schloss die Augen und stellte sich vor, dass ihre saubere Wohnung, in der alles seinen festen Platz hatte und deren weiße Wände mit friedlichen Bildern geschmückt waren, von fremden Leuten bevölkert wurde, die ein wüstes Durcheinander anrichteten. »Und Luisa kommt auch?«

»Ja, freust du dich?«

»Was ist mit Fabio? Wie wird er sich fühlen, wenn ihr ihn ganz allein lasst?«

»Ach, er ist bei … Aber das willst du gar nicht so genau wissen, oder?«

»Stimmt.«

»Aber wir drei, du, ich und Luisa, wir könnten so richtig Weihnachten feiern – wie eine echte Familie.«

»Ja, nur weiß ich noch nicht genau, wann ich zurückkomme. Ich bleibe hier, bis es vorbei ist.«

Als sie fertig war, stand sie noch für einen kurzen Moment da und dachte nach. Weihnachten feiern wie eine echte Familie: ein Licht am Ende dieses dunklen Weges. Lucy hatte die Welt verändern wollen und Ralph geliebt. Ralph hatte kühne Abenteuer erleben wollen und Marnie geliebt. Ich jedoch wollte nie etwas anderes als eine Familie: stattliche Söhne, bezaubernde Töchter und ein richtiges Heim.

Sie ging nicht gleich wieder zurück, sondern lief noch ein Stück über den weichen Nadelteppich des Waldes, bis sie einen schön geformten Kiefernzweig fand, den der Sturm heruntergerissen hatte. Es war dunkel wie die Nacht zwischen den Bäumen, und von den Kronen fielen lautlos funkelnde Wassertropfen. Prüfend hielt Marnie den Kiefernzweig in die Höhe: Er musste genügen.

Immer noch wehte ein starker Wind, doch jetzt jagten Wolken über den Himmel, und es klarte auf. Die Krankenschwester war da gewesen, und ein kaum merklicher Geruch nach Fäkalien und Desinfektionsmittel hing im Wohnzimmer. Oliver saß an Ralphs Bett und las ihm mit leiser Stimme Gedichte vor. Ralph hatte die Augen offen, aber Marnie sah sofort, dass er vom Morphium ganz benommen war.

»Hallo.« Marnie zog den Mantel aus, hauchte ihre kalten Hände an und küsste Ralph behutsam auf die Stirn. Er wirkte unendlich zart und gebrechlich. Wenn sie seine Haut berührte, hatte sie Angst, ihm wehzutun, und wenn sie seinen Kopf anhob, der verglichen mit seinem schwindenden Körper unnatürlich groß und schwer war, und ihm einen Schluck Tee zu trinken gab, befürchtete sie, seine Halswirbel könnten brechen.

»Was hast du da?«, fragte Oliver.

»Unseren Weihnachtsbaum.« Sie hielt den Zweig in die Höhe.

»Weihnachten bin ich nicht mehr da«, sagte Ralph mit krächzender Stimme.

»Aber jetzt bist du da, gemeinsam mit uns. Für uns ist jetzt Weihnachten. Ich werde den Zweig schmücken.«

Marnie stellte ihn in einen Blumentopf aus Plastik, den sie im Schuppen gefunden und mit draußen aufgeklaubten Steinen beschwert hatte. Das Ganze hob sie auf eine Kiste, die sie ans

Fußende von Ralphs Bett schob, damit er den Kopf nicht drehen musste.

»Jetzt, wo du hier bist«, sagte Oliver und stand auf, »könnte ich schnell zu Dot rüberlaufen. Ich hole das Heizgerät, und sie hat auch die Eiscreme gekauft, um die du sie gebeten hast. Ich werde mir auch ihren DVD-Player ausleihen, denn sie hat mir ein paar alte Filme besorgt. *Eine Dame verschwindet* und *Sein Mädchen für besondere Fälle*, so was in der Art.«

Marnie nickte. Sie wollte ihn bitten, nicht zu lange zu bleiben, unterließ es jedoch. Sie hatte das Gefühl, dass Ralph ihnen von Minute zu Minute mehr entglitt. Er schien langsam zu verschwinden wie eine Gestalt, die vom Nebel verschluckt wird. Er sagte kaum noch etwas, und wenn, schien ihn das große Anstrengung zu kosten.

Oliver legte noch ein paar Holzscheite ins Feuer, bevor er ging, und Marnie stellte den Wasserkessel auf. Es kam ihr vor, als sei sie unablässig mit Teekochen beschäftigt. Dann stöberte sie in den Schubladen und zwischen den Bücherstapeln und Notizblöcken am Boden. Sie fand ein paar Bögen Zeichenkarton und etwas buntes Seidenpapier. Anschließend holte sie oben, in Ralphs altem Schlafzimmer, ein Nähetui und Pastellkreide aus ihrer Reisetasche, bevor der pfeifende Wasserkessel sie wieder nach unten rief.

»Wollen wir ein bisschen Musik hören?«, fragte sie Ralph. Er antwortete nicht, verfolgte aber jede ihrer Bewegungen mit riesigen Augen. »Wie wäre es mit Haydn?« Sie nahm eine CD aus der Hülle und legte sie ein. Violinklänge in Moll erfüllten das Zimmer. Sie setzte sich mit zwei Bechern Tee neben Ralph auf einen Stuhl und legte ihm kurz die Hand auf die Stirn. Dann holte sie die Schere heraus und griff nach einem Bogen Karton. »Glocken?«, fragte sie. »Rentiere? Oder vielleicht einfach nur abstrakte Formen?«

Sie schnitt eine kleine Spirale aus und legte sie auf Ralphs Decke. Bald war seine Bettdecke mit Dutzenden Papierformen übersät, die sich mit seinen flachen Atemstößen fast unmerklich hoben und senkten. Vorsichtig hob sie Ralphs Kopf an, ließ ihn ein paar Schluck lauwarmen Tee trinken und wischte ihm den Mund mit einem Zipfel ihrer Bluse ab. Dann begann sie das Papier zu bemalen: blau, rosarot, grün. Mit einer dicken Nadel stach sie in jede der ausgeschnittenen Formen ein Loch, zog einen Nähfaden hindurch und hängte sie an den Kiefernzweig. Es war wie in der Grundschule. Aus dem bunten Seidenpapier schnitt sie Girlanden zurecht, die sie gleichfalls an den Zweig hängte und mit ein paar Schnipseln Alufolie aus der Küchenschublade ergänzte.

»Wie sieht's aus?«

»Hübsch«, hauchte er. So jedenfalls deutete Marnie den schwachen Laut aus seinem Mund.

Die Musik war nun langsamer, gedämpfter. Für Marnie besaß sie etwas Trauriges, Meditatives, aber auch Sehnsuchtsvolles. So etwas wie Kummer schnürte ihr die Kehle zu und erinnerte sie an das Heimweh, das sie als Kind empfunden hatte. Sie stand auf und ging zu dem Schubfach neben dem Herd, wo sie, wie sie wusste, eine Packung Kerzen finden würde. Sie riss das Plastik mit den Zähnen auf und verteilte Kerzen im gesamten Zimmer.

»Später, wenn es dunkel wird, zünden wir sie an«, sagte sie. »Zum ersten Mal seit meiner Ankunft ist es draußen einigermaßen hell. Und auch schön. Kalt, aber fast ganz klar. Ich zieh den Vorhang ein Stück zurück, dann kannst du besser rausschauen. Ich war gerade im Wald, Ralph, und das Sonnenlicht fiel in dichten Bündeln durch die Bäume auf den Teppich aus Kiefernnadeln und Moos. Es war wunderschön, geheimnisvoll wie an einem heiligen Ort. Und da dachte ich daran …« Marnie stockte und merkte, wie belegt ihre Stimme klang. »Ich dachte daran, wie viel du mir bedeutest trotz all der Jahre, die wir uns nicht gesehen haben.« Sie schaute ihn an. Seine Lider zitterten. »Hörst du mich, Ralph?«

Er antwortete nicht. Sie setzte sich wieder auf ihren Stuhl, betrachtete die ausgeschnittenen Formen, die sich langsam an den Fäden drehten, und lauschte der Musik, die nun immer ungestümer auf den Höhepunkt zustrebte. Immer wieder brach die Sonne zwischen den Wolken hervor, sodass sich die Landschaft ständig veränderte: Mal wirkte sie dunkel und verwunschen, dann wieder strahlend vor Helligkeit. Im Zimmer gab es keine Uhr, Marnie wusste also nicht, wie spät es war. Das unerbittliche Vorrücken der Minuten und Stunden war abgelöst von einem Wechsel von Licht und Dunkelheit, Träumen und Wachsein, laut vorgelesenen Gedichten und dem Knacken des Feuers im Kamin und dem Schattenspiel an den Wänden.

Die Musik spielte wieder langsamer, und jetzt erst erkannte Marnie, dass sie Haydns *Abschiedssinfonie* aufgelegt hatte, an deren Ende die Musiker nacheinander die Bühne verlassen. Sie hatte das Stück vor langer Zeit in einer Kirche gehört. Man hatte Kerzen auf dem Podium verteilt, die nacheinander gelöscht wurden, als die Töne verklangen und die Musiker abtraten. Sie saß regungslos auf dem Stuhl neben dem Bett und wagte kaum zu atmen. Die Oboen verstummten, dann die Hörner. Nun der Kontrabass und das Cello. Schließlich spielten nur noch zwei Violinen verhaltene Abschiedsklänge. Dann trat Stille ein. Marnie, die ihre Hand auf die von Ralph gelegt hatte, blickte hinaus in die Helligkeit. Sie wusste nicht, ob er wach war oder schlief, aber sie fuhr trotzdem fort, ihrer aller Geschichte zu erzählen.

10 Zehn

Marnie war siebzehn, als sie Oliver zum ersten Mal begegnete. Bis dahin hatte sie keinen anderen Freund gehabt als David. Außerdem war sie in David nicht verliebt gewesen – jedenfalls nicht Hals über Kopf und bis über beide Ohren, mit Schmetterlingen im Bauch und schlaflosen Nächten, verzaubert, krank und mit einem Kribbeln in der Magengrube, voller Sehnsucht und Träume und verrückt vor Liebe. Manchmal dachte sie, mit ihr sei etwas nicht in Ordnung und sie werde stets zurückhaltend bleiben und sich in dem von Geistern erfüllten Haus mit ihrer von Geistern heimgesuchten Mutter an ihre Kindheit klammern.

Es war ein trister Sonntag im Januar, einer jener Tage, an denen es nicht richtig hell wird und der quälend langsam mit unbefriedigenden, rastlosen Tätigkeiten vergeht. Am Vormittag hatte Marnie ihrer Mutter geholfen, Töpferwaren in Luftfolie zu verpacken, die in der folgenden Woche auf einem Markt angeboten werden sollten. In der kalten Werkstatt waren ihre Finger ganz klamm geworden. Nach dem Mittagessen hatte sie versucht, Hausaufgaben zu machen. Ralph und Lucy halfen ihr zwar, so gut es ging, bei der Grammatik, trotzdem verwandelten sich die Wörter vor ihren Augen in bizarre Formen. Marnie hasste die Zeichensetzung, das war es. Und die Rechtschreibung wollte ihr einfach nicht in den Kopf. So saß sie nun in ihrem Zimmer und malte Strichmännchen in ihr Englischbuch, bevor sie ihre Kunstmappe zur Hand nahm. In den Fächern Kunst und Textiles Gestalten fühlte sie sich zu Hause. Manchmal, wenn sie neben ihrer lesenden Mutter vor dem Kamin saß, wenn sie die Nadel durch den Stoff zog und sah, wie sich ihre winzigen, gleichmäßigen Stiche zu einem Muster zusammenfügten, empfand sie Befriedigung und war ganz in ihrem Element. Jetzt schob sie die Trigonometrie beiseite und holte ihre Kohlezeichnungen hervor. Sie arbeitete an einer Serie von Meeresansichten in Schwarz und Weiß. Sie betrachtete das Blatt mit dem Rumpf eines alten Bootes, von dem nur noch die Spanten übrig waren und das halb versteckt im hohen Gras am Meeresufer lag. Gemeinsam mit Ralph und Lucy hatte sie das Wrack vor ein paar Tagen bei einem Spaziergang entdeckt, und fasziniert von dem Gerippe, das sich in kräftigen Linien von den grauen Wellen abhob, hatte sie sogleich ihren Skizzenblock zur Hand genommen. Ralph und Lucy hatten zur Eile gedrängt, weil sie froren. Von Osten her wehte ein eisiger Wind, der durch das Schilf strich und die Gischt der kleinen Wellen auf sie zutrieb. Sie sollten ruhig schon vorgehen, hatte Marnie ihnen gesagt, aber sie waren geblieben, hatten Steine ins Wasser geworfen und ihr über die Schulter beim Zeichnen zugesehen. Langbeinige Watvögel stelzten über den Sand und die Muscheln und stießen leise, wehmütige Pfiffe aus. Lucys Gesicht war fleckig rot vor Kälte, ihre Augen tränten wegen der neuen Kontaktlinsen, und sie hatte den Mantelkragen hochgeschlagen. Ralph war wie fast immer viel zu leicht angezogen. Er trug nur eine schlecht sitzende gestreifte Samthose aus dem Dritte-Welt-Laden, ein weißes kragenloses Hemd, das seine knochigen Schlüsselbeine zeigte, und einen langen, perlenbestickten Schal, der hinter ihm im Wind flatterte. Er hatte keine Jacke dabei. Er hüpfte von einem Bein aufs andere wie ein Meeresvogel und brabbelte irgendetwas Unsinniges vor sich hin. Seine Haut war auffallend blass, und das Haar wehte ihm ins Gesicht.

Vielleicht sollte ich die beiden ins Bild aufnehmen, dachte Marnie. Nur ganz am Rand, um die Trostlosigkeit der Szenerie abzumildern. Plötzlich überkam sie eine tiefe Zärtlichkeit für ihre beiden Freunde mit ihrer Loyalität und ihrer weltfremden Begeisterungsfähigkeit. Was für ein seltsames Trio wir doch sind!, dachte sie. Alles andere als cool, Gott sei Dank. Lucy legte in letzter Zeit mehr Wert auf ihr Äußeres und kleidete sich in einem gepflegten androgynen Stil. Sie trug Männerjacken und weite Hosen mit Hosenträgern. Ihre Eigenwilligkeit, ihren Sarkasmus und ihre Kompromisslosigkeit aber hatte sie sich bewahrt. In der Schule galt sie als Streberin, und man machte sich hinter ihrem Rücken über sie lustig; für gewöhnlich ließ man sie jedoch in Ruhe, weil man ihre Schlagfertigkeit und Bissigkeit fürchtete. Ralph wiederum – Marnies Mund verzog sich zu einem schmerzlichen Grinsen – war sprunghaft und linkisch, in seinem Übereifer stellte er sich oft selbst ein Bein, aber er ließ sich nicht unterkriegen – ein echtes Stehaufmännchen. In vieler Hinsicht wirkte er viel jünger, als er an Jahren zählte, war ungeduldig und unersättlich wie ein Kind. Erst seit den letzten paar Wochen hatte Marnie ihn bisweilen in einem anderen Licht gesehen: als einen grüblerischen jungen Mann mit schmalem Gesicht und schönen Augen. Aber nur weil Lucy ihn so wahrnahm, die in ihn verliebt war.

Marnie zeichnete eine Linie an den Rand des Zeichenblatts, wo ihre beiden Freunde neben dem Boot herumgelungert hatten – um sich nach einem vertrockneten Tintenfisch zu bücken, eine winzige Muschel für Emmas Sammlung aufzuheben, die sie im Badezimmer in einem großen Glas aufbewahrte, oder um sich mit Seegras zu bewerfen –, und verdeutlichte die Anwesenheit der beiden durch einen schwachen Fleck. Nur sie würde wissen, was er bedeutete.

Als es an der Haustür klopfte, wusste sie sofort, dass es Ralph war, obwohl sie ihn an diesem Tag nicht erwartete. Niemand klopfte wie er: ein schnelles, ungeduldiges Hämmern, als hätte er etwas Dringendes mitzuteilen, das keinen Aufschub duldete. Vorsichtig, um die frischen Kohlestriche nicht zu verwischen, legte sie den Skizzenblock beiseite und lief die Treppe hinunter.

Als sie die Tür öffnete, sah sie, dass Ralph diesmal nicht allein gekommen war. Mit einem Mal wurde ihr bewusst, wie sie aussah. Ihre Jeans waren am Knie zerrissen und am Po durchgescheuert, der alte, fleckige Pulli ihres Vaters reichte ihr fast bis zu den Knien, und die alten Hausschuhe waren an den Fersen heruntergetreten. Sie war voller Kohlestaub und hatte sich ein Tuch um den Kopf gebunden, damit ihr das Haar bei der Arbeit nicht ins Gesicht fiel.

»Hi, Ralph«, sagte sie. Er hielt eine offene Dose Spaghetti in Tomatensoße in der einen, einen Löffel in der anderen Hand.

»Marnie«, sagte er und schob sich einen gehäuften Löffel in den Mund.

Sie merkte sofort, dass er wieder einmal in einer seiner hyperaktiven Phasen war; sein gesamter Körper stand unter Dampf vor rastloser Energie. Marnie hatte das Gefühl, dass sie die Hitze spüren könnte, die er verströmte, wenn sie näher träte.

»Das ist Oliver.«

Erst jetzt erlaubte sich Marnie einen Blick auf Oliver, der stumm neben Ralph gestanden und darauf gewartet hatte, vorgestellt zu werden. Er war ruhig und zurückhaltend, das fiel ihr als Erstes auf. Neben seinem schmächtigen, rastlosen Freund wirkte er groß und kräftig, obwohl er schlank war. Er hatte graue Augen wie sie selbst und weiches braunes, schulterlanges Haar. Aber all das bemerkte sie nicht sofort. Auch nicht das Grübchen auf seiner Wange, das sich zeigte, als er sie schüchtern anlächelte und ihr die Hand entgegenstreckte. Später empfand sie ihn als gutaussehend – und noch später realisierte sie, dass er eigentlich ganz gewöhnlich aussah, obwohl er für sie stets außergewöhnlich blieb. Doch was ihr bei dieser ersten Begegnung am meisten auffiel, war, wie wohltuend echt, zurückhaltend und ganz und gar nicht neurotisch er wirkte. Obwohl ihr das Herz in der Brust wie ein Vogel flatterte, empfand sie dennoch eine seltsame Ruhe in seiner Gegenwart. Er fühlte sich erkannt. Ja, das war es. Sie sah ihn an und war verliebt. Sie würde niemals ergründen, ob der Moment, in dem sei ihn zum ersten Mal ansah, und der Moment, in dem sie sich in ihn verliebte, deckungsgleich waren oder ob es einen Abstand dazwischen gab. Ihr kam es so vor, als habe sie diese Liebe mit sich herumgetragen wie ein kostbares, ungeöffnetes Paket und nur darauf gewartet, dass er an ihre Tür klopfte und Einlass in ihr Haus und ihr Herz suchte.

Die Tür ging auf und wieder zu. Oliver trat leise ein. Marnie schaute nicht auf, aber da ihr die Stimme nicht mehr gehorchen wollte, hörte sie zu reden auf. Sie hätte nicht sagen können, ob er etwas gehört hatte. Ohne sie anzusehen, schloss er das tragbare Heizgerät an, legte die Eiscreme in das Gefrierfach und räumte die Lebensmittel in den Kühlschrank, bevor er den Fernseher und den DVD-Player aus dem Auto holte. Dann ging er langsam und schweren Schrittes die Treppe hoch. Ralph hatte die Augen geöffnet. Er hob ein wenig den Kopf und schaute sie mit einem selbstironischen Grinsen an.

»Ich finde, an dieser Stelle darfst du nicht aufhören«, sagte er. Seine Stimme war kräftig, sein Lächeln schelmisch.

»Später«, sagte Marnie.

»Du weißt doch, dass ich mir ein Später nicht leisten kann.«

Marnie holte tief Luft. Oliver war im Zimmer über ihnen. Aber was macht das schon?, dachte sie. Nach all den Jahren. Das alles ist so lange her. Damals waren wir fast noch Kinder. Das Leben hat uns wie ein breiter, tiefer Fluss mit sich fortgetragen, uns in die Tiefe gezogen und uns getrennt. Diese Zeit liegt weit zurück, und wie alles, was verloren ist, leuchtet sie hell und klar. Trotzdem kam es Marnie nun, während ihres Zusammenseins mit den beiden alten Freunden, so vor, als sei sie in die Vergangenheit zurückgekehrt. Sie war nicht länger die Vierzigjährige mit gescheiterten Beziehungen, die dazu neigte, sich in beschädigte Männer zu verlieben, und sich einbildete, sie könne sie retten. Nein, sie hatte das Gefühl, an der Schwelle des Lebens zu stehen, erfüllt von kühnen Hoffnungen.

11 Elf

Einmal angenommen, man glaubt an Liebe auf den ersten Blick. Es muss natürlich auf Gegenseitigkeit beruhen: Er verliebt sich in sie und sie sich in ihn. Ist das nicht die Regel? Wenn es dem einen passiert, dann nur, weil es auch dem anderen passiert, ein gegenseitiger Austausch, ein Duett voller Symmetrie. Blicke begegnen einander, eine Verbindung wird geknüpft und aufrechterhalten, ein unsichtbares Band, das die beiden aneinanderkettet. Sein Mund wird trocken und ihrer auch. Ihr Herz macht einen Sprung und seines ebenfalls. Wenn sie das Zimmer betritt, steht um ihn herum alles still. Wenn seine Augen auf sie gerichtet sind, läuft ein angenehmes Kribbeln durch ihren gesamten Körper und sie hat Schmetterlinge im Bauch. Beide sind matt, schlaflos, mondsüchtig, fahrig, euphorisch, verrückt, weinerlich, als sei das Innere nach außen und das Unterste nach oben gekehrt. Es kann nicht nur sie sein, die so fühlt. Das ergäbe keinen Sinn.

Warum nicht?, fragt Seth sie, als sie in jener Nacht im Bett liegt, nachdem Oliver und Ralph gegangen sind. Die Stimme ihres toten Bruders in ihrem Kopf ist laut und deutlich, und Marnie dreht das Gesicht zur Wand, kneift die Augen fest zu und schlingt die Arme um die Knie, denn im Zimmer ist es kalt. An den Fensterscheiben haben sich bereits Eisblumen gebildet. Aber Seth fährt fort: Wie kommst du darauf, dass es anders ist als bei all den anderen Millionen Menschen auf der Welt, deren Liebe unerwidert bleibt? Sieh dir doch Ralph an! Und Lucy.

»Sei still!«, murmelt sie vernehmlich.

Sie will sich nicht mit Ralph oder Lucy beschäftigen, denn sie hat Angst, das prekäre Gleichgewicht ihrer Dreiecksbeziehung zu zerstören. Die Sehnsucht in ihrem Herzen gibt ihr das Gefühl, eine Verräterin zu sein. Sie will nicht daran denken, wie Ralph an diesem Abend vor Aufregung geglüht hat. Die Worte waren nur so aus ihm herausgesprudelt, während er sie seinem neuen Freund vorführte und während er ihr den neuen Freund präsentierte, wobei er jeden von beiden voller Besitzerstolz freudig erregt anblickte. Er habe Oliver im Schachklub der Schule kennengelernt, sagte er. Marnie hatte gar nicht gewusst, dass Ralph in einem Schachklub war und an Turnieren teilnahm.

»Ralph schlägt jeden, sogar die Leute, die uns eigentlich etwas beibringen sollen«, sagte Oliver, und Ralph strahlte. Seine Augen funkelten und seine Wangen glühten. Er hat mit Marnie nie über die Schule gesprochen, so wenig wie er etwas von zu Hause erzählt, aber sie kann sich gut vorstellen, was er Tag für Tag in der Schule durchmacht: wenn er von größeren, stärkeren Jungs ausgelacht wird, die zwar gut im Fußball, aber nicht in der Schule sind und die ihn verspotten, weil er Gedichte mag und sich dandyhaft kleidet oder weil er ein Schwächling, ein Weichei und ein Träumer ist. Als wären an Davids Stelle Dutzende von David-Klone getreten, die ihn überall verfolgen. Einmal hatte sie ihn nach seinen Freunden gefragt, und er war schamrot geworden, bis über beide Ohren, und hatte irgendetwas gemurmelt, weil er von Marnie nicht bemitleidet werden wollte. In ihrer Gegenwart möchte er nicht dieser verzweifelte, uncoole und verletzliche junge Mann sein, der die abgelegten Klamotten seines toten Bruders auftragen muss und die Striemen von den Schlägen seines Vaters trägt. Er will sich von der Beklemmung und der Dunkelheit befreien, die ihn zu verschlingen droht. Er ist der Entertainer, der Helfer, der jungenhafte, treue Freund, und er scheint nicht zu ahnen, dass Emma und Marnie seine

Stimmungen spüren. Schon beim Hereinkommen können sie an seinem Gesichtsausdruck und an seinen Schultern ablesen, wie es ihm geht. Um ihnen zu zeigen, wie normal er ist, hat er nun Oliver mitgebracht, einen hübschen, schüchternen, ruhigen Jungen, der aus einer intakten Familie kommt, Tennis spielt, Französisch spricht und einmal im Jahr nach New York fährt. Oliver sollte beweisen, dass Ralph letztlich doch kein Sonderling und Einzelgänger war. Hat er sich denn nie vorgestellt, was passieren könnte?

Selbstverständlich hat er das, du Dummerchen!, zischte Seth. Begreifst du das nicht? Verstehst du deinen Freund nach all der Zeit denn noch immer nicht? Irgendwie weiß er genau, was er tut, wenn vielleicht auch nur unbewusst und obwohl ihn das entsetzt. Warum sonst war er heute Abend so aufgedreht, sah zugleich überglücklich und hundeelend aus?

Angenommen, du weißt, dass dein Freund leiden wird, wenn zwischen euch beiden etwas in Gang kommt. In dem Bewusstsein, dass er selbst hinter seiner strahlenden Fassade knochig, unbeholfen, einsam und traurig und sein Geist voller dunkler Winkel ist, in dem Albträume lauern, wird Ralph denken, es sei ganz normal und richtig, dass du Oliver ihm gegenüber den Vorzug gibst.

Angenommen, du siehst tagelang nur noch diese beiden Gesichter vor dir: das des bescheidenen, zurückhaltenden jungen Mannes, dessen Mund du mit einer fiebrigen Sehnsucht küssen möchtest; und das des gefährdeten, labilen Freundes, der mit seinem Überschwang Licht in dein Leben gebracht hat, dessen Verzweiflung und Kummer dich jedoch bedrücken. Er hat in seinem kurzen Leben schon viel zu viel durchmachen müssen, und du fühlst dich ihm gegenüber verantwortlich. Du weißt genau, welchen Ausdruck sein Gesicht annehmen wird, wenn du ihn verletzt. Er vertraut dir.

Was ist mehr wert?, fragt Seth in den dunklen Stunden der Nacht: eine kurze Affäre oder eine Freundschaft? Und sie zieht sich in glückseliger Verzweiflung die Decke über den Kopf, denn sie ist siebzehn und sie ist verliebt, und sie weiß, dass es jetzt nur noch eine Frage der Zeit sein kann. Er wird rot, wenn er sie trifft, das Schweigen zwischen ihnen ist bedeutungsschwer, und sie können sich aneinander nicht sattsehen. Wenn seine Hand zufällig die ihre streift, durchläuft sie ein Schauder. Ihm muss es genauso gehen. Es muss, muss, muss, muss.

»Ist etwas zwischen dir und Oliver?«, fragte Emma eines Abends, wobei sie den Augenkontakt zu Marnie absichtlich vermied. Sie säumte gerade ein Sommerkleid, das sie für Marnie genäht hatte, und hatte die Brille auf der Nasenspitze und den silbernen Fingerhut angesteckt. Marnie saß über ihren Schulbüchern, um den Prüfungsstoff zu wiederholen, doch bei der Frage zuckte sie innerlich zusammen.

»Was meinst du damit?«

Emma warf ihr einen amüsierten Blick zu. »Was meine ich wohl?«

»Nein. Es ist nichts. Überhaupt nichts. Warum fragst du?«

»Ich habe nur so gedacht.«

»Wie kommst du darauf?«

»Spielt keine Rolle, Marnie.«

»Bitte, sag's mir.«

»Wegen der Art und Weise, wie ihr euch gegenseitig anschaut, mehr nicht. Aber ich weiß, es geht mich nichts an. Ich möchte nicht neugierig sein.«

»Wie schauen wir uns denn an?«

»Als würdet ihr euch mögen, mein Schatz.«

»Natürlich mögen wir uns. Wir sind doch Freunde«, sagte Marnie ärgerlich. Aber sie schöpfte Hoffnung, und ihr wurde plötzlich ganz heiß. Es war Emma aufgefallen. Also bildete sie sich nicht alles nur ein.

»Er ist sehr nett.«

»Ja, nicht wahr?«

»Wenn er dir also zufällig gefällt …«

»Es ist nichts zwischen uns.«

»Wenn er dir zufälligerweise gefällt, Marnie, dann sage ich dir, es ist vollkommen in Ordnung. Du darfst.«

Marnie sank das Herz. »Aber …«

»Ich weiß, wie du dich fühlst. Und ich weiß, dass du nach der Geschichte mit David auch Angst hast. Aber ich sage dir, es ist völlig in Ordnung. Wenn du also meine Erlaubnis brauchst, was eigentlich nicht nötig wäre, dann hast du sie.«

Aber dann kam alles ganz anders, denn Emma hatte zu diesem Zeitpunkt schon einen Knoten in ihrer Brust entdeckt, was Marnie jedoch nicht wusste. Emma hatte darüber weder mit Marnie noch mit sonst jemandem gesprochen, sondern war zu ihrem Hausarzt gegangen, der sie zu einem Spezialisten überwiesen hatte. Erst als sie nach einer Biopsie ganz sicher war, dass es sich um Krebs handelte, setzte sie sich am Ende des Tages zu ihrer Tochter an den Tisch und sagte ihr ganz ruhig, sie habe die Krankheit frühzeitig entdeckt, es gebe keine Anzeichen für Metastasen und nach Bestrahlung und Chemotherapie wäre sie sicher bald wieder ganz gesund. Es werde sich nichts ändern, nur dass ihr vielleicht manchmal übel werden und sie aufgrund der Medikamente ein paar Pfund zunehmen könne (eine unfaire Kombination, das hatte sie immer schon so empfunden); vielleicht würden ihr auch die Haare ausfallen. Aber das alles, versicherte sie ihrer Tochter, sei kein Problem. Sie müsse nur ihren Gürtel weiter stellen und sich ein paar Hüte kaufen. Einen Filzhut vielleicht. Wie Marnie das fände? Marnie solle sich jedenfalls weiter auf ihre Prüfungen konzentrieren. Und im Frühjahr würden wieder Feriengäste kommen. Das Ganze sei nur eine geringfügige Unannehmlichkeit, mehr nicht. Marnie brauche sich also keine Sorgen zu machen.

»Verstehst du?« Emma beugte sich über den Küchentisch. Sie und Marnie hatten gerade Rührei mit Toast gegessen, im

Winter das passende Gericht. Regentropfen prasselten gegen die Fensterscheibe.

Marnie sah ihre Mutter an. Ihr dichtes Haar war von grauen Strähnen durchzogen, sie hatte neue Fältchen bekommen, die Haut unter ihren Augen war schrumpelig, und längs der Mundwinkel zeigten sich schwache Kerben. Das Gesicht ihrer Mutter war Marnie so lieb und vertraut, dass sie es kaum je bewusst betrachtet hatte. Doch plötzlich stellte sie bestürzt fest, dass Emma keine junge Frau mehr war. Am liebsten hätte sie ihren Kopf in Emmas warmem Schoß geborgen, die mütterliche Hand auf ihrem Scheitel gespürt und ihr unter Schluchzen gesagt, sie dürfe nicht krank und alt werden und dürfe sie niemals verlassen. Das werde sie nicht ertragen. Im Geist klammerte sie sich an Emma und bettelte heulend um Beistand. Aber in Wirklichkeit sah sie ihrer Mutter nur in die Augen und nickte schwach.

»Du wirst wieder gesund, das weiß ich. Du wirst es überstehen.« Sie achtete sorgfältig darauf, die Panik aus ihrer Stimme herauszuhalten und ihren Ton dem ihrer Mutter anzupassen. »Sag mir genau, was ich machen soll. Du weißt, dass ich alles für dich tue, nicht wahr?«

»Ja. Danke, Marnie.«

Sie ließen sich nicht aus den Augen. Marnie war klar, dass sich jede von ihnen der anderen zuliebe ruhig und unerschütterlich gab. Sie wusste, dass Emma von Angst getrieben war – Angst vor dem eigenen Tod, aber auch Angst um Marnie, die bereits ihren Vater verloren hatte. Und natürlich malte Emma sich aus, was Marnie empfand: ein Entsetzen, das sie niederdrückte, sodass sie sich auf ihrem Stuhl kaum aufrecht halten konnte, während sie die gefalteten Hände ruhig auf dem Tisch hielt und das schmale, krampfhafte Lächeln auf ihren Lippen gefror. Dabei hatte Marnie das Gefühl, sie werde innerlich zerrissen. Ihr war flau im Magen, ihr Herz schlug rasend schnell und schien sich nicht mehr an der richtigen Stelle zu befinden, ihre Kehle war wie zugeschnürt, sodass sie nur stoßweise atmete.

Sie musste einen Fuß fest auf den Boden pressen, damit das Zittern in dem Bein aufhörte. Ihr war schwindelig, als habe sie plötzlich bemerkt, dass die Erde sich unter ihr drehte. Sie beugte sich über den Tisch, nahm Emmas Hand und drückte sie fest an die Lippen. Sie hatte heiße Tränen in den Augen, aber sie blinzelte tapfer.

Warum du?, hätte Marnie am liebsten gefragt. Aber im Geist hörte sie schon die nüchterne Antwort ihrer Mutter: Tja, warum nicht?

Sie waren doch nur zu zweit in dieser Familie, nur sie beide allein.

Aber Marnie hatte sich geirrt: Sie beide waren nicht allein. Wenn Marnie an jene Monate zurückdachte, erinnerte sie sich wieder, wie voll das Haus geworden war, überbordend vor Geschäftigkeit und Hoffnung. Selbst jetzt, im Rückblick, empfand Marnie noch immer Dankbarkeit gegenüber ihren Freunden, die sie zu ihrer zweiten Familie erkoren hatte; die Freunde, die sich um sie versammelt hatten, um ihr und Emma durch dieses schwere Frühjahr hindurchzuhelfen und bis in den Sommer hinein beizustehen.

Erinnerungen stürmten auf sie ein. Lucy – sie war keine gute Köchin, sosehr sie sich auch bemühte – backte steinharte Ingwerkekse, weil Ingwer angeblich gut gegen Übelkeit war. Jeden Samstag erschien sie in aller Herrgottsfrühe, um Marnie beim Hausputz zu helfen, und schrubbte das Bad und die Toiletten. Ralph jätete das Unkraut im Garten mit einer solchen Begeisterung, dass das Gemüsebeet am Ende ratzekahl war und die Kletterpflanzen so gestutzt waren, dass sie verkümmerten. Er zündete im Garten riesige Feuer an, sodass beißende Rauchschwaden über die Felder und bis hinunter an den Strand zogen. Ralph und Lucy wechselten sich an Emmas Bett ab und lasen ihr Gedichte vor, wenn ihr speiübel war. Oliver, der inzwischen seinen Führerschein gemacht hatte, fuhr Emma zur Behandlung ins Krankenhaus und wartete, bis sie fertig war. Später, zu Beginn der Urlaubssaison, tauchte er in Begleitung seiner Mutter auf. Als sie die auf Stühlen zum Trocknen aufgehängten Betttücher sah, bestand sie darauf, für die nächsten Monate die Verantwortung für die Wäsche zu übernehmen. Morgens vor der Schule kamen Ralph und Lucy und halfen Marnie, das Frühstück für die Gäste vorzubereiten, während Emma oben bei offenem Fenster in ihrem Zimmer lag und mit dem Brechreiz kämpfte, den der Geruch von gebratenem Schinkenspeck in ihr hervorrief. Nach einer stürmischen Nacht kletterten Oliver und Ralph aufs Dach und ersetzten die Ziegel, die der Wind heruntergefegt hatte. Marnie erinnerte sich, dass sie im Garten gestanden und zu ihnen hochgesehen hatte. Sie balancierten in gefährlicher Höhe, während sich ihre Gestalten wie Scherenschnitte vor dem Himmel abzeichneten. Zu viert tünchten sie Emmas Zimmer, als sie einmal eine Nacht im Krankenhaus verbringen musste. Sie brauchten mehr als zehn Stunden dafür, und als sie fertig waren, legten sie sich mit Bierdosen in der Hand auf den Boden und sahen schweigend zu der makellos weißen Decke hoch, erschöpft und zufrieden.

In diesen Monaten lernte Marnie Oliver besser kennen. Er hatte drei ältere Schwestern, die ihn als Kind verhätschelt hatten, inzwischen aber alle bereits aus dem Haus waren. Ein zurückhaltender, bescheidener Junge, der nie mit seinem Können prahlte. Marnie wusste nur von Ralph, dass Oliver gut in Fremdsprachen und in seiner Klasse sehr beliebt war. Er beschützte Ralph, der in gewisser Weise zu dem kleinen Bruder geworden war, den Oliver sich immer gewünscht hatte (er hatte Marnie erzählt, dass er es hasse, der Jüngste in der Familie zu sein und von allen umsorgt zu werden, und sie hatte ihm gestanden, dass sie nicht gern ein Einzelkind war; Seth erwähnte sie nicht). Er liebte saure Äpfel und Zartbitterschokolade, ein schaumgekröntes Bier und kalte Milch. Wenn sie den schmalen weißen Schnurrbart aus Bierschaum auf seiner Oberlippe sah, ging ihr das Herz über vor

Zärtlichkeit. Er mochte die Fernsehserie *Doctor Who*, und sein Lieblingsroman war *Die Frau in Weiß*. Er konnte Gitarre spielen und sang dazu mit heiserer Stimme. Beim Armdrücken blieb er immer der Sieger. Von einem Hockeyspiel hatte er eine Narbe am Knie. Er erzählte viele Witze, vermasselte aber immer die Pointe, und wenn ihn die anderen dann auslachten, wurde er rot, weil er sich schämte. Marnie wusste, er war so verletzlich wie sie selbst und genauso ängstlich. Die Hoffnung, die in ihr aufstieg, führte dazu, dass ihre Knie ganz zittrig wurden.

Einmal, als sie spätabends nach einem Konzert auf den Bus warteten, sagte er, er habe Ralph zu Hause besucht und sei ziemlich entsetzt. Er und seine Eltern, die schon voll Bangen dem Tag entgegensähen, an dem ihr Sohn ausziehen werde, hätten Ralph angeboten, ihn bei sich aufzunehmen. Aber Ralph wolle Grace nicht alleinlassen. Jeder habe offenbar jemanden, um den er sich kümmern müsse. Sogar Ralph, um den sich alle Sorgen machten, habe Grace, die ihn brauche.

»Und du, Ralph«, sagte Marnie nun, mehr als zwanzig Jahre später, zu ihm. »Weißt du noch, wie du dir aus Solidarität mit Emma den Kopf hast kahl scheren lassen? Meine Güte, wie du ausgesehen hast!« Grotesk und gleichzeitig schön mit diesem glänzenden Schädel und den großen Augen. Sie hatte ihn dafür geliebt; überwältigt von Zärtlichkeit, hatte sie ihn umarmt und fest an sich gedrückt und seinen kahlen Kopf mit den kleinen blauen Äderchen geküsst. Er war reglos geworden in ihren Armen, ganz starr vor Hoffnung, und sie hatte ihn behutsam wieder losgelassen und sich von ihm zurückgezogen. Marnie schüttelte den Kopf, um sich von diesem Bild zu befreien, und grinste Ralph an. »Dabei sind ihr die Haare gar nicht ausgefallen. Sie wurden nur etwas dünner.«

Er hatte die Augen inzwischen wieder geschlossen. Sie bemerkte jedoch das feine Lächeln, das auf seinen blutleeren Lippen lag.

In gewisser Weise war dies trotz Emmas Krankheit die glücklichste Zeit ihres Lebens. Jeder Tag ein Geschenk. Alle Empfindungen erschienen ihr gesteigert und schlicht zugleich. Marnies Gefühle für Oliver waren gewissermaßen auf Eis gelegt. Er gehörte jetzt einfach dazu, und sie arbeiteten alle zusammen in dem unverwüstlichen alten Haus.

Der Frühling ging ins Land. Oliver, der kurz vor dem Abitur stand, kam nicht mehr so häufig vorbei, seine Mutter dagegen erschien zweimal die Woche, um die schmutzige Bettwäsche abzuholen. Oliver würde im Herbst auf die Universität wechseln, und während die Monate vergingen, hatte Marnie immer öfter den Eindruck, Chancen vertan zu haben.

Der Sommer tauchte das Meer und die Felder in flirrendes goldenes Licht. Im Garten blühten die Rosen, und die Abende waren lang und lau. Emmas Krebsbehandlung war fast zu Ende. Sie saß in einem Liegestuhl neben der Buche und las Romane oder schaute einfach nur hinaus auf das glitzernde Meer. Es war das erste Mal, dass Marnie ihre Mutter untätig erlebte.

Eines Tages, als Emma noch im Krankenhaus und Marnie frühzeitig von der Schule nach Hause zurückgekehrt war, setzte sie sich in Emmas Zimmer auf einen Lichtfleck am Boden. Sie betrat den Raum nur selten, es war Emmas Reich. Als Marnie sich nun in dem hohen Spiegel betrachtete, fiel ihr auf, dass sie ihrer Mutter immer ähnlicher wurde. Sie öffnete den Schrank und strich mit der Hand über die Kleider auf der Stange und nahm Sachen heraus, die sie an ihrer Mutter noch nie gesehen hatte. Diesen hellgrünen Rock, hatte Emma den für Paolo getragen, bevor sie Kinder bekam? Marnie versuchte sich Emma jünger vorzustellen, unbeschwert, ohne Falten und graue Haare, wie sie sich um sich selbst drehte und der Rock hochwirbelte. Oder ein kleines Schwarzes aus einer Ära vor Marnies Geburt, das passende Kleid für glanzvolle Cocktailpartys, die Emma nie besuchte. Hatte Emma dazu roten Lippenstift und eine Perlenkette getragen und Champagner getrunken? Marnie vergrub das Gesicht in dem weichen Stoff und atmete einen Geruch, den sie nicht kannte, bevor sie das Kleid vor sich hielt, sich auf die Zehenspitzen stellte und sich im Spiegel betrachtete. Sie starrte ihr Gesicht an, bemüht, dahinter das ihrer Mutter zu erkennen, das Gesicht der kinderlosen jungen Frau, die noch nicht den Tod ihres Sohnes und ihres Mannes erlebt hatte. Sie hängte das Kleid vorsichtig in den Schrank zurück und zog ein Paar pinkfarbene Schuhe mit hohen Absätzen und schmalen Fesselriemchen hervor. Hatte Emma einst zu der Sorte Frauen gehört, die solche Schuhe trug? Marnie zog die Sandalen aus und schlüpfte hinein. Sie waren ihr etwas zu groß. Mit staksenden Schritten trat sie vor den Spiegel, ungewöhnlich groß in ihren schmuddeligen Jeans und ihrem T-Shirt voller Grasflecken.

Wie ein Kleinkind zog sie die oberste Schublade der Kommode am Fenster auf und schaute sich die Kosmetika an. Emma trug nur selten Make-up, gelegentlich vielleicht ein bisschen Wimperntusche und Lipgloss. Die meisten Dinge wirkten alt und unbenutzt. Marnie nahm einen roten Lippenstift heraus – wann hatte ihre Mutter den bloß benutzt? –, schraubte den Verschluss ab, drehte den klebrigen Stift heraus und schminkte sich die Lippen scharlachrot. Der Spiegel zeigte ihr das Gesicht einer Unbekannten, grell und provokant. Sie sah schrecklich aus – wie jemand, mit dem sie nichts zu tun haben wollte.

In der Schublade lag ein Schwarzweißfoto, das Marnie eingehend betrachtete. Es war etwas verblichen und hatte einen braunen Ring an einer Seite, als hätte jemand eine schmutzige Kaffeetasse darauf abgestellt. Vor einer niedrigen Backsteinmauer stand ein Paar, das unsicher in die Kamera lächelte. Der Mann mit dunklem Haar und einer markanten Nase sah hinreißend aus. Er trug einen Anzug und hatte den Arm um die junge Frau geschlungen. Sie hatte eine helle Bluse und einen Rock an, der ihr nicht ganz bis zu den Knien reichte, und wirkte wahnsinnig jung; die Haare hatte sie sich hinter die Ohren gekämmt. Marnie hielt das Foto unter das Fenster, um genauer zu studieren, wie ihr Vater die Finger um die Taille ihrer Mutter gelegt hatte. Sie bemerkte Emmas Lachfältchen um die Augen und die Halskette, die sie gelegentlich heute noch trug. Seufzend legte Marnie das Foto zurück. Dann ging sie ins Bad und rubbelte sich das Gesicht ab, bis es brannte. Mit der Nagelschere schnitt sie sich ein dreieckiges Loch in den Pony.

Eines Abends im Juni ging sie mit Ralph zum Friedhof. Die Sonne stand tief am Himmel, und alles erstrahlte in leuchtenden Farben: die graue Kirche, das grüne Gras, die bunten Blumen und der dunkelblaue Himmel. Schmetterlinge flatterten um die Grabsteine, und in den Bäumen sangen Vögel. Das leise Gurren von Tauben erfüllte die Luft. Marnie führte Ralph zum Grab von Paolo und Seth. Dort setzten sie sich ins Gras und betrachteten die bemoosten, in den Stein gemeißelten Namen. Irgendwo hinter ihnen im Schatten lag David. Sie zogen sich die Schuhe aus. Marnie drückte die bloßen Zehen ins kühle Gras und legte den Kopf in den Nacken.

»Ich muss ständig daran denken, dass hier vielleicht bald drei von unserer Familie begraben liegen«, sagte sie.

»Emma wird wieder gesund, Marnie. Du hast doch gehört, was der Arzt gesagt hat. Sie hat keine Metastasen.«

»Ich weiß. Trotzdem …«

»Ja?«

»Was wird dann aus mir?«

»Du meinst …«

»Wohin soll ich gehen? Was soll ich machen? Sie liegen dann alle hier zusammen, und ich bin ganz allein. Wo ich doch nicht mal richtig lesen kann. Was wird aus mir werden?«

»Du wirst nie allein sein. Marnie. Ich werde für dich sorgen.«

»Du!« Fast hätte sie gelacht, doch sein eindringlicher Blick sagte ihr, dass er es ernst meinte. »Wie willst du für mich sorgen, Ralph?«

»Ich werde für dich sorgen«, wiederholte er. »Du wirst nie allein sein.«

»Ach, Ralph, du Lieber«, sagte sie und brach in Tränen aus. Die Beine überkreuzt, die Arme um den Oberkörper geschlungen, schaukelte sie im Gras vor und zurück. Tränen rollten ihr über die Wangen.

»Nicht, Marnie! Das ertrage ich nicht. Du darfst nicht weinen. Bitte nicht!«

»Tut mir leid, tut mir leid! Ich weiß auch nicht, warum, es ist dumm von mir. Ich glaube, ich habe es mir bis jetzt nicht erlaubt, darüber nachzudenken, aber jetzt ist es fast vorbei, und es sieht so aus, als würde alles wieder gut. Tut mir leid. Ich kann einfach nicht aufhören.« Sie spürte, wie sich ihr Gesicht verzog, wie die Tränen ihr den Hals hinunterliefen und auf den Kragen ihrer Bluse tropften. Ihre Lippen schmeckten salzig. Sie zerfloss in Tränen. Und obwohl sie die Augen zusammenkniff, sah sie den orangeroten Sonnenball hinter den Lidern.

Er kniete sich neben sie und umarmte sie ganz fest, und sie presste ihr Gesicht an seine Schulter und spürte sein stacheliges Haar. Dann strich er ihr über das zerzauste Haar, wischte ihr die Tränen ab und murmelte tröstende Worte. Unsinnige Worte, die sie gar nicht hören wollte: wie sehr er sie liebe, dass er sie anbete – nein, sie durfte nicht zuhören, durfte diese Grenze nicht überschreiten, aber er hielt sie immer noch fest in den Armen, seine Hand streichelte ihr Haar, ihre Tränen benetzten sein T-Shirt, und sie spürte seinen Atem an ihrer Wange.

Er würde sie küssen, und sie würde sich nicht dagegen wehren, weil sie müde war und aufgewühlt und weil sie dieses eine Mal in ihrem Leben aus ihrer Deckung gekommen war und sich von Traurigkeit hatte überwältigen lassen; weil sie in seinen Augen einzigartig und hübsch war; weil Oliver sie nicht geküsst hatte; weil es Sommer war und über ihr eine Amsel sich das Herz aus dem Leib sang; weil sie nur von Toten umgeben und selbst zu Tode erschrocken war; weil das Leben zu schnell verging und sie es anhalten wollte; weil er ihr tröstliche Worte ins Ohr flüsterte: Sie habe ihn gerettet, und er werde sie retten.

Während sie ins Gras sank, hörte sie ihn sagen, er werde immer für sie da sein, immer, egal, was geschehen werde, und unabhängig davon, wo sie sein oder was aus ihr werden würde. Sein Gesicht war über ihrem, und er strich ihr mit einer Hand das Haar zurück. Immer, Marnie, vergiss es nicht, vergiss es nie!

Sie stockte und lauschte in die nun entstandene Stille hinein. Mit einem leisen Seufzer griff sie nach Ralphs Hand. Sie spürte seinen schwachen Pulsschlag unter ihrem Daumen. Die Zeit lief ab.

Keine Sorge, mein Herz, meine Allerliebste. Ich wusste, dass du es nicht so weit kommen lassen wolltest. Ich wusste, es war nichts weiter als ein Kuss. Ein einziger Kuss auf dem Friedhof, weil du traurig warst und verzagt und weil ich da war. Wenn ich die Augen schließe, bin ich wieder dort. Am Himmel Fledermäuse, als die Sonne unterging. Ein Geruch von gemähtem Gras und Abendkühle, frisch und erdig. Dein vor Schmerz verzerrtes Gesicht, die dicken Tränen, die dir über die Wangen liefen. So hatte ich dich noch nie erlebt. Du warst immer so ruhig und beherrscht, so liebenswürdig und gefasst; diejenige, die stets nur gegeben und nie genommen hat, unerreichbar für mich. Als ich dich weinend und schluchzend sah, während du gegen den Schluckauf kämpftest und um Atem rangst, mit zerknittertem Gesicht und untröstlich wie ein Kind, hätte ich mir am liebsten das Herz aus der Brust gerissen und es dir zu Füßen gelegt. Ich hätte alles für dich getan. Alles.

Ich habe meine Arme um deine Schultern gelegt und dich ganz fest gehalten, und als du mir dein verweintes liebes Gesicht zugewandt hast, habe ich dich geküsst. Auf dem Friedhof, als die Sonne unterging. Doch ich wusste, dass es nichts zu bedeuten hatte. Es war nicht ich, den du geküsst hast. Ich gab mich keinen Illusionen hin. Es war dein Geschenk an mich. Du darfst dich nicht schlecht fühlen. Niemals.

12 Zwölf

Langsam schleppte sich Marnie die Treppe hoch, Stufe um Stufe. Ihre Knochen schmerzten, ihre Augen brannten, ihr Gesicht war geschwollen. Sie dachte an ihr Bett zu Hause, an das weiche Kissen, die zurückgeschlagene Daunendecke, das ordentliche Zimmer. Obwohl es inzwischen wohl nicht mehr ordentlich war, denn Eva und ihre Freunde hatten es bestimmt in Beschlag genommen. Vermutlich war der Teppich mit Schminke verschmiert, lagen verschrumpelte Apfelgehäuse auf dem Nachttisch, standen überquellende Aschenbecher auf dem Schreibtisch. Im Bad zog Marnie sich aus und stellte sich fröstelnd unter die Dusche. Der Wasserstrahl war nur ein Rinnsal, erst kochend heiß, dann rasch zu kalt. Sie wusch sich flüchtig mit Seife, die im harten Wasser gar nicht richtig schäumte, und rieb sich Shampoo ins Haar, das sie in dem kläglichen Strahl inzwischen eisigen Wassers notdürftig ausspülte. Es war eine Wohltat, sich endlich in ein Frotteetuch zu wickeln und mit der schmutzigen Kleidung unterm Arm in Ralphs altes Schlafzimmer zu laufen. Sie hörte Oliver mit dem Fernseher und dem DVD-Player hantieren. Er zappte durch die Programme, und Gelächter vom Band, Schüsse und Musik drangen die Treppe hoch.

Sie rubbelte sich die Haare trocken und schlüpfte unter die Bettdecke. Der Wind hatte sich gelegt, und der Himmel war jetzt stahlblau. In den Bäumen und am Boden glitzerte Raureif. Marnie fühlte sich ausgelaugt und wollte nichts weiter, als die

Augen schließen und die Welt um sich herum vergessen. Aber an Schlaf war nicht zu denken. Ihre Gedanken rasten. Oliver sagte etwas zu Ralph, aber sie verstand es nicht. Von draußen hörte sie plötzlich ein aufgeregtes Krächzen, als sei irgendwo im Wald ein Vogel in höchster Gefahr. Der restliche Tag lag vor ihr, lang und leer, und hielt nichts bereit als das Sterben von Ralph. Sie musste sich kleine, tröstliche Aufgaben suchen: Bettwäsche waschen, einen Kuchen backen, dessen Duft durchs Haus zöge, auch wenn niemand ihn essen würde und von dem letzten, den sie gebacken hatte, noch das meiste übrig war. Sie würde versuchen, Ralph ein wenig Tomatensuppe einzuflößen, etwas von der Eiscreme, bei der er die Nase gerümpft hatte. Vielleicht sollte sie ihm besser einen Vanillepudding kochen, er hatte Emmas Vanillepudding immer so gern gemocht. Und sie würde von der Anhöhe hinterm Haus Eva anrufen, um sich zu vergewissern, dass in ihrer Wohnung noch alles in Ordnung war, vor allem aber, um Evas vertraute fröhliche Stimme und ihr plötzlich aufbrandendes Lachen zu hören. So würde sie bis zum Abend durchhalten, wenn Oliver und sie wie ein altes Ehepaar Whisky trinken und sich einen alten Schwarzweißfilm anschauen würden, während Ralph neben ihnen lag wie ihr krankes Kind, den Kopf auf ein Kissen gestützt, und die Augen öffnete und wieder schloss. Sie würden sich über ihn beugen, um sich zu vergewissern, dass er noch atmete, und seine Bettdecke glatt streichen, um sich irgendwie nützlich zu machen. Wie empfand Ralph es wohl? Zog sich auch für ihn der Tag endlos dahin, sodass er sich wünschte, alles möge vorbei sein, der Schmerz und die Angst? Oder klammerte er sich an das Leben, an jede einzelne Sekunde?

An der Wand hing die Kohlezeichnung einer Meereslandschaft, die vor Marnies Augen verschwamm, sodass die Wellen sich zu bewegen schienen und sie Salz auf den Lippen zu schmecken glaubte. Wenn sie Ralph ihre gemeinsame Geschichte erzählte, merkte sie, wie einseitig ihre Erinnerungen waren und wie strahlend einzelne Bruchstücke ihr aus dem Dunkel entgegenleuchteten. Marnie hatte ihre Kindheit beinah abgeschnitten von der Außenwelt verbracht – als ein altmodisches, weltfremdes Mädchen, das triste Secondhand-Klamotten trug. Alle Ereignisse, die damals das Land erschüttert hatten, schienen irgendwo jenseits ihrer Welt stattzufinden, sosehr sie auch versuchte, sich zu engagieren. Sie wollte am politischen Geschehen teilhaben. Lucy nahm sie zu Protestmärschen mit, und sie bastelten zusammen Fahnen und Sticker. Sie las Bücher über Politik und unterzeichnete Petitionen für das Selbstbestimmungsrecht der Frau. Einmal nahmen Marnie und Lucy auf dem Armee-Stützpunkt Greenham Common an einer Menschenkette rund um die Absperrung teil und skandierten Slogans, aber inmitten der aufgebrachten Menge hatte Marnie sich gehemmt und unwohl gefühlt. Ralph schenkte ihr zahllose Kassetten mit neuer Musik, die er für sie aufgenommen hatte, und die sie sich anhören sollte, was sie auch tat. Sie ging mit Freunden zu Konzerten, saß auf ein oder zwei Festivals im Schlamm und rauchte gelegentlich einen Joint, der sie aber nur schwindelig und benommen machte.

Die Leute reden vom »Soundtrack ihres Lebens«. Marnies Sound war das Rauschen des Meeres, das schmatzende Geräusch der Wellen auf dem Kies, das Flüstern des Windes, der über das graue Wasser strich, die wilden Schreie der Vögel. Ihre lebhaftesten Jugenderinnerungen bezogen sich nicht auf wilde Partys oder sexuelle Erlebnisse, sondern auf das Haus: die kleine Küche, in der Emma am Herd stand, Tonklümpchen im Haar und Farbspritzer auf den muskulösen Armen; der Kamin, in dem ein Feuer knisterte, daneben Emma mit ihrem Nähzeug oder einem Buch; Ralph und Lucy oben bei ihr, in ihrem Zimmer, während es draußen regnete und das Meer eine aufgewühlte braune Flut war; wie sie warme, frisch gelegte Hühnereier einsammelte oder mit einem Zeichenblock auf dem Rasen saß und die Sonne im Nacken spürte. Freunde hatten sie in ihrer Welt besucht, während sie deren Welt nur widerwillig betreten hatte.

Sie hatte sich stets zurückgehalten, Ausschau gehalten und gewartet. Aber Ausschau gehalten wonach und gewartet worauf?

»Du warst ein seltsames kleines Ding«, sagte Emma, und Marnie hörte die Stimme ihrer seit langem verstorbenen Mutter so deutlich, als stünde sie neben ihr. »Still und ganz in dich versunken. Sehr fürsorglich mir gegenüber, obwohl ich dich beschützen wollte. Fürsorglich gegenüber allem. Erinnerst du dich noch an deinen Tierfriedhof, auf dem du jede tote Hummel, jedes Vögelchen, das aus dem Nest gefallen war, und jede verendete Maus begraben hast? Und dann natürlich Ralph. Du hast dich für ihn verantwortlich gefühlt, sosehr ich auch versucht habe, dir das auszureden. Du dachtest, du könntest ihn retten, stimmt's? Oder war es Seth, den du gerettet hast, immer und immer wieder?

»Zu viele Geister«, fuhr Emmas Stimme fort, die Marnies Gedanken aussprach. »Auch ich bin jetzt dein Geist. Du kannst mich nicht loslassen, du kannst niemanden von uns loslassen. Du trägst uns alle mit dir herum. Aber Ralph ist noch kein Geist, Marnie. Also warum liegst du hier rum und trauerst bereits um ihn? Die Zeit dafür wird kommen. Aber noch ist es nicht so weit.«

Marnie setzte sich auf. Fast glaubte sie, ihre Mutter am Fußende des Bettes zu sehen, wie sie mit verschränkten Armen dastand, die klugen grauen Augen auf ihre Tochter gerichtet. Nachdem Marnie sich aus dem Bett erhoben hatte, betrachtete sie sich in dem kleinen Spiegel, und für einen Moment meinte sie, sie sähe Emma vor sich. Die gleichen dunklen Haare, von grauen Strähnen durchsetzt; die gleichen Augen mit den Krähenfüßen; der gleiche unergründliche Gesichtsausdruck; der gleiche Mund, der jederzeit ein Lächeln versprach. Sie zog sich frische Unterwäsche an und darüber ihren langen Rock und den weiten grauen Pulli, den sie so oft getragen hatte, dass er an den Ärmeln schon ganz abgewetzt war. Sie frottierte sich das feuchte Haar und band es hoch, schlüpfte in ihre Hausschuhe und ging zielstrebig die Treppe hinunter.

Es war noch nicht einmal drei Uhr nachmittags, aber es wurde bereits dunkel, und der Himmel verblasste zu einem stählernen Grau. Oliver saß an Ralphs Bett, eine Hand auf Ralphs Hand, ein aufgeklapptes Buch auf dem Schoß. Marnie lief an ihm vorbei zur Haustür. Als ihr die beißende Kälte ins Gesicht schlug, fuhr sie zusammen, und ihre Augen begannen zu tränen. Sie hatte Atemwölkchen vor dem Mund und spürte, wie die Härchen in ihrer Nase vereisten. In den letzten Stunden musste die Temperatur um mehrere Grad gefallen sein. Der Mond war schon aufgegangen; der gelbe Halbmond stand tief am Horizont, doch man konnte ungewohnt deutlich die Krater und Meere erkennen. Angesichts dieser heiteren, überirdischen Schönheit lief Marnie ein Schauder über den Rücken, ob vor Schreck oder vor Freude, hätte sie nicht sagen können. Sie betrachtete die Szenerie, bis ihre Zehen vor Kälte pochten und sie es nicht länger aushielt.

»Es ist wahnsinnig kalt draußen«, sagte sie zu Oliver. Er sah mitgenommen und elend aus. »Wir haben mindestens zehn Grad minus.«

»Hier kann es sehr kalt werden. Letzten Winter war es genauso. Wir waren ein paarmal über Silvester hier, und da hatten wir minus fünfzehn, glaube ich. Ich erinnere mich, wie feindselig mir die Umgebung vorkam, eisig und düster.«

»Ja, so kommt sie mir jetzt auch vor.«

»Was?«

Als sie Ralphs Stimme hörte, fuhr Marnie überrascht zusammen.

»Ich wusste nicht, dass du wach bist.«

»Manchmal weiß ich selber nicht, ob ich wach bin oder träume.« Er hörte sich recht munter an, obwohl er undeutlich sprach und kreidebleich war. Dem Geruch, der ihn umgab, war mit Seife nicht beizukommen. Ralph verfaulte bei lebendigem Leib. »Dich zum Beispiel. Ich glaube, ich sehe dich in meinen Träumen. Wenn ich dann in den Schlaf hinübergleite, finde ich dich auch dort. Keine Ahnung, wo die Grenze zwischen Wachsein und Traum verläuft. Es muss am Morphium liegen. Morphium ist etwas Wunderbares. Wenn ich es bloß schon früher entdeckt hätte! Du solltest es auch mal ausprobieren.« Dann tastete er tatsächlich seine Bettdecke nach dem silbernen Fläschchen ab, aus dem er regelmäßig einen Schluck nahm.

»Ist schon okay. Ich bleib lieber beim Whisky.«

»Es kommt einem vor, als wäre alles ganz weit weg, aber auf angenehme Art. Der Schmerz ebbt ab und zieht sich zurück wie die Flut. Die Dinge verlieren ihre Bedeutung.«

»Das ist gut.«

»Der Tod zum Beispiel. Er verliert seinen Schrecken.«

»Das ist auch gut.« Marnie musste sich beherrschen, um nicht zu sagen, dass er natürlich nicht sterben, sondern wieder gesund werden würde.

»Nur dass manchmal diese Bilder auftauchen.«

»Was meinst du damit?«

»Es ist furchtbar.«

»Was für Bilder?«

»Ich weiß nicht. Alles zerfließt und schiebt sich ineinander und verschmilzt. Glibbrig und schleimig, sodass mir übel wird. Als würde sich alles in mir auflösen.«

»Ist dir jetzt auch übel?«

»Nein.«

»Der Mond am Himmel ist heute besonders schön. Das ist es, was ich Oliver gerade gesagt habe.«

»Kann ich ihn sehen?«

»Vom Bett aus, meinst du?«

»Nein.«

»Aber, Ralph …«

»Ich möchte den Mond sehen.«

Oliver hob den Kopf. »Er kann nicht aufstehen«, sagte er leise.

»Ich möchte den Mond sehen.«

»Warum nicht? Was kann denn schon passieren?«

»Sieh ihn dir doch an!«

»Ich bin noch hier, weißt du«, sagte Ralph. Seine Stimme war nur noch ein Flüstern. »Und ich habe nichts zu verlieren. Genau wie du gesagt hast: Sieh mich nur an!«

»Hör auf!«

»Ollie, schau mal!« Ralph wollte sich erheben, schaffte es aber nicht. Seine Schläfen waren hohl, die Augen übergroß in seinem eingefallenen Gesicht. Für einen Moment erkannte Marnie ihn kaum wieder.

»Warten wir, bis Colette kommt.«

Oliver wandte sich Marnie zu.

Sie legte beschwichtigend eine Hand auf seinen Arm. »Wozu, Oliver? Wenn Ralph den Mond sehen will, dann muss er ihn natürlich sehen. Warte!«

Sie rannte förmlich in das kleine Zimmer, in dem Ralph bei ihrer Ankunft gelegen hatte. War das wirklich noch nicht einmal zwei Tage her? Es kam ihr vor, als wären seither Wochen, ja Monate vergangen. Sie holte zwei Decken aus einer Schublade und lief zurück ins Wohnzimmer.

»Pass auf, Oliver, wir packen ihn warm ein und tragen ihn nach draußen. Zieh dir eine Jacke an, dann kann's losgehen!«

Oliver stand auf. »Wenn du meinst.«

»Versuch noch ein Weilchen wach zu bleiben, Ralph!«, sagte Marnie. Irgendwie schien ihr Eile geboten, ihm seinen Wunsch zu erfüllen.

Oliver kniete, in eine dicke Jacke gehüllt, vor dem Bett nieder und schälte Ralph vorsichtig aus der Bettdecke. Marnie versuchte sich nicht anmerken zu lassen, wie sehr sie der Anblick von Ralphs ausgezehrtem Körper schockierte. Herz, Lunge, Leber und Nieren, eingebettet in ein Gerippe zerbrechlicher Knochen, das von schlaffer Haut zusammengehalten wurde.

»Nimm du ihn auf der anderen Seite und heb ihn auf mein Kommando hoch.«

Marnie ging neben Ralph in die Hocke und ließ ihren Arm unter seine Achsel gleiten. Sie roch seine Körperausdünstungen und seinen schlechten Atem.

»Wenn ich dir wehtue, musst du es mir sagen.«

Sie spürte die spitzen Knochen seiner Wirbelsäule. Sein Kopf schwankte auf dem Hals.

Vorsichtig standen sie auf. Ralph in ihrer Mitte war leicht wie ein Kind. Marnie fürchtete, er könne jeden Moment zerbrechen. Mit einer Hand zog sie die hinter ihr liegenden Decken heran, damit sie Ralph darin einhüllen konnten.

»Also dann, auf zum Mond!«, sagte sie.

Ralph antwortete nicht, aber seine Augen waren weit aufgerissen. Langsam schlurften sie voran, die Decken auf dem Boden hinter sich herziehend. Als Marnie die Haustür öffnete, sprang der Wind sie an wie ein wildes, böse knurrendes Tier. Ralph gab ein kurzes Wimmern von sich. Mühsam versuchten sie sich durch die Tür zu lavieren, ohne mit ihrem Schützling irgendwo anzustoßen, aber es schien unmöglich.

»Wahrscheinlich ist es einfacher, wenn ich ihn trage«, sagte Oliver.

Marnie nickte und biss sich auf die Lippen. Sie ließ Ralph nur ungern los. Oliver hob ihn vorsichtig auf seine Arme, und Ralph lag da, den übergroßen zotteligen Kopf an Olivers Brust gebettet. Oliver drückte ihm einen Kuss auf die Stirn. »Selbst schuld, Kumpel«, sagte er. Er grinste breit, doch zwei dicke Tränen rollten ihm über die Wangen und verfingen sich in seinem dichten Stoppelbart. »Du wolltest den Mond sehen, und jetzt bekommst du ihn, koste es, was es wolle.«

»Den besten Blick hat man von hier.« Marnie führte sie den kleinen Hang hinauf. Niedrige Wolken ballten sich zusammen, aber der Mond war deutlich zu sehen. Er warf sein gelbes Spiegelbild auf den See und wirkte riesengroß und ganz nah – als könne man ihn berühren, wenn man die Hand ausstreckte.

»Ein kaltes Gestein«, sagte Oliver.

»Siehst du ihn, Ralph? Ist er nicht außergewöhnlich? Unheimlich?« Er gab einen leisen Laut von sich, aber Marnie verstand nicht, was er sagte. »Lasst uns wieder reingehen! Es ist kalt. Oder möchtest du noch ein bisschen hierbleiben?«

»Ein bisschen.«

»Ein bisschen länger?«

»Es ist eine bitterkalte Nacht«, sagte Oliver. »Aber wir bleiben, solange du willst. Bist ja nicht mehr besonders schwer. Aber viel war ohnehin nie dran an dir.«

Ralph antwortete nicht. Wie ein Baby lag er in den Armen seines Freundes. Der Wind heulte in den Bäumen, sonst war kein Laut zu hören, und schweigend betrachteten die drei den Mond. Dann drehte Oliver sich um und trug Ralph langsam ins Haus zurück. Es war erst später Nachmittag, aber die Dunkelheit brach schon herein, und es herrschte eine beißende Kälte.

»Es ist zwar schön warm hier drin«, sagte Marnie, als Ralph wieder in seinem Bett lag, »aber wir sollten ihn trotzdem gut zudecken, Oliver. Und leg noch ein paar Scheite ins Feuer! Ich will versuchen, ihm ein wenig Suppe einzuflößen.«

Ralph brachte keine Suppe hinunter, aber er trank unter großer Anstrengung einige Schlucke Kräutertee, bevor ihm die Augen zufielen. Marnie blieb an seinem Bett stehen und beobachtete ihn eine Weile. Er atmete leise und gleichmäßig, und sie glaubte zu spüren, dass er immer tiefer in ein fernes Land entglitt. Sie hoffte, dass er dort etwas Schönes träumte.

Erst als sie sicher war, dass er fest schlief, zündete sie die Kerzen und Teelichter an, die sie zuvor aufgestellt hatte. Bald flackerten überall im Zimmer kleine gelbe Flammen, die seltsame Lichtkreise auf Regale und Fensterbretter warfen. Marnies improvisierter Weihnachtsbaum erstrahlte im Glanz der Kerzen, die Spiralen aus Alufolie glitzerten.

»Als wäre es eine magische Grotte«, sagte Oliver.

»Ein bisschen übertrieben, oder?«

»Ziemlich übertrieben. Aber schön.«

Sie setzten sich mit einer Tasse Tee an den Tisch.

»Magst du Weihnachten?«

»Irgendwie schon. Als Kind habe ich es geliebt, und als meine eigenen Kinder klein waren, auch. Wir haben es richtig groß gefeiert, mit Weihnachtsbaum und Bescherung, Truthahn und Brettspielen. Aber nach der Scheidung haben wir den Heiligabend bürokratisch korrekt unter uns aufgeteilt. Der eine hatte die Kinder bis Punkt zwei Uhr nachmittags, dann wurden sie weitergereicht zur zweiten Feier. Wir haben es alle gehasst. Es wurde eine Erleichterung, sich von Jahr zu Jahr abzuwechseln, was Mona vorgeschlagen hatte.«

»Und wer ist dieses Jahr dran?«

»Sie. Ist vielleicht ganz gut unter den gegebenen Umständen.«

»Wie heißen sie, deine Kinder?«

»Lottie, Will und Leo.«

»Schöne Namen«, sagte sie, um ihre Verlegenheit zu verbergen. Sie hätte gern gewusst, wie seine Ehe gewesen und warum sie gescheitert war. Ob er deswegen getrauert hatte. Ob er jetzt mit einer anderen Frau zusammenlebte und ob er in all den Jahren auch einmal an sie gedacht hatte …

»Sie hat mich fortgeschickt«, sagte er unaufgefordert. »Weißt du, woran ich vorhin denken musste? Keine Ahnung, warum, aber ich dachte an die Zeit, als die Kinder klein waren und sie uns das Frühstück ans Bett brachten, am Sonntagmorgen in aller Herrgottsfrühe, wenn man gern noch ein wenig länger geschlafen hätte. Wir hörten, wie sie die Treppe runterschlichen, kichernd und zankend, aber bemüht, uns nicht zu wecken, obwohl wir natürlich immer aufwachten. Wir lagen da und lauschten auf die Geräusche aus der Küche, auf das Geklapper und das Gezänk, wer den Toast machen und wer das Tablett tragen solle. Oft ging irgendwas zu Bruch. Aber wir durften nicht runtergehen und ihnen helfen, denn offiziell schliefen wir ja noch. Schließlich kamen sie die Treppe hoch. Die Teller und Gläser klapperten auf dem Tablett, Lottie erteilte flüsternd Befehle, und dann ging die Tür auf und wir lagen da mit zusammengekniffenen Augen, die wir erstaunt aufschlugen. Wie wunderbar! Dick geschnittenes, halb getoastetes Brot mit ledriger Rinde, beschmiert mit Margarine und Marmite-Aufstrich; körniges Kaffeepulver, das in lauwarmem Wasser schwamm, eine Blume, samt Wurzel ausgerissen und in ein Glas gestellt. Sie setzten sich auf den Boden und passten auf, dass wir das Brot auch wirklich aßen und den Kaffee tranken. Mona hasste es zu frühstücken, aber unter den aufmerksamen Blicken der Kinder aß sie alles tapfer auf. Danach verschwanden die Kinder, um sich irgendeine Zeichentrickserie im Fernsehen anzusehen; überall herrschte Chaos, und es war gerade erst sechs Uhr morgens.

Was ich damit sagen will: Ich habe gar nicht gemerkt, wie glücklich ich an so einem kalten Wintermorgen war, noch ganz benommen vor Müdigkeit, mit Krümeln im Bett und kaltem Kaffee im Magen. Drei Kinder innerhalb von vier Jahren, und beide arbeiteten wir Vollzeit, ehrgeizig wie wir waren, stets nur die Karriere vor Augen. Damals glaubte ich alles richtig zu machen, aber im Rückblick bin ich mir gar nicht mehr so sicher. Ich hab zwar immer versucht, vor der Schlafenszeit der Kinder nach Hause zu kommen, aber es war einfach, sie lagen bereits im Bett. Mir blieb der angenehmere Teil – das Wenige, bei dem man sich einbilden kann, man sei ein guter Vater, obwohl das gar nicht stimmt. Man liest ihnen eine Gute-Nacht-Geschichte vor, gibt ihnen einen Gute-Nacht-Kuss, zieht die Decke ein bisschen höher, schaltet das Licht aus. Ich könnte sagen, ich hatte keine andere Wahl, aber das wäre eine faule Ausrede. Man hat immer mehr Alternativen, als man sich eingestehen will. Ich kann dir aufzählen, wie viele Sitzungen ich habe ausfallen lassen, an wie vielen wichtigen Arbeitsessen ich nicht teilgenommen habe, um ein guter Vater zu sein. Ich hätte viel mehr tun, sehr viel achtsamer sein können. Das Traurige ist, dass man erst weiß, was man hat, wenn man es verloren hat. Als meine Ehe am Ende und ich wieder allein und frei war … Tja, Freiheit war genau das, was ich nicht wollte. Aber das wusste ich erst, als es passiert war.«

»Ich glaube …«, begann Marnie.

»Weißt du, was ich in diesen ersten Monaten erkannt habe, als ich plötzlich ein ruhiges, sauberes und geordnetes Leben führte? Wie kostbar all die kleinen Dinge sind, die einen so nerven, wenn man sie erlebt: mitten in der Nacht geweckt zu werden, wenn eins der Kinder schlecht geträumt hat; Windeln zu wechseln, ihnen die Nase zu putzen, zum fünfzigsten Mal aus demselben bescheuerten Buch vorzulesen, neben ihnen herzurennen, wenn sie Fahrrad fahren lernen; ihnen die Nägel zu schneiden; sie aufzuheben, wenn sie hingefallen sind – all diese trivialen, langweiligen Sachen, die zum Alltag mit Kindern gehören. Ich habe sogar ihr Gezänk und Geschrei vermisst. Wieso hatte ich das nicht vorher erkannt? Wie konnte ich nur so dumm, so ignorant und blind sein?«

Er hielt inne und fuhr sich mit der Hand übers Gesicht. Marnie beobachtete ihn, sagte aber nichts. Er wirkte abgespannt und bekümmert. Wenn Marnie an Oliver gedacht hatte, dann stets als einen glücklichen und erfolgreichen Menschen, der im Einklang mit sich selbst an der Seite einer schönen Frau lebte und wunderbare Kinder hatte.

»Ich rede nicht oft über solche Dinge«, sagte er schließlich. »Aber jetzt, wo Ralph auf dem Sterbebett liegt und du nach so vielen Jahren wieder bei mir bist, so verändert, aber trotzdem immer noch dieselbe, fühle ich mich wie ein anderer Mensch. Nein, falsch – ich fühle mich, wie ich mich seit vielen Jahren nicht mehr gefühlt habe. Obwohl es traurig ist, dass ausgerechnet so eine Situation eintreten musste, damit ich wieder zu mir zurückfinde. Plötzlich gibt es Dinge, über die ich unbedingt sprechen möchte.«

»Was zum Beispiel?«

»Ich weiß nicht. Über Gefühle.«

»Gefühle«, sagte Marnie. Wie konnte man sicher sein, was man tatsächlich empfand? Gefühle bildeten eine verworrene, geheimnisvolle Welt im Verborgenen. Sie hatte ihre Mutter geliebt, daran bestand gar kein Zweifel. Sie liebte Lucy. Für Eva und Luisa würde sie alles tun. Für Ralph empfand sie eine so vielschichtige Zärtlichkeit, dass ihr Herz brannte. Aber hatte sie Oliver einst geliebt? Oder war es nur eine jugendliche Schwärmerei gewesen, romantisch und ohne Realitätsbezug? Hatte sie Gilbert geliebt, der sie aus ihrem alten Leben herausgerissen und ihr ein neues Leben gezeigt hatte? Oder Fabio, mit dem sie so viele Jahre zusammengelebt hatte, überzeugt, es sei für immer? Und falls ja – und sie musste es bejahen, denn sie erinnerte sich an aufwallende Leidenschaft und Glückseligkeit, an diesen köstlichen Reiz des Neuen und an die feierliche erste Intimität mit all diesen Männern –, warum hatte es dann nicht gehalten? Wo war die Liebe geblieben? Hatte sie sich aufgelöst wie ein Morgennebel, oder war sie immer noch in ihrem Herzen? All die Hoffnungen und all die gebrochenen Versprechen.

»Ja«, sagte Oliver jetzt. »Und zum Beispiel – tja, über dich. Ich habe dich nicht vergessen. Ich habe immer gewusst, dass wir uns wiedersehen werden. Du warst mir sehr teuer.« Er verzog das Gesicht bei diesem eigentümlichen Wort, aber Marnie fand es anrührend. Jemandem teuer zu sein, das war schon was.

Manches konnte sie Ralph auch nach all den Jahren nicht sagen. Nachdem sie ihn auf dem Friedhof geküsst hatte, war sie aufgestanden und davongeradelt, glühend vor Begehren, Schuldgefühlen und Verwirrung. Aber sie radelte nicht nach Hause, sondern zu Oliver. Sie war nur ein einziges Mal dort gewesen, aber ihre Füße trugen sie auf den Pedalen ihres Fahrrads in die richtige Richtung. Sie erinnerte sich daran, als wäre es heute gewesen: der sanfte Wind, der über ihre Wangen strich, die Schattenstreifen auf der Straße, das gesprenkelte Licht in den grünen

Bäumen, der Schweiß auf ihren nackten Armen und ihr Herz, das vor Glück und Angst zu zerspringen drohte.

Oliver wohnte am Stadtrand in einem rosarot gestrichenen Haus, das von dem gediegenen Wohlstand der Mittelschicht kündete: ein wenig schäbig, bescheiden, abgewohnt und vollgestopft mit allem möglichen Krempel, der sich im Laufe der Jahre angesammelt hatte: Fotos von dreckverschmierten Kindern in angestoßenen Bilderrahmen, eine bemalte Holztruhe in der Diele, die bestimmt voller Erinnerungsstücke war, fleckige Spiegel, ausgefranste Decken auf verschrammten Couchtischen, eine Standuhr, die längst stehen geblieben war, ein rissiges, nicht mehr ganz fleckenloses Ledersofa und überall Familienfotos. Es war genau so ein Zuhause, wie sie es sich immer gewünscht hatte, ein Heim, das seine eigene Geschichte gelassen repräsentierte und nicht von ihr verfolgt wurde.

Marnie stieg von ihrem Fahrrad, und noch bevor sie sich klarmachte, was sie da eigentlich tat, hatte sie schon den Klingelknopf gedrückt. Olivers Mutter öffnete. Sie hatte ein Glas Rotwein in der Hand und trug eine blau gestreifte Schürze. Sie war barfuß.

»Marnie? Schön, dich zu sehen.« Dann veränderte sich ihre Miene. »Ist alles in Ordnung? Deine Mutter?«

»Es geht ihr gut, wirklich. Und Sie waren sehr nett. Mehr als nur nett. Wo wir uns doch praktisch gar nicht kennen.«

»Unsinn! Ich habe nur ein paar Betttücher gewaschen. Wir wollten euch helfen. Und sag nicht, dass wir uns nicht kennen. Du bist Olivers Freundin und jetzt hoffentlich auch meine.«

Sie legte Marnie die Hand auf die Schulter. Marnie schossen Tränen in die Augen; eine rollte ihr die Wange hinunter, und sie blinzelte heftig. Sie wollte nicht weinen, sie wollte, dass diese seltsame Anwandlung schnell wieder verschwand.

»Danke«, stieß sie brüsk hervor. »Ist Oliver da?«

»Er ist in seinem Zimmer. Morgen hat er Matheprüfung.«

»Ich werde ihn nicht lange stören.«

Als sie die Treppe hinaufstieg, kam ihr eine seiner Schwestern entgegen, die bereits an der Universität studierte. Sie trug ein ärmelloses grünes Kleid mit schwingendem Rock und hatte ihr blondes Haar kunstvoll hochgesteckt. Sie sah umwerfend aus, glamourös; ein feiner Parfümduft umwehte sie. Marnie stellte sich vor, welchen Eindruck sie selbst wohl machte: den eines jungen, angespannten, schäbig gekleideten Mädchens mit schlecht geschnittenen Haaren und ungeschminkt, das nach Schweiß und Gras statt nach Blüten roch.

»Hi!« Sie schenkte Marnie ein strahlendes Lächeln. »Willst du zu Ollie?«

»Ja. Ich bin Marnie.«

»Du musst dafür sorgen, dass er seine Nase nicht immer nur in Bücher steckt.«

Marnie klopfte an seine Tür.

»Herein.«

Was wollte sie eigentlich hier? Der dringliche Wunsch, der sie hergeführt hatte, war verflogen und hatte nur ein Gefühl hilfloser Dummheit hinterlassen. Oliver saß an seinem Schreibtisch, den Kopf in eine Hand gestützt. Die Haare fielen ihm in die Stirn. Wie hatte sie sich jemals einbilden können, dass er etwas für sie übrig hatte?

»Marnie!« Als er überrascht aufsprang, wirbelten Blätter auf den Fußboden. Er wurde rot.

»Entschuldige. Ich hätte dich nicht stören dürfen.«

Sie ging in die Hocke, um die mit Formeln beschriebenen Blätter aufzuheben, die ihr wie Hieroglyphen vorkamen.

»Lass nur«, sagte er. »Das ist nur Gekritzel. Ist alles in Ordnung?«

Sie stand auf. »Ja.«

»Deine Mum …?«

»Es geht ihr gut. Ich wollte nur …« Sie holte tief Luft und spürte, wie ihr das Blut in die Wangen schoss. »Ich wollte dich nur sehen.«

»Soll ich uns was zu trinken holen?«

»Nein, nein. Ich hätte gar nicht kommen dürfen. Ich weiß, dass du morgen Matheprüfung hast.«

»Nein – ich freue mich, dass du gekommen bist.«

»In einer Minute geh ich wieder.«

»Das musst du nicht.«

»Schönes Zimmer«, sagte sie. Ihr fiel nichts anderes ein. Vor dem Fenster lag ein überwucherter, üppig grüner Garten mit gelben Rosen im hinteren Teil.

»Vermutlich ja.«

»Wohnt ihr schon immer hier?« Sie wusste natürlich, dass es nicht so war. Er war mit seiner Familie aus der Grafschaft Cumbria hergezogen, als er sechs war.

»Es ist wirklich verrückt. Bist du hier, um Smalltalk mit mir zu machen?«

»Ja. Ich glaube schon.«

»Warum?«

»Ich – ich bin so nervös.«

»Nervös?«

»Ja. Ich ...« Sie wollte sagen, dass sie hier war, um ihn zu küssen, aber diese Absicht war dermaßen absurd, dass ihr die Worte im Hals stecken blieben. Sie unterdrückte sie. Der Abstand zwischen ihnen beiden schien gewaltig, auch wenn die räumliche Entfernung mit zwei Schritten zu überbrücken gewesen wäre. Und Ollie wirkte so dämlich freundlich und zuvorkommend. Wie war sie bloß auf die Idee verfallen, ihn zu küssen? Er war unberührbar.

»Warum bist du nervös, Marnie?«

»Ich weiß nicht.« Er war ganz nahe an sie herangetreten und sah ihr in die Augen. Ihr stockte der Atem. Er war viel größer als Ralph, seine Schultern waren breiter, er wirkte viel gelassener, und sein Haar war weicher, als sie jetzt die Hand hob, es zu berühren.

»Sag es mir.«

»Ich habe keine Worte dafür.«

Er stieß einen leisen Seufzer aus, als sei er sehr müde – oder als habe er etwas Schwieriges verstanden. Sie wusste es nicht. Dann berührten seine Lippen ihren Mund, und seine Hände lagen auf ihren Hüften. Endlich umschlang sie ihn mit den Armen, fest und immer fester – und doch nicht fest genug. Sie schloss kurz die Augen, um zu vergessen, wer sie war, und öffnete sie wieder. Sie war es, Marnie Still, und sie lag endlich in Oliver Fentons Armen. Sie betrachtete seine Augen, seine dunklen Wimpern – oder waren es ihre eigenen? –, seinen blassen Teint. Sie spürte den Druck seiner Finger. Sie ließ ihre Arme unter sein Hemd gleiten. So war es also, so musste es sich anfühlen. Bis jetzt hatte sie das nicht gewusst.

»Ollie.« Auf der Treppe erklang eine helle Stimme. Dazu rasche Schritte. »Ich bin's, Lou. Kann ich reinkommen?«

»Mist!«, murmelte er und ließ Marnie abrupt los. Er trat einen Schritt zurück und wischte sich mit dem Handrücken über den Mund, als auch schon die Tür aufging. Marnie, noch ganz benommen und blinzelnd, sah eine junge Frau mit wuscheligem blondem Haar im Türrahmen stehen. Sie war dünn, hatte lange Beine und trug enge graue Jeans und ein schwarzes Top. Armreifen baumelten an ihrem Handgelenk, und sie hatte ein kleines Tattoo auf der nackten Schulter.

»Ich bin etwas zu früh dran«, sagte sie und ließ ihre Ledertasche zu Boden fallen. »Ist das okay?« Dann legte sie ihm die Hand auf die Schulter und gab ihm einen Kuss auf den Mund, als wäre Marnie unsichtbar. Marnie wich zurück bis zur Wand und wickelte sich eine Haarlocke um die Finger. Am liebsten wäre sie im Boden versunken.

»Klar«, sagte Ollie. Und dann: »Sorry – das ist Marnie. Marnie, das ist Lou.«

»Hi«, sagte Lou mit lässiger Freundlichkeit, ließ sich auf Ollies Bett plumpsen und streifte die Schuhe ab.

»Wir wiederholen noch mal den ganzen Stoff«, murmelte Ollie und mied Marnies Blick.

»Ich wollte sowieso gerade gehen«, sagte Marnie mit leiser, belegter Stimme. »Viel Glück für morgen.«

»Danke.«

»Ich bring dich raus.«

»Nicht nötig.«

Er ging mit ihr die Treppe hinunter.

»Marnie«, sagte er an der Haustür. »Ich hatte nie vor …«

»Ich schon, aber das spielt jetzt keine Rolle mehr, oder?« Sie sah ihm offen ins Gesicht. Ihres brannte vor Scham und Wut.

»Doch. Hör zu, ich mag dich wirklich. Ich habe dich immer gemocht.« Er nahm ihre Hand und drückte sie an seine Lippen. »Es ist nur: Ralph …«

Aber sie riss sie ihm wütend fort. Nein, sie wollte nicht an Ralph auf dem Friedhof denken; sie wollte nicht daran denken, dass sie Ralph geküsst hatte, dass sie in seinen Armen ins Gras zurückgesunken war und gesehen hatte, wie sein schmales Gesicht plötzlich vor Liebe glühte. »Was hat Ralph damit zu tun? Das ist doch nur eine klägliche Ausrede. So scheinheilig kannst du doch nicht sein.«

»Das ist nicht fair.«

»Wer ist denn Lou?«

»Eine Freundin.«

»Das glaube ich dir nicht.«

»Okay. Okay. Sie mag mich, und ich mag sie, und ich dachte, wie die Dinge stehen zwischen dir und –«

»Hör auf! Ich will es gar nicht hören. Du verstehst überhaupt nichts. Und ich bin ein richtiger Trottel.«

»Marnie, bitte.«

»Du hättest mich nicht küssen dürfen.«

»Ich wollte dich von dem Augenblick an küssen, in dem wir uns zum ersten Mal begegnet sind.«

»Tja, du hattest deine Chance. Es wird nicht wieder vorkommen.«

»Ich war dir sehr teuer?«, sagte sie jetzt zu Oliver, bemüht, die Erinnerung an jene Situation zu verdrängen, die zwar zwanzig Jahre zurücklag, sie aber immer noch mit Scham erfüllte.

»Ja.«

»Nun, das ist lange her«, sagte sie. »Wir waren damals noch sehr jung.«

»Mir kommt es gar nicht so lange vor.«

»Die Zeit ist etwas Seltsames, nicht wahr? Ich habe früher immer geglaubt, wir verändern uns und lassen die Vergangenheit hinter uns, aber inzwischen glaube ich das nicht mehr. Es ist eher so, als würden wir alles, was wir einmal erlebt haben, mit uns herumtragen. Ich bin mein zehnjähriges und mein siebzehnjähriges Ich, das zwanzig- und das dreißigjährige, alles zugleich. Als ich vorhin im Wald spazieren war, habe ich mich so lebhaft daran erinnert, wie ich als Kind in Gummistiefeln über den bereiften Boden gelaufen bin, dass ich für einen Moment wieder dieses Mädchen war. Es gab keinen Abstand zwischen damals und heute, verstehst du? Ich war zehn Jahre alt.«

»Ja.« Es klang fast wie ein Seufzer.

Plötzlich war sie für einen Moment wieder siebzehn Jahre alt und sehnte sich so sehr danach, sein Gesicht in ihre Hände zu nehmen, ihn, den Achtzehnjährigen, auf den Mund zu küssen und seinen jungen, schlanken Körper an sich zu drücken, ganz atemlos von diesem alten Verlangen.

»Seitdem ist so viel Zeit vergangen«, sagte sie mit brüchiger Stimme. Sie hatte das Gefühl, als habe sich in ihr ein Knoten gelöst, als könne sie nun alles sagen, auch Sätze, die bisher tabu waren. »Aber ich freue mich, dass du an mich gedacht hast, denn ich habe auch an dich gedacht. Wie auch nicht? An dich und Ralph und Lucy und an die Zeit, die wir zusammen verbracht haben. Manchmal war die Erinnerung daran so lebendig, dass ich es kaum glauben konnte, dass diese Zeit unwiederbringlich verloren ist, unerreichbar, uneinholbar. Dass ich nie wieder der Mensch sein kann, der ich damals war. Eine junge Frau, die das

Leben noch vor sich hat und der alles möglich scheint. Aber es gab auch Zeiten – Wochen, ja, Monate –, in denen ich überhaupt nicht an dich gedacht habe. Du warst für mich verschwunden, warst nur noch ein schmaler Streifen am Horizont. Ein merkwürdiges Gefühl: Ich kenne dich und kenne dich auch wieder nicht; ich fühle mich dir nah und doch sehr fern. Tatsächlich ist es ein wenig wie im Traum, irgendwie irreal, zusammen mit dir hier zu sein, an Ralphs Sterbebett.« Sie stieß ein leises, ersticktes Lachen aus. »Entschuldige, ich glaube, ich bin ein bisschen betrunken. Trunken von der Luft. Trunken von Gefühlen. Wollen wir heute schon etwas früher mit unserem Whisky anfangen?«

»Warum nicht? Ich denke, wir befinden uns hier sowieso nicht in einer realen Zeit – so ähnlich wie auf einem Flughafen.«

Und wir warten, dachte Marnie, und erschauerte unwillkürlich. Wir warten auf ein Flugzeug, mit dem nur Ralph abheben wird, wir nicht. Wir werden ohne ihn in das normale Leben zurückkehren.

»Weißt du, was mir am deutlichsten von dir in Erinnerung geblieben ist?«, fragte Oliver nun.

»Was?«

»Dass du immer so fürsorglich warst.«

»Wirklich?«

»Durch und durch. Fürsorglich und verlässlich.«

»Klingt das nicht ein wenig langweilig?«

»Ganz und gar nicht! Wir alle hatten das Gefühl, von dir umsorgt zu werden – genau wie jetzt. Wir haben uns immer alle an dich gewandt, und dir zuliebe wollten wir unsere Sache gut machen. Weißt du, in all den Jahren ist mir oft durch den Kopf geschossen: Marnie wäre jetzt stolz auf mich. Klingt seltsam, oder?«

»Nein, es klingt gut. Und es rührt mich zu Tränen.«

»Lucy hat immer gesagt, du bist ein Enzym.«

»Was?«

»Ein Enzym. Enzyme haben offensichtlich einen beruhigenden, stabilisierenden Effekt. Keine Ahnung, ich habe nicht Chemie studiert. Aber Lucy meinte, in deiner Gegenwart fühlten wir uns als bessere Menschen oder verhielten uns zumindest so.«

»Also, ich weiß nicht. Fabio – der Mann, mit dem ich viele Jahre zusammengelebt habe – hat immer behauptet, ich sei oft unsichtbar. Für mich klingt es so, als wolltest du fast dasselbe sagen.«

»Nein. Für mich warst du nie unsichtbar.«

Ralph rührte sich in seinem Bett und wimmerte leise vor sich hin. Sie drehten sich zu ihm um. Sein Gesicht war schmerzverzerrt, und sein Körper unter der Decke verkrampfte sich. Marnie ging neben ihm in die Hocke und legte ihm die Hand auf die Stirn.

»Ralph? Entschuldige. Wir sind hier, keine Sorge! Alles ist gut.«

»Ralph?«

Aber Ralphs Augen waren geschlossen. Er schnarchte leise, mit leicht geöffnetem Mund.

»Ich weiß nicht, ob er uns hört«, sagte Marnie. »Ich rede mit ihm, ich erzähle ihm etwas, und ich weiß nicht, ob er mich hören kann. Was geht wohl in seinem Kopf vor?«

»Ich weiß nicht«, erwiderte Oliver. »Aber im Moment hört er uns nicht. Er träumt. Siehst du? Wovon er wohl träumt?«

»Er sieht nicht unglücklich aus.«

»Nein«, sagte Oliver. »Und es ist typisch für Ralph, dass man ihm immer ansehen kann, wenn er unglücklich ist. Sein Gesicht verrät alles.«

»Es gab Zeiten, da konnte ich das kaum ertragen.«

»Ich weiß. Erinnerst du dich?«

»Ja.«

»Es klingt schrecklich, aber ab und zu schreibe ich im Geist einen Nachruf auf ihn. Versuche, ein Resümee zu ziehen oder so.

Aber er entgleitet mir immer wieder. Es gibt große Lücken, die ich nicht füllen kann. Eine Zeit lang war er Everybody's Darling mit seinem Buch und seinen Fernsehauftritten. Du hättest sehen sollen, was er für Fanpost bekommen hat! Er hat sie mir mal gezeigt: kistenweise Briefe von Frauen, die ihn zu verstehen glaubten. Und dann ist er urplötzlich von der Bildfläche verschwunden. Aber das weißt du ja alles. Er war unerreichbar. Wenn man seinen Namen googelt, hat man den Eindruck, sein Leben wäre in den achtziger Jahren zu Ende gegangen. Eine Zeit lang wusste ich nicht, wo er sich aufhielt, und ich habe bis heute nicht herausgefunden, was er in diesem Zeitraum gemacht hat. Er hat es mir nie gesagt. Vielleicht war es zu schrecklich, um darüber zu sprechen – oder vielleicht wollte er bestimmte Dinge einfach für sich behalten. Keine Ahnung. Es macht mich so traurig, wenn ich daran denke. Manchmal wünsche ich mir, ich könnte in jene Zeit zurückkehren, ihn finden und retten.«

Marnie nahm Olivers Hand in beide Hände und zog sie zu sich heran. Sie spürte, dass sie offen reden und einander alles sagen konnten – einer jener Momente, in denen jedes Wort bedeutungsschwer ist und behutsam und vorsichtig gewählt werden muss.

»Ich kenne dieses Gefühl«, sagte sie.

»Ich hätte ihm mehr zur Seite stehen sollen«, sagte er. »Er ist mein bester Freund, und zeitweilig habe ich ihn ganz aus den Augen verloren und nur manchmal gedacht: Wo der liebe, hoffnungslose Ralph jetzt bloß stecken mag?«

»Und du hast keine Ahnung, was er damals gemacht hat?«

»Ich weiß nur, dass er eine Weile in einem besetzten Haus gewohnt hat. Anfang der neunziger Jahre hat er Obdachlose betreut, wahrscheinlich, weil er sich im tiefsten Herzen selbst wie ein Obdachloser fühlte, keine Ahnung. Ich kenne niemanden, der so verzweifelt irgendwo zu Hause sein wollte und gleichzeitig eine solche Angst hatte, sich festzulegen. Vielleicht hat sich deshalb ein bestimmter Frauentyp zu ihm hingezogen gefühlt, was dir ja sicher nicht entgangen ist. Sie wollten ihn retten und bemuttern. Meine Frau ist in vieler Hinsicht ein sehr kritischer Mensch, aber bei ihr konnte er sich alles erlauben.«

»Wie bei Emma.«

»Vermutlich. Oder wie bei Dot. Eine Weile hat er in einer Realschule im Norden Schachkurse gegeben, in Sunderland. Das war zu der Zeit, als Sunderland laut offizieller Statistik die ärmste Stadt Englands war. Ich habe ihn einmal dort besucht. Er lebte in einem abbruchreifen Hochhausblock im zwölften Stock, aber er hatte einen Schrebergarten und wirkte ganz glücklich, wenn man dieses Wort für Ralph überhaupt verwenden kann. Ich weiß nicht, was passiert ist oder warum er dorthin gezogen ist. Bei ihm stand immer alles irgendwie auf der Kippe, ich hatte nie das Gefühl, es geht ihm richtig gut.

Vor ein paar Jahren schien es dann, als hätte er endlich seinen Frieden gefunden. Er arbeitete für einen Kunstverein und lebte mit einer Frau in Leeds zusammen. Sie hieß Carrie, war Ärztin für Allgemeinmedizin und hatte drei Kinder. Die müssen inzwischen im Teenageralter sein oder noch älter. Sie liebte ihn über alles, ähnlich wie Lucy. In seiner Gegenwart strahlte sie und schien ihr Glück gar nicht fassen zu können. Und er war wunderbar zu den Kindern – eine Offenbarung für mich. Er hat sie nicht von oben herab behandelt oder ihnen Vorträge gehalten, sondern ging sehr respektvoll und zugleich wahnsinnig spielerisch mit ihnen um. Er hat ständig Ausflüge mit ihnen gemacht oder mit ihnen Fußball gespielt oder verrückte Sachen gebastelt. Einmal, als ich ihn besuchte, strichen sie zusammen das Klettergerüst und die Schaukel im Garten. Sie waren barfuß und in Shorts und bemalten die Sachen kunterbunt mit den Resten aus alten Farbdosen. Sie kicherten und alberten herum, und der Verrückteste von allen war Ralph. Ich dachte, der wird eines Tages noch durchdrehen, so was hält niemand lange aus. Trotzdem hatte ich den Eindruck, er werde bei Carrie bleiben, und sei es nur wegen der Kinder. Aber es kam anders. Er wollte sich immer irgendwo fest niederlassen, aber gleichzeitig war er voller Unrast, begierig nach Neuem. Immer wieder machte er alles kaputt, was ihm etwas bedeutete. Ich glaube, er hatte das Gefühl, es nicht zu verdienen, glücklich zu sein. Er hatte einen Schalter in sich, und wenn er einen bestimmten Pegel von Glück oder innerem Frieden erreicht hatte, legte er diesen Schalter um.

In den letzten Jahren hat er in Amsterdam gelebt. Er ist mit Elsa dorthin gegangen, einer Journalistin, die für ein Hochglanzmagazin schrieb, eine sehr sympathische Frau. Ich hatte sie ein paarmal getroffen, bevor sie mich vor etwa einem Jahr besuchen kamen und bei mir übernachteten. Sie war ein ganzes Stück jünger als er, aber ein ausgeglichener und fürsorglicher Mensch, genau wie Carrie. Sie wünschte sich Kinder. Eines Abends, als Ralph noch unterwegs war, vertraute sie sich mir an. Sie glaubte, wenn sie schwanger würde, würde Ralph begreifen, wie gern er mit ihr zusammen ist und dass er eine eigene Familie will. Vielleicht hatte sie Recht; vielleicht hätte es ja tatsächlich geklappt. Ich weiß nicht, warum er schließlich auch sie verlassen hat. Er arbeitete als Schreiner in Holland. Ich glaube, er wollte etwas Ähnliches machen wie Emma mit ihrer Keramikwerkstatt. Er hat Emma geliebt. Von ihr sprach er selbst dann noch, als er längst aufgehört hatte, von dir zu sprechen. Sie war für ihn die Mutter, die er nie gehabt hat.«

»Ich weiß«, sagte Marnie. »Das war mir immer klar.«

»Ihr Tod hat ihn schwer getroffen. Ihr Tod und der von Grace.«

»Ach ja, nach Grace wollte ich gerade fragen.«

»Sie war der einzige Mensch, für den er sich verantwortlich fühlte und mit dem er verbunden blieb, nachdem er den Kontakt zu uns allen verloren hatte. Sie war seine letzte Verbindung zum normalen Leben, zu Verpflichtungen. Nach ihrem Tod besaß er plötzlich eine schreckliche Freiheit.«

»Schrecklich? Er wollte doch immer frei sein – erinnerst du dich nicht, wie er uns ständig Vorträge darüber gehalten hat?

Einmal hat er mir sogar aus *Die Outsider* vorgelesen. Wenn mir dir Augen zufielen, stupste er mich an und sagte: ›Das ist wichtig, Marnie! Hör zu!‹«

»Schrecklich, weil er nun, da das letzte Band zerrissen war, das ihm Bodenhaftung gegeben hatte, jeglichen Halt verlor. Er ließ sich einfach treiben; ich dachte damals, er würde sich umbringen, weil niemand ihn daran hinderte.«

»Hat er es versucht?«

»Ich glaube nicht, aber genau weiß ich es nicht. Er hat nie etwas gesagt. Es gab vieles, worüber er nicht sprach. Ich kannte ihn gut, er war – er ist – mein bester und ältester Freund, und trotzdem habe ich manchmal das Gefühl, ihn überhaupt nicht zu kennen. Als meine Ehe in die Brüche ging, hat er mir allerdings sehr geholfen. Ich glaube, er war froh, wenn er gebraucht wurde. Aber für gewöhnlich war er derjenige, der Hilfe nötig hatte.«

»Das stimmt – er hat sich immer gefreut, wenn er mir bei den Hausaufgaben oder Mum in Haus oder Garten helfen konnte. Er hat schwer für uns geschuftet.«

»Die Leute würden sagen – und sie tun es auch, etwa in diesen *Was macht eigentlich xy?*-Kolumnen der Sonntagsbeilagen –, dass Ralph sein Potenzial nicht ausgeschöpft hat; dass er sogar vor sich selbst davongelaufen ist, weil er den irdischen Erfolg aus irgendeinem Grund nicht ertragen konnte. Das Wichtigste in seinem Leben waren vermutlich die Sachen, über die er nie gesprochen hat. Die Dinge, die er mit sich selbst ausgemacht hat. Gefühle, Wahrnehmungen, Quälendes und Erfreuliches. Wer weiß das schon? Er würde sich selbst als gescheitert betrachten, aber ich sehe das nicht so. Er war immer ein liebenswerter Mensch. Ist es noch. Er ist ein liebenswerter Mensch.«

»Ja. Das ist er.«

Oliver trat ans Fenster, zog den Vorhang auf und schaute hinaus.

»Ich glaube, wir kriegen heute Nacht Schnee«, sagte er. »Es sieht ganz danach aus.«

»Schnee? Was, wenn wir eingeschneit werden?«

»Darüber machen wir uns Gedanken, wenn es so weit ist. Aber Dot hat einen Traktor, der überall durchkommt. Das ist also kein Problem.«

»Tun wir hier das Richtige?«

»Er wollte es so.«

»Ich fühle mich so … so unfähig.«

»Welche Fähigkeiten fehlen dir?«

»Du weißt schon, was ich meine.«

»Natürlich. Es kann einem Angst machen.«

»Ja.« Marnie stand auf. »Ich koche einen Vanillepudding. Ralph hat den Vanillepudding meiner Mutter geliebt. Er hat ihn schüsselweise gegessen. Ich weiß zwar, dass er ihn vermutlich nicht runterkriegt, aber ich mache trotzdem welchen. Und dann trinken wir Whisky und schauen uns einen Film an. Was steht zur Auswahl?«

»*Sein Mädchen für besondere Fälle*, *Die Dame verschwindet*, *Neununddreißig Stufen*, *Leoparden küsst man nicht*. Optimistische, kluge, rasante Filme.«

»Such du einen aus! Soll ich uns Sandwiches machen?«

Nach einem forschen Klopfen an der Tür trat Colette ein, mit geröteten Wangen und Atemwölkchen vor dem rosigen Mund.

»Guten Abend. Meine Güte, es ist vielleicht kalt draußen und …« Sie stockte mitten im Satz. »Du lieber Himmel!«, sagte sie verwundert. »Sie haben ja hier richtig aufgerüstet. Es ist wie im Märchenland.«

Marnie lachte verlegen. Sie kam sich albern vor. »Ich wollte für Ralph ein bisschen Weihnachtsstimmung erzeugen. Vielleicht bin ich etwas zu weit gegangen.«

»Nein, nein, es ist wunderschön. Finden Sie nicht auch, Ralph? Aber ich glaube, ich brauche mehr Licht. Nun, wie geht es Ihnen? Schauen wir mal.« Sie zog den Mantel aus. Wassertropfen spritzten auf den Boden.

»Wir lassen Sie kurz allein«, sagte Marnie.

»Fein.« Colette beugte sich zu Ralph hinunter.

Oliver und Marnie stiegen die Treppe hoch und setzten sich in Ralphs Zimmer nebeneinander aufs Bett. Oliver legte den Arm um ihre Schulter, und Marnie schmiegte sich an ihn. Er roch nach Holzrauch und war warm und kräftig. Er drückte ihr einen Kuss auf die Stirn, und sie legte eine Hand auf seine Brust und spürte seinen gleichmäßigen Herzschlag. Als er sie fester an sich zog, strich sein Atem über ihre Wange.

»Es ist nicht fair, oder?«, sagte sie. »Glücklich zu sein.«

Ralph blinzelte in den warmen Goldglanz der brennenden Kerzen, die seltsame Schatten an die Wände warfen. Er war gerade aufgewacht, halb aufgewacht. Seine trockenen Lippen verzogen sich zu einem Lächeln.

»Herr im Himmel, bin ich gestorben und in einem Kitschhimmel wieder aufgewacht?«, flüsterte er. »Gott muss ausgesprochen sauer auf mich sein. Ich war nicht besonders nett zu ihm.«

»Hi, Ralph.«

»Du hast festlich geschmückt.«

»Gewissermaßen.«

»Hätte ich mir denken können.«

»Wie geht es dir?«

»Ich kann dich nicht richtig sehen. Nur verschwommen.«

»Kann ich dir irgendetwas bringen?«

»Ist okay. Wo ist Ollie?«

»Er duscht gerade. Wir wollten uns zusammen einen Film anschauen. Hast du auch Lust?«

Er machte ein vages Geräusch. Marnie beugte sich hinunter und nahm seine Hand fest in ihre beiden Hände.

»Es wird bald schneien«, sagte sie. »Aber hier drin ist es warm. Warm und behaglich.« Sie redete dummes Zeug. Sie presste die Lippen auf seine Hand und fuhr fort: »Wir werden an deinem

Bett sitzen, einen alten Film anschauen und Musik hören und dich nicht alleinlassen.«

»Diesmal lasse ich euch allein.« Ein heiseres, ersticktes Geräusch war alles, was von seinem früheren Lachen geblieben war. »Das war bisher noch nie der Fall, stimmt's?«

13 Dreizehn

In diesem Sommer würden sie verreisen, erklärte Emma nach Abschluss ihrer Behandlung. »Eric hat uns in sein Sommerhaus in den Highlands eingeladen.«

»Und was ist mit der Pension?«

»Wir müssen uns eben eine Weile davon verabschieden.«

»Können wir uns das denn leisten?«

»Das ist nicht dein Problem. Aber ja, wir werden zurechtkommen. Ich finde, das haben wir uns verdient.«

»Braucht Eric das Ferienhaus denn nicht selbst?«

»Er wird auch da sein.«

»Und was ist mit seiner Frau?«

»Die nicht. Die beiden leben nicht mehr zusammen. Sie haben sich getrennt.«

»Ah«, sagte Marnie. »Ich verstehe.«

In einem kurzen Moment der Klarsicht glaubte sie tatsächlich zu verstehen, auch wenn sie nicht sicher war, ob es ihr gefiel. Vorwurfsvoll schaute sie ihre Mutter an, doch Emma war nicht bereit, die Augen niederzuschlagen, und erwiderte den Blick.

»Es ist wunderschön gelegen, ganz abgeschieden an einem See. Außerdem gibt es dort ein Boot.«

»Nur du, Eric und ich?«

»Ja. Ist das ein Problem?«

»Nein, überhaupt nicht. Ich … Ich bin wirklich froh, dass du dich endlich mal richtig ausruhen kannst. Nur … Darf ich Lucy einladen? Ich weiß, dass sie im Sommer noch nichts vorhat.«

»Natürlich. Das wollte ich dir ohnehin vorschlagen. Und was ist mit Ralph?«

»Was soll mit ihm sein?«

»Willst du ihn nicht auch fragen?«

»Nein«, gab Marnie energisch zurück. »Nein. Dann würde alles gleich viel zu kompliziert. Ich möchte mir nicht unentwegt Sorgen machen. Ich möchte nur an mich selbst denken.«

»Gut, dann also ohne Ralph.«

Erics Cottage war ein gemütliches Holzhaus. Aus den beiden breiten Vorderfenstern blickte man auf einen kleinen See, der am Abend ihrer Ankunft in den letzten Strahlen der Sonne leuchtete. In der ruhigen Oberfläche spiegelten sich die Wipfel der Bäume und die wenigen Wolkenschlieren. Hinter dem Haus erstreckte sich ein dunkler, geheimnisvoller Wald.

Emma bezog das Gästehaus, gleichfalls aus Holz, das Eric seitlich an das Haupthaus angebaut hatte. Es verfügte über einen eigenen Eingang, war aber so klein, dass gerade einmal ein Doppelbett und ein Waschbecken in einer Ecke hineinpassten. Emma sprach nie über ihre Beziehung zu Eric, und Marnie hatte keine Ahnung, was sich zwischen den beiden abspielte, obwohl sie ihre Mutter beobachtete. Abends ging Emma allein zu Bett, und morgens tauchte sie gewaschen, angezogen und ausgeruht wieder aus dem Gästehaus auf. Noch immer begegneten Eric und Emma einander mit ausgesuchter Höflichkeit, und nie gab es zwischen ihnen eine Berührung oder Händchenhalten. Aber Emma strahlte, sie war sanft und gelassen wie nie zuvor. Und manchmal fing Marnie einen Blickwechsel der beiden auf, lächelnde Blicke voller Intimität. Es ist, als wäre ich die Mutter und nicht die Tochter, dachte Marnie. Erst habe ich Emma während ihrer Krankheit gepflegt, und jetzt spioniere ich ihr Liebesleben aus, so es überhaupt eines gibt.

Lucy und Marnie bewohnten gemeinsam das Zimmer neben Eric. Weil die Dachschräge fast bis auf den Boden reichte, mussten sie sich ducken, wenn sie zu Bett gingen, um sich nicht den Kopf zu stoßen. Und Ralph – natürlich war Ralph mitgekommen, Marnie hatte es nicht übers Herz gebracht, ihn zurückzulassen – schlief in den ersten zwei Nächten auf einer Bettcouch in einer Kammer neben der Küche, ehe er in das Ein-Mann-Zelt umzog, das Eric vom Dachboden geholt hatte. Eine Stange fehlte, sodass der hintere Teil des Zelts durchhing, und wenn es stark regnete, wurde innen alles nass. Stechmücken sirrten, und es roch leicht nach Moder, aber Ralph ertrug all diese Unannehmlichkeiten mit erstaunlicher Heiterkeit. Mit Ausnahme einer kläglichen Woche in Frinton vor ein paar Jahren war er noch nie in Urlaub gewesen und hatte noch nie in einem Zelt geschlafen. Abends kroch er voll Besitzerstolz hinein, morgens lugte er daraus hervor wie ein Dachs aus seinem Bau. Seine Wangen zeigten die spärlichen Ansätze eines Barts. Er hatte wahllos irgendwelche Anziehsachen eingepackt, die völlig untauglich waren: einen dicken, mottenzerfressenen Mantel, ein Samtjackett mit kahlen Stellen, eine weiße Röhrenjeans, die er ganz billig in einem Secondhandladen gekauft hatte und die bald so schmutzig war, dass er sie zusammenlegte und als Kopfkissen benutzte, sowie Cowboystiefel aus demselben Laden, die ihn drückten. Eric lieh ihm uralte Shorts, damit er überhaupt etwas anzuziehen hatte. Er trug sie tagaus, tagein, obwohl sie ihm so weit waren, dass er sie mit einem Stück Seil zusammenhalten musste, das er in Erics Segelboot gefunden hatte. Mit seinen dürren Beinen, den knochigen Knien und den verfilzten Haaren wirkte er mehr denn je wie ein armes Waisenkind.

Wenn Marnie an diese Wochen zurückdachte, kamen sie ihr vor wie ein zusammenhangloser Traum, herausgelöst aus Vergangenheit und Zukunft. Dort im Norden schien es im Hochsommer nie dunkel zu werden. Mit Einbruch der Dämmerung setzte beinahe wieder die Morgenröte ein, und am Horizont schimmerte stets ein heller Streifen. Abends legten sich die Schatten wie lange Finger über das Gras, das Licht wurde trüber, und die kühle Luft sammelte sich in den Ecken. Marnie, Lucy und Ralph gingen oft gegen Mitternacht schwimmen, legten sich im Wasser auf den Rücken und schauten hinauf in den Himmel. Oder sie ruderten mit dem Boot bis in die Mitte des Sees und blieben dort stundenlang; sie unterhielten sich oder schwiegen, und manchmal warfen sie die Angel aus, weil sie immer noch hofften, den grätigen Barsch zu fangen, der sich schon längst ins Schilf zurückgezogen hatte. Tagsüber lagen sie faul am Seeufer oder fuhren mit dem Segelboot hinaus, obwohl der Wind nur selten kräftig genug war, um die Segel zu blähen. Manchmal gingen sie in den Wald, wo die Füße tief in das weiche Moos einsanken. Sonnenlicht ergoss sich durch die Zweige der Föhren und Birken, über ihnen sangen die Vögel, und von irgendwo in der Ferne hallte klangvoll das Hämmern eines Spechts durch den Wald.

Natürlich waren auch Emma und Eric da. Aber die beiden standen oft früh auf und blieben den ganzen Tag fort, wenn sie im Wald Pilze suchten oder mit einem Fernglas zu langen Wanderungen aufbrachen, von denen sie mit Berichten über Gabelweihen oder Teichrohrsänger zurückkehrten. So blieben Marnie, Lucy und Ralph die meiste Zeit sich selbst überlassen an diesen scheinbar endlosen Tagen. Wie auf geheime Absprache ließen sie den Drang und die Wirren ihrer Pubertät hinter sich und benahmen sich wie Kinder, wenn sie unter sich waren. Marnie fand nichts dabei, sich auf den Bauch zu legen, damit Ralph ihren Bikiniverschluss löste und ihre warme Haut mit Sonnenmilch eincremte. Auch wenn sie im Wasser herumtollten und ihre Arme und Beine sich ineinander verhakten und Marnie sein lachendes Gesicht mit den Bartstoppeln ganz nah an ihrem spürte, wich sie nicht zurück oder befürchtete, er wolle sie wieder küssen. Lucy, deren schmales Gesicht braun gebrannt war und deren Kurzhaarfrisur sich allmählich zu einem weichen

Strubbelkopf auswuchs, verlor ihren Sarkasmus; und sie vergaß beinahe, dass sie in Ralph verliebt war. Es war, als seien sie alle wieder in den Zustand der Unschuld zurückgefallen. Zu dritt waren sie sicher.

Einige Male fuhr Eric mit Ralph zum Fischen auf den See. Die Silhouette der beiden mit ihren Angeln brannte sich Marnie für immer ins Gedächtnis ein. Gelegentlich hallte Ralphs Lachen über das Wasser, ein Ausdruck reinen Glücks. Rasch hielt sie die beiden in einer Kohlezeichnung fest, und noch Jahre später, wenn Marnie die Skizze betrachtete, hörte sie wieder dieses Lachen und sah den Ralph von damals vor sich: kein Junge mehr, aber auch noch kein Mann, unsicher und auffallend gutaussehend, der schlaksige Körper pulsierend vor Energie, das Gesicht strahlend vor Freude.

Als Oliver dazukam, wurde alles anders. Er hatte Ralph angekündigt, dass er eventuell »vorbeischauen« werde, da er ohnehin seine Schwester in Edinburgh besuchen wolle, aber keiner hatte es ernst genommen. Sie hatten das Gefühl, als lebe er nicht in ihrer Welt. Sie hatten ihn über einen Monat nicht mehr gesehen, denn er war gleich nach der Abschlussprüfung mit zwei Freunden zu einer Rucksacktour durch Europa aufgebrochen. Marnie hatte eine Karte aus Barcelona von ihm erhalten, auf der nur stand: »Esse Tapas und denke an Dich. Oliver.« Sie hatte sie in den Urlaub mitgenommen, und wenn sie allein war, zog sie sie oft hervor und betrachtete die Strichzeichnung einer nackten Frau auf der Vorderseite und die ordentlichen Druckbuchstaben auf der anderen. Dann durchlebte sie noch einmal den Augenblick, als sie ihre Arme um ihn gelegt und seine Lippen auf ihren gespürt hatte, ehe seine Freundin mit dem kurz geschnittenen Haar und den roten Lippen hereingeplatzt war. Damals hatte sie ihn zum letzten Mal gesehen, obwohl er zweimal angerufen und gefragt hatte, ob er vorbeikommen könne. Sie brannte zwar darauf, ihn wiederzusehen, hatte aber beide Male erklärt, sie habe zu tun, und sogleich ihren Starrsinn und Stolz verflucht. Und da er wohl auch stolz war, hatte er nicht versucht, sie umzustimmen.

Er kam an einem Abend an, als die Sonne tief stand und das Licht strahlend und golden war. Außer Eric, der in der Küche die von Emma und ihm gesammelten Riesenschirmlinge putzte, saßen sie alle draußen im Gras. Ralph nahm mit viel Getöse die beiden Barsche aus, die er geangelt hatte, und schrie in gespieltem Entsetzen auf, als er die weichen rosa Eingeweide herauszog. Lucy und Emma lasen, und Marnie versuchte, die Birken zu zeichnen, die ihnen zur Hälfte die Sicht auf den See versperrten. Es war warm und windstill. Marnie wusste sogar noch, was sie damals anhatte. Sie trug ihre alten Jeansshorts und ein im Nacken gebundenes Bikinioberteil. Ihre Füße waren bis auf ein Fußkettchen nackt, und das Haar hatte Lucy ihr am Nachmittag, nach dem Schwimmen, zu einem französischen Zopf geflochten, der sich allmählich auflöste. Und sie erinnerte sich, dass Emma an jenem Abend einen breitkrempigen Hut trug und mit ihrem langen Rock aussah wie eine Lady, die aus der Zeit von Edward VII. gefallen war.

Marnie entdeckte ihn als Erste, allerdings ohne ihn gleich zu erkennen. Er war nur eine Gestalt in der Ferne mit einem großen Rucksack. Aber dann kam er näher, hob die Hand. Sie schnappte nach Luft und beschattete die Augen, um sich zu vergewissern.

»Was ist?«, fragte Lucy, die von ihrem Buch aufblickte.

»Ich glaube …«

»Aber das ist ja Ollie! Sieh nur, Ralph, da kommt Oliver!«

Ralph ließ den Fisch mit einem Platsch in den Eimer plumpsen und stand auf. Sein Oberkörper war nackt und die überdimensionalen Shorts voller Grasflecken. Marnie sah, dass er erschrocken zusammenfuhr, dann aber das Gesicht zu einem breiten Grinsen verzog, Oliver entgegenlief und mit übertriebener Freude laut Hallo rief. Auch Marnie stand auf, doch sie rührte sich nicht vom Fleck. Sie beobachtete, wie Ralph, der plötzlich klein und mager wirkte, auf seinen Freund zulief und ihn umarmte. Irgendwie bekam sie nicht mehr richtig Luft. Ihr Herz schlug laut, und ihre Hände waren schweißnass. Sie wischte sie an ihrer Hose ab und strich sich die Haare aus dem Gesicht. Wie sie wohl aussah?

»Hallo, Marnie.«

Da stand er vor ihr, mit einem schüchternen, zaghaften Lächeln. Er war größer, als sie ihn in Erinnerung hatte, sein Haar heller, gebleicht von Sonne und Salzwasser, und länger. Er trug ein fleckiges T-Shirt, hatte kräftige, gebräunte Arme und wirkte älter, als hätte er sie alle weit überholt.

»Ollie!«, brachte sie heiser hervor.

»Es ist hoffentlich okay, wenn ich einfach so unangemeldet auftauche. Ich war gerade in der Nähe, und da hat es sich einfach angeboten. Hi, Lucy! Dein Haar gefällt mir. Emma, haben Sie gewusst, dass ich komme? Ralph meinte, das wäre okay. Stimmt das?«

»Aber natürlich.« Emma erhob sich aus dem Liegestuhl, trat auf ihn zu und küsste ihn auf beide Wangen. Sie lächelte, aber ihre Miene verriet Besorgnis. »Ich wusste es nicht, aber das spielt keine Rolle. Du bist immer willkommen, solange es dir nichts ausmacht, dass wir kein Bett für dich haben.«

»Ollie braucht kein Bett. Er ist ohne festen Schlafplatz durch ganz Europa gestreift.« Ralph quasselte in einem fort. »Er kann mein Bett haben, oder er kriegt mein Zelt und ich nehme das Bett, oder er zieht zu mir ins Zelt, egal. Wie bist du überhaupt hergekommen?«

»Getrampt und die letzten paar Kilometer zu Fuß.« Oliver ließ den Rucksack vom Rücken auf den Rasen gleiten und rieb sich die Schultern. »Es ist ziemlich heiß.«

»Du bist bestimmt ganz erledigt. War's schön? Du musst uns alles erzählen.« Ralph wandte sich an Emma. »Er war nämlich überall, in all den Städten, die ich irgendwann auch einmal sehen möchte: Paris, Rom, Budapest – wussten Sie, dass Buda und Pest früher zwei Städte waren? –, Prag.«

Ralph brüstet sich immer noch mit den Erfolgen seines Freundes, dachte Marnie. Seine Großzügigkeit, so übertrieben und selbstzerstörerisch, tat ihr weh. Sie berührte seine Schulter und lächelte, und er sah sie einen Moment mit wildem Blick an. Sie glaubte, seine Panik fast mit den Händen greifen zu können.

»Möchtest du was trinken?«, fragte sie Oliver. »Du hast doch sicher Durst.«

»Ja, Wasser wäre prima. Vielen Dank.«

Aber da kam Eric schon mit einem Tablett und Gläsern aus dem Haus.

»Weißwein?«, fragte er. »Oder soll ich uns zur Feier des Tages einen Krug Pimm's-Cocktail machen?« Dass Oliver da war, den er noch nie zuvor gesehen hatte, überraschte ihn offenbar nicht.

»Oliver wird ein paar Tage bei uns bleiben, wenn es dir recht ist«, sagte Emma. Sie ging auf Eric zu, legte ihm die Hand auf die Schulter und schenkte ihm ein Lächeln. Eine kleine Geste nur, aber dennoch ein deutliches Bekenntnis. Marnie sah, dass Ralph der Mund offen stehen blieb und Lucy kurz anerkennend grinste. Es war, als werde unter die vergangenen zehn Tage ein Schlussstrich gezogen. Jetzt waren sie wieder alle Erwachsene und zurück in der Wirklichkeit mit ihren unterschwelligen Geheimnissen. Und auf einmal schämte sich Marnie ihrer nackten Beine und ihres knappen Bikinioberteils.

»Ich hol dir ein Glas Wasser«, sagte sie, während sie sich eilig entfernte. Aber sie ging nicht gleich in die Küche, sondern lief zuerst nach oben ins Badezimmer. Dort wusch sie sich das Gesicht mit eiskaltem Wasser, presste die Stirn an den Spiegel über dem Waschbecken und schloss die Augen. Olivers Anwesenheit erfüllte sie mit fiebriger Erregung. Zugleich wünschte sie, er wäre nicht gekommen. Ein schmerzliches Verlangen zog sie zu ihm hin, und gleichzeitig wollte sie, dass er sofort wieder aufbrach und den schlichten Zauber dieses Sommers nicht zerstörte.

Das warme, klare Wetter der vergangenen beiden Wochen mit nur gelegentlichen Regenschauern wich einer stickigen, unheilvollen Schwüle. Nachts lag Marnie bei geöffnetem Fenster auf der Bettdecke, sodass die sanfte Brise über ihre Haut strich. Es würde ein Gewitter geben. Ab und zu fielen ein paar Tropfen, und der Himmel war nicht mehr blau, sondern bräunlich gelb. Gelegentlich hörten sie in der Ferne ein leises Donnergrollen. Ihnen blieben noch drei Tage. Der Sommer ging zu Ende, und die Blätter der Birken nahmen langsam einen Stich ins Gelbe an. So weit oben im Norden, sagte Eric, kommt der Sommer spät und geht früh – ein kurzes Intermezzo zwischen langen Monaten der Kälte und Dunkelheit.

Nichts war mehr wie zuvor. Sie schwammen, ruderten auf den See, gingen mit Eric zum Angeln, grillten, wenn das Licht blasser wurde und Fledermäuse zwischen den Bäumen umherschwirrten, und spielten bis spät in die Nacht hinein Karten bei einem Bier, wie sie es sich zur Gewohnheit gemacht hatten. Aber Marnie tat nur so, als wäre sie noch dieselbe – bescheiden und vernünftig, diejenige, die das Boot herrichtete, Tee kochte, das Chaos in der Küche aufräumte, nachdem Ralph voller Begeisterung gekocht hatte. Diejenige, die nicht viel sagte, sondern schweigend beiseitetrat und den anderen die Bühne überließ. Aber hinter der vertrauten Fassade war sie aufgeladen mit Verlangen und dunkler Vorahnung. Sie spürte das Blut durch ihre Adern strömen, hörte den Pulsschlag ihres Herzens, das vor Zärtlichkeit überzuquellen schien. Ihre Haut prickelte. Während Lucy tief atmend neben ihr schlief, lag sie wach und dachte an Oliver. Wenn sie ihn morgens nach dem Aufstehen sah, wurden ihre Beine schwach und wollten sie nicht mehr tragen, und eine seltsame Wärme durchströmte ihren Bauch. Sie konnte nicht mehr richtig essen. Nur ein einziger Schluck Wein, und alles in ihrem Kopf drehte sich. Sie bemerkte das einsame Grübchen auf seiner Wange, die Art, wie sich sein Haar im Nacken kräuselte, die goldenen Härchen auf seinen Armen, die winzige Narbe unterhalb seines linken Ohrs. Sie sah, dass er beim Lächeln Fältchen um die Augen bekam, wie er sich auf die Unterlippe biss, wenn er nachdachte. Manchmal berührten sich ihre Hände, trafen sich ihre Blicke, und dann glaubte sie ins Leere zu fallen. Wenn sie nebeneinander im Boot saßen, schmiegte sich sein Fuß an ihren. Einmal strich er ihr im Beisein der anderen eine Locke aus dem Gesicht und schaute ihr in die Augen, und aus ihrer Kehle stieg unwillkürlich ein winziger Laut auf, und für einen Moment wollte sie nichts weiter, als den Arm um ihn legen und ihn zu sich heranziehen. Sie war krank vor Verlangen, schwach und widerstandslos. Sollte er sie berühren, würde ihr Körper brennen, und sie würde zerschmelzen. Sie spürte, dass Emma sie beobachtete, Emma und Ralph, und das machte sie unbeholfen und schüchtern. Sie wusste nicht mehr, wie man sich normalerweise verhielt. Alles, was sie tat, war gespielt, eine Parodie ihrer früheren Persönlichkeit, mit der sie bestimmt niemanden hinters Licht führen konnte.

14 Vierzehn

Ralph und Lucy lagen im Schatten eines Baumes auf dem Bauch, ein Schachbrett zwischen sich. Sie hatten spät gefrühstückt, draußen, am wackeligen Tisch mit der blauen Tischdecke. Noch ganz verschlafen und benommen von der Hitze, hatte keiner von ihnen viel geredet. Es sah nach Regen aus. Marnie schenkte sich den letzten Schluck Kaffee ein, bevor sie die Teller und Brotreste auf das Tablett räumte. Oliver saß ihr gegenüber. Er trug ein weißes T-Shirt und seine einzige Jeans. Sein Haar war zerzaust, und er hatte einen dichten Dreitagebart.

Er schob seine kräftige Hand – mit langen Fingern und einem Lederbändchen am Gelenk – über den Tisch und legte sie auf ihre. Marnie zuckte zusammen, stumm und wie erstarrt. Hinter sich hörte sie das leise Klicken der Schachfiguren und Ralphs gemurmelte Bemerkungen. Sie sah zu Oliver hoch, und ihre Blicke trafen sich. Sie drehte die Hand um, und ihre Finger verschränkten sich ineinander. Sie schloss die Augen. Als sie sie wieder öffnete, spürte sie immer noch Olivers Blick auf sich.

»Wenn du das tust«, sagte Ralph, »bist du in zwei Zügen matt. Willst du es noch mal zurücknehmen?«

Seufzend zog Marnie die Hand zurück, stand auf und nahm das Tablett. In der Küche ließ sie heißes Wasser ins Spülbecken laufen und machte sich ganz langsam ans Abwaschen. Als sie Schritte hinter sich hörte, drehte sie sich nicht um, sondern spülte weiter, das Besteck und die Kaffeetassen. Ihr gesamter

Körper schien zu schmelzen und sich aufzulösen. Eine Hand legte sich auf ihre Taille. Noch immer drehte sie sich nicht um, sondern lehnte sich mit köstlicher Wonne einfach nur leicht zurück. Jetzt strichen seine Lippen über ihre nackten Schultern, und sie erschauderte. Dann lagen seine Hände auf ihren Brüsten. Sie wandte ihm das Gesicht zu, grub die nassen Seifenhände in seinen Haarschopf und hielt seinen Kopf fest, um diesen Augenblick auszukosten, bevor sie sich küssten, bevor sie sich an ihn schmiegte und seine Bartstoppeln auf ihrer Haut spürte. Bevor er sie so fest umschlang, dass sie kaum noch Luft bekam und sich trotzdem noch weiter an ihn schmiegte.

»Meine wunderbare Marnie«, sagte Oliver. Dann küsste er sie noch einmal, und sie schmeckte Blut auf ihren Lippen.

»Hör auf!«, sagte Marnie. »Jeden Augenblick kann jemand reinkommen.«

Da hörten sie auch schon Stimmen. Lucy lachte.

»Was steht für heute auf der Tagesordnung?«, fragte Ralph, als er in die Küche platzte. »Wir müssen die Zeit nutzen, die uns noch bleibt.«

»Du hast Recht«, sagte Marnie mit einem verwirrten Lächeln. Ihre Lippen waren wund, ihr gesamter Körper pulsierte. Die anderen merkten es bestimmt.

Natürlich haben wir es gemerkt. Ich wusste es schon bei seiner Ankunft. Er war mein bester Freund, und als er über die Hügelkuppe kam, da packte mich das Elend, ich war bitter enttäuscht, ja, das beschreibt es wohl am besten. Ich habe gesehen, wie er dich angelächelt hat und wie du ihn angeschaut hast, und …

Im Wald, der in sanftes grünes Licht getaucht war, wie unter Wasser, zog er sie hinter einen Baum und küsste sie wieder, diesmal ungestümer. Die Rinde bohrte sich in ihren Rücken, und ihre Haut wurde warm unter dem Druck seiner Finger.

»Los, ihr beiden«, rief Ralph, »trödelt nicht!«

… ihr beiden, ihr beiden. Und ich …

Im Boot starrte sie in den wolkenverhangenen Himmel und spürte die lastende Schwüle auf ihrer sonnengebräunten Haut. Sein Fuß drückte gegen ihre schmutzverkrustete Wade. Ihr Körper fühlte sich schwach, nachgiebig, erhitzt an. Sie hörte, wie Ralph redete und Lucy antwortete, doch die Worte dröhnten über ihren Kopf hinweg. In der Ferne sah sie, wie ein Falke vom Himmel fiel. Wenn dieser Augenblick doch nie zu Ende ginge!

Wenn dieser Augenblick doch schon vorüber wäre! Wie lange kann man im Bug eines Bootes sitzen und zum fröhlichen Knarren der Ruder die Füße ins Wasser hängen lassen? Ich war eine Marmorstatue, die das leichte Boot mit ihrem Gewicht belastete und aus deren verkrampft grinsendem Mund Worte blubberten. Das Elend ist schwer, kalt und stumpf …

Am Ufer des Sees aßen sie Ingwerkuchen und tranken Ingwerlimonade. »Wo wir alle wohl in zehn Jahren sein werden?«, fragte Lucy.

»Hier«, antwortete Ralph. »Wir werden hier sein und zusammen am See sitzen, was sonst?«

Er legte sich zurück und bettete den Kopf in Lucys Schoß. Lucy kniff die Augen zusammen, als habe sie Schmerzen, und fuhr mit den Fingern in die Matte seines dunklen Haars.

»Nein, im Ernst. Wo?«

»Es ist besser, es nicht zu wissen«, sagte Marnie. Ihre Hand glitt durch das Gras und berührte Olivers Fingerspitzen.

»Da hast du Recht.« Ralphs Stimme war fast ein Flüstern. »Wie schrecklich, wenn man seine Zukunft kennt!«

Wie schrecklich, wenn man seine Zukunft kennt, habe ich gesagt. Wie schrecklich! …

Und er sagte: »Marnie …« Sie legte ihm die Hand auf den Mund.

»Heute Nacht«, sagte sie. »Heute Nacht komme ich zu dir.«

»Wo treffen wir uns?«

»Im Wald, am umgestürzten Baum. Nach Mitternacht, wenn die anderen schlafen.«

»Versprochen?«

»Versprochen.«

Er stellte seinen nackten Fuß auf deinen nackten Fuß. Deine Augen huschten zu seinem Gesicht. Du beugtest dich über den Tisch, um dir ein Glas Wasser einzuschenken. Ich beobachtete dich beim Trinken. Er beobachtete dich beim Trinken. Ich sah die Schluckbewegung an deinem Hals und die Wassertröpfchen, die dir aufs Kinn spritzten. Du wischtest dir mit der Hand über den Mund. Deine Hände lagen auf dem Tisch, zu beiden Seiten des Tellers mit dem Essen, das du nicht angerührt hast. Ich betrachtete deine schmalen Handgelenke, den weißen Streifen vom Uhrarmband auf dem linken. Die schlanken, braungebrannten Arme voller kleiner Kratzer, ein Resultat unserer Waldausflüge in den vergangenen zwei Wochen. Die ausgeprägten Schlüsselbeine. Die Rundung deiner Brüste. Das dunkle, ungekämmte Haar. Die dichten Brauen mit der kleinen weißen Narbe rechts. Ich habe dich studiert. Kann ein anderer dich so lieben, wie ich dich geliebt habe? Nein, nein, nein, nein, nein.

An jenem Abend bestand Ralph darauf, dass sie draußen aßen, obwohl der Himmel bedrohlich dunkel geworden war. Sie würden noch früh genug wieder in geschlossenen Räumen leben, meinte er, wie bleiche Maden. Seine Stimme klang wütend und weinerlich. Emma sah ihn besorgt an und legte ihm im Vorübergehen die Hand auf die Schulter. Diesmal kochten Emma und Marnie: Brathähnchen mit verschiedenen Salaten und Knoblauchbrot und zum Nachtisch einen Kuchen, den sie mit Walderdbeeren dekorierten, die Emma und Eric am Nachmittag gepflückt hatten. Mutter und Tochter standen in der kleinen Küche. Hin und wieder klatschten dicke Regentropfen an die Fensterscheibe.

»Ich habe das Gefühl, ich habe dich kaum zu Gesicht bekommen«, sagte Emma, während sie Knoblauch auspresste und anschließend mit der Butter verrührte.

»Ich weiß. Aber bald nimmt ja alles wieder den gewohnten Gang.« Marnie wollte nicht, dass Emma ihr indiskrete Fragen stellte oder sie mit ihrem typischen Blick musterte. Sie schnitt ein nicht mehr ganz frisches Baguette der Länge nach auf, bestrich es mit der Knoblauchbutter und wickelte es in Alufolie.

»Hast du die Ferien genossen?«

»Ja, es war sehr schön.«

»Ist mit Ralph alles in Ordnung?«

»Ja, bestens.«

»Er wirkt ein wenig …«

»Es geht ihm gut. Manchmal ist er ein bisschen komisch, aber das kennst du doch.«

»Ja.« Aber Emma schien nicht überzeugt. Sie zerriss Salatblätter in einer großen Schüssel.

»Soll ich eine Flasche Wein aufmachen?«

»Du und Oliver …«

»Ich frage dich ja auch nicht nach Eric.«

»Du kannst mich alles fragen.«

»Aber das will ich gar nicht.«

»Sei vorsichtig, mehr verlange ich gar nicht.«

»Mach ich!«, erwiderte Marnie leichthin.

Sie wollte nicht vorsichtig sein. Sie hatte es bis obenhin satt, immer nur vorsichtig, taktvoll, praktisch, vernünftig, gewissenhaft, aufmerksam, rücksichtsvoll, also immer nur brav zu sein. Sie wollte nicht ständig auf die Gefühle der anderen Rücksicht nehmen. Auf Ralphs Gefühle. Nicht jetzt. Nicht heute Nacht. Diese Nacht sollte ihr gehören. Schluss mit der Zurückhaltung, Schluss mit dem Warten! Sie fühlte sich ausgelaugt und kraftlos vor Sehnsucht und Verlangen. Bange Schauder der Erregung liefen ihr den Rücken hinunter. Ihr Mund war trocken, ihr wurde abwechselnd kalt und heiß. Morgen werde ich ein anderer Mensch sein, dachte sie. Dann bin ich Marnie, die von Oliver geliebt worden ist.

Sie trugen das Essen auf Tabletts nach draußen. Eric goss den Wein ein, aber Marnie trank nur wenige Schlucke. Sie fühlte sich auch ohne Alkohol schon betrunken. Ihre Beine zitterten, ihr war leicht übel, und an essen war an diesem Abend nicht zu denken. Sie schob die Sachen auf ihrem Teller mit der Gabel hin und her. Hähnchen ging gar nicht. Also kaute sie ein Salatblatt und trank etwas Wasser. Emma schnitt mit einem langen Messer den Kuchen an, der noch warm war und dampfte. Kleine Erdbeeren kullerten auf den Teller, und Marnie schob sich eine in den Mund. Sie schmeckte erdig süß, und wann immer Marnie später auf diesen Geschmack traf, musste sie an jenen Abend denken.

»Hörst du mir überhaupt zu?«

»Wie bitte? Was hast du gesagt?« Verwirrt starrte sie Ralph an.

»Lucy hat vorgeschlagen, dass wir um Mitternacht schwimmen gehen. Zum letzten Mal. Bist du dabei?«

»Oh. Vielleicht. Ich bin ein bisschen müde. Eigentlich wollte ich heute früh schlafen gehen.«

»Bitte, Marnie! Sei keine Spielverderberin!«, sagte Lucy. »Wir gehen alle zusammen. Nicht wahr, Ollie?«

»Tun wir das?«

»Ja.«

»Aber heute Nacht wird es ein Gewitter geben.« Eric sah stirnrunzelnd hinauf zum schwülen braunen Himmel. »Seht zu, dass ihr nichts draußen lasst!«

»Und wenn es blitzt, dürft ihr nicht schwimmen«, ergänzte Emma.

»Keine Sorge!«

»Erzähl du mir nicht, dass ich mir keine Sorgen machen soll!« Emmas Ton war scharf. »Das ist mir sehr ernst. Bei Gewitter geht ihr nicht ins Wasser.« Angst, über Jahre hinweg konserviert, schwang in ihrer Stimme mit.

»Ist gut. Entschuldige!«

»Ich verlasse mich auf euch.«

»Was ist mit Ralph und seinem Zelt?«, fragte Lucy. »Es könnte fortgespült werden. Sollte er nicht besser ins Haus kommen? Er kann doch seine Matte in Ollis Kämmerchen ausrollen. Der Platz müsste reichen.«

Marnie gab sich alle Mühe, sich ihre Enttäuschung nicht anmerken zu lassen.

»Nicht nötig«, sagte Ralph. »Mir gefällt die Idee, ein Gewitter im Zelt zu erleben. Willst du nicht auch dabei sein, Ollie?«

»Das überlege ich mir noch«, meinte Oliver beiläufig. »Schließlich bin ich nicht ganz so verrückt wie du.«

»Das nicht. Aber trotzdem – mach mit!«

»Das ist nur ein Ein-Mann-Zelt.«

»Für eine Nacht wird es schon gehen. Wir rücken einfach zusammen.«

»Wenn man die Zeltwände berührt, lassen sie Wasser durch.«

»Na und?«

»Wir werden nass.«

»Wie gebadete Mäuse«, warf Lucy fröhlich ein, um die Situation zu entkrampfen.

»Mal sehen.« Oliver stand auf. »Wenn wir wirklich noch schwimmen wollen, sollten wir jetzt gehen, meint ihr nicht auch? Bevor der Sturm losgeht.«

Die vier machten sich auf den Weg zum Seeufer, aber noch bevor sie ankamen, begann es zu regnen. Der Himmel war von einem schmutzigen Kastanienbraun, und der See, kühl und abweisend, hatte fast die gleiche Farbe. Marnie fröstelte.

»Sollen wir wirklich?«

»Der Letzte, der ins Wasser geht«, sagte Ralph, »ist ein … was auch immer. Entscheidet selbst.« Damit zog er sich das T-Shirt über den Kopf und lief in Badehose zum Steg. Sein knochiger Körper schimmerte bleich. Er schrie laut auf, bevor er, Arme und Beine gespreizt, in die Luft sprang. Für einen Moment schien er dort zu schweben wie ein Vogel. Dann traf er mit einem Klatscher aufs Wasser. Mit wilden, kraftvollen Zügen kraulte er auf die Mitte des Sees zu.

»Gut«, sagte Oliver. Er drehte sich zu Marnie um, ehe er sich das Hemd auszog, machte einen Schritt auf sie zu und hob die Hand. Sanft berührte er ihre Wange und strich mit dem Daumen über ihre Lippen. Marnie rührte sich nicht. Regentropfen fielen auf ihren Kopf und liefen ihr über die nackten Schultern. Sie wusste, dass Lucy sie beobachtete. »Bei jedem Wetter«, sagte er so leise, dass nur Marnie es hören konnte.

»Ja. Bei jedem Wetter.«

Das Gewitter war furchtbar. Krachender Donner durchbrach den drohenden, rötlich glühenden Himmel, grell zuckte ein Blitz darüber hinweg und tauchte den See, die Bäume, die steinigen und grasigen Flächen in ein helles, unwirkliches Licht. Regentropfen prasselten aufs Wasser und schlugen ein wie Geschosse. Sturzbachartig strömte das Wasser durch die Bäume, verwandelte den Weg in flüssigen Schlamm und klatschte dröhnend auf das Dach von Erics Haus, das dem Angriff unbeirrt trotzte. Ich liebe Gewitter, Stürme, Wolkenbrüche und Hagelschauer, seit ich denken kann. Aber nicht in jener Nacht. In ihrer wilden Gewalt schienen sie meinen inneren Aufruhr widerzuspiegeln. Als hätte sich mein Inneres nach außen gestülpt und alles, was ich bisher verborgen und geheim gehalten hatte, würde nun durch die Gegend geweht, während ich nur ohnmächtig zusehen konnte …

Marnie lag in ihrem Bett. Der Donner war jetzt nur noch ein leises Grollen in der Ferne, und es regnete nicht mehr, obwohl es noch von den Blättern tropfte. In den Nächten zuvor hatte sie den Mond gesehen, die Sterne und am Horizont einen schmalen Streifen Licht, den Vorboten eines neuen Tages. Diese Nacht aber war stockfinster. Sie konnte nichts erkennen. Wie sollte sie ihren Weg zu dem umgestürzten Baum finden? Lucy warf sich im Bett neben ihr hin und her und murmelte etwas Unverständliches.

»Lucy?«, flüsterte Marnie. »Bist du noch wach?«

Doch Lucy ließ nur ein leises Schnaufen hören. Ein paar Minuten noch, dann würde Marnie aufbrechen. Nun, da es so weit war, schien alles Verlangen in ihr erstorben zu sein, und sie fühlte nur noch eine dumpfe Angst. Sie fröstelte unter ihrer dünnen Decke, als ob sich die träge blaue Sommerhitze innerhalb weniger Stunden verflüchtigt hätte. Draußen war es feucht und schlammig; der Wind seufzte. Aber Oliver würde auf sie warten. Und sie hatte es ihm versprochen. Vorsichtig setzte sie sich auf und drückte ihr Gesicht ans Fenster. Im Garten glaubte sie einen blassen Lichtschein zu sehen, Ralphs Taschenlampe, gedämpft durch die Zeltwand. Demnach war er noch wach. Bestimmt lag er zusammengerollt in seinem Schlafsack. Was er wohl machte? Ob er las? Oder wie jeden Abend in sein Tagebuch schrieb? Oder starrte er auf das eingedellte Zeltdach, durch das der Regen sickerte? Sie sah es wieder vor sich, sein Gesicht an diesem Abend. Obwohl sie es sich nicht eingestehen wollte, wusste sie, dass er wusste, dass sie wusste, dass er verzweifelt und einsam und wütend und verängstigt war.

Sie schob vorsichtig die Beine über den Bettrand und stand auf. Die Dielen knarrten. Leise zog sie die alte graue Strickjacke über den BH und die Baumwollshorts, bevor sie sich mit ausgestreckten Armen zur Tür tastete. Irgendwie schien das Zimmer neu eingerichtet zu sein, denn alles befand sich am falschen Platz. Draußen stieg sie ganz vorsichtig die Treppe hinunter, die Hand auf das Geländer gestützt, damit die Stufen nicht so knarrten. Um sie herum nichts als Stille. Unter der Treppe fischte sie nach ihren Gummistiefeln, fand zunächst jedoch die falschen, was sie erst merkte, als sich das Paar als viel zu groß erwies. Den Gedanken, das Licht einzuschalten, verwarf sie rasch wieder. Es war zu riskant. Außerdem hatten sich ihre Augen inzwischen etwas an die Dunkelheit gewöhnt. An den Küchenstühlen vorbei tastete sie sich zu ihrer Regenjacke, die sich kühl und feucht auf ihre Haut legte.

Die Tür zu Olivers kleiner Kammer war geschlossen. Was, wenn er eingeschlafen war? Soweit es in den feuchten Gummistiefeln überhaupt möglich war, schlich Marnie auf Zehenspitzen zur Zimmertür; sie hätte vor Schmerz beinahe geschrien, als sie sich an der Tischkante die Hüfte anstieß. Sie drückte die Klinke herunter.

»Oliver?«, flüsterte sie. Keine Antwort. Sie hielt den Atem an, konnte aber nichts hören. »Bist du da?« Als sie den Arm ausstreckte, fand Marnie zwar die Schlafcouch, aber sie war leer. Also war er schon draußen. Ein Anflug von Panik erfasste sie, als ihr klar wurde, dass sie auch losmusste.

Vor der Haustür schlug ihr ein Schwall kühler Luft entgegen. Der Boden war aufgeweicht, und bei ihren ersten Schritten schmatzte das Wasser unter ihren Füßen. Eine plötzliche Windbö rüttelte an den Zweigen über ihr und verpasste ihr eine Dusche. Marnie schaute hoch zum mond- und sternenlosen Himmel. Dies war nicht mehr die sommerliche, sonnige Welt vom Vortag. Diese Welt war größer, weniger freundlich, hohl und leer, gepeitscht von Regen und kaltem Wind. Ihre Stiefel rutschten im dicken Schlamm.

Am Rand der gemähten Wiese stand das kleine Zelt, das Marnie nun nicht mehr erkennen konnte. Demnach hatte Ralph die Taschenlampe inzwischen ausgeschaltet. Langsam und vorsichtig bewegte sie sich auf den schwarzen Fleck zu, der der Wald sein musste. Wo die Dunkelheit am tiefsten war, stand Oliver und wartete auf sie. Marnie schob die Hände unter die Regenjacke und knöpfte sie bis oben zu, ein Akt der Sittsamkeit, der selbst ihr albern erschien. Er würde es nicht sehen können, er würde gar nichts sehen – ebenso wenig wie sie. Wie Blinde wären sie allein auf Berührungen angewiesen. Sie strich sich das Haar zurück. Es war so still, dass sie beinah ihr Herz schlagen hören konnte. Sie berührte ihr Gesicht, so wie er es getan hatte.

Da hörte sie den gedämpften Schrei einer Eule.

Nein, das war keine Eule.

Ein verirrter Seevogel, dessen wehmütiger Ruf sich in das Schluchzen des Windes mischte.

Nein, kein Seevogel. O nein.

Marnie blieb stehen und lauschte. Da war es wieder. Sie schlug die Hand vor den Mund.

Dort lag jemand im Dunkeln und weinte. Erbärmlich und schmerzerfüllt, ein Laut, der ihr direkt ins Herz schnitt.

Da war es wieder. Eine tiefe Trostlosigkeit lag in dieser Stimme. Langsam wandte Marnie sich um und ging auf das Geräusch zu. Am Zelteingang kniete sie sich hin, schlüpfte aus den Gummistiefeln, zog den Reißverschluss der Türklappe auf und kroch ins Innere.

»Ralph«, flüsterte sie, »Ich bin's. Hör auf zu weinen! Bitte, hör auf! Alles ist gut.«

Ralph gab einen undefinierbaren Laut von sich.

Sie streckte die Hand aus und berührte ein nacktes Bein. Er lag auf seinem Schlafsack.

»Was hast du? Bitte sag es mir!«

Er schluchzte tief. Dann noch einmal.

Sie kroch weiter ins Zelt hinein, fand seine Schulter und strich darüber. Dann berührte sie sein Gesicht, seine nassen Wangen.

»Weinst du meinetwegen? Wenn es meinetwegen ist, ertrage ich es nicht.«

»Geh bitte!«, stieß er hervor.

»Ich kann dich doch nicht so zurücklassen.« Sie beugte sich vor und küsste ihn auf die feuchte Stirn.

»Lass das!«, flüsterte er. »Ich brauche kein Mitleid. Alles, nur das nicht.«

»Das ist kein Mitleid«, erwiderte sie. »Du bist ein guter Freund. Und ich hab dich sehr gern.«

»O Gott, o Gott, o Gott, o Gott!« Das glaubte sie zumindest zu hören. Er hatte sich von ihr abgewandt und den Arm über sein Gesicht gelegt.

Marnie zog die Regenjacke aus und legte sich neben ihn in die feuchte Dunkelheit. Der Boden war uneben, und wo die Zeltplane ihren Rücken berührte, sickerte Wasser durch. Sie nahm Ralph ganz vorsichtig in die Arme. Er trug nichts außer seinen Boxershorts, und sie merkte, dass er sich allmählich beruhigte. Sie spürte seine Wirbelsäule noch durch ihre Strickjacke. Er roch nach Gras, Erde und Holzrauch. Seine Haut war feucht.

»Alles ist gut«, sagte sie. »Versuch jetzt einzuschlafen! Ich bleibe solange bei dir. Es ist alles gut. Wirklich.«

»Marnie!« Er schluckte, und dann begann er richtig zu weinen. Er heulte hemmungslos wie ein kleines Kind. Sein ganzer Körper wurde geschüttelt. Marnie spürte, wie der Kummer ihn erfasste und in mächtigen Wellen über ihm zusammenschlug. Manchmal kamen Worte wie »David« oder »Grace«, dann wieder erwähnte er seinen Vater, nur dass er ihn »Daddy« nannte, als wäre er wieder der kleine, vertrauensvolle Junge und nicht der junge Mann, der von seinem Vater verprügelt wurde und dessen Mutter (»Mummy« nannte er sie zitternd in Marnies Armen) ihm die Schuld am Tod seines Bruders gab.

»Du liebes bisschen!« Er holte tief Luft. Diesen altmodischen Ausdruck hatte Marnie noch nie von ihm gehört. Aus irgendeinem Grund weckte er in ihr eine fast unerträgliche Zärtlichkeit. Die Knöpfe ihrer Strickjacke bohrten sich in seinen Rücken. Sie wand sich daraus hervor, schob sie zur Seite und spürte seine kalte Haut auf ihrem warmen Körper, als sie sich an ihn schmiegte und die Arme um ihn legte. Wenn sie Ralph beruhigt hatte, musste sie Oliver suchen und alles richtigstellen. Doch aus Ralph brach hervor, was sich seit langem in ihm angestaut hatte. Ein Sturzbach aus Elend, Wut, Schuldgefühlen und Verzweiflung. Wie war es möglich, dass er von dieser dunklen Flut nicht fortgespült wurde? Sein Körper erschien Marnie wie eine Landschaft, die unter Wassermassen ertrank, unter einem Wirbel, der eingestürzte Gebäude und lose Felsbrocken mit sich riss. Sie flüsterte an seiner knochigen Schulter, dass sie bei ihm sei. Zugleich stellte sie sich Oliver vor, der bei dem umgestürzten Baum auf sie wartete. Wie lange würde er warten? Bitte, geh noch nicht!, dachte sie. Bleib, bis ich komme, und hülle mich ein in deine tröstende Gegenwart! Sie kniff die Augen zusammen und betete, dass Ralph endlich zu weinen aufhören und sie von dieser Qual erlösen möge, aber er schluchzte in einem fort im Rhythmus des nachlassenden und wieder auffrischenden Windes und im Takt ihres pochenden Herzens und ihrer Gedanken, bis sie ihn kaum noch hörte. Sie wusste nicht, wie spät es war, und auch nicht, wie lange sie bei Ralph gelegen, seinen mageren Körper an sich gedrückt und seinem Schluchzen gelauscht hatte, dem Klatschen des Regens, dem merkwürdigen Knacken und Ächzen der Bäume und dem gelegentlichen Rascheln, als huschten Tiere durchs Unterholz.

Sie lagen lange dort. Der Wind flaute ab, und Ralph hörte schließlich auf zu weinen. Endlich war Ruhe eingekehrt, drinnen und draußen. Marnie bewegte sich und entließ Ralph aus ihrer Umarmung.

»Ich habe bis jetzt nie geweint.« Ralphs Stimme klang erschöpft. »Jedenfalls nicht seit seinem Tod. Ich dachte, ich bin dazu nicht in der Lage. Irgendwas hat mit mir nicht gestimmt.«

»Nun, das hast du jetzt nachgeholt«, sagte Marnie betont beiläufig. Sie setzte sich auf. In ihrem Rücken spürte sie die durchweichte Zeltplane. Ihr war kalt, sie fühlte sich ausgelaugt und niedergeschlagen. Ihre Strickjacke war feucht, und als sie sie über den Kopf streifen wollte, verfing sich eine Haarsträhne an einem der Knöpfe. Vorsichtig machte sie sie frei und fuhr langsam fort, sich anzuziehen. Kein Grund zur Eile. Sie war ohnehin zu spät dran.

Von draußen hörte sie ein Geräusch, und noch bevor sie beide wussten, was los war, wurde die Zeltklappe zurückgeschlagen und der Strahl einer Taschenlampe auf sie gerichtet. Der Lichtschein fiel auf Marnie, die in BH und Pyjamashorts am Boden kauerte, die Strickjacke über dem Kopf. Und auf Ralph, der in Boxershorts neben ihr hockte, das Gesicht verquollen und zerknittert vom Weinen, das Haar plattgedrückt.

»Was …«, setzte sie an. »Wer ist da? Ich kann nichts sehen.« Dabei wusste sie es. Sie brauchte kein Licht.

Oliver drehte die Lampe um und richtete den Strahl auf sein Gesicht.

»Ich bin's«, sagte er. »Wer sonst?« Er senkte die Lampe, und plötzlich waren sie alle wieder im Dunkeln, gefangen in einem unheilvollen Schweigen.

»Ollie!«, sagte Ralph. »Verdammter Mist!«

»Oliver!« Marnie zog sich die Strickjacke über den Bauch und kroch auf ihn zu. »Oliver … warte! Geh nicht. Bitte, geh nicht! Das ist nicht … Ich war auf dem Weg zu dir …«

»Unsinn!«, entgegnete er kalt.

Dann war er fort. Sie saß im Zelteingang und sah, wie sich der unstete Lichtstrahl im Gras auf das Haus zubewegte.

»O verdammt! Verdammt, verdammt, verdammt, verdammt!«

»Es tut mir leid. Tut mir wirklich leid, Marnie.«

»Sei still!«

»Ich wollte nicht … Das hatte ich nicht vor. Es tut mir so leid.«

»Hör auf, dich zu entschuldigen!«

»Ja, tut mir … O verflixt.«

»Ich muss gehen.«

»Ich habe alles kaputtgemacht.«

»Nein«, antwortete sie düster. »Da war nichts kaputtzumachen.«

»Ich werde es ihm erklären. Dass du mich getröstet hast, dass du einfach nur nett warst. Das wird er verstehen. Es ist meine Schuld. Ich mache alles kaputt. Als würde ich die Pest verbreiten.«

»Hör auf! Sei endlich still!«

»Man sollte sich von mir fernhalten. Ich müsste eine Glocke tragen, die läutet und warnt: Geht auf Abstand!«

»Ich sagte: Halt den Mund!«

»Ja. Tut mir leid.«

Es war inzwischen nicht mehr stockdunkel, der neue Morgen brach bereits an. Der Wind hatte die Wolken gelichtet, und zwischen ihnen standen kristallklar die Sichel des Mondes und darunter ein einsamer blasser Stern. Am Horizont schimmerte ein schmaler Streifen in Orange und Rosa. Es würde ein wunderschöner Tag werden. Vor dem Zelt im nassen Gras lagen Marnies Gummistiefel, und als sie hineinschlüpfte, spürte sie die Feuchtigkeit und den Schmutz. Sie griff nach ihrer Regenjacke.

Um sich zu beruhigen, holte sie tief Luft. »Es war nicht deine Schuld, Ralph. Das darfst du nicht denken. Niemand hat Schuld. Außerdem ist es egal.«

»Du willst nur nett sein.«

»Nein. Ich habe mich entschieden, bei dir zu bleiben, und ich bin froh darüber.«

»Wirklich?«

»Wirklich. Aber jetzt solltest du versuchen zu schlafen.«

»Ich kann nicht schlafen. Keine Sorge, ich bleibe hier. Geh du nur und rede mit Ollie!«

»Das mache ich.«

Marnie trottete auf das Haus zu. In Olivers kleinem Zimmer im Erdgeschoss brannte Licht. Vor der Haustür zog sie die Stiefel aus, ging rein und schaltete im Flur die Deckenlampe an. Sie fühlte sich verdreckt und mutlos. Ihre Strickjacke, die sie links herum angezogen hatte, war mit Schlamm beschmiert, ebenso ihre Füße. Wie ihr Gesicht aussah, wollte sie sich lieber nicht vorstellen. Trotzdem durchquerte sie die Küche und klopfte leise an Olivers Tür, um im oberen Stockwerk niemanden zu wecken.

Oliver machte auf, blieb aber im Türrahmen stehen und versperrte ihr den Weg. Seine sonst so freundliche Miene war ausdruckslos. Hinter ihm, neben der Bettcouch, stand sein Rucksack inmitten verstreuter Kleidungsstücke.

»Was machst du da?«

»Sprich nicht so laut! Du weckst die anderen.«

»Das ist mir egal«, flüsterte sie wütend. »Sag mir, was das soll!«

»Wonach sieht es wohl aus? Ich packe.«

»Warum?«

»Warum? Weil ich abreise.«

»Aber wir haben doch noch einen Tag«, erwiderte sie dümmlich.

»Ja, ihr. Ich nicht.«

»Willst du nicht mit uns zurückfahren?«

»Warum sollte ich?« Sie trat einen Schritt vor, aber er rührte sich noch immer nicht. Sie hob die Hand, um seinen Arm zu berühren, ließ sie dann aber wieder sinken. »Es ist nicht das, was du glaubst.«

»Was glaube ich denn, Marnie?«

»Bitte! Sprich nicht so! Du glaubst, dass ich … dass ich mit Ralph zusammen war.«

»Du *warst* mit Ralph zusammen.«

»Aber nicht so.«

»Du warst nackt. Ich habe dich gesehen, weißt du noch?«

»Das verstehst du nicht.«

»Während ich im Wald auf dich gewartet habe. Stundenlang, bei Regen und Wind.«

»Ich weiß.«

»Du hattest es versprochen.«

»Ich weiß. Ich wollte ja auch kommen.«

»Ach ja?« Seine Stimme klang hart. »Es sah aber nicht danach aus.«

»Jetzt gib's endlich auf, mich zu bestrafen, und hör mir doch mal zu! Er hat geweint, und das konnte ich nicht ertragen.«

Oliver sah sie lange an. »Du hast mir wirklich etwas bedeutet, Marnie. So was passiert mir nicht oft. Tja, ich bin tief gefallen. Das hat wehgetan.«

In Marnie krampfte sich alles zusammen. »Sprich nicht so, als wäre es aus!«

»Aus? Es hat noch gar nicht angefangen. Vielleicht gefällt dir ja genau das … das kleine bisschen, bevor wirklich etwas passiert.«

»Was hätte ich denn deiner Meinung nach tun sollen, Ollie? Er hat sich die Seele aus dem Leib geheult. Ralph, dein Freund, mein Freund. Ich konnte doch nicht einfach weitergehen und so tun, als hätte ich nichts gehört. Das habe ich einfach nicht fertiggebracht.«

»Er ist in dich verliebt.«

»Was hat das denn damit zu tun? Er ist trotzdem mein Freund.«

»Er ist in dich verliebt, so wie ich es war.«

»Sag nicht ›war‹.«

»Werd vernünftig, Marnie!«

»Ich habe mich für dich entschieden. Für dich, verflixt noch mal.«

»Das sah vorhin aber ganz anders aus.«

Marnie verschränkte die Arme vor der Brust. Ärger stieg in ihr auf. »Das war's dann also, ja? Du packst deine Sachen und gehst, weil ein einziges Mal etwas schiefgelaufen ist. Bedeute ich dir wirklich so wenig?«

»Es war nicht nur dieses eine Mal. Du bist nicht aufrichtig. Du wolltest nicht, dass die anderen von uns erfahren. Es sollte alles ein Geheimnis bleiben. Du hast Angst.«

»Angst? Wovor?«

»Wie soll ich das wissen? Vor dem Sex. Davor, einen anderen Menschen zu brauchen. Verletzlich zu sein.«

»Ralph wehzutun.«

»Ja, Ralph wehzutun. Und irgendwie auch, deine Mum zu enttäuschen. Keine Ahnung. Nicht mehr das brave Mädchen zu sein. Erwachsen zu werden und eigene Entscheidungen zu treffen.«

»Gut. Vielleicht hast du Recht. Vielleicht habe ich Angst. Trotzdem wollte ich zu dir kommen. Die Angst hat mich nicht daran gehindert.« Plötzlich fühlte sie sich ganz leer. Es war ihr egal, sie war einfach nur müde und kraftlos, und sie fror. In ihr war kein Platz mehr für Sehnsucht oder auch nur Zuneigung. Sie ließ sich neben einem Haufen schmutziger Wäsche auf die Bettcouch plumpsen und rieb sich die Augen. »Dann verpiss dich, Ollie!«

»Genau.« Er raffte die Wäsche zusammen, stopfte sie in seinen Rucksack und warf ein paar Bücher obendrauf.

»Lass es dir gutgehen!«

»Keine Sorge, das werde ich.«

Und das war es dann. Er nahm den Rucksack auf den Rücken und ging hinaus. Sie stand auf, folgte ihm bis zur Haustür und sah ihm nach, wie er den Weg hinaufging und die Hügelkuppe überquerte. Der Augenblick seiner Ankunft schien unendlich lange zurückzuliegen. Sie erinnerte sich noch genau, wie ihr das Herz vor banger Erwartung und Freude bis zum Hals geschlagen hatte. Sie erwog kurz, ihm nachzulaufen und ihn zurückzuholen, aber sie tat es nicht. Stattdessen setzte sie sich an den Küchentisch und legte den Kopf auf die schmutzigen Hände. Der Sommer war vorüber.

»Marnie? Marnie?«

Offenbar war sie eingeschlafen. Benommen hob sie den Kopf. Mutter und Eric, beide im Morgenmantel, standen vor ihr. Sie wirken wie ein Ehepaar, dachte sie. Wut stieg in ihr auf.

»Ja?«, fragte sie schnippisch.

»Was ist los?«

»Was soll denn sein?«

»Es ist halb sechs, und du sitzt von oben bis unten verdreckt am Küchentisch.«

»Na und?«

»Warum bist du nicht im Bett?«

»Einfach so. Ich konnte nicht schlafen.«

»Geht es dir gut?«

»Klar. Warum nicht?«

Emma zog den Gürtel ihres Morgenmantels fester und sah Marnie prüfend an. »Ich mache dir einen Becher warmen Kakao, und dann stecke ich dich in ein schönes heißes Bad.«

Marnie zuckte die Achseln. Sie war den Tränen gefährlich nahe. »Macht euch keine Mühe!«, sagte sie kalt. »Geht doch einfach wieder ins Bett, ihr beiden! Ich will euch nicht stören.«

»Sei nicht albern! Was hast du draußen gemacht? Ist außer dir noch jemand auf? Was ist passiert?«

»Ich dachte, du wolltest mir warmen Kakao machen und ein heißes Bad einlassen, anstatt mir endlos sinnlose Fragen zu stellen.«

»Da kommt Ralph«, sagte Eric, der am Fenster stand. »Sieht aus wie von der Flut angeschwemmt.«

Ralph sah tatsächlich schrecklich aus. Er trug die schmutzigen übergroßen Shorts und ein T-Shirt, das am Körper klebte. Seine hängenden Schultern und der magere Hals erweckten den Eindruck, als sei er kurz vorm Verhungern. Sein Haar war zu einer verfilzten Matte verklebt, sein Gesicht verquollen von zu wenig Schlaf und noch immer tränenverschmiert von seinem Weinkrampf. Unter den blutunterlaufenen Augen lagen dunkle Schatten. Vor allem aber schien alles Leben aus ihm gewichen zu sein, seine rastlose Energie und stürmische Begeisterung waren dahin. Er bewegte sich wie ein Schlafwandler und zog beim

Eintreten seinen durchnässten Schlafsack hinter sich her. Er schien kaum noch in der Lage, die nackten Füße zu heben.

»Hallo, Ralph«, sagte Emma sanft, während ihr Blick zwischen ihm und ihrer Tochter hin- und herflog. »Ich koche für Marnie gerade heißen Kakao. Ich mache dir auch einen.«

Ralph setzte sich Marnie gegenüber an den Küchentisch und betrachtete sie. Sie aber sah nicht hoch. Sie wollte sich selbst bemitleiden, nicht ihn.

»Ich habe eine bessere Idee«, meinte Eric plötzlich. »Ralph und ich gehen angeln. So früh am Morgen ist es am besten, und das ist unsere letzte Gelegenheit. Wir nehmen den Kakao in einer Thermosflasche mit, und ich schmiere uns ein paar Honigbrote zum Frühstück. Zum Mittagessen werden wir euch einen Zander bringen. Was sagst du dazu, Kumpel?«

Marnie war nicht entgangen, wie ihre Mutter Eric anschaute. Wie ihre Augen sich einen Moment lang trafen, ehe sie sich voneinander abwandten. Sie lieben sich, dachte sie, meine Mutter liebt Eric, und er liebt sie. Sie sind ein Paar. Allerdings war sie sich unschlüssig, ob sie wütend, aufgebracht oder froh sein sollte, dass Emma nach all den Jahren der stillen Trauer noch einmal diese Art von Glück erleben durfte. Plötzlich wurde Marnie klar, dass dies der wahre Grund für den Urlaub gewesen war. Es war nicht um sie selbst, nicht um ihre blinde fiebrige Sehnsucht und ihre pubertären Stürme gegangen, sondern um eine Möglichkeit für Emma und Eric, in den Wäldern und Wiesen behutsam zueinander zu finden. Sie hob den Kopf und lächelte ihre Mutter durch einen Tränenschleier an. »Mir geht's gut«, sagte sie. »Uns geht's beiden gut, nicht wahr, Ralph?«

»Meinst du?« Er sah sie flehentlich an.

»Ja.« Sie holte tief Luft und legte ihm beruhigend die Hand auf den Arm.

»Marnie?«

»Ja?«

»Ich wünschte, du würdest mich eines Tages heiraten.«

Noch während Ralph diese Worte aussprach, weiteten sich seine Augen vor Schreck. Ihm war nicht bewusst gewesen, was er da sagen würde, und kaum war der Satz heraus, schlug er die Hand vor den Mund.

Die Worte klangen im stillen Raum nach. Marnie schloss die Augen und presste die Hände zusammen in der Hoffnung, dass dieser Augenblick schnell vorüberging.

»Ich bin siebzehn«, erwiderte sie, um einen scherzhaften Ton bemüht. »Und du bist verrückt.« Sie wandte sich zu Emma und Eric um und schluckte. »Ollie ist gegangen«, erklärte sie mit gezwungener Beiläufigkeit. Sie war so müde, dass sie das Gefühl hatte, ihr Gesicht sei taub.

»Gegangen?« Emma runzelte die Stirn. »Endgültig?«

»Ja.« Sie rechnete damit, dass ihre Mutter sich nach dem Grund erkundigen würde, aber das tat sie nicht. Emma war schon immer so weise gewesen, zu wissen, wann sie besser schweigen sollte. Jetzt nickte sie lediglich, als hieße sie es gut.

Eric fuhr mit Ralph auf den See hinaus, der vom Gewitter noch immer aufgewühlt war. Marnie konnte sie vom Fenster im oberen Stock aus sehen – zwei Gestalten, die sich scharf vor dem klaren türkisblauen Himmel abzeichneten. Es schien fast, als sei Ollie nie da gewesen – nur dass ihre Augen brannten, der Hals schmerzte und ihre Glieder steif vor Müdigkeit waren. Sie lag in dem heißen Bad, das Emma ihr eingelassen hatte, und lauschte den Geräuschen aus der Küche: dem Klappern des Geschirrs, dem Schließen von Türen, dem Rauschen aus dem Wasserhahn. Sie stellte sich vor, wie ihre Mutter, die Ärmel des Morgenmantels hochgerollt, das Haar straff nach hinten gebunden, einen Ausdruck der Konzentration auf ihrem hübschen Gesicht mit den markanten Zügen, an der Spüle stand oder den Tisch sauber wischte – und fühlte sich wieder geborgen wie ein Kind. Sie wollte nicht erwachsen werden. Sie konnte gut leben ohne die schwere, verschlingende Lethargie der Lust, ohne die atemlose Erregung, ohne all das, was sie in Ermangelung eines besseren

Wortes Liebe nannte. Das Wasser umspülte ihren Körper, und ihre Haut fühlte sich weich und sauber an. Emma würde die Dinge wieder in Ordnung bringen, statt ihrer kümmerte sich jetzt Eric um Ralph, und Lucy schlief friedlich in ihrem Zimmer, die scharfen Züge gemildert durch hoffnungsfrohe Träume. Marnies Vater war seit fast vierzehn Jahren tot, ebenso ihr Bruder. Die beiden lagen Hunderte von Kilometern entfernt unter der Erde, waren ihr aber trotzdem nahe. Alle waren hier bei ihr. Marnie schloss die Augen, unter ihren Lidern quollen Tränen hervor.

Ich hatte früher mal eine Hündin. Noch heute denke ich oft, sie wäre bei mir, und ich rechne beinahe damit, dass sie ihre Schnauze auf meinen Arm legt und mich mit ihren braunen Augen reumütig ansieht. Sie war ein Straßenköter, eine Mischung aus verschiedensten Rassen, und ich habe sie mir aus dem Tierheim geholt, als sie ein Jahr alt war. Man konnte ihre Rippen zählen, ihr Fell war struppig, und bei lauten Geräuschen von Motorrädern, anderen Hunden, Menschenansammlungen und in Gegenwart bärtiger Männer zitterte sie vor Angst. Ich nannte sie Gretel. In den ersten Monaten kauerte sie hechelnd und winselnd in einer Ecke oder unter einem Stuhl. Aber mit der Zeit vertraute sie mir immer mehr, und nach sechs Monaten war sie mir treu ergeben. Wenn ich ins Zimmer kam, war sie außer sich vor Freude; sie rannte umher, warf sich vor mir auf den Boden und präsentierte mir ihren Bauch. Dabei schlug sie den Schwanz auf den Boden und verdrehte die Augen, sodass man das Weiße sehen konnte. Wenn ich hinausging, weinte sie – anders kann man es nicht nennen. Sie folgte mir überallhin und bedachte mich stets mit einem verletzten, bewundernden Blick.

Ich hatte sie fünf Jahre. So lächerlich es klingt und obwohl ich, wie du weißt, diese sentimentale Haltung gegenüber Tieren, diesen stummen Geschöpfen, stets abgelehnt habe, war es eine der wichtigsten Beziehungen meines Lebens. In den wohl düstersten Jahren meines Lebens war Gretel meine beste Freundin. Vielleicht hat sie mich sogar gerettet – ja, wovor eigentlich? Hätte ich mich ohne sie womöglich umgebracht? Sicher ist nur, dass ich mir einen Zusammenbruch nicht leisten konnte, solange ich sie zu versorgen hatte. Ich musste sie nicht nur füttern und mit ihr Gassi gehen, sondern für sie da sein. Ich durfte sie nicht im Stich lassen, denn sie liebte mich bedingungslos. Morgens, wenn ich wach wurde, dachte ich manchmal: Wozu soll ich überhaupt aufstehen? Aber dann hörte ich sie unten winseln und an der Tür kratzen, weil sie rauswollte, und dann raffte ich mich auf und ging zu ihr hinunter. Abends legte sie ihren Kopf in meinen Schoß, wenn ich in meinem Sessel saß und las oder einfach nur aus dem Fenster schaute. Und dann war meine Einsamkeit nicht mehr ganz so schlimm.

Eines Tages verschwand sie einfach. Wir machten einen unserer gewohnten einstündigen Spaziergänge querfeldein, die sie gut kannte, als uns ein Kaninchen über den Weg lief. Gretel nahm die Verfolgung auf, den Schwanz gestreckt, die Ohren angelegt. Sie rannte davon wie der Blitz, und ich sah sie nie wieder. Wochen-, monatelang habe ich sie gesucht. Ich dachte, sie hätte sich verlaufen und würde irgendwo auf mich warten. Oder jemand hätte sie gestohlen und sie würde winselnd um Rettung flehen. Oder sie hätte sich verletzt und wusste, dass ich kommen und sie heimbringen würde. Immer wieder glaubte ich, sie zu sehen, und mein Herz hüpfte vor Freude, obwohl ich wusste, dass ich mich geirrt hatte. Noch Jahre später ging es mir so, und bis heute träume ich manchmal von ihr.

Warum muss ich jetzt an sie denken? Vielleicht weil ich bald sterbe und beim Aufwachen oft denke, sie liegt neben meinem Bett. Vielleicht ist es irgendwie ja auch so. Wenn du keine Zukunft mehr hast, bestürmt dich die Vergangenheit. Ich höre, wie ihr Schwanz auf den Boden klopft, und spüre den auffordernden Stupser ihrer Schnauze. Sie hat mich geliebt, und ich habe sie geliebt – die einzige Gleichung in meinem Leben, die aufgegangen ist.

15 Fünfzehn

Oliver las Ralph Gedichte vor, während Marnie kochte. Nur für sie beide, denn Ralph würde nie wieder eine Mahlzeit essen, das war ihr klar. Sie konnte lediglich versuchen, ihm ein paar Löffel Suppe einzuflößen, und selbst die schien er nur unter Schmerzen zu schlucken. Dabei stützte Marnie seinen Kopf, und er sah sie aus seinen eingesunkenen Augen an.

Sie legte Tomaten in kochendes Wasser, fischte sie nach wenigen Sekunden wieder heraus und zog die Haut ab. Sie grillte Paprika im Ofen, entfernte die angekohlte Haut und schnitt das weiche Fleisch in Streifen. Sie briet zerdrückte Knoblauchzehen in Olivenöl und streute getrocknete Kräuter in die Pfanne, dann gab sie die Tomaten und Paprika dazu. Ein würziger Duft erfüllte den Raum.

»Sieh mal!«, sagte Oliver plötzlich. Marnie hob den Kopf. Das Licht hatte sich verändert. »Es schneit.«

Marnie spülte sich die Hände ab und trat zu ihm ans Fenster. Langsam glitten die Flocken zu Boden und schmolzen.

»Der Schnee bleibt noch nicht liegen.«

»Nein. Aber ich glaube, es schneit immer stärker.«

»Weißt du noch, wie wir auf dem Hügel neben unserem Haus Schlitten gefahren sind? Nur dass wir gar keinen Schlitten hatten, sondern nur Mülltüten und ein altes Blechtablett.«

Es war ein kalter, klarer Tag gewesen. Die Sonne stand tief am Horizont, ihr Licht glitzerte auf der unberührten Schneedecke. Marnie erinnerte sich, wie sie schneller, immer schneller, den

Abhang hinuntergesaust und schließlich mit dem Gesicht in einer Schneewehe gelandet war. Ihre Wangen brannten, schmelzender Schnee lief ihr in den Nacken, ihr harter Schal kratzte am Kinn, ihre Fußballen waren taub und die Fingerspitzen pochten. Aber sie war glücklich gewesen.

»Ja, ich erinnere mich gut«, sagte Oliver. »Ralph ist in einen Dornbusch gefahren.« Er wandte sich um. »Weißt du noch, Ralph?«

Ralph antwortete nicht. Seine Augen waren halb geöffnet, aber man konnte nicht sagen, ob er wach war oder schlief.

Marnie ging zu ihm ans Bett und nahm seine durchscheinende Hand. Ob er ihnen zuhörte? Oder war er schon weit fort? Welche Gedanken, welche Erinnerungen mochten ihm durch den Kopf gehen? Sie sah ihn wieder vor sich an jenem Wintertag, wie er den Abhang hinunterbrauste, den Kopf zurückgeworfen, glitzernden Schnee im dunklen Haar, den Mund zum Freudenschrei geöffnet, so kühn, so selbstvergessen. Und jetzt lag er vor ihr, ein Häuflein Knochen unter der Decke. Wohnte er noch in diesem hinfälligen Körper, dieser einst so wilde und einsame Junge, dessen Gesicht aufleuchtete, wenn er sie sah? Aus dem die Worte nur so heraussprudelten, dessen Geist sich in plötzlichen Anfällen von Begeisterung überschlug, dessen blanke Not und unbeholfene Großzügigkeit sie einst gerührt, aber auch gequält hatten?

Bilder aus der Vergangenheit tauchten auf, die seit vielen Jahren in ihr geschlummert und nur auf diesen Augenblick gewartet hatten. Ralph, der für Grace ein Mobile bastelte aus einem Drahtkleiderbügel und Steinen mit einem Loch in der Mitte, die er manchmal stundenlang am Strand gesucht hatte. Jeder Stein, sagte er, stehe für einen Wunsch, und wenn es langsam über Graces Bett kreise, schütze es sie vor allem Unheil. Ralph, der auf dem Rasen vor ihrem Haus Rad schlagen übte, so lange, bis er seinen schlaksigen Körper strecken konnte und die Beine einen perfekten Bogen beschrieben. Ralph, der in

Schottland Makrelen über dem offenen Feuer briet, tiefernst, in der gestreiften Schürze, die sonst Eric zu tragen pflegte. Ralph, der vor Emma kniete, das Gesicht in ihrem Schoß vergraben, während Emma sanft seinen wirren Schopf streichelte. Wann war das gewesen, und warum hatte er geweint? Sie erinnerte sich nicht mehr, wollte sich nicht erinnern. Lieber dachte sie an die glücklichen Momente. Wenn sie sich voll und ganz darauf einließ, würden sie sich vielleicht auch auf Ralph übertragen. Wie er auf dem rostigen alten Fahrrad dahingesaust war, das er von Emma bekommen hatte, während sein weiter Mantel im Wind flatterte. Wie er gelernt hatte, Pfannkuchen zu wenden, wobei halbgare Teigfetzen in die Luft flogen. Wie er ihr vorgelesen hatte, als sie wegen einer Mandelentzündung zwei Wochen nicht zur Schule gehen konnte: Rosamund Lehmanns *Dunkle Antwort* und *Der Fänger im Roggen* – sie hatte immer noch seine Stimme im Ohr. Wie er sang – schlecht. Und sein Gitarrenspiel – schlecht. Wie er mit ihrer Mundharmonika geübt hatte. Wie er mit Lucy auf den Schultern durch die Brandung auf sie zugewatet war, grinsend übers ganze Gesicht. Er war manchmal so albern gewesen, dass Marnie nicht anders konnte, als auch herumzualbern. Er hatte ihr die Kindheit geschenkt, die sie nicht gehabt hatte.

»Wie bin ich nur all die Jahre ohne dich ausgekommen?«, fragte Marnie nun, beugte sich hinunter und küsste ihn auf die feuchte Stirn. »Ich weiß, deine Haare wurden erst gewaschen, aber ich wasche sie dir noch mal, damit du schön bist für unsere Weihnachtsfeier, ja?«

Er antwortete nicht, lächelte sie aber zustimmend an.

Sie goss warmes Wasser in eine Schüssel und hob dann seinen Kopf an, um erst eine Plastiktüte und dann ein Handtuch darunterzuschieben. Sie nahm ihr eigenes Shampoo mit dem Zitronenduft, wusch ihm eine Strähne nach der anderen, spülte sie und rieb sie trocken. Dabei fiel ihr auf, dass sein Haar allmählich grau wurde. Als sie fertig war, rasierte sie ihn auch gleich noch, sorgsam darauf bedacht, ihn nicht in die erschlaffte Haut zu schneiden. Sie schob ihm ein trockenes Handtuch unter den Kopf und rieb etwas von Olivers Aftershave in die glatten Wangen, wobei sie anerkennend die Luft einsog.

»Riecht gut«, sagte sie.

Ralph öffnete die Augen und lächelte sie an. Sie küsste ihn auf die Stirn. »Und jetzt zu deinen Nägeln«, meinte sie. »Das sind ja fast schon Krallen.«

Zuerst schnitt sie ihm die Fingernägel, fing die schmalen Halbmonde in ihrer Handfläche auf, ehe sie sie in den Mülleimer warf. Dann die Fußnägel. Seine Füße waren voller blauer Flecke, als hätte er sie in die Wäschemangel gesteckt, daher massierte sie sie sanft mit ein wenig Creme. Das hatte sie auch für ihre Mutter getan, nachdem sie den Rückfall hatte. Sie dachte daran, wie sie Emma am Tag vor ihrem Tod die rissigen Zehennägel rot lackiert hatte.

Danach kehrte sie zum Herd zurück, während Oliver wieder Gedichte vorlas. Seine Stimme war so leise, dass sie nur wenig verstand. Sie setzte Wasser für die Pasta auf, hobelte eine Gurke, zerpflückte die Salatblätter, rieb den Parmesan und rührte das Dressing an. Solange sie beschäftigt war, ging es ihr gut. Oliver entkorkte eine Flasche Wein, schenkte ihr ein Glas ein und prostete ihr schweigend zu. Die Weihnachtskerzen im Zimmer funkelten und flackerten. Draußen fiel der Schnee immer dichter. Er schwebte am Fenster vorbei und sammelte sich in flauschigen Häufchen auf der Fensterbank. Als Marnie kurz vor die Tür trat, verlor sie beim Hinaufsehen in das wirbelnde Weiß plötzlich die Orientierung. Flocken fielen auf ihr Gesicht, begannen zu schmelzen und glitten über ihre Wangen. Sie streckte die Zunge aus, um eine aufzufangen, wie sie es als Kind getan hatte, und für den Bruchteil eines Augenblicks glaubte sie ihren Bruder zu sehen, der mit einem Schneeball in der Hand auf sie zulief. Welche Streiche die Phantasie uns manchmal spielt! Im Wald und am Wasser wohnten Geister. Alles war eingehüllt in

Weiß und Stille, nur die Föhren knarrten leise unter dem Gewicht des Schnees.

Zurück am Herd gab sie die Pasta in das kochende Salzwasser und das Dressing zum Salat, trank einen Schluck Wein und spürte, wie er warm durch ihren Körper rann. Wenn sie den Kopf hob, sah sie Oliver im Schein der Lampe am Bett sitzen, Ralph reglos neben ihm ausgestreckt.

»Das Essen ist fertig«, sagte sie schließlich. »Wollen wir uns dazu einen Film ansehen?«

»Gute Idee.«

Sie setzten sich rechts und links neben Ralphs Bett, mit Blick auf den Fernseher am Fußende. In dem Schwarzweißfilm mit den geistvoll witzigen Dialogen kriegten sich die beiden am Ende, aber Marnie versuchte erst gar nicht, der Handlung zu folgen. Die Gestalten auf dem Schirm gestikulierten lebhaft, Ralphs Lider zuckten, seine Augen gingen auf und wieder zu, der Schnee fiel ohne Unterlass, und das Feuer brannte herunter, bis nur noch Glut übrig blieb. Langsam aß sie ihre Pasta und trank noch ein wenig Wein. Oliver reichte ihr ein Glas Whisky, und sie nahm einen Schluck, der ihr in der Kehle brannte. Wenn sie die Augen schloss, würde die Müdigkeit sie überwältigen, das wusste sie. Aber sie wollte die Augen nicht schließen. Sie hatte den Eindruck, es würde nicht mehr lange dauern, und sie wollte wach bleiben, wollte da sein und Ralph begleiten bis zu dem letzten Augenblick, in dem er die Schwelle überschreiten würde und sie ihm nicht mehr folgen könnten.

16
Sechzehn

Danach wurde Oliver nicht mehr erwähnt. Es war, als habe es ihn nie gegeben. Emma meinte lediglich, wenn Marnie darüber sprechen wolle … »Nein, danke«, erwiderte Marnie abweisend, werkelte lautstark in der Küche herum, attackierte die Oberflächen mit Vim und gab sich unheimlich beschäftigt. »Es gibt nichts zu sagen, warum also sollte ich darüber sprechen wollen?«

Lucy versuchte Marnie vorsichtig auszuhorchen, schwieg dann aber taktvoll zu dem Thema. Ralph wiederum hatte Marnie zunächst beschworen, sich mit Oliver zu treffen, da er wollte, dass sie zusammenkämen. Marnie hatte ihm kühl beschieden, das sei nicht seine Sache, er solle sich da raushalten. Danach machten sie weiter wie bisher, als hätte er nie einen Freund namens Oliver Fenton gehabt. Dabei wusste Marnie genau, dass sich die beiden am Tag nach ihrer Rückkehr aus Schottland getroffen hatten, um den Streit beizulegen. Aber das änderte nichts. Je mehr sie das Thema Oliver tabuisierte, desto öfter musste sie an ihn denken. Sie hatte sogar verstörende erotische Träume, aus denen sie verwirrt aufwachte.

Am Tag vor Beginn ihres letzten Schuljahres klingelte das Telefon. Als sie abhob, war er dran.

»Marnie?«

»Was willst du?«, fuhr sie ihn an. Ach, wie hatte sie sich nach seiner Stimme gesehnt! Sie drückte den Hörer ans Ohr und schloss die Augen.

»Können wir uns treffen?«

»Nein.« Warum sagte sie das?

»Ich warte am Strand ... bei dem alten Bootswrack ... in ungefähr zwanzig Minuten.«

»Ich komme nicht.«

»Ich werde eine Stunde auf dich warten.«

Marnie legte auf. Gereizt strich sie durchs Haus. Emma arbeitete in ihrer Werkstatt, Lucy und Ralph waren nicht erreichbar, obwohl Ralph sich an diesem Abend zum Essen eingeladen hatte. Er wollte kochen und alle Zutaten selbst besorgen. Marnie wurde schon müde, wenn sie nur an den Aufwand und das Chaos dachte, das dabei entstehen würde. Ihr war viel eher nach einem ruhigen Abend und frühem Zubettgehen zumute.

Unversehens stand sie vorm Spiegel, musterte sich kritisch, runzelte die Nase über ihre wirre Frisur und die abgetragenen Klamotten. Sie ertappte sich dabei, wie sie duschte, obwohl das Wasser nur lauwarm war. Sie hätte ihr Haar ohnehin waschen müssen, redete sie sich ein. Mit Oliver hatte es nichts zu tun, ja, sie verschwendete keinen Gedanken an ihn und würde auch nicht auf die Uhr sehen. Als sie einen Blick darauf warf, dachte sie, dass er jetzt wohl gerade am Strand eingetroffen war, um auf sie zu warten. Sie rieb sich das Haar mit dem Handtuch trocken und zog ihre ältesten Jeans an, dazu das grüne T-Shirt, von dem Oliver einmal gesagt hatte, dass es ihm gefiel. Ihre Wangen glühten. Was kümmerte es sie, ob Oliver es mochte oder nicht? Sie legte Mascara auf, biss sich in die Lippen, damit sie Farbe bekamen, und ging in die Küche. Sie war gerade dabei, einen Kuchen zu backen, als er anrief. Auf der Arbeitsplatte stand eine Schüssel mit gesiebtem Mehl, daneben lagen drei Eier und zwei Zitronen zum Abreiben. Sie nahm die Margarine aus dem Kühlschrank und wog einhundertzwanzig Gramm ab. Dabei grinste sie bitter über sich selbst. Sie stand hier in der Küche und backte einen Zitronenkuchen wie eine brave Hausfrau, während der junge Mann, den sie liebte – o ja, sie liebte ihn, warum sollte sie es sich nicht eingestehen? –, draußen auf sie wartete.

In der Küche hing eine Uhr an der Wand. Sie sah nicht hin und verfolgte trotzdem aus den Augenwinkeln, wie der Minutenzeiger vorrückte.

Warum nicht? Warum nicht?

Zu der Margarine gab sie einhundertzwanzig Gramm Zucker, rührte die Mischung mit einem Holzlöffel kräftig und so lange, bis sie hell und cremig war. Der Himmel draußen vor dem Fenster war hell und von kühlem Blau. Sie gab die Eier in eine Schüssel, schlug sie schaumig und rieb die Zitronenschale ins Mehl, wobei sie sich die Fingerknöchel aufschürfte.

Er würde nicht warten. Wenn sie nicht rechtzeitig kam, würde er nicht bleiben, das wusste sie.

Sie zog die Wanderstiefel an und die schwarze Wolljacke, die schon bessere Tage gesehen hatte, und lief aus der Küche durch den Garten zum Meer, das sich kräuselte und glitzerte. Die Kiesel knirschten unter ihren Füßen. Es würde bald Herbst werden, und der Wind war so kräftig, dass er ihr Tränen in die Augen trieb. Flache, schaumgekrönte Wellen rollten über den Strand und zogen sich wieder zurück. Als sie das Bootswrack in der Ferne sah, ging sie langsamer, um Atem zu schöpfen.

Er hatte den Blick aufs Meer gerichtet und die Arme um sich geschlungen, um sich zu wärmen. Sie verharrte auf dem Fleck. Als er sich umdrehte und sie entdeckte, lief sie auf ihn zu, bis nur noch wenige Schritte sie von ihm trennten.

»Ich dachte, du würdest nicht kommen«, sagte er, ohne sich von der Stelle zu rühren. Er wirkte erschöpft und dünner, als sie ihn in Erinnerung hatte. Weiches braunes Haar, ein fester Blick, schlaksige Gestalt. Ein ganz normaler Junge, nichts Besonderes, aber für sie der richtige. War es möglich, dass er das Gleiche für sie empfand, dass auch sein Herz vor Stolz und Freude zu zerspringen drohte? Würde er sie in wenigen Augenblicken in die Arme nehmen? Sie versuchte nicht daran zu denken, um nicht den Boden unter den Füßen zu verlieren.

»Hatte ich auch nicht vor.«

»Warum bist du dann hier?«

»Um dich zu sehen.«

»Marnie …«

»Ich habe ihn nur im Arm gehalten. Er war außer sich …«

»Ich weiß. Das hat er mir erklärt.«

»Du wirst bald fortgehen.«

»Ja.« Er schaute sie an, wartete.

»Das ertrage ich nicht«, sagte sie mit erstickter Stimme.

In zwei Schritten war er bei ihr, aber vielleicht war sie auch auf ihn zugegangen, sie wusste es nicht. Es zählte nur noch, dass er sie eng umschlungen hielt und sie ihn, dass sie sich blind aneinanderschmiegten. Seine Hand strich durch ihr Haar, und er hob ihr Gesicht, bis sie sich in die Augen blickten, ohne zu lächeln, schweigend. Marnie hörte das Platschen der Wellen hinter sich und den einsamen Schrei eines Vogels. Er schob die Arme unter ihre Jacke, ihre Hände glitten unter sein Hemd und spürten die Wärme seines Rückens und jeden einzelnen Wirbel. So viele Schichten! Aber schließlich hatten sie sich daraus befreit, und er bettete Marnie darauf, sodass sie vor den spitzen Steinchen geschützt war. Kalt strich der Wind über ihre nackte Haut, doch dann legte er sich auf sie und es war zu spät, ihm zu sagen, dass sie es noch nie gemacht hatte, dass er der Erste sei und sie nichts darüber wisse, dass er behutsam sein müsste, dass es wehtun würde … Sie schloss die Augen, schlang die Arme um seine Schultern, seinen Rücken. Sie öffnete die Augen wieder und sah über sich den blassen Himmel und Olivers Gesicht mit gerunzelter Stirn, als müsse er sich konzentrieren. Ihr wurde bewusst, dass sie dies hinter sich bringen musste wie das Tor zu einem neuen Ort in ihrem Leben. Als es vorbei war, schob er ihr die dunklen Haarsträhnen aus dem Gesicht und küsste sie auf Mund, Wangen, Stirn und Hals. Und endlich lächelte er sie an. Er breitete seine Jacke über sie beide, und sie blieben liegen, ineinander verschlungen, ihr Kopf auf seinem Arm.

»Oliver«, sagte sie schließlich. Er richtete sich auf, stützte sich auf die Hand und schaute sie an.

»Ist schon gut.« Er sprach es aus, ehe sie Gelegenheit dazu hatte. »Wir werden es Ralph nicht verraten. Wir verraten es niemandem. Es geht nur uns beide etwas an, dich und mich.« Er fuhr mit dem Finger die Linie ihrer Wange entlang und strich ihr mit dem Daumen über die Lippen.

»Wann musst du fort?«

»In dreizehn Tagen.«

»Dreizehn Tage.«

So begann Marnies Doppelleben. Sie staunte über sich selbst, wie leicht sie in eine zweite Haut schlüpfen konnte. Zu Hause und in der Schule war sie dieselbe wie zuvor. Marnie Still, ruhig, dickköpfig, aufmerksam, beherrscht. Sie stand jeden Morgen früh auf, fütterte die Hühner und sammelte die warmen Eier ein, an denen kleine Federn klebten. Sie saß mit Emma am Frühstückstisch, aß Porridge mit Rohrzucker oder Marmeladentoast und trank Tee. Wenn Gäste da waren, half sie ihrer Mutter, den Schinkenspeck zu braten, dicke rosa Würstchen zu grillen, bis sie platzten, und mit Eigelb verschmierte Teller zu spülen. Sie radelte zur Schule, wobei ihre Tasche an der Schulter baumelte und der scharfe Meereswind ihr Tränen in die Augen trieb. Sie beugte sich über ihr Pult, nagte an der Unterlippe und formte die Wörter auf der Buchseite lautlos mit dem Mund. Denn sosehr sie sich auch bemühte, fiel ihr das Lesen immer noch schwer. Die Buchstaben tanzten über die Seite und setzten sich neu zusammen. Wie schrecklich! Sie war siebzehn und buchstabierte wie eine Zehnjährige. In den Pausen traf sie sich mit Lucy, saß mit ihr im Gemeinschaftsraum der Sechstklässler bei einer Tasse Tütensuppe. Sie erzählten sich Klatsch und Geheimnisse, machten Pläne, wann sie wieder einmal ausgehen würden und wann Lucy Marnie besuchen sollte. Ralph gegenüber blieb sie hilfsbereit, aufmerksam und freundlich. Sie bemerkte, dass Hoffnung in ihm aufflackerte, und hasste sich dafür. Nachdem sie sich das erste Mal wieder mit Oliver getroffen hatte, kam Ralph am Abend zum Essen, und sie kochten gemeinsam mit einer kichernden Ungezwungenheit, die ihnen seit Monaten abging. Sie neckte ihn, und er errötete vor Freude. Sie zeigte ihm, wie man ein Käsesoufflé macht, hörte zu, als er ihr von imaginären Zahlen erzählte, und spielte mit ihm Karten, bis er sich schließlich in Seths früheres Zimmer im Dachgeschoss verzog. Zu ihrer Mutter war sie lieb, fröhlich und folgsam; ein echtes Gespräch und Emmas musternden Blick mied sie allerdings und verbrachte mehr Zeit als sonst in ihrem Zimmer.

Darüber hinaus stahl sie sich in der Mittagspause aus der Schule und traf sich mit Oliver. Oder sie schwänzte den Unterricht und traf sich mit ihm. Sie lief zu ihm nach Hause, kaum dass die Schulglocke verstummt war, und klingelte an seiner Tür, atemlos vor Verlangen. Er öffnete ihr ohne ein Wort. Er nahm einfach nur ihre Hand und führte sie nach oben in sein Zimmer, in sein Bett. Ein paarmal wartete Marnie, bis Emma eingeschlafen war, und lief zum Strand, dorthin, wo sie sich das erste Mal getroffen hatten. Da wartete er bereits auf sie, in der kalten, salzigen Dunkelheit unter einem verhangenen Mond. Die Welt verblasste zu einem leblosen Schimmer im Hintergrund. Nur Oliver war lebendig. Später, allein in ihrem Bett, rief sie sich in Erinnerung, wie er sie angesehen, was er gesagt, wie er sie berührt hatte. Wie er ihr Haar zurückgestrichen und in ihren Armen gelegen hatte. Diese verschwiegenen Stunden würde sie nie vergessen. Und schon damals begriff sie, dass endlich ein neues Ich geboren war und sich genüsslich entfaltete und sie sich später, im hohen Alter, erinnern würde, wie schön sie sich damals gefühlt hatte, überbordend vor Liebe, Zärtlichkeit und sehnsüchtigem Verlangen.

Sie hatte sich stets für ehrlich gehalten, doch die anderen zu täuschen fiel ihr leicht. Ralph erzählte sie, sie müsse im Moment einiges für die Schule nachholen. Lucy erklärte sie, sie helfe Emma derzeit mehr als gewöhnlich, was sich aber bald wieder ändern werde. Und Emma, dass sie in der Dunkelkammer der Schule Fotos entwickeln wolle oder von Mädchen eingeladen worden sei, denen sie früher die kalte Schulter gezeigt habe. Als Marnie einmal mit Lucy in der Stadt unterwegs war, trafen sie überraschend Ralph und Oliver, und die vier blieben verlegen auf dem Bürgersteig stehen. Weder Oliver noch Ralph hatte Marnie gesagt, dass sie sich miteinander versöhnt hatten, aber das machte ihr nichts aus. Sie registrierte es sogar mit einem leisen Kitzel, dass jeder etwas vor den anderen verbarg. Bei keinem von ihnen stimmte der Augenschein – außer vielleicht bei Lucy, deren wachsamer, enttäuschter Blick zwischen ihnen dreien hin- und herwanderte.

Mittlerweile war Marnie klar, dass es nicht ihre übertriebene Rücksicht gegenüber Ralph war, weshalb sie nicht über Oliver sprechen wollte. Das mochte anfangs der Grund gewesen sein, doch im Lauf der Zeit hatte sie entdeckt, dass es ihr gefiel, ihr Leben vor den anderen zu verbergen. Sie wollte keine öffentliche Beziehung führen, die von der Umwelt kritisch betrachtet wurde (»Was hältst du von Marnie und Oliver?« - »Ach, das kann ja nicht lange halten.«). Es gefiel ihr, in ihrem Zimmer zu sitzen, bis sie sicher sein konnte, dass das Haus zur Ruhe gekommen war und alle Bewohner schliefen. Dann schlich sie die Treppe hinunter, darauf bedacht, die knarrende dritte Stufe von unten zu meiden, öffnete die Haustür und trat in die würzig duftende Nacht, um ihn in der unheimlichen Dunkelheit zu ertasten. Wenn Ralph es wüsste, würde es ihn für sie beide freuen, doch zugleich würde er sich hundeelend fühlen – den Ausdruck auf seinem schmalen Gesicht konnte Marnie sich lebhaft vorstellen. Lucy wäre skeptisch, neugierig und verstimmt. Und Emma hätte einen viel zu tiefen Einblick in das Leben ihrer Tochter. Marnie wollte nicht, dass jemand ihr Leben kannte. Niemand – außer Oliver, dem sie Bruchstücke ihrer Vergangenheit darbot wie Geschenke.

Wenige Tage vor seiner Abreise sagte sie zu ihm: »In letzter Zeit denke ich oft an Seth.«

Dann wartete sie. In der Kehle und im Magen spürte sie die vertraute Beklemmung.

Sie saßen in seinem Zimmer auf dem Boden, den Rücken ans Bett gelehnt, und aßen mit Marmite bestrichenen Toast. Marnie trug Olivers dicken gestreiften Bademantel, der nach ihm roch, und sie hatten die Beine ineinander verschlungen. Es war früher Nachmittag, Stunden bevor seine Eltern heimkommen würden. Draußen regnete es in Strömen, die Tropfen trommelten aufs Dach und liefen an den Fensterscheiben hinunter. Marnie fühlte sich geborgen an diesem hellen, warmen Ort, abgeschirmt von der Außenwelt, die nass, grau und kalt war.

Oliver antwortete nicht gleich. Er richtete sich ein wenig auf, nahm ihre Hand, barg sie in seinen beiden Händen und drückte sie.

»Du hast noch nie von ihm gesprochen«, sagte er schließlich.

»Aber du hast es gewusst, nicht wahr?«

»Ja.«

»Von Ralph?«

»Nein. Ralph hat mir nie etwas erzählt.« Marnie war überrascht, empfand aber zugleich eine warme Zuneigung für ihren Freund, der ihr die Möglichkeit gab, ihre Geschichte selbst zu erzählen. Von wem ließe sich das sonst noch sagen? »Meine Mutter hat es mir gesagt, nachdem wir beide uns kennengelernt haben.«

»Deine Mutter?«

»Die Leute reden über solche Dinge.«

»Du meinst: ›Wissen Sie, was diesen armen Stills zugestoßen ist? Kein Wunder, dass sie ein bisschen sonderbar sind.‹«

Oliver grinste gequält. »So in der Art.«

»Aber du hast es nie erwähnt. Warum nicht?«

»Du hast nie davon gesprochen, Marnie. Ich habe abgewartet.«

»Na ja, jetzt hab ich's ja getan.« Sie seufzte und legte den Kopf an seine Schulter. Er streichelte ihr Haar. »Wenn ich darüber einen Aufsatz schreiben müsste, würde ich sagen, durch das Zusammensein mit dir sind viele Dinge in mir aufgewühlt worden, über die ich nie ernsthaft nachgedacht habe oder über die ich nicht nachdenken wollte. Wie in einem Schlammtümpel.«

»Und was sind das für Dinge?« Seine Stimme klang ruhig und beherrscht. Hätte er sie gedrängt oder eine Meinung geäußert, hätte Marnie sich nicht in der Lage gefühlt weiterzusprechen.

»Hauptsächlich dummes Zeug. Etwa: Wenn er noch leben würde, was täte er jetzt wohl? Wie sähe er aus? Hätte er eine Freundin, und was für ein Typ wäre sie? Würden wir gut miteinander auskommen, uns vielleicht sogar mögen? Manchmal habe ich das Gefühl, er würde gleichgültig auf mich herunterschauen. Ich wäre immer noch seine kleine Schwester, die hinter ihm herläuft und um seine Aufmerksamkeit bettelt. Würde er dich mögen? Und dann: Wie hätte sich meine Beziehung zu Mum entwickelt, wenn sie außer mir noch einen Sohn aufgezogen hätte? Wäre er ihr Liebling, und würde ich ihr weniger bedeuten? Oder nimmt sie es mir übel, dass ich am Leben bin und Seth nicht? Hat sie, wenn sie mich ansieht, manchmal den Wunsch, es wäre andersherum?«

»Du kannst dir absolut sicher sein, Marnie, dass deine Mutter das nicht denkt.«

»Glaubst du? Wenn jemand stirbt, wird er zu einem perfekten Menschen, besonders wenn er jung stirbt. Wie im Fall von David – du weißt ja selbst, wie Ralphs Eltern reagiert haben. Schon als David noch lebte, hatte Ralph neben ihm keine Chance. Und jetzt, nach seinem Tod, ist David wie ein Gott. Und Seth war klein, lieb, klug, unschuldig und ohne jeden Makel. Der Erstgeborene. Während ich … Nein, sag nichts! … Ich kann da nicht mithalten. Ich weiß, ich sollte keine Konkurrenz aufbauen, aber manchmal empfinde ich es eben so. Und dann krieg ich ein schlechtes Gewissen. Nicht, weil ich am Leben bin und er tot ist, sondern weil ich auf meinen Bruder eifersüchtig bin. Eifersüchtig auf jemanden, der mit sieben Jahren bei einem schrecklichen Unfall ums Leben gekommen ist! Was für ein Mensch bin ich nur, dass ich so empfinde?«

»Ein ganz normaler«, erwiderte Oliver.

»Weißt du, warum Mum so an Ralph hängt? Weil er ihr Ersatzsohn ist. Schon bei der ersten Begegnung war sie in ihn vernarrt. Es war Liebe auf den ersten Blick. Ich habe es sofort gemerkt.«

»Das beruhte auf Gegenseitigkeit.« Eine schlichte Feststellung.

»O ja. Sie suchte nach einem Sohn, und er suchte nach einer Mutter. Er ist der Einzige, der zärtliche Gefühle in ihr weckt. Mir gelingt das nicht.«

»Und deshalb fühlst du dich …« Er schwieg und wartete, dass sie den Satz beendete.

»Ich weiß nicht.« Marnie stand auf und ging zum Fenster. Der weitläufige Garten war vom Regen aufgeweicht, und die Bäume an der hinteren Begrenzung färbten sich bereits gelb. Marnie lehnte die Stirn an die kühle Scheibe, sah in den Regen und betrachtete den verschwommenen grauen Horizont. »Ralph ist für mich so etwas wie … Ich wollte sagen, eine Last, aber das klingt schrecklich und trifft es auch nicht. Eher eine Strafe. Ich glaube, mittlerweile ist er ein Teil meiner Familie. Er hat mich im Griff.«

»Ich weiß«, sagte Oliver mit einem schiefen Lächeln.

»Du findest, dass wir es ihm sagen müssen.«

»Natürlich müssen wir das. Jedes Mal, wenn ich ihn sehe, komme ich mir vor wie ein Schuft.«

»Jetzt noch nicht.«

»Aber es ist doch nichts Schmutziges, was wir tun, Marnie. Wir gehen zusammen, mehr nicht.«

»Können wir nicht bis Weihnachten warten, wenn du über die Feiertage kommst?«

»In drei Monaten.«

»Wenn du nicht hier bist, kannst du dich auch nicht wie ein Schuft fühlen.«

»So funktioniert das nicht.«

»Weihnachten hat er seine schriftlichen und mündlichen Prüfungen für Cambridge hinter sich. Ich möchte nicht, dass dabei irgendwas schiefgeht.«

Oliver stand auf und trat neben sie ans Fenster.

»Glaubst du, wenn er in Cambridge aufgenommen wird, ist alles in Ordnung mit ihm? Dass du dir dann keine Sorgen mehr um ihn zu machen brauchst und ihr wie durch ein Wunder voneinander befreit wärt?«

»Ja, so in der Art«, gestand sie ein.

»Du weißt, wie albern das ist, oder?«

»Ja.«

»Und wenn Ralph es erführe, würde er wütend und würde sich herabgesetzt fühlen, weil wir uns vor ihm versteckt haben, als hätten wir ein schmutziges Geheimnis.«

»Ja.«

»Na gut.«

»Wirklich?«

»Weißt du, dass du zum ersten Mal über die Zukunft gesprochen hast?«

»Wie meinst du das?«

»Dass wir eine Zukunft haben, über die nächsten paar Tage hinaus.«

»Nachdem du fortgegangen bist?«

»Ja.«

»Und, haben wir eine?«

»Wie kannst du das fragen?« Er legte ihr die Hände auf die

Schultern und drehte Marnie herum, sodass sie ihn ansah. »Ich habe noch nie solche Gefühle gehabt wie jetzt.«

»Was ist mit den anderen Mädchen, die vor mir waren?«

»Welche anderen Mädchen?«

»Ich weiß nicht. Mädchen wie zum Beispiel …« Sie gab vor, nach einem Namen zu suchen, obwohl sich nur einer in ihre Seele eingebrannt hatte. Selbst in diesem Augenblick sah sie das breite, lippenstiftrote Lächeln, dieses selbstsichere Auftreten voller Besitzerstolz. »… Lou.«

»Ach, Lou!« Es klang wegwerfend, und Marnies Herz machte einen freudigen Sprung.

»Wer denn sonst?«

»Ich weiß nicht, was du glaubst, Marnie, aber ich hatte keine Unmengen von Freundinnen.«

»Nicht?«

»Nein. Ich bin ziemlich schüchtern. Ein anständiger katholischer Junge eben.«

Marnie fuhr ihm mit der Hand durchs Haar, küsste ihn halb auf den Mund, spürte seinen Lippen unter ihren. Sie merkte, wie Ralph in den Hintergrund trat, der Verrat, den sie an ihm begangen hatten, immer mehr verblasste. Das Einzige, was zählte, war das Hier und das Jetzt, in diesem Raum.

»Wie viele waren es denn?«, fragt sie.

»Willst du eine Zahl hören?«

»Das wäre nur fair. Du weißt über mich Bescheid. Dass ich mit David zusammen war und mit sonst keinem. Es gab vor dir also nur einen, und den mochte ich nicht einmal besonders gern, und wir haben bestimmt nicht miteinander geschlafen.«

»In der Schule«, sagte Oliver, »reden die anderen über Sex, als wäre es nichts Besonderes. Wenn du hörst, was die Jungs erzählen, selbst die frechen, die dicken und pickeligen, könntest du glauben, sie haben pausenlos Sex. Sie geben damit an und tauschen Erfahrungen aus und zählen die Mädchen auf, mit denen sie es getrieben haben. Für sie ist es dermaßen selbstverständlich, und das verstehe ich nicht. Wie kann es für jemanden selbstverständlich sein? Inzwischen glaube ich, dass die meisten das alles nur erfunden haben. Aber ich frage mich trotzdem, wieso es für sie etwas Einfaches, Normales und Bedeutungsloses ist, wenn es für mich …« Er hielt inne.

»Für dich?«

»Anders ist. Keine Ahnung. Kompliziert. Sogar beängstigend. Trotz meiner großen Schwestern wusste ich nicht, wie man mit Mädchen spricht.«

»Mit mir hast du immer ganz richtig geredet.«

»Als ich dich da stehen sah in deinen abgetragenen Klamotten, das Haar ganz verklebt und mit Farbflecken im Gesicht, wie hätte ich da widerstehen können?«

»Du hast sehr gut widerstanden und auch ausgesprochen lange.«

»Wie gesagt, ich bin schüchtern. Aber weil du es nun mal wissen willst, es war eine.«

»Eine?«

»Eine einzige, und zwar nicht Lou, sondern ein betrunkenes, unglückliches Mädchen auf einer Party. Eine, die ich nie zuvor gesehen hatte und danach auch nie mehr wieder. Ich habe mich benommen wie diese Ochsen in der Schule, die damit angeben, dass sie es im Kabuff unter der Treppe treiben.«

»Also ein betrunkenes Mädchen und danach ich.«

»Bist du jetzt enttäuscht?«

»Weißt du, was ich bin? Glücklich.« Sie schlang die Arme um seinen Hals. »Ich bin so glücklich, dass ich das Gefühl habe zu schweben.«

In diesem Augenblick läutete es an der Haustür.

»Beachte es nicht!«, sagte Oliver, die Lippen in ihrem Haar, damit beschäftigt, den Gürtel ihres Bademantels zu lösen. »Es dauert noch mindestens zwei Stunden, ehe Mum zurückkommt.«

Und so lagen sie nackt und ineinander verschlungen auf dem

ungemachten Bett, als sie Ralph nach Oliver rufen hörten. Er wisse, dass er da sei. Er solle sich anschauen, was er mitgebracht habe. Ehe sie die Möglichkeit hatten, auch nur ein Laken über sich zu ziehen, platzte er ins Zimmer, klatschnass, ein großes, sperriges, in Packpapier geschlagenes Paket unterm Arm. Dabei rief er etwas von einem Abschiedsgeschenk, das er unbedingt habe kaufen müssen; es sei so ähnlich wie das, was er selber habe, nur besser. Selbst nachdem er sie gesehen und sich sein Gesicht in schmerzlicher Entgeisterung verzogen hatte, sprudelten die Worte noch aus ihm heraus.

»Ich hoffe, es passt ins Auto«, sagte er matt. Er wandte den Blick ab, als Marnie sich aufsetzte und sich das Laken bis unters Kinn hochzog. Vorsichtig stellte er das Paket direkt hinter der Türschwelle ab.

»Ralph«, rief Oliver. »Wir wollten es dir sagen.«

»Ist doch egal.«

»Nein, ist es nicht.«

»Doch. Ihr braucht mir nichts zu sagen. Ich finde allein raus. Der Ersatzschlüssel liegt übrigens auf dem Tisch im Flur.«

Er trat zurück und zog die Tür hinter sich zu.

»Mist!«, sagte Oliver. Er stand auf und fing an, sich anzuziehen.

»Was hast du vor?«

»Ihm nachlaufen natürlich.«

Aber das brauchte er nicht. Die Tür wurde wieder aufgestoßen, und Ralph stand im Rahmen, das Gesicht flammend vor Wut.

»Habt ihr gedacht, ich könnte es nicht verkraften? Wolltet ihr mich schützen? Der arme, hilflose Ralph! Ein hoffnungsloser Fall. Man muss ihn wie ein Kind behandeln.«

»Nein!«, erwiderte Marnie, obwohl genau das ihre Haltung gewesen war.

»Was sonst? Was? Hast du gedacht, ich bin in dich verliebt und werde mit der Wahrheit nicht fertig, sodass ihr weiterhin so tun könnt, als wäre nichts? Ihr seid meine Freunde! Meine Güte, ihr habt euch sicher totgelacht über mich. Und du …« – er stieß Oliver den Finger in die Brust –, »dir habe ich gesagt, du sollst die Sache mit Marnie wieder in Ordnung bringen. Ich habe dich angefleht, es zu tun, und du hast gesagt: ›Vielleicht irgendwann.‹ Dabei hast du sie schon die ganze Zeit gevögelt?«

»Es war falsch.« Oliver bedachte Marnie lediglich mit einem kurzen, harten Blick, ehe er sich wieder Ralph zuwandte. »Ich weiß, dass es falsch war. Und es tut mir leid.«

»Als wir uns damals getroffen haben und ihr beide so getan habt, als hättet ihr euch seit Schottland nicht mehr gesehen? Und was ist mit dir, Marnie? Du hast gesagt, Oliver bedeute dir nichts mehr. Du hast sogar mit mir geflirtet. Doch, das hast du, das weißt du selbst am besten. Du hast mit mir gespielt, verdammt noch mal, wie die Katze mit der Maus. Warum? Das ist … Das ist nicht richtig. Es ist falsch!«

»Ralph!« Sie stand auf, ins Laken gewickelt, und als sie hastig auf ihn zuging, stolperte sie über den Stoff. »Es ist meine Schuld. Bitte, Ralph!«

»Ihr hattet kein Vertrauen in mich. Alle beide nicht.«

»So war es nicht«, sagte Oliver.

»Doch. Ihr dachtet, ich würde es nicht verkraften oder so. Wer weiß, vielleicht hätte ich mich sogar für euch gefreut. Ihr hättet mir wenigstens eine Chance geben können, selbst über mein Leben zu bestimmen. Ihr hattet mich in der Hand, und ihr habt eure Macht missbraucht.«

»Ralph …«

»Ihr beide, ihr habt alles kaputtgemacht.« Dann wandte er sich an Oliver: »Viel Spaß an der Uni! Aber den wirst du sicher haben.« Damit trat er gegen das große Paket, das scheppernd umkippte. »Du verdammter Scheißkerl!«

Marnie bekam nicht mit, wie es anfing, und konnte sich später nicht mehr genau erinnern, wer als Erster zugeschlagen hatte. Aber plötzlich prügelten die beiden wie wild aufeinander ein, die Gesichter verquollen, als würden sie gleich in Tränen ausbrechen. Es sah aus wie eine hässliche Farce.

»Hört auf!«, brüllte sie. Sie versuchte, sie voneinander zu trennen, gleichzeitig aber auch ihr Laken festzuhalten. »Was soll das? So ein Unsinn. Ihr müsstet euch mal sehen! Lasst das!«

Die beiden antworteten nicht. Marnie hörte nur ihr schweres Atmen. Ihre Füße stampften auf den Boden. Dann landete Ralph einen Schlag auf Olivers rechter Wange, knapp unterhalb des Auges. Oliver taumelte nach hinten, gegen seinen Schreibtisch, ehe er mit einem komischen Ausdruck der Überraschung zu Boden sank.

»Mein Gott«, sagte Marnie angewidert. »Ich kann es einfach nicht fassen.«

»Das brauchst du auch nicht«, entgegnete Ralph. »Ich bin nämlich jetzt weg. Streich mich von der Liste deiner Bekanntschaften! Tschüs.«

Diesmal kam er nicht zurück. Sie hörten, wie die Haustür geöffnet und geschlossen wurde. Dann war es ganz still. Oliver kroch zu dem Paket und fing an, das Papier abzureißen.

»Er hat mir ein Skelett geschenkt«, sagte er dann. »Lebensgroß.« Seine Stimme klang, als werde er gleich in Tränen ausbrechen. »Das hat ihn bestimmt seinen letzten Penny gekostet.«

»Was ist da plötzlich in euch beide gefahren?«

»Dabei studiere ich nicht einmal Medizin. Ein Arm ist abgefallen.«

Er schaute nicht auf, als Marnie sich anzog und in die hereinbrechende Dunkelheit hinausging in dem Bewusstsein: Es ist aus und vorbei.

Das spielt heute keine Rolle mehr, Liebes. Wirklich nicht. Dieser Aufruhr, dieser Kummer. Diese Bitterkeit, Wut und Verzweiflung. Ich habe damit abgeschlossen, und du bist wieder an meiner Seite. Ganz friedlich sind wir alle drei vereint. Wer hätte je gedacht, dass es doch noch einmal so kommen würde?

Draußen schneit es immer noch, oder? Ich stelle mir den Mond über der weißen Winterlandschaft vor. Die Geräusche gedämpft. Die unheimliche Stille. Wenn ich jetzt hinausgehen könnte, würde ich mich in den Schnee legen und in die wirbelnde Himmelsspirale schauen, wobei ich stets das Gefühl habe, ins Weltall zu treiben. Ich würde mit einer Handvoll Schnee einen festen Ball formen. Vielleicht würde ich auch meine Schlittschuhe anziehen und über den zugefrorenen See gleiten, sodass die Kufen in die dünne Schneedecke einsinken und mit leisem Knirschen ins Eis schneiden würden. Ich würde die Hand ausstrecken und beobachten, wie eine einzelne Schneeflocke auf meiner Haut schmilzt.

Geh du jetzt für mich nach draußen!

Tu es für mich! Tu all das, was ich nie wieder tun werde!

17 Siebzehn

Marnie blickte auf. Oliver war in seinem Sessel eingeschlafen, das Kinn auf der Brust, der Mund halb geöffnet. Im Schlaf wirkte er älter und schwerer. Auch Ralph hatte die Augen geschlossen. Marnie hörte ihn nicht atmen. Sie stand auf und beugte sich über ihn. Seine Lider waren blau, seine Lippen fast weiß. Sie nahm seine Hand und ertastete seinen schwachen, unregelmäßigen Puls.

Eine einsame weiße Linie flackerte über den Bildschirm. Marnie schaltete den Fernseher aus. Das Feuer war fast ganz heruntergebrannt, nur die Glut flammte gelegentlich noch auf, erlosch dann aber gleich wieder. Dank Dots tragbarem Heizgerät war es aber noch warm im Zimmer. Über dem Bett flackerten die Weihnachtskerzen und gaben der Szene mit den beiden schlafenden Männern einen gespenstischen Anstrich. Marnie nahm die Decke, in die sie sich zuvor gehüllt hatte, und breitete sie behutsam über Oliver. Dann zog sie Ralphs Bettdecke glatt und achtete darauf, dass seine Arme gut zugedeckt waren. Wenn sie über der Bettdecke lagen, wirkte er bereits wie ein aufgebahrter Leichnam.

Sie selbst war überhaupt nicht müde. Nachdem sie alle Stadien der Erschöpfung durchlaufen hatte, war sie nun im Gegenteil außerordentlich wach, eingestellt auf alles, was da kommen mochte; mit geschärften Sinnen nahm sie alle Geräusche verstärkt wahr: das gedämpfte Plopp einer Schneelawine, die von der Dachgaube niederging, das kaum hörbare Knistern, wenn das Feuer einen neuen Zweig erfasste, der entfernte Schrei einer Eule und die noch weiter entfernte Antwort ihres Gefährten.

Sie trug Teller und Gläser zur Spüle und wartete, bis das Wasser im Kessel kochte. Dann brühte sie sich einen Becher Kamillentee auf, den sie am Fenster trank. Als sie die Vorhänge aufzog, sah sie die Schneeflocken langsam an der Scheibe vorüberschweben. Den Mond konnte sie zwar von ihrem Standort aus nicht entdecken, wohl aber seinen Widerschein. Die weiche Schneedecke, die dunklen Umrisse der Bäume, die Hügel dahinter, alles war in ein gespenstisches Licht getaucht. Die Eule schrie erneut, näher diesmal.

Marnie zog ihre Jacke an und schlüpfte in die Stiefel. Sie steckte ihr Handy in die Jackentasche, schlang sich einen Schal um den Hals und schob die Hände in ihre Handschuhe. Als sie die Haustür öffnete, warf das Licht ein mattes Rechteck auf den Fußboden. Draußen fand sie es nicht so kalt wie erwartet, obwohl sie ihre Atemwölkchen sehen konnte. Es hatte aufgeklart, und tatsächlich, knapp über dem Horizont stand der Mond, halb verdeckt von einer Wolke. Leise schloss sie die Tür hinter sich. Einen Moment verharrte sie in der Stille. Nichts regte sich. Die Bäume zeichneten sich als scharfe Silhouetten am Himmel ab. An der Dachrinne über ihr hingen kleine Eiszapfen. Als sie aus dem Schutz des Hauses heraustrat, legte sich ihr Schatten auf den blauweißen Boden. Der Schnee knirschte unter ihren Schritten. Die Welt erschien ihr schön und rätselhaft.

Sie ging noch etwas weiter, bevor sie sich zu dem kleinen Haus umdrehte. Die Fenster im Erdgeschoss waren erleuchtet. Rauch kräuselte aus dem Schornstein. Marnie stieg die Anhöhe hinauf. Ihre Fußstapfen waren die einzigen Spuren im Schnee, der Schrei der Eule wirkte näher. Unter ihr lag der See in einer Decke aus makellosem Weiß. Eigentlich hatte sie von hier oben einen Anruf machen wollen, aber nun brachte sie es kaum fertig. Die Wirklichkeit – oder zumindest die Welt, aus der sie kam – schien weit, weit fort, ein Traum. Die Vergangenheit war ihr näher als die Gegenwart. Inmitten dieser monochromen Klarheit sah sie Eva vor sich, den bunten Vogel, der sich in ihrer Wohnung eingenistet hatte – Eva mit ihrem chaotischen Leben in der Stadt, den heiseren, verrauchten Tagen und den turbulenten, durchtanzten Nächten. Ihr wurde schwindelig, als sie sich bewusst machte, was sie trennte: nicht die räumliche Entfernung, sondern die unterschiedliche Erfahrung. Auf der einen Seite ihre Stieftochter – oder ihre ehemalige Stieftochter – mit ihrem Netz virtueller Facebook-Freunde, ihren Illustrierten, Textbotschaften und ihrem iPod mit den zehntausend Songs, mit ihrer Weigerung, über die nächste halbe Stunde hinaus zu planen, mit ihren lackierten Nägeln, geschminkten Lippen und klackenden High Heels, ihren spontanen Unternehmungen, ihrem unverständlichen Vokabular und den Tagen, die in einem Gewirr aus Lärm und Trubel an ihr vorüberzogen. Auf der anderen Seite Marnie, die am Bett ihres Freundes, der nicht einmal ein Telefon hatte, wachte, wobei die Zeit so verlangsamt war, dass ihre gesamte Vergangenheit darin Platz fand und die Welt in den Hintergrund drängte.

Schließlich holte sie ihr Handy aus der Jackentasche und schaltete es ein. Sie hatte jegliches Zeitgefühl verloren und staunte, als sie erkannte, dass es erst zehn Uhr abends war. Eva hatte ihr zwei SMS geschickt: »Alles okay?« und: »Ruf Festnetznr. an«, und in ihrer Mailbox warteten mehrere Nachrichten. Aber sie hatte im Moment keine Lust, sie abzuhören.

Zuerst wählte sie Evas Handynummer, wurde aber sogleich zur Mailbox weitergeleitet. Also rief sie in ihrer Wohnung an. Gerade als sie aufgeben wollte, wurde das Telefon abgenommen, und es meldete sich eine fremde junge Frau. Ihre Stimme klang nach unzähligen Zigaretten, und sie sprach mit Londoner Akzent. Als Marnie nach Eva fragte, bekam sie zu hören, die sei gerade nicht da, sie könne ihr aber gern etwas ausrichten. Im Hintergrund hörte Marnie mehrere andere Leute und Musik.

»Wer sind Sie?«, fragte sie.

»Wie bitte?«

»Ich heiße Marnie, mir gehört die Wohnung. Und wer sind Sie?«

»Ich heiße Corrie«, erwiderte die Stimme freundlich. »Es ist wirklich nett von Ihnen, uns hier bei sich aufzunehmen.«

»Aber ich ...«

Im Hintergrund ertönte schallendes Gelächter. Die Fremde namens Corrie rief in den Hörer: »Tut mir leid, ein Notfall. Muss helfen. Ups!«

Marnie verzog das Gesicht und starrte einen Moment auf ihr Handy. Dann scrollte sie durch ihr Telefonbuch, bis sie Lucys Nummer gefunden hatte.

»Hallo?« Lucys Mann, so kurz angebunden, als sei er bei etwas Wichtigem gestört worden.

»Fred? Ich bin's, Marnie.«

»Marnie!« Er klang plötzlich ernst und entgegenkommend. Offenbar wusste er mittlerweile, wo sie war und was sie tat. »Wie geht es dir?«

»Ganz passabel. Glaube ich wenigstens.«

»Du willst sicher Lucy sprechen. Bleib dran, ich rufe sie! Und pass auf dich auf!«

»Danke.« Marnie hörte ihn Lucys Namen rufen, dann war ihre Freundin am Apparat.

»Marnie! Ist er ...«

»Nein. Er ist noch da. Obwohl ich den Eindruck habe, dass es nicht mehr lange dauern wird.«

»Hat er Schmerzen?«

»Ich glaube nicht. Die meiste Zeit schläft er.«

»Und du? Bist du okay?«

»Ja. Ich weiß nicht. Ich habe viel nachgedacht. Über die Vergangenheit. Und all das, was ich falsch gemacht habe.«

»Du brauchst dich nicht ...«

»Ich weiß, es ist lange her, aber es kommt mir nicht so vor. Ich wollte dir sagen, dass es mir leidtut.«

»Du hast dich schon damals entschuldigt. Mehr als genug.«

»Dann tue ich es eben jetzt noch einmal.«

»Marnie, hör zu: Ich bin glücklich. Viel glücklicher, als ich es gewesen wäre, hätten sich die Dinge anders entwickelt.«

»Du bist wirklich eine gute Freundin.« Marnie merkte, dass ihre Stimme zitterte. Es kam ihr vor, als hätte sich hinter ihren Augen ein Meer von Tränen angesammelt. Aber wenn sie jetzt zu weinen anfing, würde sie nie mehr aufhören können. »Die allerbeste.«

»Ja, wir haben so einiges zusammen durchgemacht.«

»Hier schneit es. Und es gibt eine Eule. Ich habe Angst, Lucy.«

Ohne sich bewusst zu machen, was sie vorhatte, legte sie sich in den Schnee und starrte in die auf sie zuwirbelnden Flocken. Ihr wurde ein wenig schwindelig dabei, als würde sie in den Weltraum schweben und die Erde unter sich zurücklassen. Sie stand wieder auf, nahm eine Handvoll Schnee und formte sie zu einem festen Ball. Dann drehte sie die Handfläche nach oben, und als eine einzelne Flocke darauf gefallen war, beobachtete sie, wie diese schmolz.

18 *Achtzehn*

Ralph war einfach verschwunden. Gerade hatte er sie noch mit seiner Anwesenheit bedrängt, indem er an die Haustür klopfte, die Treppe zu ihrem Zimmer hinaufstürmte und ihr, das Gesicht glühend vor Eifer, begeistert von seinen neuesten Ideen berichtete. Dann war er plötzlich fort. Zunächst vermutete Marnie, er sei wütend und fühle sich elend und gehe ihr aus dem Weg. Als sie jedoch am Abend schließlich den Mut aufbrachte, bei ihm zu Hause anzurufen, erklärte ihr sein angetrunkener Vater gereizt, Ralph sei nicht da. Am nächsten Morgen wartete sie vor seiner Schule auf ihn, aber er kam nicht.

Zum ersten Mal seit Davids Tod ging sie zu den Tinsleys und klopfte an die Tür. Dazu hatte sie drei Anläufe gebraucht. Bevor sie den Mut dazu fand, lungerte sie mehrere Minuten auf dem Gehsteig herum. Ihr zitterten die Knie, und ihr Herz hämmerte in der Brust vor Angst, während sie darauf wartete, dass man ihr aufmachte. Als niemand daheim zu sein schien, war sie beinahe erleichtert. Aber plötzlich hörte sie Schritte durch den Flur schlurfen. Marnie straffte die Schultern und setzte ein abwartendes Lächeln auf. Die Tür wurde einen Spaltbreit geöffnet, und ein schmales, verkniffenes Gesicht spähte ihr entgegen. Das Haar war so gebleicht, dass es sich kaum von der Hautfarbe unterschied, wässrige blaue Augen, Hängebacken, tiefe senkrechte Falten entlang der Oberlippe, tiefe Furchen um den Mund. Sie roch nach Zigaretten, und ihre Zähne waren fleckig. Sie wirkte um Jahre älter, als sie tatsächlich war. Hinter ihr im Hausflur stapelten sich Plastiktüten und aller mögliche Müll. Marnie erwog kurz, einfach wegzurennen, fort von diesem Haus mit seinem Gestank nach Elend und Verwahrlosung, in das Ralph Abend für Abend heimkehrte, ohne ihr von diesem Zustand je wirklich erzählt zu haben.

»Ja?«

»Ich bin's, Mrs Tinsley. Marnie Still.«

»Ich weiß sehr wohl, wer du bist.« Sie machte keine Anstalten, die Tür ganz zu öffnen.

»Ich bin hier, weil ich mir Sorgen um Ralph mache.«

»Ach ja?«, schnaubte Mrs Tinsley.

»Wissen Sie, wo er ist?«

»Er ist doch gewöhnlich bei dir und nicht bei mir.«

»War er gestern Abend zu Hause?«

»Offenbar reicht es dir nicht, dass du meinen ältesten Sohn in den Tod getrieben hast. Jetzt musst du mir auch noch den einzigen Sohn wegnehmen, der mir geblieben ist.«

»Das tue ich nicht«, erwiderte Marnie hilflos.

Plötzlich wurde die Tür weit aufgerissen, und Mrs Tinsley stand da, die Hände in die Hüften gestemmt. Sie musterte Marnie von oben bis unten und schürzte die Lippen. »Ich verstehe es nicht«, sagte sie. »Ich verstehe nicht, was so toll an dir sein soll. Hab es nie verstanden.«

Marnie errötete, ließ sich aber nicht einschüchtern. »Ich wollte bloß wissen, ob alles in Ordnung mit ihm ist. Er hat sich gestern ziemlich aufgeregt, und da habe ich mir Sorgen gemacht.«

»Aufgeregt?«, fragte sie mit einem bitteren Lachen, das in ein kratzendes Husten überging, das kaum zu ertragen war. »Wann ist Ralph einmal nicht aufgeregt? Aufregung ist seine zweite Natur, wusstest du das nicht? Was hast du ihm angetan?«

»Nichts.«

»Jedenfalls weiß ich, wer die Schuld hat, wenn ihm etwas zugestoßen ist.«

Wütende Entgegnungen sammelten sich in Marnies Kopf. Ihm ist schon genug zugestoßen, hätte sie am liebsten gesagt, und Sie haben keinen Finger für ihn gerührt. Sie haben zugesehen, wie er von seinem Vater verprügelt wurde. Sie haben ihm Ihre Liebe und Anerkennung verweigert und selbst die grundlegende Fürsorgepflicht vernachlässigt. Sie haben ihm das Gefühl gegeben, ein Nichts zu sein, wertlos, ungeliebt, vom Unglück verfolgt. Sie haben ihm die Schuld am Tod seines Bruders gegeben. Sie haben ihm das Gefühl gegeben, dass lieber er als David hätte sterben sollen.

Aber sie schwieg. Alles an Mrs Tinsley bekundete, wie unglücklich sie war, erfüllt von einer schalen, stumpfen, säuerlichen Hoffnungslosigkeit. Dass sie Marnie mit Bitterkeit begegnen konnte, war offenbar das Einzige, was sie beflügelte.

»Haben Sie ihn gesehen?« fragte Marnie daher emotionslos.

»Seit gestern? Nein.«

»Mehr wollte ich nicht wissen. Danke.«

Als sie sich anschickte zu gehen, rief ihr Mrs Tinsley nach: »Wenn du ihn triffst, sag ihm, er soll nach Hause kommen.«

Emma hörte ihr zu, ohne sie zu unterbrechen, und Marnie sprach, ohne sie anzusehen. Sie stand am Fenster, den Blick auf das graue Meer gerichtet. Draußen ging ein stürmischer Wind, der das Wasser zu buckligen Wellen aufpeitschte und Gischt versprühte.

»Du fürchtest, er könnte sich zu einer Dummheit hinreißen lassen«, stellte Emma fest, als Marnie fertig war. Marnie war dankbar für diese Reaktion. Ihre Mutter gab keinen Kommentar zum Rest der Geschichte ab, sondern konzentrierte sich sogleich auf Ralphs Lage. Das andere hatte Zeit.

»Wahrscheinlich ist mit ihm alles in Ordnung. Ich will die Dinge nicht noch schlimmer machen, indem ich dramatisiere«, sagte Marnie. »Aber du kennst ihn ja. Er war so …« Sie suchte nach dem richtigen Wort; sein vor Wut und Kummer verzerrtes

Gesicht stand ihr erneut vor Augen. »Ich weiß nicht«, sagte sie schließlich hilflos. »Es war einfach grässlich.«

»Hm. Hat sich Oliver auch auf die Suche gemacht?«

»Keine Ahnung.« Marnie wollte nicht an Ollie denken. Es kam ihr vor, als sei zwischen ihnen eine Tür zugefallen. »Wohin könnte Ralph nur gegangen sein? Er war nicht in der Schule und nicht zu Hause, er ist weder bei Ollie noch bei uns. Was hat er denn sonst noch für Möglichkeiten?«

»Hast du es schon bei Lucy versucht?«

»Bei Lucy? Nein. Aber ich kann mir nicht vorstellen, dass er zu Lucy geht.«

»Vielleicht nicht. Vielleicht aber doch, wenn er sich von euch beiden getäuscht fühlt. Lucy hat ihn sehr gern, nicht wahr?«

»Ja«, antwortete Marnie kleinlaut. Sie ahnte, wie viel ihre Mutter von dem wusste, was Marnie vor ihr geheim gehalten hatte. »Ja, das stimmt.«

»Dann ruf sie an, und wenn er dort auch nicht ist, melde ich es der Polizei.«

»Der Polizei?«

»Marnie, sie werden es so sehen wie ich, nämlich dass ihm als Siebzehnjährigen aller Wahrscheinlichkeit nach nichts zugestoßen ist. Trotzdem werden sie die Augen offen halten.«

»Du denkst also, ihm ist aller Wahrscheinlichkeit nach nichts zugestoßen?«

»Ja«, bestätigte Emma fest. »Das denke ich.«

»Und du hast keine Angst, er hat vielleicht …« Sie konnte den Satz nicht beenden.

»Nein.«

Später, nachdem Emma mit der Polizei gesprochen hatte, nahmen die beiden das Auto. Marnie saß vornübergebeugt und starrte angestrengt durch die Windschutzscheibe. Auf den Landstraßen und Nebenstraßen, durch die sie fuhren, sahen sie gelegentlich eine Gestalt, die Ralph ähnelte, doch sie wussten in der Regel gleich, dass er es nicht war. Außer dass sie hin und wieder überlegten, wo sie sonst noch suchen sollten, sprachen sie kein Wort.

»Das bringt uns nicht weiter«, sagte Marnie schließlich. »Er könnte überall sein.«

»Du hast Recht. Sollen wir nach Hause fahren?«

»Es wird schon dunkel. Und dann dieser Wind und Regen!«

»Quäl dich nicht! Damit ist niemandem gedient.«

»Wir dürfen nicht einfach aufgeben. Können wir zum Strand fahren und dort nachsehen?«

Emma zögerte. »Wenn du willst«, sagte sie dann. »Aber zuerst holen wir uns zu Hause eine Taschenlampe und gehen zu Fuß. Doch höchstwahrscheinlich wird er dort nicht sein.«

»Was machen wir, wenn wir ihn gar nicht finden?«

»Dann warten wir so lange, bis er uns gefunden hat, ja?«

»In Ordnung. Du bist so nett zu mir.«

»Hast du etwas anderes erwartet?«

»Das alles ist meine Schuld. Ollie hatte Recht. Ich hab es vermasselt.«

»Marnie«, sagte Emma und warf ihr einen Blick zu. »Lass uns reden, sobald wir wissen, dass Ralph in Sicherheit ist. Aber eins sage ich dir schon jetzt: dass er weggelaufen ist, hat nichts mit dir zu tun. Er hätte auch gelassen reagieren können. Sein Verhalten darf nicht der Maßstab sein, nach dem du deins beurteilst.«

»Danke«, sagte Marnie matt.

Der schwache Lichtkreis der Taschenlampe beleuchtete nur notdürftig ihren Weg, denn die Batterie ging zu Ende. Der böige Wind peitschte ihnen den stärker werdenden Regen ins Gesicht, sodass ihre Wangen brannten. Grashalme schlugen gegen ihre Beine, der Boden schmatzte unter ihren Schritten, und Wasser lief Marnie in die Schuhe. Der Himmel war wolkenverhangen und mondlos.

»Lass uns in diese Richtung gehen«, sagte Marnie, als sie den Strand erreicht hatten. »Das ist der Weg, den ich sonst immer mit Ralph eingeschlagen habe.«

»Zu dem Bootswrack?«

»Ja.«

Unter ihren Füßen knirschten die nassen Kiesel, und einen Steinwurf entfernt türmten sich Wellen auf und schlugen ans Ufer. Im schwachen Schein der Taschenlampe, deren Halbkreis ihren Weg beleuchtete, glänzte die Gischt.

»Dort ist das Boot«, sagte Emma nach einer Weile. „Aber ich glaube nicht, dass er da ist, Marnie.«

»Nein.« Am Bootsrumpf angekommen, starrte Marnie auf das aufgewühlte Meer. »Ralph«, rief sie. Ihr Ruf wurde vom Wind und vom Geräusch der Wellen verschluckt. »Ralph!«, rief sie noch einmal, und ihre Stimme klang hoch und schrill vor Angst. »Ich bin's, Ralph! Wo bist du?«

»Psst!« Emma nahm die Hand ihrer Tochter. „Wenn wir ihn hier nicht finden, heißt es noch lange nicht, dass ihm etwas zugestoßen ist. Wahrscheinlich sitzt er irgendwo sicher und geborgen im Trockenen und kommt gar nicht auf die Idee, dass du durch die Dunkelheit irrst und nach ihm suchst.«

»Ja.« Marnies Stimme zitterte. »Vielleicht hast du Recht.«

»Dann quäl dich jetzt nicht weiter!« Emma drückte Marnies Hand. »Bei Nacht sieht alles viel schlimmer aus. Es wird sich schon wieder einrenken.«

»Meinst du, morgen früh ist er zurück?«

»Das kann ich nicht sagen.«

»Dann versprich mir, dass ihm nichts zugestoßen ist.«

»Ich verspreche dir gar nichts – aber es wird alles gut werden.«

»Was für ein Schlamassel! Warum können die Dinge zur Abwechslung nicht mal einfach sein?«

»Ach«, entgegnete Emma trocken, »so ist das Leben.«

»Geht es den anderen auch so?«

»Keine Ahnung. Jeder Mensch ist anders.«

»Und was ist mit dir?«

»Mit mir?« Emma schaute aufs Meer. »Ich weiß nicht, Marnie. Es ist kompliziert.« Und nach einer Weile sagte sie: »Hierher bin ich oft mit deinem Vater gekommen, weißt du.«

»Wirklich?«

»Ja. Natürlich war das Boot damals noch nicht so verrottet. Wir haben vor dem Mittagessen oft einen Spaziergang gemacht. Er hat Steinchen übers Wasser hüpfen lassen. Und im Sommer sind wir von hier aus manchmal schwimmen gegangen. Ist es hier immer noch tiefer als weiter hinten?«

»Ja«, sagte Marnie.

»Er war ein guter Schwimmer, schwamm viel besser als ich. Ich hätte nie gedacht, dass er einmal ertrinken würde. An dieser Stelle …« – sie klopfte leise gegen das morsche Holz – »… habe ich ihm gesagt, dass ich mit Seth schwanger bin.« Sie seufzte leise. »Dein Vater war ein sehr gefühlvoller Mensch.«

»Ich kann mich nicht an ihn erinnern.«

»Als du geboren wurdest, hat er geweint.«

»Wirklich? Geweint vor Glück?«

»Er hatte sich immer eine Tochter gewünscht. Er nannte dich *carissima*, Allerliebste. Nachts ist er aufgestanden und hat sich an dein Bettchen gesetzt, um sich zu vergewissern, dass es dir gutgeht.«

»Das hast du mir noch nie erzählt. Du sprichst ja sowieso nie von ihm.«

»Es fällt mir schwer, über manche Dinge zu reden. Aber ich hätte es tun sollen. Je länger ich sie in mir verschließe, desto schwieriger wird es, sie in Worte zu fassen. Er war sehr stolz auf dich.«

»Wirklich?«

»Er wäre auch stolz auf das, was aus dir geworden ist.«

Marnie sagte nichts. Sie lauschte dem Klang der Wellen, die ans Ufer schlugen. Sie fühlte sich beklommen.

»Manchmal habe ich das Gefühl«, sagte sie schließlich, »du liebst sie mehr als mich.«

»Das habe ich gemerkt.«

»Und dann denke ich, dass ich es nie mit ihnen werde aufnehmen können.«

»Ich wollte ein unbefangenes Verhältnis zu dir, das nicht von dieser Tragödie geprägt war. Deshalb habe ich darauf geachtet, weder zu streng noch zu nachsichtig mit dir zu sein. Du solltest eine ganz normale Kindheit haben.«

»Das habe ich auch.« Marnie erschauderte. »Ist sie jetzt vorbei?«

»Was? Deine Kindheit?«

»Ja. So ist es doch, oder?«

»Erst, wenn du von zu Hause ausziehst.«

»Was wirst du dann tun?«

»Wenn du ausziehst? Oh, da gibt es viele Möglichkeiten. Wieder mehr töpfern zum Beispiel.«

»Und was ist mit Eric?«

Emma antwortete nicht gleich. Sie zog ihre Jacke enger um sich und blickte auf das dunkle Meer. »Apropos Eric«, erwiderte sie ausweichend, »ich sollte ihn anrufen und ihm von Ralph erzählen. Komm, gehen wir nach Hause, bevor ich mir in der Kälte noch den Tod hole.«

»Mum?«

»Ja?«

Marnie wusste nicht mehr, was sie sagen wollte. Tränen stiegen ihr in die Augen, aber sie blinzelte sie fort. Emma hakte sich bei ihr unter, und langsam gingen die beiden heim.

Marnie hatte nicht erwartet, überhaupt schlafen zu können in dem Wissen, dass Ralph dort draußen im Regen, bei Dunkelheit und Kälte umherirrte. Emma kochte für sie ein Ei, das sie mit einem heißen Buttertoast aß, und einen Becher Kakao, den sie vor dem Kaminfeuer trank. Sie hörte ihre Mutter leise am

Telefon sprechen, verstand aber nicht, was sie sagte. Später im Bett starrte sie mit offenen Augen in die Nacht und lauschte dem Regen, der an ihr Fenster schlug, dem Wind in den Bäumen und dem unaufhörlichen Murmeln des Meeres in der Ferne. Sie dachte an ihr kleines Haus, diesen hell erleuchteten Fleck in der Welt zwischen dunklem Himmel und dunklem Wasser. Schutzsuchend schlang sie die Arme um sich. Gewöhnlich genoss sie das Gefühl, so gemütlich in der Abgeschiedenheit zu wohnen, heute aber ängstigte es sie.

Sie wurde wach, als Emma ihre Schulter berührte.

»Was ist? Muss ich schon aufstehen?« Aber draußen war es noch dunkel.

»Nein. Es ist erst kurz vor vier. Aber ich dachte, du möchtest es wissen.«

»Ralph?«

»Eric hat ihn gefunden.«

»Eric? Wo?«

»In seinem Ferienhaus.«

»Was hat er da bloß gewollt?«

»Keine Ahnung. Eric bringt ihn morgen zurück.«

»Dann geht es ihm also gut?«

»Er ist durchgefroren, nass und schämt sich furchtbar, aber ansonsten ist alles in Ordnung.«

»Ich bring ihn um«, sagte Marnie, als sich die Erleichterung in ihr ausbreitete. »Ich dreh ihm den Hals um, weil er uns solche Angst eingejagt hat.«

»Versuch jetzt wieder zu schlafen.«

»Und noch aus einem anderen Grund«, sagte Marnie, als sie sich in die Decke kuschelte.

»Welchem?«

»Weil er einfach weggelaufen ist und alles kaputtgemacht hat.«

»Damit kannst du dich morgen befassen.«

»Wir müssen Ralphs Mutter anrufen.«

»Das habe ich schon getan.«

»Und was hat sie gesagt?«

»Nicht viel. Sie hat geweint.«

Der Tag von Ralphs Rückkehr war zugleich der Tag von Olivers Abreise. Marnie sah keinen von beiden. Sie machte mit Lucy einen langen Spaziergang auf dem Küstenweg, während Oliver mitsamt seinen Habseligkeiten – darunter auch das angestoßene Skelett – von seinen Eltern zur Universität gefahren wurde, wo er ein neues Leben beginnen würde. Emma verbrachte den Tag mit Ralph und Eric. Marnie erfuhr zwar nie, worüber sie sprachen, aber sie konnte sich ihre Mutter gut vorstellen: ernst, ruhig, praktisch. Als sie dann ein paar Tage später mit Ralph zusammentraf, war er kleinlaut und kaum in der Lage, ihr in die Augen zu sehen. Er entschuldigte sich beinahe förmlich, ihr mit seiner melodramatischen Reaktion Kummer bereitet zu haben. Er habe sich egoistisch und kindisch verhalten; natürlich könne er verstehen, dass sie Bereiche ihres Privatlebens für sich behalten wolle. Keinesfalls habe er ihrer Beziehung zu Oliver schaden wollen. Es klang, als habe er es auswendig gelernt. Sie nahm seine Entschuldigung ebenso förmlich an und versicherte ihm, sie habe ihn weder täuschen, noch ihm wehtun wollen. Dann umarmten sie sich, jedoch sehr zurückhaltend und vorsichtig, und küssten einander auf die Wange. Marnie hätte ihn viel lieber tränenüberströmt angebrüllt, ihn mit Gegenständen beworfen, ihn beschimpft und gesagt, verdammt, natürlich habe er ihrer Beziehung zu Oliver geschadet, was er denn glaube? Doch sie blieben beide nett und höflich. Marnie spürte, dass irgendetwas zu Ende ging. Ihre Welt, begrenzt vom Meer auf der einen und der Stadt auf der anderen Seite, brach plötzlich in sich zusammen und die Grenzen lösten sich auf.

Oder, wie Lucy es auf dem Spaziergang entlang der Küste trocken formulierte: »Das Zusammengehörigkeitsgefühl ist weg.«

»Nein«, entgegnete Marnie.

»Wenn es überhaupt je eines gab.«

»Wie meinst du das?«

»Sie sind beide in dich verliebt. Waren es schon immer. Glaubst du, ich bin blind? Und ganz am Rande bin dann da noch ich, die unscheinbare gute Freundin.«

»Das stimmt nicht.«

»Nicht?« Lucy blieb stehen und starrte Marnie mit einem seltsamen Schimmer in den Augen an.

»Zunächst einmal bist du nicht unscheinbar.«

»Jetzt wirst du gönnerhaft.«

»Nein.«

»Marnie«, sagte Lucy mit einem geduldigen Seufzer, »wenn es um diese Dinge geht, bin ich unscheinbar – oder vielmehr unsichtbar.«

»Das sehe ich ganz anders.«

»Ja? Ich hätte nichts dagegen, nur …« Der Wind strich ihr durch das kurze Haar und wühlte das Meer auf.

»Nur was?«

»Das weißt du doch ohnehin schon. Verrückt, nicht wahr? Bestimmte Sachen werden nie ausgesprochen, und trotzdem ist es allen klar. Und jeder weiß, dass die anderen es auch wissen. Ralph ist in dich verknallt. Und Oliver hatte von Anfang an nur dich im Sinn …«

»Ich glaube nicht, dass das so stimmt«, fiel Marnie ihr ins Wort. »Egal, inzwischen ist er abgereist. Das ist jetzt sowieso vorbei.«

Ohne ihren Einwurf zu beachten, fuhr Lucy fort. »Du magst Oliver, und ich hatte immer nur Ralph im Kopf. Was nicht sonderlich vernünftig ist. Kommt einem das nicht vor wie im ›Sommernachtstraum‹? Nur dass es keinen dunklen Wald gibt, keinen Zaubertrank und Ralph nicht plötzlich aufwacht und feststellt, dass er in Liebe zu mir statt zu dir entbrannt ist. Oder vielleicht doch?«

»Ich weiß nicht«, murmelte Marnie.

»Wenn du nicht wärst, würde er mich vielleicht sogar mögen.

Manchmal glaube ich das jedenfalls. Wir kommen gut miteinander aus, wir haben womöglich mehr gemeinsam als ihr beide. Ich denke immer wieder, wenn er doch nur genauer hinsehen würde! Aber wenn du in der Nähe bist, nimmt er nichts anderes mehr wahr, dann stehen wir alle im Schatten. In gewisser Hinsicht sollte ich froh sein, dass du jetzt mit Ollie gehst, weil es theoretisch meine Chancen vergrößert. Nur funktioniert es wohl leider nicht so. Es erscheint mir wie ein verrücktes Gesetz: Je mehr dich der eine liebt, desto mehr tut es auch der andere. Und dafür brauchst du keinen Finger zu rühren, während ich … Ich rackere mich ab und habe doch keinen Erfolg.«

»Es tut mir so leid«, sagte Marnie hilflos.

»Manchmal war ich wirklich neidisch auf dich, so richtig neidisch. Und das ist kein gutes Gefühl. Man kommt sich vor, als wäre man vergiftet.«

»Du hättest es mir sagen sollen.«

»Ich sage es jetzt.«

»Aber zwischen uns ändert sich doch nichts, oder?«, fragte Marnie kleinlaut.

Lucy blieb erneut stehen und blickte Marnie in das vom Kummer gezeichnete Gesicht. Dann hakte sie sich bei ihr unter.

»Nein, zwischen uns ändert sich nichts«, erklärte sie schroff. »Gehen wir nach Hause!«

Bei diesem Wort traten Marnie Tränen in die Augen. Sie wischte sie mit dem Handrücken fort und schniefte laut.

»Gut. Nach Hause.«

Nach Hause. Woran denkst du heute bei dem Wort Zuhause? Vielleicht an die Wohnung, in der du jetzt lebst, ganz allein? Oder an euer altes Haus am Meer, als Emma noch lebte? Vielleicht gehst du sogar noch weiter zurück und denkst an die Zeit, in der ihr zu viert dort gewohnt habt, eine Zeit, an die du dich zwar nicht erinnerst, von der du aber weißt, dass es sie gab? Der Inbegriff von Glück und von Verlust. Bekommst du immer noch Heimweh so wie früher?

Heimweh. Sehnsucht nach daheim. Eines der elendsten Gefühle, die ich kenne, dieser bohrende Schmerz in der Magengrube, diese unstillbare Sehnsucht nach dem Zuhause. Es ist etwas ganz anderes als die Sehnsucht nach einem geliebten Menschen, den man bald wiedersehen wird, sodass der Trennungsschmerz süß und von Vorfreude getragen ist. Das Heimweh ist bitter, schwer und kalt. Und es hinterlässt Wunden. Schon der Gedanke daran ist so verletzend, als würde dir ein Messer in den Kopf oder in die Brust gerammt. Du kannst die ganze Welt bereisen, lächeln, reden und die richtigen Gesten verwenden, aber alles ist nichts weiter als eine blendende Scharade. Manchmal war ich dazu nicht mehr in der Lage. Ich weiß noch, dass ich einmal einfach stehen blieb, als ich von eurem Haus fortging. Es kostete mich zu viel Kraft, einen Fuß vor den anderen zu setzen, die Augen offen zu halten, zu schlucken und zu atmen. Ich konnte nicht mehr. Ich konnte es einfach nicht ertragen. Ich legte mich auf eine Wiese, rollte mich zusammen wie ein Embryo, schlang die Arme um die Knie und zog den Kopf ein, mit zusammengekniffenen Augen. Wie lange ich so liegen blieb, weiß ich nicht. Im Gesicht spürte ich Grashalme, Erde, Blätter und kleine Zweige. Ich hörte meinen Atem, Vogelgesang, den Wind und in der Ferne das Rauschen des Verkehrs. Ich glaubte zu fühlen, wie die Erde sich drehte. Ist es nicht seltsam, am Leben zu sein? Man nimmt die Dinge so wichtig. Emma hat mir oft geraten, den kleinen Problemen nicht so viel Bedeutung beizumessen. Aber wie kann man das schaffen?

Manchmal denke ich: Was der Tod für eine Erleichterung sein wird! Dann hat man alles hinter sich.

Wenn ich an daheim denke, dann sehe ich euer Haus vor mir, Emma und dich in der Küche, und ich habe den Duft von frisch gebackenem Brot in der Nase. Manchmal ist auch Lucy dabei. Oder Erics Haus in Schottland in jenem Sommer, bevor alles den Bach runterging. Oder dieses Häuschen hier, das mein Refugium geworden ist.

Schneit es noch? Da war doch dieses Gedicht, das ich dir oft vorgelesen habe. Wie lautet der Text noch? Irgendwas mit Blumen, die hinter der Fensterscheibe blühen. Aber es fällt mir nicht mehr ein. Ich stelle mir vor, wie die Schneeflocken die Welt mit ihrer weißen, blanken Schönheit verhüllen und alles ausradieren. Meine Gedanken entfalten sich, verblassen und entschwinden. Bilder gehen mir durch den Kopf, ich sehe eins nach dem anderen vorüberziehen. Gesichter, die nicht mehr wiederkehren werden.

Du streichelst meine Hand, meinen Kopf. Vielleicht ist das ein Zuhause. Dieser Augenblick, hier und jetzt.

19 Neunzehn

Marnie trat ans Fenster und zog die Vorhänge auf. Mondlicht strömte wie ein silberner Fluss auf die Bodendielen und beschien die beiden schlafenden Männer in dem dunklen Raum. Sie ähnelten den Figuren auf einem alten Gemälde, und Marnie blieb stehen, um sie zu betrachten. Sie rührten sich nicht. Im Herd glühten die Holzscheite.

Es hatte aufgehört zu schneien, und am klaren Himmel funkelten die Sterne. An der Dachrinne und an den Zweigen der Bäume hingen kleine Eiszapfen. Ein Bild der Vollkommenheit, heiter und überirdisch. Ganz in der Nähe des Hauses schrie eine Eule, einmal, dann noch einmal. Marnie stellte sich vor, wie ihr Ruf durch den Wald und über den zugefrorenen See getragen wurde, womöglich sogar bis zu Dots Haus jenseits des Hügels. Sie presste das Gesicht an die kühle Scheibe, bemüht, den Vogel in den Bäumen zu entdecken. Vielleicht rief er verzweifelt nach einem Partner. Sie hoffte, er möge bald einen finden, damit seine verzweifelte Einsamkeit ein Ende hatte.

Nach Oliver kam Leo, den sie nicht geliebt und der nie dieses brennende Verlangen in ihr geweckt hatte. Aber sie wollte die Erinnerung an Olivers zärtliches Gesicht und an Ralphs elenden, bedürftigen Ausdruck loswerden, mit dem er sie ansah. Katzenjammer, sagte sie sich. Verhalte dich so, als wäre mit dir alles in Ordnung, als würde Ollie dir nicht fehlen, als würdest du dich nicht nach ihm sehnen. Rede dir ein, es sei nicht von Bedeutung! Nach einer Weile musst du es dir dann nicht mehr einreden.

Später wurde ihr klar – aber vielleicht wusste sie es auch damals schon –, dass Leo all das verkörperte, was die beiden nicht waren. Hochgewachsen, biegsam wie ein Gummiband, mit langen mittelblonden, zum Pferdeschwanz zusammengebundenen Haaren und einer Zigarette im Mundwinkel. Er war lethargisch, träge, pessimistisch, zynisch und bewegte sich langsam mit schlurfenden Schritten. Er trug einen mottenzerfressenen, viel zu großen Parka und einen langen Schal, den er mehrfach um den dünnen Hals zu schlingen pflegte. Er rauchte, ohne die Hände zu benutzen, blies Qualmwolken vor sich her und malte sich mit wasserfestem Filzstift skurrile Muster auf Handrücken und Arme. Die Welt und ihre Bewohner, er selbst eingeschlossen, waren für ihn eine Quelle finsterer Belustigung. Sollte Marnie ihn benutzt haben, um über ihre Verwirrung und ihren Kummer hinwegzukommen, so machte ihm das nicht viel aus, da war Marnie ganz sicher. Die Beziehung hielt ohnehin nicht lange. Kurz nach Weihnachten trennten sie sich ohne Bedauern und Groll, und Marnie sah ihn nie wieder. Nur manchmal, wenn ihr Jugendliche auf der Straße über den Weg liefen, die beim Gehen den Kopf einzogen und denen die schäbigen Klamotten um den Leib schlotterten, dachte sie an ihn und ihr eigenartiges letztes Jahr daheim.

Der Nächste war Bill, der eulenhaft wirkte mit seinem Kurzhaarschnitt über der blassen, gerunzelten Stirn und der runden Nickelbrille. Er gab sich betont intellektuell und gierte danach, andere zu beeindrucken. Marnie ließ sich zunächst von seiner Art zu reden einfangen, von eloquenten Sätzen, die nach Tiefgang klangen – bis sie merkte, dass er Beckett oder Baudelaire zitierte. Danach war sie fasziniert von seiner Unsicherheit und Angst, die hinter der Fassade lauerten. Aber das reichte nicht.

Im ersten Jahr an der Kunstakademie, als sie schwarze Jeans und Pullover trug und zum ersten Mal in ihrem Leben dünn war, lernte sie Magnus kennen. Der Isländer jobbte in einer Bar in der Nähe ihres Studentenwohnheims und studierte Film. Er hatte einen Bart, war dunkelhaarig, stämmig und unerschütterlich höflich. Irgendwie erschien er ihr rätselhaft und unerreichbar. Er schenkte ihr jeden Freitag Blumen und ging mit ihr zu Jazzkonzerten in schummrige Kellerlokale, wo seine Freunde ihr zur Begrüßung die Hand küssten. Im Frühling fuhr sie mit ihm nach Reykjavik. Dort lernte sie seine Familie kennen und besuchte die blubbernden heißen Schwefelquellen, die Strände mit dem schwarzen Sand und dem gleißenden Licht über dem endlosen, von Walen bevölkerten Meer. Sie kam sich vor, als sei sie über den Rand der Welt getreten, und verspürte ein brennendes, lähmendes Heimweh nach Emma und ihrem kleinen Haus, in dessen Fenster eine Kerze brannte, wenn sie erwartet wurde. Später versuchte sie ihre Eindrücke und Gefühle auf Leinwand zu bannen, diese dunkle Sehnsucht in der gespenstischen Mondlandschaft, aber es gelang ihr nicht. Mittlerweile arbeitete sie mit Ölfarben. Ihre Hände rochen nach Terpentin, fast alle ihre Kleider waren mit Farbe beschmiert, und sie hatte auch Farbe im Haar.

Sie saß in ihrem schäbigen, kleinen Zimmer, Magnus' gelbe Rosen auf der wackeligen Kommode vor sich, und schrieb an Ralph einen Brief, der, wie sie wusste, von Schreibfehlern, falschen grammatischen Bezügen und willkürlicher Zeichensetzung nur so wimmelte. »Findest du nicht auch«, schrieb sie, »dass die Worte, die man spricht, oft ungehört verhallen? Sie bleiben an der Oberfläche und verankern sich nicht. In Gesellschaft von dir, von Olli oder Lucy habe ich oft all meinen Mut zusammengenommen, um etwas zu sagen. Und wenn ich es dann endlich ausgesprochen hatte, erschien es mir lahm und nicht weiter bemerkenswert, als ob die Worte ihre Bedeutung verloren hätten. Ich bin sicher, das geht jedem Menschen so, nicht nur mir. Es ist, als müsse man etwas niederschreiben oder in ein Bild oder so bannen, um es angemessen darzustellen. Wir haben über die Ereignisse des letzten Jahres nie wirklich gesprochen. Zum Teil lag es daran, dass ich für meine Gefühle nicht die richtigen

Worte fand, und das geht mir noch heute so. Zum Teil aber auch, weil ich Angst hatte, ohne eigentlich zu wissen, wovor. Ich will nichts und niemanden verlieren, und ich weiß nicht, ob ich wütend, schuldbewusst, traurig oder alles zusammen bin. Ich weiß nicht, was ich für Ollie empfinde. Oder für dich. In meinem Innern geht es drunter und drüber, und dafür gibt es keine Worte. Zumindest kenne ich keine. Du vielleicht schon. Du bist in solchen Dingen besser als ich. Du bist in fast allem besser, außer in Bildermalen, Zimmeraufräumen und Selbstvertrauen. Ich glaube, eigentlich will ich sagen, dass ich dich lieb habe und dass du mir fehlst. Du fehlst mir, und ich vermisse unsere Zeit von damals. Trotz allem, was geschehen ist, musst du mir sagen, wenn du mich brauchst oder wenn du Sorgen und Kummer hast. Denn ich werde immer und ewig deine Freundin sein, und auch wenn die Zeit vergeht und wir uns nicht sehen, werde ich für dich da sein.«

Natürlich schickte sie den Brief nicht ab. Stattdessen schickte sie ihm eine Postkarte mit Rembrandts Selbstporträt auf der einen und ihrem schiefen Gekritzel auf der anderen Seite. Der lakonische Text lautete: »Mir geht's wirklich gut, und ich lerne viel. Hoffe, du ebenfalls. Vielleicht können wir uns im Sommer treffen. Denke an dich. Liebe Grüße M.«

Sie schrieb auch an Oliver. Nach einer Fete schmerzten ihre Füße und ihr Kopf pochte vor Müdigkeit. Trotzdem würde sie nicht schlafen können. Sie war unendlich traurig und spürte eine unbefriedigte Erregung. In Pyjamahosen aus Flanell und einem dicken Kapuzenshirt saß sie auf dem Boden, den Rücken gegen das Bett gelehnt, die Füße auf einer heißen Wärmflasche, einen Schreibblock auf den Knien. »Liebster Ollie«, schrieb sie. »Es ist gerade dieser seltsame Augenblick in der Nacht kurz vor Anbruch der Dämmerung, wenn es aber noch ganz dunkel ist. Die Vorhänge in meinem Zimmer (ein schrecklich kleiner Raum, eine Schuhschachtel, in die außer mir gerade noch ein Bett, eine Kommode und ein Schreibtisch reinpassen) sind aufgezogen, und über den Dächern der Häuser sehe ich ein paar blasse Sterne. Ich muss an dich denken – ich denke an dich, seit wir uns begegnet sind, seit du mit Ralph in der Tür gestanden hast und ich dich für den tollsten Menschen hielt, den ich je zu Gesicht bekommen habe. Wenn ich an dich denke, frage ich mich, ob du auch an mich denkst, ob wir uns wiedersehen und es noch einmal miteinander versuchen könnten. Meinst du, das wäre möglich, oder ist es dafür zu spät? Wenn ich nur wüsste, warum alles so schiefgegangen ist.

Ich weiß, das dürfte ich nicht schreiben, aber ich kann es einfach nicht lassen. Wahrscheinlich, weil es schon spät ist und still, weil mein Kopf und mein Herz und alle Fasern meines Körpers sich so danach sehen, wieder bei dir zu sein und in deinen Armen wie damals, als ich so glücklich war. Ein paar Tage war ich unendlich glücklich. Es ist lange her, seit wir uns das letzte Mal gesehen haben. Du hast inzwischen wahrscheinlich eine Freundin. Ich habe einen Freund. Er heißt Magnus und ist viel netter, als ich es verdient habe. Er behandelt mich gut, und ich mag ihn sehr (meine Mutter ebenfalls!). Aber es ist nicht dasselbe. Als wir auseinandergingen, war zwischen uns beiden noch alles offen, was ich nicht ertragen kann. Obwohl ich es natürlich sehr wohl ertrage. Nur würde ich gern wissen, ob du jemals genauso empfunden hast. Wie schrecklich, nichts zu wissen und sich alles ausmalen zu müssen, still für sich! Vielleicht hast du mich ja längst vergessen. Vielleicht war ich nur eine kleine Episode zwischen zwei Phasen deines Lebens. Womöglich weißt du kaum noch, wie ich aussehe, und mein Bild verblasst weiter mit jeder Woche, die vergeht. So wie ich mich kaum noch an den Freund erinnere, den ich hatte, nachdem du fortgegangen warst. Vielleicht ergeht es dir genauso. Früher dachte ich, dass die Liebe – die wahre Liebe – immer erwidert wird, aber davon bin ich abgekommen. Die Dinge sind um einiges komplizierter. Außerdem dachte ich, man erntet, was man gesät hat, aber auch das glaube ich nicht mehr. Manchmal fällt die Saat nur auf steinigen Boden, manchmal ist das Leben einfach ungerecht.«

Ihre unordentlichen großen Buchstaben füllten mittlerweile mehrere Seiten. Marnie trank einen Schluck Wasser aus dem Glas am Boden und fuhr fort:

»Leider weiß ich, mein liebster, teuerster, hübscher Ollie, dass ich diesen Brief niemals abschicken werde. Und deshalb kann ich auch alles sagen, was ich denke. Die Wahrheit zum Beispiel. Dass ich dich immer noch liebe und dass ich nicht weiß, wie ich damit umgehen soll. Ich dachte, wenn du nicht mehr da bist, wird dieses Gefühl allmählich vergehen, und in gewissem Sinn war es auch so. Meistens tut es nicht mehr so weh, nicht mehr so wie früher, wenn mir ganz schlecht und elend war, weil du mir so gefehlt hast. Nur manchmal, wie heute Nacht, wo ich Rotwein getrunken und getanzt habe und zu dieser Uhrzeit nichts anderes tun kann, als kläglich in meinem Zimmer zu sitzen, mich selbst zu bemitleiden und daran zu denken, wie es einmal war, wenige Tage lang. So eine winzige Zeitspanne. Warum habe ich diese Gedanken heute Nacht, obwohl ich getanzt und gelacht habe?

Ich verstehe nicht, warum wir uns nie wiedergesehen haben. Aus verletztem Stolz? Ist Stolz stärker als Liebe und Hoffnung? Sieht ganz danach aus. Lange Zeit habe ich gedacht, ich würde einfach bei dir zu Hause vorbeigehen. Oder in den Zug steigen und dich an der Uni aufspüren (stets voller Angst, dass du mit einer Frau zusammen sein könntest und ich hereinplatzen würde und es dir peinlich wäre und ich mich schrecklich gedemütigt fühlen und schämen würde – viel stärker als damals, weißt du noch, als ich zu dir in dein Zimmer gekommen bin. Oder als Ralph uns entdeckt hat). Letztlich habe ich dir dann nicht einmal geschrieben. Einmal bin ich allerdings zu euch nach Hause gegangen, aber es war niemand da. Die Fenster waren dunkel. Meiner Meinung nach hättest ohnehin du zu mir kommen müssen, denn du hast mich verlassen. Aber du hast dich nicht bei mir gemeldet. Du kennst sicher das Gefühl, wenn man auf einen Anruf wartet, auf einen Brief, auf ein Klopfen an der Haustür, wenn der Mund trocken ist und das Herz rast. Man tut, als wäre nichts. Man lächelt und lacht und findet die richtigen Worte im passenden Augenblick und wartet dennoch ständig. Und ich warte noch immer.

Aber vielleicht würden wir uns ja gar nicht mehr mögen, wenn wir uns träfen. Womöglich wäre nichts mehr da außer dem Gefühl, dass wir uns in einem anderen Leben einmal gekannt haben, und wir wären zwei Fremde, die einander mit Höflichkeit begegnen. Aber das wäre in Ordnung, eigentlich sogar eine große Erleichterung, denn dann wüsste ich wenigstens, woran ich bin. Dann könnte ich alles hinter mir lassen und mich mit ganzem Herzen wieder ins Leben stürzen.

Damit will ich nur sagen, dass es mir leidtut. Und fragen, ob wir uns nicht treffen können. Ich denke immerzu an dich.«

Marnie starrte auf den Brief. Ihr Geschreibsel sah aus, als hätte man eine große Spinne in Tinte getaucht und über das Blatt krabbeln lassen. Als sie die Zeilen noch einmal durchlas, verzog sie das Gesicht. Sie fragte sich, ob sie ehrlich waren und auch später noch Gültigkeit hätten, nach diesen nächtlichen Stunden, in denen selbst London zu schlafen schien, das tosende Leben stillstand und sie allein wach war und die Dunkelheit beim Schein der Nachttischlampe nur noch dunkler wirkte. Sie riss die Seiten in der Mitte durch, dann noch einmal und knüllte jeden Fetzen Papier zu einem festen kleinen Ball, den sie in den Papierkorb warf. Sie nahm eine Postkarte aus dem Vorrat in ihrer Schreibtischschublade (Fra Angelicos *Die Verkündigung*) und schrieb so sauber, wie es ihr möglich war: »Lieber Olli, ich dachte, ich melde mich mal, um zu hören, ob es dir gutgeht und ob du glücklich bist. Ich studiere jetzt an der Kunstakademie in London. Vielleicht können wir uns mal treffen? Liebe Grüße, Marnie (Still).« Als sie las, was sie geschrieben hatte, warf sie die Karte angewidert zu den anderen Fetzen in den Papierkorb, wo sie mit dem Bild nach oben liegen blieb.

Auf der Rückseite einer Picasso-Zeichnung schrieb sie an Lucy: »Liebste Lucy, ich genieße meine Zeit hier in vollen Zügen und möchte nirgendwo anders sein. Trotzdem wünschte ich, du wärst auch hier, denn es gibt so vieles, was ich dir zeigen und erzählen möchte. Es dauert eine Ewigkeit, neue Freunde zu finden, nicht wahr, wenn einem die alten so nahestehen und lieb und teuer sind. Freunde, die wissen, was man sagen will, ehe es einem selbst klar ist. Ich hoffe, du bist glücklich. Komm und besuch mich, wenn du Zeit hast! Marnie.«

Diese Karte würde sie wohl abschicken. Sie war ziemlich belanglos.

Marnie legte sich ins Bett und starrte mit offenen Augen in die Dunkelheit. Braucht nicht jeder einen Menschen, mit dem er über die geheimsten Dinge seines Herzens reden kann? Erst dann ist man wirklich daheim.

»Es tut mir furchtbar leid«, sagte sie zu Magnus.

»Ich dachte, wir kommen gut miteinander aus.«

»Das stimmt auch.«

»Und wieso jetzt nicht mehr? Was ist los?«

»Nichts.«

»Dann verstehe ich dich nicht.« Ratlos verzog er das Gesicht.

»Es liegt an mir«, erklärte sie resigniert. »Es ist … Ich kann einfach nicht.«

Am Wochenende fuhr sie mit einem Müllsack voll schmutziger Wäsche nach Hause. Es war, als sei sie nie fort gewesen. Ihr Bett wartete auf sie, sauber und ordentlich gemacht, die Decke zurückgeschlagen. Das Buch, das sie vor ihrer Abreise gelesen hatte, lag auf dem Nachttisch. Auf ihrem Schreibtisch fand sie ihr altes Skizzenbuch neben einem weichen Bleistift, und als sie es öffnete, entdeckte sie, dass sie zuletzt an einer Zeichnung ihrer Mutter gearbeitet hatte. Zum Abendessen gab es überbackenen Blumenkohl, und anschließend setzten sie sich vor den Kamin, wo Emma las und Marnie das zerrissene Knie ihrer Jeans flickte und den Saum ihres Lieblingsrocks ausbesserte. Dann legten sie gemeinsam eine Patience. Draußen hörte Marnie die Brandung.

»Ich habe mit Magnus Schluss gemacht«, sagte sie, während sie die Karten zusammenschob und mischte. Emma blickte sie schweigend und erwartungsvoll an. »Weil er mich mehr mochte als ich ihn«, fuhr Marnie fort.

»Geht es ihm gut?«

»Ich glaube schon.«

»Weißt du, es ist gefährlich, in Sehnsucht nach dem Verlorenen zu schwelgen.«

Marnie verzog das Gesicht. »Du solltest nicht so reden. Ich komme mir vor wie ein offenes Buch.«

»Was ist daran so schlimm?«

»Jeder braucht ein paar Geheimnisse, besonders vor der eigenen Mutter.«

»Ich habe mit Eric auch Schluss gemacht«, erklärte Emma leise.

»Nein! Aber warum? Ihr wart doch so glücklich miteinander.«

»Weil … Weil ich ihn mehr mochte als er mich.«

»Oh!«

»Er ist zu seiner Frau zurückgekehrt.«

»Ach, Mum!«

»Ist schon gut.«

»Da wären wir also wieder.«

»Genau. Wir beide.«

Jetzt betrachtete Marnie den schlafenden Oliver. Sein Kopf war zurückgefallen, der Mund stand leicht offen, die Augen flackerten unter den Lidern.

Er hat keine Ahnung, dachte sie, welche Verwüstung er vor all den Jahren in meinem Leben angerichtet hat.

Plötzlich öffneten sich seine Lider. Marnie konnte nicht erkennen, ob er sie ansah.

»Marnie?«

»Ja. Ich bin's. Bist du wach?«

»Ich weiß nicht.« Er blinzelte sie verwirrt an. »Ich habe geträumt.«

»Von was?«

»Weiß nicht. Ich kann mich nicht erinnern.«

»War es ein guter Traum?«

»Schon möglich. Vielleicht ja.« Er rieb sich die Wange. »Seltsam.«

»Willst du was trinken? Tee, heißen Kakao, Whisky?«

»Ich mache es mir selbst. Du kümmerst dich schon viel zu viel um die anderen.«

»Bestimmt nicht!«

»Doch. So warst du schon immer.«

»Irgendwie klingt das gar nicht nach meinem Geschmack: eine, die herumläuft und anderen hilft.«

»Die aufmerksam ist. Fürsorglich. Du wärst sicher eine wunderbare Mutter geworden.«

Marnie setzte sich neben Ralph auf den Boden. Sie legte ihm die Hand auf die feuchte Stirn. Dann nahm sie behutsam seine Hand, umschloss sie sanft und rieb mit dem Daumen über seine Knöchel.

Das war es, was ich mir immer gewünscht habe. Sie sagte es nicht, weil es zu sehr schmerzte. Kinder zu haben. Söhne und Töchter, Emmas Enkel, die auf dem Rasen vor unserem alten Haus herumtollen. Ich habe es mir in so vielen Details ausgemalt, dass es mir fast vorkommt, als sei es real. Wie ich mich abends über ihre Bettchen beuge, wie sie weich auf meinem Schoß sitzen mit ihrem süßen Babygeruch, der irgendwie an Sägemehl erinnert, und ihren Saugblasen auf den Lippen. Wie ich sie hochnehme, wenn sie hingefallen sind. Wie ich ihnen lustige Anziehsachen stricke. Etwas für sie koche, was wir gemeinsam essen. Wie ich ihnen beibringe, was ich von Emma gelernt habe, es ihnen weitergebe. Wie ich sie auf diese einzigartige Weise liebe und von ihnen geliebt werde. Ich kann bis heute nicht glauben, dass es nie geschehen wird, obwohl ich natürlich weiß, dass es so ist.

Stattdessen sagte sie: »Im Leben läuft es nun mal nicht immer wie gewünscht. Aber zum Glück habe ich ja Eva und Luisa. Außerdem bin ich quasi Tante ehrenhalber bei Lucys Kindern.«

Oliver stand auf und ging zum Herd. Er goss Milch in einen Topf und stellte ihn auf die Platte.

»Warum hast du nie versucht, mit mir Kontakt aufzunehmen?«, fragte sie in seinem Rücken.

»Ach«, seufzte er, ohne sich umzudrehen. »Ich weiß nicht, Marnie.«

»Du weißt es nicht? Mehr fällt dir nicht dazu ein?«

»Doch. Ich könnte sagen: weil ich zu stolz dazu war; und das ist die Wahrheit. Oder verletzt, auch das ist wahr. Wütend. Enttäuscht. Oder weil ich mich geschämt habe. Oder wegen Ralph. Oder weil ich gedacht habe, dass es dir nicht so viel bedeuten würde. Weil ich mich gezwungen habe, dich zu vergessen, mich in andere Mädchen zu verlieben und dich hinter mir zu lassen, so wie du mich. Das habe ich jedenfalls geglaubt. Das alles ist wahr. Nur weiß ich nicht, was von alldem am meisten zählt. Ich habe oft gedacht, wie es wohl wäre, dich wiederzusehen.«

»Wirklich?«

»Ich habe es mir vorgestellt. Manchmal bist du auf mich zugelaufen, und wir sind uns in die Arme gefallen. Ein anderes Mal hast du mich kaum erkannt, was echt peinlich war. Lächerlich. Ein Junge, an den du kaum noch gedacht hast, ergeht sich in Phantasien, die sich um dich ranken.«

»Ich habe dir Briefe geschrieben.«

Jetzt drehte er sich zu ihr um. »Ich habe nie einen von dir bekommen.«

»Nein. Sie sind in den Müll gewandert, als sie fertig waren.«

»Du hättest sie mir schicken sollen.«

»Finde ich nicht. Es waren eher Briefe an mich selbst. Rührselige Betrachtungen.«

»Trotzdem.«

»Tja, das war vor langer Zeit.«

»Du meinst, als wir noch jung und verrückt waren?«

»Nein. Wir waren zwar jung, aber nicht verrückt genug. Denn dann hätten wir nicht so auf unserem Stolz und unserer Würde beharrt. Ich hätte dir die Briefe geschickt, um dir zu sagen, dass ich dich wiedersehen möchte. Und du hättest mich aufgespürt und Steinchen an mein Fenster geworfen, um mich herauszulocken.«

»Ich glaube, man braucht Mut, um verrückt zu sein.«

Sie blickten beide auf Ralph, dessen Gesicht wachsbleich im Mondlicht schimmerte.

Wie lange war es her, dass er etwas gesagt hatte? Die Zeit lief ihnen davon. Und wie der Sand immer schneller durch das Stundenglas rieselt, wenn er zur Neige geht, so – erschien es Marnie – versickerte auch Ralphs Leben immer schneller, sodass nur noch die letzten gleißenden Spuren übrig waren.

Zwanzig

Die Zeit verrann, lief ihnen davon. Im Hals der Sanduhr befanden sich nur noch wenige Körnchen, darunter war die Vergangenheit zu einem Haufen aufgetürmt, samt und sonders abgehakt und erledigt. Also überspringen wir drei Jahre und machen weiter mit der Zeit, als Marnie für ein Vorstadttheater arbeitete und für schlecht einstudierte Aufführungen von *Oh! What a Lovely War* und *Anything Goes* die Kulissen malte und die Requisiten zusammentrug.

Sie war erst kurz zuvor aus der Normandie zurückgekehrt. Der Mann, dem sie dorthin gefolgt war, war kurzzeitig ihr Lehrer gewesen und viele Jahre älter als sie. Er renovierte ein windschiefes Bauernhaus, bemüht, dem Selbstverdruss zu entfliehen. »Dein Vaterersatz«, hatte Lucy bissig bemerkt, als sie Gilbert das erste Mal begegnet war. Marnie war noch lange bei ihm geblieben, nachdem sie erkannt hatte, dass es zu Ende war, denn sie hatte sich trotz der stummen Sorge ihrer Mutter und Lucys deutlich geäußertem Missfallen auf die Beziehung eingelassen und es verletzte ihren Stolz, wieder angekrochen zu kommen.

Letztlich war es Ralph, der sie rettete. Vielleicht hatte er in ihren fröhlichen Postkarten zwischen den Zeilen gelesen oder mit Emma gesprochen. Jedenfalls tauchte er an einem nassen, windigen Morgen im April einfach bei ihr auf, ohne Gepäck, nur den Reisepass in der hinteren Hosentasche und eine zerfledderte Ausgabe von *Das verlorene Paradies* in einer Plastiktüte unter dem Arm. Marnie hockte gerade auf allen vieren in der Küche und verlegte Fliesen. Sie fühlte sich müde und schmutzig, ihre Kleider waren dreckverkrustet, ihre eingerissenen Fingernägel schwarz, unter ihrem ungewaschenen Haar juckte die Kopfhaut. Duschen konnte man nur unter einer Wanddüse des Badezimmers im Keller, aus der ein kaltes Rinnsal rann. Außerdem hing im Haus ständig ein schwacher Abwassergeruch, der ihr Gefühl, schmutzig zu sein, nur noch verstärkte. Überall lag Schutt, und Staub stieg in Wolken auf: Gilbert hatte sich mit dem Grundsatz ans Werk gemacht, dass man zwangsläufig wieder aufbaut, was man vorher demoliert hat. Deshalb hatte er gleich nach ihrer Ankunft wie ein Wahnsinniger die Spitzhacke geschwungen, Wände weggerissen und Steinböden aufgeschlagen. Er und Marnie mussten auf der von ihm geschaffenen Baustelle wohnen. Drähte stachen aus den Sockelleisten, die Tapete hing in Fetzen, die Zimmerdecken hatten Löcher, durch die man die Dachbalken sah. Zu allem Unglück regnete es schon seit Wochen, zumindest kam es Marnie so vor. Sie hatte von einem blauen Himmel und blühenden Apfelbäumen geträumt, von Picknicks mit Brot und Camembert auf der Wiese, von der Sonne, die auf ihre Arbeit schien, während das seit Jahren vernachlässigte Gebäude als hübsches altes Haus wiedererstand. Doch der Garten war ein Sumpf, und in fast jeden Raum tropfte oder lief Wasser. Obwohl ständig französische Klempner oder Elektriker ins Haus einfielen, waren die Fortschritte nur gering. Gilbert begann jeden Tag früher zu trinken; schließlich öffnete er die erste Flasche schon mittags. Er arbeitete nur unregelmäßig, und je mehr Marnie schuftete, desto ungehaltener und kritischer verhielt er sich ihr gegenüber. Seine Traurigkeit war nichts anderes als Selbstmitleid, seine Träume nichts anderes als Selbsttäuschung und Illusionen, das wurde ihr nun klar. Und sie erkannte, dass sie ihn nicht retten konnte und dass sie ihn, nachdem die erste Verliebtheit verflogen war, eigentlich nicht einmal mochte. Dennoch blieb sie bei ihm. Sie fühlte sich an ein Versprechen gebunden, das sie ihm und sich selbst gegeben hatte und nicht brechen wollte.

Aber dann stand Ralph vor ihr, durchnässt, schmutzig, hungrig und von einer strahlenden, fröhlichen Energie erfüllt, die unversehens auf die Stimmung im Haus übergriff.

»Du!«, rief sie und rappelte sich auf, während sie die Augen mit der Hand beschattete, als könne er sich als Fata Morgana erweisen.

»Ja, ich. Du siehst völlig fertig aus.«

»Danke. Du scheinst auch nicht gerade in Bestform.« Obwohl er das war – es ging ihm offenbar blendend.

Sie lachten einander an. Mit einem Mal wurde sie richtig glücklich, und sie breitete die Arme aus.

»Selbst am Kopf hast du Schmutz abbekommen«, sagte er, während er einen Kuss auf ihren Scheitel drückte.

»Warum bist du hier?«

»Weil ich dich sehen wollte.«

»Ja, aber …«

»Ich saß in der Bibliothek und habe auf ein Buch gewartet, das ich aus dem Archiv bestellt hatte. Plötzlich dachte ich: Ich muss sofort los und Marnie besuchen.«

»Einfach so?«

»Mehr oder weniger. Also habe ich die Fähre nach Calais genommen.«

»Warum siehst du aus, als hättest du im Gebüsch geschlafen?«

»Weil es so ist. Ich bin von Calais aus zu Fuß gekommen.«

»Zu Fuß?«

»Ja, es war Teil der Abmachung.«

»Was soll das heißen? Welcher Abmachung?«

»Ich habe mir gesagt, wenn ich den ganzen Weg zu Fuß gehe, wird alles gut.«

Marnie kicherte leise. Tränen traten ihr in die Augen.

»Du bist verrückt.«

»Findest du?«

»Entweder du bist verrückt, oder die anderen sind es.«

»Das wird es sein. Weine nicht, Marnie, sonst kommen mir auch die Tränen!«

»Entschuldige bitte.« Sie wischte sich mit dem Handrücken über das schmutzige Gesicht. »Mein Gott, wie hast du mir gefehlt, Ralph! So ist es schon seit Jahren nicht mehr gewesen mit uns beiden.«

»Nein, aber das ist okay.«

»Und du hast es wirklich für mich getan?«

»Natürlich. Also, ist alles in Ordnung?«

»Jetzt wo du da bist, schon. Vorher konnte man das nicht sagen.«

»Verstehe«, erwiderte er. »Ich finde, du siehst ein bisschen deprimiert aus.«

»Meinst du?«

»Tatsächlich?«, fragte eine Stimme hinter ihnen. Mit mehreren Baguettes und einer Plastiktüte voller Flaschen trat Gilbert in die Küche. Er trug ausgebeulte Hosen, ein zerknittertes T-Shirt und war unrasiert. Wie eine Bulldogge, dachte Marnie. »Warum sollte sie deprimiert sein?«

»Ralph, das ist Gilbert. Gilbert – Ralph.«

»Ah, Ralph!« Marnies Freude war dahin. Gilbert war schon jetzt angesäuert. »Der berühmte Ralph. Hatten wir dich eingeladen?«

In den ersten Wochen ihrer Beziehung hatte Marnie Gilbert von Ralph erzählt und sich ihm anvertraut. Jetzt tat es ihr leid. Sie sah das grausame Funkeln in seinen Augen.

»Hallo«, sagte Ralph, »nein, der Besuch war meine Idee. Und ja, sie sieht ein bisschen deprimiert aus. Ich weiß zwar nicht, warum, aber ich kann es mir denken.«

»Ich bin auch noch da, wisst ihr.«

»Tut mir leid«, erwiderte Ralph, obwohl es nicht den Anschein hatte. Seine Mundwinkel zuckten, und er sah aus, als würde er gleich losprusten.

»Wollt ihr beide Kaffee? Anschließend zeige ich dir das Haus, Ralph.« Marnie schob sich eine verirrte Strähne aus dem Gesicht. Sie wünschte, sie könnte in einen kalten, reißenden Fluss springen, um sich zu waschen.

»Oder Wein. Wenn man schon mal in Frankreich ist«, sagte Gilbert. Ohne die Antwort abzuwarten, zog er eine Flasche aus der Plastiktüte und einen Korkenzieher aus der Hosentasche.

»Für mich nicht, danke.«

»Erst nach sechs, oder? So wie unsere Marnie. Macht dir doch nichts aus, wenn ich schon anfange? Du bist viel jünger, als ich gedacht habe, Ralph. Studierst du noch?«

»Nein.«

»Und wie lange wirst du uns mit deiner Anwesenheit beehren?«

In Marnie krampfte sich alles zusammen. Eine blumige Sprache benutzte Gilbert nur, wenn er auf einen Streit aus war – eine Art von holprigem Sarkasmus, der sein Gesicht verunstaltete. Ralph schien es jedoch nicht zu kümmern. An diesem Tag war er unverletzlich.

»Das hängt von Marnie ab«, erklärte er. Dann wandte er sich zu ihr um. »Ich möchte dich etwas fragen.«

»Ja?«

»Nur zu!«, sagte Gilbert. Er schenkte sich ein großes Glas Rotwein ein und hielt es ins Licht. »Wir sind ganz Ohr, nicht wahr, Marnie?« Er schlang ihr den Arm um die Taille und zog sie grob zu sich heran.

»Unter vier Augen.«

»Wie charmant.«

»Gehen wir nach nebenan«, sagte Marnie, während sie sich befreite.

»Nein, nein, ich lass euch schon allein. Ich weiß, wann ich unerwünscht bin.«

»Bitte entschuldige«, sagte Marnie, nachdem Gilbert die Tür geschlossen hatte. »So ist er nicht immer. Er kann …« Stirnrunzelnd blieb sie stehen. Wie konnte er sein? Tränenreich, sentimental, pathetisch, ängstlich, schwach, erfolglos. Das war das Problem: Immer sah sie sein Elend hinter dem Gepolter. Sie blieb bei ihm, weil er unglücklich war. »Was wolltest du mich fragen?«

»Kommst du mit mir nach Hause zurück?«

»Nach Hause zurück?«

»Ja.«

»Du meinst, jetzt gleich?«

»Warum nicht?«

»Weil …« Sie hielt inne und sah sich um. »Ich weiß nicht«, meinte sie dann matt.

»Ich bin gekommen, um dich zu retten«, erklärte er ernst. Sein Gesicht leuchtete.

»Und wenn ich gar nicht gerettet werden will?«

»Dann sag es mir, und ich geh wieder.«

»Er ist kein schlechter Mensch.«

»Nur schlecht für dich.«

»Nein, für sich selbst. Enttäuscht.«

»Nun komm schon, Marnie. Man kann nur sich selbst helfen. Das jedenfalls hast du mir immer gesagt.«

»Ja, das habe ich wohl.« Sie schaute ihn lange an. Hoffnung durchströmte sie wie kühles Wasser eine staubige Landschaft. »Mein Gott, Ralph, soll ich wirklich?«

»Keine Ahnung. Sollst du?«

»Ja. Ja, ich werde es tun. Ich muss mich umziehen.«

»Wozu? Wenn wir losgehen, wirst du doch ohnehin nur wieder schmutzig. Nimm einfach nur vernünftige Schuhe, wenn du welche hast.«

»Gehen wir zu Fuß?«

»Ich dachte schon. Und wir versuchen es per Anhalter. Die nächste Fährstation ist St. Malo. Eine hübsche Stadt. Dort können wir was essen.«

»Oh! In Ordnung. Ich meine, gut. Ja. Das gefällt mir. Trotzdem, es ist verrückt.«

»Hol deinen Pass und ein paar warme Sachen, und dann geht's los. George wartet draußen.«

»George? Wer ist George?«

»Ein Freund. Er hat mich begleitet.«

»Du hast mir nie von ihm erzählt.«

»Du wirst ihn mögen. Er ist ein schräger Vogel und hat eine äußerst positive Lebenseinstellung.«

Marnie drehte sich der Kopf. Sie betrachtete die Baustelle, die einmal die Küche werden sollte. »Ich muss es Gilbert sagen.«

»Hinterlass ihm eine Nachricht. Pinn sie ihm an die Wand!«

»Nein, das wäre nicht richtig.«

»Dann sag es ihm eben. Du kannst uns rufen, wenn du uns brauchst. Wir warten im Garten.«

»Aber da regnet's doch.«

»Auf der Straße auch.«

Marnie glaubte damals – und gegenüber Freunden sprach sie es auch aus –, dass Glücklichsein und Unglücklichsein keine Gegensätze sind. Sich unglücklich zu fühlen und zu leiden war ein Zustand, von dem man fast immer sagen konnte, wann er eingetreten war. Glücklich zu sein hingegen war eine schwer fassbare Empfindung, flüchtig und unerklärlich und nicht zu verwechseln mit Freude und Zufriedenheit. Man konnte diese Empfindung nicht herbeiführen und merkte oft nicht, wenn man glücklich war. Man erkannte es erst im Nachhinein. Im Rückblick sagte man sich: Ja, ich war es damals, dort, mit jenem Menschen, in einer Welt, die nun vergangen ist.

Bei Ralph verhielt es sich jedoch anders. Wenn er unglücklich war, so war dieser Zustand greifbar wie eine Last, die ihn niederdrückte, seinen Blick verschleierte, seine Schultern krümmte und ihn am Boden zerstörte, und genauso hatte auch sein Glück beinahe etwas Konkretes, Animalisches. Man erkannte es an seinem Blick, an dem Geruch seiner Haut und hörte es an seiner

Art zu sprechen. Manchmal dachte Marnie, sie brauche nur die Augen zu schließen, um selbst von weitem zu spüren, in welcher Stimmung er sich befand, indem sie die von ihm erzeugten Schwingungen in der Luft deutete. An diesen beiden Tagen in Frankreich strahlte Ralph vor Glück. Seine Schritte waren leicht, seine Stimme kräftig, er sang, lachte, sprang über Pfützen, neckte George (der ihn anhimmelte und ihn immer, wenn er meinte, dass niemand zusah, mit einem Ausdruck hoffnungsloser Verehrung anschaute). Er erzählte Witze und alberne Geschichten und führte sie gründlich in die Irre.

Nach ihrer ersten Umarmung rührte er Marnie nicht mehr an, außer wenn er ihr Stufen hinunter oder in die Autos half, die gelegentlich für sie anhielten – allerdings nur, wenn die beiden Männer sich hinter einem Baum versteckt hatten und Marnie allein am Straßenrand den Lockvogel spielte. Mit seinem Kumpel als absurden Knappen an der Seite war er zu ihrer Rettung herbeigeeilt und erlöste sie beide aus den eingeschliffenen Mustern der Vergangenheit. Jetzt führte ihr Weg sie durch saftige Wiesen und kleine Dörfer in eine andere Zukunft. Als sie schließlich schmutzig und voll übermütiger Freude über das glückliche Ende ihrer Reise in Portsmouth eintrafen, wurden sie von Emma erwartet, die ihnen aus ihrer rostigen kleinen Karre mit dem zerborstenen Beifahrersitz zuwinkte. Und dann ließen Ralph und George die beiden Frauen einfach allein.

»Sieh mich nicht so an!«, schnauzte Marnie, als Emma losfuhr.

Das Zimmer war voller Menschen, Stimmengesumm, leise perlendem Lachen, dem Trubel zivilisierter Geselligkeit. Sie wirkten wohlhabend und gelöst – junge Männer mit hohen Wangenknochen und eloquenten Gesten, ältere Männer mit dunklen, intelligenten Augen und zerknitterten Anzügen, schöne, junge Frauen, schlank wie die Störche, mit seidigen blonden Mähnen oder schicken Kurzhaarfrisuren, aristokratischen Nasen, raffinierten Kleidern und modulierten Stimmen. In der Hand hielten sie Gläser mit blassgoldenem Wein, im Vorbeigehen griffen sie nach Canapés mit aufgespießten Shrimps und Streifen von Seezunge. Marnie wünschte, Lucy wäre mitgekommen. Dann hätten sie sich in eine Ecke verziehen, sich mit leckeren Köstlichkeiten vollstopfen und tröstliche Bosheiten über die anderen Gäste austauschen können.

Es war eine Welt, der Marnie sich nicht zugehörig fühlte. Sie war eine Außenseiterin, schüchtern und lebensfern. Würde sie den Mund aufmachen, würde sie sich blamieren, denn sie war nicht ironisch, nicht souverän und es fehlte ihr an Selbstvertrauen, erst recht nach den elenden Monaten in der Normandie. Wenn sie bloß nichts schreiben musste! Um Himmels willen, wie peinlich das wäre bei ihrer krakeligen Schrift und ihren Schreibfehlern. Sie sah an sich hinunter. Sie trug ihren langen Samtrock mit ausgefranstem Saum, ihre abgewetzten Stiefel, eine Baumwolljacke mit großen Knöpfen und einen Ledergürtel aus dem Dritte-Welt-Laden. Sie war direkt aus dem Theater hergekommen, ungeschminkt und vielleicht noch mit Farbe im Gesicht, und hatte sich nur schnell gekämmt. Ihre Hände waren rau und schwielig, die Nägel kurz.

Die Handtasche an die Brust gepresst, stand sie im Türrahmen. Vielleicht sollte sie sich einfach umdrehen und sich davonmachen, ehe jemand sie sah. Es würde Ralph nicht stören, falls er es überhaupt mitbekam. Marnie suchte den Raum nach ihm ab. Ja, da war er. Er trug Jeans und ein schickes schwarzes Jackett und unterhielt sich mit einer jungen Frau mit aprikosenfarbenem Haar. Gerade in diesem Augenblick warf er amüsiert den Kopf zurück, und trotz der Entfernung meinte Marnie, sein Lachen zu hören. Demnach fühlte er sich also auch hier zu Hause, dachte sie. Als sie seine vertraute Gestalt betrachtete und ihn zum ersten Mal so sah, wie die anderen ihn sehen mussten, wurde ihr klar, wie attraktiv er war. Er war nicht mehr der knochige, dürre Junge, der er für sie stets geblieben war. Einen

Moment lang starrte sie ihn fasziniert an: das schwarze Haar, das seinen Kopf wie ein Heiligenschein umrahmte, die schlanke Figur, das schmale, blasse Gesicht, das so hager sein konnte, an diesem Abend aber lebendig und ausdrucksvoll erschien. Neben ihm wirkten alle anderen langweilig und schwerfällig. Das Gefühl, das seit ihrem Abenteuer in der Normandie unrechtmäßig in ihr aufgeflackert war, kehrte nun zurück, stärker diesmal, und sie schnappte nach Luft, als sie es erkannte – denn es ging hier um *Ralph*, Ralph, der wie ein kleiner Bruder für sie war, Ralph, der sie wie ein Welpe mit hungrigen Augen anschaute, Ralph mit seiner unerwiderten Liebe zu ihr. Nein, unmöglich.

Sie hängte sich ihre Tasche über die Schulter und wandte sich zum Gehen.

»Marnie!« Er hatte sie entdeckt. Er wich den Händen, die sich ihm entgegenstreckten, geschickt aus und eilte quer durch den Raum auf sie zu. »Ich war mir nicht sicher, ob du kommen würdest.«

»Ich wollte gerade wieder gehen«, gab sie zu. »Diese Leute machen mir Angst.«

»Angst? Unsinn! Komm, ich stell dir ein paar von ihnen vor.«

»Nein. Das ist dein Abend heute. Es sind deine Gäste.«

»Ich kenne nicht mal die Hälfte von ihnen. Ehrlich gesagt …« – er senkte die Stimme und beugte sich zu ihr vor –, »… ein Teil von mir würde am liebsten davonlaufen.«

»Aber das geht nicht.«

»Nein, ich muss hierbleiben, bis mein Verleger seine kleine Ansprache gehalten hat und ich ihm kurz geantwortet habe. Aber danach – warum nicht?«

»Weil die anderen deinetwegen gekommen sind, darum.«

»Meinetwegen, wegen der Drinks, wegen des Klatsches und Tratsches und aus dem Wunsch heraus, diesem oder jenem auserwählten Kreis anzugehören … Ollie wollte auch kommen, musst du wissen.«

»Ollie!« Es gelang ihr nicht, die hoffnungsvolle Aufregung in ihrer Stimme zu verbergen.

»Aber er hat abgesagt, weil sein Vater krank ist. Er hat sich nach dir erkundigt.«

»Oh.«

»Ich habe ihm gesagt, du wärst noch dieselbe wie damals, nur besser. Ach, da kommt George. Hier, unterhalte dich mit ihm, während ich meinen Pflichten nachkomme. Aber wage bloß nicht zu gehen!«

»Gut.«

»Versprochen?«

»Versprochen.«

»Hast du sein Buch gelesen?«, fragte George. Sein Anzug war ihm ein bisschen zu eng. Sein Gesicht glänzte vor Schweiß und Beflissenheit.

»Ich hab's gerade erst angefangen«, sagte Marnie. Am Vortag war ihr *Ich träume von zu Hause* von Ralphs Verlag zugeschickt worden. Sie hatte sich zwar gleich auf die ersten Seiten gestürzt, war dann aber so erschüttert gewesen, dass sie es hatte zuklappen müssen. Allerdings hatte sie es in ihrer Tasche dabei und war sich seiner bewusst, als trüge sie einen Liebesbrief oder eine Bombe mit sich herum.

»Ein außergewöhnliches Buch«, sagte George. »Ganz außergewöhnlich. Es wird eine Sensation.«

»Ist es autobiografisch?«, fragte Marnie.

»Eher eine tiefschürfende Selbsterkundung. Aber natürlich auch ein verrücktes philosophisches Sammelsurium mit all seinen bisherigen Erkenntnissen zu der Frage, was Heimat für einen Menschen bedeutet. Es liest sich wie ein persönliches Geständnis, mit einer Stimme, die einen direkt anspricht, auch wenn Ralph auf sich selbst gar nicht eingeht. Und trotzdem spürt man ihn in jeder Zeile. Ich bin tief beeindruckt. Und gleichzeitig furchtbar neidisch.«

»Willst du auch schreiben?«

»Ich? Nein. Aber ich hätte gern etwas geschrieben, damit man für mich so eine Party gibt, wo das Buch auf dem Tisch liegt und die Kritiker von mir als der neuen literarischen Hoffnung Großbritanniens sprechen.« Er lachte. »Es ist allerdings nicht leicht, auf Ralph neidisch zu sein. Er ist so …« Fragend schaute er Marnie an. »Wie heißt das Wort?«

»Lieb?«

»Um Himmels willen, nein. Er ist viel zu eigenartig, auf beängstigende Weise eigenartig, um lieb zu sein. Aber man muss ihn bewundern. Alle bewundern ihn.«

»Wirklich?«

»Ich auf jeden Fall«, gab George offen zu. »Und das Wort, nach dem ich suchte, heißt verletzlich. Er ist äußerst verletzlich.«

»Ja«, sagte Marnie. Sie sah zu Ralph hinüber, der jetzt mit einem Mann mit einem Aufnahmegerät sprach. »Das ist er. Das war er schon immer.«

»Tu ihm nicht weh«, sagte George.

Marnie war wie vor den Kopf gestoßen. Sie wusste nicht, was sie antworten sollte. Als ein Kellner vorbeikam, griff sie sich ein Glas Wein und trank einen großen, kühlen Schluck.

»Das habe ich auch nicht vor«, meinte sie schließlich. »Er ist mein Freund.«

»Seit wir aus der Normandie zurück sind«, fuhr George fort, »versucht er, sich aus einer Beziehung zu lösen.«

»Das habe ich nicht gewusst. Davon hat er nichts gesagt. Wir haben uns im letzten Jahr nicht oft gesehen und seit Frankreich überhaupt nicht mehr. Ihr beide seid einfach abgehauen.«

»Sophie. Dort ist sie.« George wies mit dem Kinn auf eine zierliche Frau, die mit ihren dunklen Augen und den blauschwarzen Haaren fast schon asiatisch wirkte. Sie trug Ballerinas und ein knappes orangefarbenes Kleid. Marnie fühlte sich plötzlich derb und plump. »Eine Linguistin. Sie spricht hundert Sprachen. Hat in Cambridge promoviert wie Ralph.«

»Ach.« Etwas anderes fiel Marnie nicht ein.

»Es hat sie ganz schön aus der Fassung gebracht.« Marnie hatte das Gefühl, dass er ihr einen Vorwurf machte.

In diesem Augenblick schlug jemand mit einem Messerchen an ein Glas, und ein anderer bat um Aufmerksamkeit. Die Menge wurde still und scharte sich um Ralph und einen Mann mit dichtem grauem Haar, der sich als Ralphs Verleger und Freund vorstellte. Er sprach zehn Minuten lang völlig frei. Marnie, die weiter hinten stand, verstand nur die Hälfte, darunter das Wort »brillant«. Er erzählte von seiner ersten Begegnung mit Ralph, bei der dieser offenbar mit komischen Schuhen im Verlegerbüro aufgetaucht war. Eine Woge der Zuneigung lief durch den Raum. Marnie betrachtete die Gesichter ringsherum: Tatsächlich, sie alle bewundern ihn, dachte sie, und ein Stich durchfuhr sie. Aber was war es, was sie da fühlte? Verlangen, Zärtlichkeit, Stolz, Angst.

Ralphs Rede dauerte nicht viel länger als eine Minute. Er dankte seinem Verleger und seiner Agentin – eindeutig die Frau zu seiner Rechten, die ihn anstrahlte wie einen geliebten Sohn. Dann erklärte er, Freunde aus allen Phasen seines Lebens seien gekommen und vielleicht sei es das, was das Wort Zuhause für ihn bedeutete: einen Ort, an dem sich die Menschen versammelten, die er liebe. Er hob sein Glas in die Runde, und die Runde prostete ihm zu. Nach Hochrufen und Beifall nahm man die Gespräche wieder auf. George stellte Marnie einen Mann mit schmalem, stillem Gesicht vor, einen von Ralphs früheren Professoren, dann eine Frau mit flammend rotem Haar und einem abgebrochenen Vorderzahn, die sich atemlos darüber ausließ, dass sie zu spät gekommen sei, weil ein einbeiniger Mann auf der Rolltreppe zur U-Bahn gestürzt sei, auf der sie nach oben fuhr, und sie ihn zu einem Drink eingeladen habe, wobei sich herausstellte, dass er … An diesem Punkt der Geschichte verlor Marnie den Faden. Eine ältere Dame mit aschgrauem Haar und einer angenehmen tiefen Stimme trat auf Marnie zu und erklärte, sie sei eine Freundin von Ralph und habe Marnie schon immer kennenlernen wollen. Sie habe eins von Marnies Bildern in Ralphs Zimmer gesehen und sich die dazugehörige Geschichte erzählen lassen. Marnie wusste, welches sie meinte: die Kohlezeichnung des winterlichen Kiesstrands mit dem alten Bootsrumpf und der Andeutung von Lucy und Ralph am Rand. Sie erinnerte sich noch gut, wie sie daran gearbeitet hatte, sie spürte noch den Wind, der auf ihren Wangen brannte und ihr die Haare ins Gesicht wehte. Und sie sah wieder Ralph und Lucy vor sich, wie sie damals gewesen waren: schäbig gekleidet, jung, enthusiastisch und wie beschwipst von neuen Beziehungen und hoffnungsvoller Erwartung.

»Wollen wir gehen?« Wie auf ein Stichwort stand Ralph plötzlich neben ihr.

»Wohin? Kannst du wirklich schon aufbrechen?«

»Lieber zu früh als zu spät«, sagte er. »Es steuert jetzt sowieso schon aufs Ende zu. Wollen wir zu Abend essen?«

»Ja, gern.«

»Hier in der Nähe gibt es ein einfaches Fischrestaurant, wo ich schon mal gewesen bin. Was meinst du?«

»Prima.«

»Gut, dann nichts wie los, ehe uns noch jemand aufhält! Wenn jemand meinen Namen ruft, müssen wir so tun, als hätten wir nichts gehört.«

Sie stürzten hinaus, liefen die breite Treppe hinunter und durch die Doppeltüren auf die Straße. Die Dämmerung war gerade erst angebrochen an diesem Frühsommerabend und verbreitete die vergängliche Stimmung, die Marnie so liebte, eine Zeit der vagen Schatten und Verheißungen. Sie hakte sich bei Ralph unter und fühlte sich plötzlich schüchtern, feierlich erst und erfüllt von süßer Wehmut. Als sie Ralph verstohlen ansah und feststellte, dass er sie betrachtete, schaute sie schnell wieder weg. War das hier Wirklichkeit? Vor langer Zeit hatten sie sich auf dem Friedhof geküsst; sie hatte zugelassen, dass er sie küsste.

Sie erinnerte sich noch genau an seinen Blick, als sie damals ins Gras gesunken war. Und sie hörte ihn wieder sagen: Immer, Marnie, immer. Vergiss das nie! Aber dann war sie von ihm zu Ollie gegangen. Nein, sie wollte jetzt nicht an Ollie denken. Nicht an diesem Abend, an dem sich ein Tor, dessen Existenz sie nicht einmal geahnt hatte, zu einer neuen Landschaft öffnete.

Marnie bestellte sich Lachs, obwohl sie glaubte, dass sie davon kaum einen Bissen hinunterbringen würde, und er Kabeljau und eine Flasche weißen Hauswein. Während sie Brot zerkrümelten, lächelten sie einander über den Tisch hinweg an. Marnie konnte sich nicht erinnern, in all den Jahren ihrer Bekanntschaft je mit ihm allein in einem Restaurant gewesen zu sein. Pizza mit Lucy und Ollie, Pommes frites und Sandwiches in Tankstellen auf dem Weg nach Schottland, Tomatensuppe in dem Café unweit ihres Hauses, jene Essenseinladung Emmas zur Feier seines Stipendiums für Cambridge, bei dem sich ihre Mutter zum ersten Mal, seit Marnie denken konnte, Tränen gestattet hatte. Doch bei hereinbrechender Dunkelheit allein mit ihm in einer Nische an einem Tisch – das hatte es noch nie gegeben.

Der Wein, der ihnen gebracht wurde, war trocken und leicht. Er rann durch Marnies Adern und löste ihre Befangenheit.

»Heute Abend habe ich dich in einem anderen Licht gesehen«, sagte sie.

»Wie das?«

»Du warst ganz in deinem Element.«

»Wohl kaum.«

»Nein – du weißt schon. Für sie bist du der Akademiker, der Autor, der vielversprechende junge Mann.«

»Und als was siehst du mich?«

»Als Ralph«, antwortete sie schlicht. Natürlich war es nicht so einfach, überhaupt nicht. »Damit meine ich, wenn man die Vergangenheit eines Menschen kennt, kann man sich nur schwer davon lösen. Das ist auch der Grund, weshalb wir von zu Hause ausziehen müssen. Um von unseren Freunden und Angehörigen loszukommen. Das gilt ganz besonders für dich.«

»Wieso?« Sie konnte seinen Ausdruck nicht deuten.

»Weil bei dir die Vergangenheit ziemlich …« – sie zögerte – »… extrem war. David, der gestorben ist. Grace. Dein Vater.« Sie wartete darauf, dass seine Miene sich verschloss wie immer, wenn sie von seinem Vater sprach, doch er schaute sie offen und aufmerksam an. »Deshalb gab es dieses extreme Bild von dir, dem du entkommen musstest.«

»Du meinst: neurotisch, leidend, unselbstständig, sprunghaft, labil, unsicher?«

»So in etwa«, meinte sie bestätigend. Sie trank noch einen Schluck Wein.

»So siehst du mich also?«

»Nein. Oder womöglich doch. Das sehe ich hinter dem Mann, der du heute bist.«

»So wie beim Ektoplasma, das man nur wahrnimmt, wenn es ins Licht tritt?«

»Vielleicht. Wie bei einem Geist. Ralph, der Junge, der eines Tages vor unserer Tür stand, und Ralph, der Mann.«

»Und du siehst sie beide.«

»Zwangsläufig.«

»Aber du siehst auch Ralph, den Mann?«, hakte er nach.

Sie wusste, worauf er hinauswollte, und wich seinem Blick nicht aus. »Ja. Und das ist wohl neu für mich.«

Der Fisch wurde gebracht. Marnie aß ein paar Bissen, trank einige Schlucke Wein. Sie merkte, dass Ralph gleichfalls nicht viel hinunterbrachte. Er erzählte ihr von Grace, sie ihm von Lucy. Sie betrachtete seine Hände, die nicht weit von ihren auf dem Tisch lagen, die knochigen Handgelenke. Sie beschrieb das Theater, ihren Arbeitsplatz, und die bunte Mischung von Schauspielern – einige älter, zynisch, auf dem Weg nach unten, und einige jung, voller Träume und hochfliegender Ambitionen. Sein großzügiger beweglicher Mund und die gefleckten grünlichen Augen. Er erzählte von den Absonderlichkeiten des akademischen Lebens in Cambridge: dass einige Professoren die Stadt seit ihrer Ankunft nicht mehr verlassen hätten und nun mit dem Fahrrad durch die Gegend führen, mit flatternden Talaren, sodass sie aussähen wie harmlose Kreaturen aus einer anderen Zeit. Sein dunkles Haar, das in einer wilden Wolke sein schmales, leidenschaftliches Gesicht umrahmte, die Art und Weise, wie er sie nach wie vor anlächelte. Sie kannte ihn so gut, und dennoch lernte sie ihn jetzt noch einmal neu kennen.

Ein Thema allerdings musste geklärt werden, ehe … ehe geschah, was geschehen sollte.

»Siehst du Oliver manchmal?«

»Ja. Er ist schließlich mein bester Freund.« Bei dem harmlosen Begriff zog er eine Grimasse. »Außer dir. Aber das ist was anderes.«

»Was damals zwischen uns drei vorgefallen ist …«

»Was geschehen ist, ist geschehen. Wir haben uns alle dumm benommen, jeder auf seine Art.«

»Als du weggelaufen bist …«, begann Marnie und stellte damit die Frage, die sie bisher nicht zu stellen gewagt hatte, weil sie die Antwort fürchtete, »… hast du da daran gedacht, ich meine, hast du dir da vorgestellt …« – sie hielt den Atem an –, »… dich umzubringen?«

»Nein. Ja. Ich meine, darüber nachgedacht nicht, aber natürlich habe ich es mir vorgestellt. Manchmal will man einfach, dass der Schmerz aufhört, und kann an nichts anderes mehr denken. Aber man muss sich immer wieder klarmachen, dass es vorbeigeht, auch wenn du in dem Moment glaubst, dass du ewig darunter leiden wirst.«

Marnie hörte George wieder sagen: »Tu ihm nicht weh!« Angst stieg in ihr auf wie eine dunkle Flut.

»Geht es dir heute auch noch manchmal so?«, brachte sie heraus.

Ralph lächelte sie an. »Ein Mensch ändert sich nicht wirklich«, sagte er. »Wenn er Glück hat, lernt er höchstens, mit dem zurechtzukommen, was er ist. Also ja und nein. Ralph, der Junge, von dem du gesprochen hast, ist immer noch da und wird wohl nie verschwinden. Nur dass ich jetzt weiß, wie ich damit umgehen muss.«

»Und wie?«

»Ich habe gelernt, wie ich weitermachen kann.«

Der Kellner kam, um die Teller abzuräumen. Als er sah, dass sie ihr Essen kaum angerührt hatten, begann er hörbar zu murmeln.

»War alles zu Ihrer Zufriedenheit?«, fragte er bitter, aber höflich.

»Wunderbar«, erklärte Marnie.

»Ja«, sagte Ralph, »wirklich.«

Sie studierten die Dessertkarte, entschieden sich dann aber lediglich für Kaffee, der ihnen mit kleinen Mandelkeksen auf der Untertasse und gleichzeitig mit der Rechnung gebracht wurde. Das Restaurant hatte sich geleert, sie saßen jetzt allein in ihrer Ecke. Draußen war es inzwischen ziemlich dunkel. Ralph zitterte leicht.

»Was ist?«, fragte Marnie.

»Ich bin glücklich.«

»O Ralph!«

Er legte seine Hand auf ihre, und sie zog ihre nicht fort. Sie sahen einander lange an, und Marnie spürte ihr pochendes Herz. Ganz langsam legte sie die andere Hand auf seine Wange. Er seufzte, ohne sich zu rühren. Sie beugte sich vor und schob die Hand in seinen Nacken, unter die weichen, sauberen Locken. »Marnie«, sagte er. Er schien wie betäubt vor Glückseligkeit. Sie spürte deutlich, welche Macht sie über ihn hatte.

»Hallo«, sagte sie leise. Dann beugte sie sich vor und küsste ihn auf den Mund.

»Ich möchte dich etwas fragen, Marnie.«

»Ja?« Sie lächelte ihn an und hob seine Finger an ihren Mund.

Sie wusste, was kommen würde. Der Heimweg (aber wohin? Er wohnte in Cambridge, und ihr schäbiges kleines Zimmer lag kilometerweit entfernt) Hand in Hand, aneinandergeschmiegt, die gemeinsame Nacht, der Blick, mit dem er sie anschauen würde.

»Ich habe es dich schon einmal gefragt, vor langer Zeit, als ich noch ein Junge war. Willst du mich heiraten?«

Es fühlte sich an wie ein Schlag in die Magengrube. Ralphs Gesicht verschwamm vor ihren Augen, und sie schnappte erschrocken nach Luft.

»Oh!«, wisperte sie. Jetzt wurde ihr alles klar. Wie hatte sie nur so dumm, so blind, so ungeheuer grausam sein können? Er hatte diesen Augenblick geplant seit den Tagen in der Normandie, als er wie ein vom Regen durchweichter Ritter zu ihrer Rettung herbeigeeilt war. Deshalb hatte er auch mit der schönen Linguistin Schluss gemacht, deshalb hatte er sie an diesem Abend zum Essen eingeladen, so ernst und feierlich und strahlend vor Freude. Und er glaubte – nein, jetzt sah sie entsetzt, dass er überzeugt war –, sie würde ja sagen.

»Ich werde nie eine andere so lieben wie dich«, fuhr er fort. Sein Gesicht glühte. »Du bist meine Erlösung. Du bist mein Zuhause.«

»Aber das wollte ich nicht… Ich meine, du kannst doch nicht…« Sie hielt inne. Natürlich konnte er. Es war Ralph, der Meister des Unerwarteten und Absurden. Ralph, der letzte Romantiker, der sie zu seiner Muse gemacht hatte.

»Bitte, Marnie! Sag ja!« Ralphs Blick hatte den Ausdruck überströmender Zärtlichkeit verloren. Sein Gesicht war angespannt und bleich.

»Ich dachte, wir würden eine Liebesnacht verbringen«, sagte sie schließlich. »Und dann weitersehen.«

»Ich will keine Nacht mit dir verbringen, sondern mein ganzes Leben.«

»Aber Ralph! Ralph, du Lieber.« Marnie hätte am liebsten

hysterisch gelacht, geweint und entsetzt und fluchtartig das Lokal verlassen. Sie legte ihm die Hand auf den Arm. »Wir kennen uns doch gar nicht in der Weise. Wir haben uns noch nicht mal richtig geküsst.«

»Ich kenne dich.« Er entzog ihr seinen Arm. »Durch und durch.«

»Nein, das tust du nicht. Nicht so. Du kennst mich als deine Freundin Marnie. Als ein Mädchen, dem du begegnet bist, als wir fast noch Kinder waren. Aber dies ist etwas anders.«

»Nein, es gehört alles zusammen. Du bist meine Freundin, und du bist meine Seelenverwandte. Und ich bitte dich, mich zu heiraten.«

»Können wir nicht einfach …« Sie wusste nicht weiter. Jetzt konnte sie ihn nicht mehr küssen, nicht mehr in den Arm nehmen. Es stand zu viel auf dem Spiel. Jetzt war alles von einem wahnsinnigen Ernst durchdrungen.

Er richtete sich auf, förmlich und ungeheuer ernst, ja, verzweifelt. »Heirate mich, und ich werde dich mein Leben lang lieben und alles tun, um dich glücklich zu machen!«

Einen flüchtigen Augenblick erwog Marnie, ja zu sagen. Weil sie ihn liebte, mochte, kannte. Weil er sie auch liebte und ihr seine Seele offenbart hatte. Weil es niemanden gab, der solche Gefühle für sie aufbrachte, sie so bedingungslos anbetete. Aber noch während sie dies bedachte, sah sie ihr Leben vor sich: Sie würde ihn bemuttern, für ihn sorgen, ihm folgen, gegen seine hungrigen Dämonen ankämpfen und ihn retten, ihm das Zuhause geben, nach dem er sich sein Leben lang gesehnt hatte. Und sie, Gefangene seiner Liebe, würde einfach zu existieren aufhören.

»Wenn ich es denn aussprechen muss: Nein, Ralph.«

Entsetztes Schweigen. Er schien in sich zusammenzusinken, zurückzuschrecken, sein Blick verdüsterte sich. Das Licht war erloschen.

»Nein«, wiederholte er heiser. »Nein?«

»Nein, Ralph. Nicht so.«

»Aber ich dachte …«, flüsterte er. »Ich habe gedacht …«

»Du hast dich in eine Vorstellung verliebt«, sagte sie hilflos. »Aber ich bin aus Fleisch und Blut.«

»Eine Vorstellung! Du glaubst, du bist für mich eine Vorstellung?« Sein Blick brannte auf ihr. »Wie kannst du das sagen?« Er stand auf. »Ist das eine Vorstellung?« Mit einer einzigen Handbewegung wischte er die Kaffeetassen vom Tisch. »Ja?« Die Kekse flogen wie kleine Frisbeescheiben durch die Luft.

»Ralph, lass das!«

»Sir? Sir?«

Erschrocken eilte der Kellner durch das leere Lokal an ihren Tisch.

»Fleisch und Blut?«, rief Ralph. »Meinst du so?« Er schlug sich mit der Faust auf die Brust.

»Hör auf, Ralph, hör auf! Hörst du?«

»Ich rufe die Polizei«, sagte der Kellner. »Randale unter Alkoholeinfluss.«

»Wie? Was habe ich denn getan? Ihre Tassen zerbrochen? Hier, ich bezahle.« Ralph nahm sein Portemonnaie, zog mehrere Pfundnoten heraus und warf sie auf den Tisch. Inzwischen hatte sich ein weiterer Mann, der Schürze nach zu urteilen, der Koch, zum Kellner gesellt. »Und die Rechnung – was bin ich schuldig? Nehmen Sie das!« Er warf ihnen achtlos ein Bündel Scheine hin. »Reicht das? Sie können alles haben, was ich besitze. Ich brauche es nicht mehr.«

»Bitte entschuldigen Sie!«, sagte Marnie. »Wir gehen. Tut mir leid.«

Sie wollte Ralph am Arm nehmen, der aber machte sich so heftig frei, als habe er sich verbrannt.

»Wenn dir etwas an mir liegt«, zischte er, »versuch nicht, mir zu helfen!«

»Wo willst du hin?«

Er starrte sie blind an. »Wohin? Keine Ahnung. Spielt das

eine Rolle?« Und plötzlich war sein Ärger verraucht. Seine Miene entspannte sich und erschlaffte, was für Marnie noch schwerer zu ertragen war. »Keine Sorge«, sagte er freundlich. »Ich mache keine Dummheiten. Das wäre unverzeihlich.«

Er ging hinaus. Marnie sah ihm durchs Fenster nach, aber er drehte sich nicht um. Er verschwand aus ihrem Blick und tauchte ein in die Dunkelheit.

Sie bückte sich, um die Scherben vom Boden aufzuheben. Der Kellner kam mit einem Glas Wasser und blieb beflissen und peinlich berührt an ihrer Seite, bis sie es durstig hinuntergekippt hatte. Dann ging auch sie. Sie schlenderte durch die leeren nächtlichen Straßen, wie sie zunächst meinte, zurück in ihr düsteres kleines Zimmer in Lewisham. Dann aber stellte sie fest, dass sie an den leeren, erleuchteten, imposanten Bürotürmen der Innenstadt vorbei auf den Bahnhof Liverpool Street zuging. Sie erwischte den letzten Nahverkehrszug nach Hause, der unterwegs an jedem kleinen Bahnhof hielt, um Fahrgäste auszuspucken. In ihrem Abteil schienen fast nur angetrunkene Männer in zerschlissenen Anzügen zu sitzen, die Brathähnchen aus der Papiertüte aßen oder mit offenem Mund und im Traum zuckenden Lidern schliefen. Marnie lehnte die Stirn gegen die vibrierende Fensterscheibe und starrte an ihrem Spiegelbild vorbei in die Dunkelheit. Bald hatte der Zug die Stadt hinter sich gelassen. Unter dem sternenübersäten Himmel sah sie Flüsse und Felder, einen Kanal, ein Dörfchen, einen Kirchturm, ein altes Lagerhaus mit zerbrochenen Fenstern. An einer Böschung stand ein Fuchs, der die Schnauze hob und sie aus gelben Augen anstarrte, bevor er sich gemächlich ins Unterholz verzog.

Endlich kam ihre Bahnstation. Da es so spät keine Taxis mehr gab, entschloss sie sich, die wenigen Kilometer zu Fuß zu gehen. Sie hatte den Weg schon oft zurückgelegt, nachts allerdings noch nie allein, sondern immer nur in Begleitung von Lucy, Ralph oder Ollie oder von allen zusammen. Ihr fiel ein, wie sie sich einmal bei der Rückkehr von einem Konzert an den Händen gehalten und beim Gehen gesungen hatten. Oder damals mit Ollie, wie er sie so fest im Arm gehalten hatte, die Lippen in ihrem Haar, dass sich ihre Füße verhedderten und sie stolperten. Hier war das Lokal, das sie mit David besucht hatte und dann nie wieder, weil es die alten Schuldgefühle weckte, und dort das kleine Café, das ihr eine Kohlezeichnung abgekauft hatte. Ob sie wohl noch hinten an der Wand hing? Und da war auch der Secondhandladen, in dem Ralph seine ausgefallenen, mottenzerfressenen Klamotten gekauft hatte. Den alten Trenchcoat, die weiße Röhrenjeans, das Samtjackett.

Dann hatte sie die Stadt hinter sich und befand sich auf der Nebenstraße. Hier gab es zwar keine Beleuchtung mehr, aber der Halbmond schien so hell, dass sie ihren Schatten sehen konnte. Marnie ließ sich Zeit. Warum sollte sie sich auch beeilen? War das schon das Meer, was sie da roch? Hörte sie in der Ferne sein schwaches, gleichmäßiges Rauschen?

Als sie den Weg zu ihrem Haus erreicht hatte, dämmerte schon der Morgen. Ein Streifen orangefarbenen Lichts zog über den Horizont und ließ das Wasser matt schimmern. Die Vögel hatten zu singen begonnen. In einer Hecke saß ein Zaunkönig. Das Gras war mit Tau bedeckt, und Marnie hinterließ eine Spur auf dem Rasen. In der Einfahrt stand ein fremder Wagen, Emma hatte demnach Pensionsgäste, aber hinter den zugezogenen Vorhängen brannte noch kein Licht. Weil Marnie ihren Schlüssel nicht bei sich hatte, setzte sie sich auf die Bank neben der Haustür und machte die Augen zu. Das Gezwitscher der Vögel nahm zu, und selbst durch die geschlossenen Lider spürte sie, wie das Licht mit der aufgehenden Sonne immer heller wurde. Sie schlug die Augen wieder auf und beobachtete, wie der große orangerote Feuerball hinter einem Wolkenfetzen in der Mitte langsam höher stieg. Es würde ein herrlicher Tag werden. Marnie erinnerte sich noch gut, was sie empfunden hatte, wenn sie vom Fenster ihres Zimmers die Morgensonne über dem Meer beobachtet hatte.

Sie fühlte sich erstaunlich munter, daher stand sie auf und ging hinunter zum Strand. Ihre Schritte knirschten auf dem Kies, an der gezackten Linie des Schaums, den die Wellen dorthin getragen hatten. In der Nähe des Ufers kauerte sie sich nieder und suchte nach einem Stein mit einem Loch in der Mitte, um einen Wunsch frei zu haben. Sie fand einen rostbraunen, unregelmäßig geformten, der golden schimmerte, als er vom Wasser benetzt wurde, und umschloss ihn fest mit ihrer Hand. Sie wünschte sich, dass es Ralph gutgehen möge. Sie wünschte sich, es wäre nie geschehen. Sie wünschte sich, sie könnte die Zeit zurückdrehen. Sie wünschte sich …

Das Haus konnte Marnie vom Strand aus nicht sehen. Als sie über die Anhöhe zurückkam, brannte im Gästezimmer und in der Küche Licht. Kurz darauf erkannte sie hinter dem Küchenfenster ihre Mutter, die am Herd stand und Schinkenspeck in der Pfanne wendete. Angesichts des vertrauten Stirnrunzelns und der ungeduldigen Bewegungen musste Marnie grinsen. Emma hatte also wieder einmal Gäste, die sie nicht leiden konnte, und ließ sie auf diese Weise ihren Unmut spüren.

Marnie klopfte ans Fenster. Emma blickte auf und beschattete, geblendet von der Sonne, die Augen mit der Hand. Sie schien nicht sonderlich überrascht, dass Marnie gekommen war, und lächelte sie warm, aber auch besorgt an.

»Marnie!«, sagte sie an der Tür. Sie wischte sich die Hände an der gestreiften Schürze ab und legte sie ihrer Tochter auf die Schulter. »Was für eine schöne Überraschung!« Dann küsste sie sie auf beide Wangen. »Ist alles in Ordnung?«

»Ja«, sagte Marnie, obwohl ihr Tränen in die Augen stiegen. »Außer dass dein Schinkenspeck anbrennt.«

»Stimmt.«

»Soll ich das Frühstück machen? Wie viele sind es?«

»Drei.«

»Und du kannst sie nicht ausstehen.«

»Dir wird es auch nicht anders gehen«, unkte Emma. Sie

band sich die Schürze ab und gab sie an Marnie weiter. »Dann los, damit du in Übung bleibst. Die Würstchen sind schon fertig und stehen im Ofen.«

Marnie kippte den verbrannten Schinkenspeck in den Müll und legte neue Scheiben in die Pfanne. Sie schnitt drei Tomaten in der Mitte durch und gab die Hälften dazu, die angeschnittene Seite nach unten. Dann mahlte sie Kaffeebohnen und brachte Wasser zum Kochen. Als der Schinkenspeck fast fertig gebraten war, legte sie Brotscheiben unter den Grill und schlug die Eier in eine zweite Pfanne.

»Keine Pilze?«, fragte sie.

»Nein.«

»So schlimm?«

»Warte ab, dann siehst du es selbst.«

Marnie holte drei Teller heraus und richtete die Speisen an. Dann stellte sie die Kaffeekanne, den Toast und die Marmeladengläser auf ein Tablett.

»Wollen wir einen Spaziergang machen, wenn sie fort sind?«

»Natürlich. Wie bist du überhaupt hergekommen?«

»Mit dem letzten Zug und vom Bahnhof zu Fuß.«

»Dann hast du also die Nacht durchgemacht.«

»Ja.«

»Aha. Ich bringe das Frühstück raus. Ich habe im Nebenzimmer schon den kleinen Tisch für sie gedeckt, wir sind in der Küche also allein. Du kochst noch eine Kanne Kaffee für uns, ja?«

»Okay.«

»Möchtest du etwas essen?«

»Vielleicht mache ich mir Porridge. Der hat so was Tröstliches.«

»Dann nehm ich auch welchen.«

Sie aßen schweigend. Aus dem Nebenraum hörten sie das an- und abschwellende Gespräch ihrer Pensionsgäste. Marnie zog die Augenbrauen hoch, als Emma ihr zischend zuflüsterte: »Ein reiches Paar, richtige Schleimscheißer, mit ihrer verwöhnten Tochter. Sie behandeln mich mit einer überschwänglichen Herablassung, dass sich mir die Haare aufstellen … Als sei es eine gute Tat, zu einer Bediensteten nett zu sein. Nur der Himmel weiß, was sie hier verloren haben, anstatt in einem Hotel mit Whirlpool abzusteigen.«

»Verstehe.«

Marnie streute braunen Zucker auf den Haferbrei in ihrer Schale und verfolgte, wie er dunkel wurde und schmolz. Sie aß einen Löffel, trank einen Schluck Kaffee und sah aus dem Fenster, wo jenseits des Gartens das Meer in der Sonne glitzerte und einen wahren Funkenregen versprühte. Zufrieden seufzte sie auf. Der vergangene Abend schien lange zurückzuliegen. Seine fernen Bilder, so lebendig, kamen ihr vor wie aus einem Traum.

»Dann erzähl mal«, sagte Emma, als sie über den Kiesstrand schlenderten.

»Ich habe Ralph getroffen. Er hat mich gefragt, ob ich ihn heiraten will.«

»Ach«, sagte Emma.

»Ich habe natürlich nein gesagt.«

»Natürlich.«

»Er war wütend und sehr aufgebracht.«

Emma nickte nur.

»Offenbar habe ich einen Fehler gemacht. Ich habe ihn glauben lassen … Auf unserer Rückreise aus Frankreich war es so nett mit ihm, und da hat er wohl gedacht … Tja, um ehrlich zu sein, habe ich vielleicht auch gedacht … Kurze Zeit jedenfalls habe ich mit dem Gedanken gespielt … weil er immer so … O Gott, tut mir leid, wahrscheinlich rede ich unverständliches Zeug.«

»Ich glaube, ich kann mir denken, was in die Lücken gehört.«

»Ja, wie immer. Ach, ich bin so durcheinander.«

»Aber du weißt, dass du ihn nicht heiraten willst.«

»Wie könnte ich? Dies ist kein viktorianischer Roman. Wir sind nicht miteinander ausgegangen, und wir hatten auch noch keinen Sex oder so was in der Art, wenn du's genau wissen willst. Es war nur eine vage Möglichkeit, aber Ralph hat ein riesiges Drama draus gemacht. Was für eine dumme Idee! Wir sprechen hier von Ralph. Er ist für mich wie ein Bruder oder so. Ich liebe ihn nicht. Oder doch, ja… Natürlich liebe ich ihn… Aber nicht so, nicht auf die Art, wie er mich liebt. Ich empfinde kein…« Sie sah zur Seite. Solche Sachen besprach sie normalerweise nicht mit ihrer Mutter. »Ich begehre ihn nicht wirklich.«

»Dann war es richtig, nein zu sagen. War deine Antwort klar und eindeutig?«

»Findest du nicht«, sagte Marnie, während sie einen flachen Stein aufhob und über das Wasser hüpfen ließ, »findest du nicht, dass man fast schon geneigt ist, diese Liebe zu erwidern, wenn man geliebt wird? Männer fühlen sich von einer Frau abgestoßen, die sie anhimmelt, aber wenn ein Mann alles für eine Frau tut, lässt sie sich oft von ihm erobern.«

»Das ist eine grobe Verallgemeinerung«, entgegnete Emma trocken. »Meinst du mit ›Männer‹ Ralph und mit ›der Frau‹ dich selbst?«

»Also gut. Manchmal habe ich gedacht, irgendwie schafft er es doch noch und kriegt mich rum. Ganz ehrlich, wenn er mich nicht mehr lieben würde – was ich mir für ihn und mich wirklich wünsche –, dann würde ich mich irgendwie verlassen fühlen. Als ob ich etwas Kostbares und Seltenes verloren hätte. Das ist falsch von mir, nicht wahr?«

»Wenn du es so empfindest, ist es nicht falsch. Falsch wäre nur, danach zu handeln, das heißt, ihn zu ermutigen.«

»Ich glaube, ich habe ihn ermutigt«, sagte Marnie leise.

Emma hakte sich bei Marnie unter. »Das mit dir und Ralph«, sagte sie seufzend, »geht immer weiter, oder?«

Marnie fiel auf, dass Emma älter geworden war. Ihr Haar wurde allmählich grau, sie hatte mehr Falten im Gesicht. Was sie wohl machte, Abend für Abend allein zu Haus, nachdem alle anderen fort waren? Jetzt auch Marnie. Und Eric ebenfalls.

»Bitte entschuldige«, sagte sie. »Ich weiß, wie du zu Ralph stehst. Er ist ein bisschen wie ein Sohn für dich, nicht wahr? Oder vielmehr bist du für ihn wie eine Mutter.« Es entstand ein bedeutungsvolles Schweigen. Marnie schluckte und sah hinaus aufs Meer.

Emma blieb stehen und schaute Marnie eindringlich an.

»Es wird Zeit, dass du uns hinter dir lässt«, sagte sie.

Lucy hat mich getröstet. Sie war immer da, um mich zu trösten. Dabei hätte ich es nicht annehmen dürfen. Ich wusste, ich durfte es nicht annehmen. Aber ich hatte keine Kraft mehr, und sie war immer so stark. Klein und sauer wie ein fester grüner Apfel, geradeaus und aufrecht wie ein Pfeil.

Wie ich dorthin gekommen bin, weiß ich nicht mehr. Eine große Studenten-WG. Lockere Ziegel auf dem Dach, ein überwucherter Vorgarten, zerschlissene Vorhänge, Lärm. Irgendjemand spielte Klavier, Jazz, glaube ich. Töne, die durch die Räume schwebten. Gesichter, die mich anstarrten. Ich saß auf dem Sofa. Dann kam Lucy die Treppe runter, souverän und gefasst. Sie setzte sich neben mich aufs Sofa und nahm mich in die Arme. Dünne, drahtige Arme. Sie trug einen weiten weißen Bademantel, der ihr fast bis zu den Knöcheln reichte. Ich legte den Kopf an ihre Brust, schmiegte mich an den weichen Stoff. Sie roch sauber und gut. Sie hatte schlanke Finger, kurze Nägel, kleine weiße Füße und ein festes Kinn, das sie auf meinen Kopf stützte. Sie sagte nichts, und ich hatte das Gefühl, mich für alle Ewigkeit in ihre Umarmung versenken zu können. Ich war in sicheren Händen.

Sie nahm mich auf. Sie holte mich aus der dunklen Nacht und hielt mich fest. Sie sorgte für mich. Knopfnase, ironischer Mund, scharfe Zunge, ehrliche Augen. Ich hätte es nicht annehmen dürfen. Ich war einsam. Ich wusste, dass sie sich freute. Sie freute sich viel zu sehr.

Aus dem Fenster ihres Schlafzimmers im obersten Stock sah man über die Dächer, und die Lichter zogen sich bis zum diesigen Horizont. Ich glaube, ich habe geweint.

Der Schmerz ließ nach, wurde weniger dominant. Er blieb, aber er fraß mich nicht mehr auf, füllte nicht mehr den Raum, der Herz, Lunge und Nieren zustand. Ich war matt und friedlich vor Erschöpfung. Besiegt. Manchmal ist es richtig, sich seine Niederlage einzugestehen.

Die Mitbewohner: Lisa-May, runde blaue Augen und ein Lachen wie eine Glocke auf einem englischen Dorffriedhof. Ich habe mich neulich nach ihr erkundigt. Sie ist eine der wenigen Gehirnchirurginnen unseres Landes. Und Fred – ja, Fred wohnte damals auch in dem Haus. Untersetzt, schweigsam, klug. Pianistenhände. Er hat an jenem Abend Jazz gespielt. Ich mochte ihn gern, er mich allerdings nicht, zumindest misstraute er mir. Ganz zu Recht. Er war schon damals in Lucy verliebt.

Was für ein Schlamassel! Fred liebte Lucy. Lucy liebte mich. Ich liebte dich. Aber wen hast du geliebt, Marnie Still? Und wen liebst du heute?

Ich hätte es nicht annehmen dürfen. Sag ihr, dass es mir leidtut. Ich mochte sie mehr, als ich je sagen, je zeigen konnte. Mehr, als mir je bewusst war.

21 Einundzwanzig

Mitten in der Nacht begann Ralph zu weinen. Marnie schreckte aus unruhigen Träumen hoch. Er wimmerte leise und zitterte am ganzen Körper, die Augen geschlossen. Zuerst dachte sie, er habe Albträume, ausgelöst vom Morphium. Sie beugte sich über ihn und legte eine Hand auf seine Schulter. Da öffnete er die Augen und versuchte zu lächeln und etwas zu sagen, brachte aber kein Wort heraus.

»Nicht weinen!«, sagte sie. »Ist ja alles gut.«

Sie schaute sich um. Oliver schlief fest auf dem Sofa. Er hatte die Hände zu Fäusten geballt und vors Gesicht gezogen, als wolle er jemanden abwehren. Sie wollte ihn nicht wecken. Sie zog Papiertaschentücher aus der Tasche und tupfte Ralph die Tränen von den Wangen. Aber er hörte nicht auf zu weinen, sein Gesicht war ganz nass. Dabei gab er kaum einen Laut von sich, sondern starrte sie nur hilflos an.

»O mein Lieber«, sagte sie zärtlich mit brüchiger Stimme. »Wie kann ich dir nur helfen? Hast du Schmerzen?«

Er wollte sprechen und verzog vor Anstrengung das Gesicht. Speichel lief ihm übers Kinn. Seine Hände griffen nach ihr, und beinahe wäre Marnie zurückgewichen. Sie hatte Angst, obwohl sie nicht genau wusste, wovor. Er erschien ihr kaum noch menschlich, und es fiel ihr schwer, in dem Wesen, das sie vor sich hatte, Ralph zu erkennen. Aber sie zwang sich, ihm in die rot geränderten Augen zu sehen, die tief in den Höhlen lagen, die Iris gelblich, aber immer noch blaugrün. Ralphs Augen, unverkennbar. Dieselben, die sie vor vielen Jahren so sehnsuchtsvoll angeblickt hatten.

Zwischen flachen, schweren Atemzügen stieß er einen Laut hervor. Wollte er ihr etwas sagen? Ihren Namen aussprechen? Sie griff nach seinen unruhigen Händen und führte sie an die Lippen. Dann beugte sie sich über ihn, um ihn an sich zu drücken. Er war nur noch Haut und Knochen.

»Ich bin bei dir«, flüsterte sie. »Wir sind beide hier. Sag mir, was ich tun soll!«

»Halt mich fest!« Hatte er das gesagt? Er wiederholte die Worte, diesmal deutlicher. Ja, halt mich fest.

Sie legte sich neben ihn ins Bett und umschlang seinen zitternden Körper mit beiden Armen, drückte die Lippen an seine klebrige Wange, spürte seinen sauren Atem auf ihrer Haut. Allmählich beruhigte er sich und atmete gleichmäßiger. Marnie setzte sich auf, wand sich aus ihrem langen Rock, zog den blassgrauen Pullover und die dicke Strumpfhose aus. Sie öffnete das Haarband und schüttelte die lange Mähne. Dann schlüpfte sie unter die Decke und schmiegte ihren Körper, der nicht mehr jung und straff war, an Ralphs verfallenden Körper; sie zog ihn an sich, presste die Brüste an seine knochigen Wirbel und die Zehen an seine zitternden Waden. Sie spürte jede Sehne, jeden Muskelknoten seines geschundenen Körpers, jede Arterie und jede pulsierende Vene.

»So habe ich dich schon einmal in den Armen gehalten«, sagte sie in seinen Nacken. Dass Oliver aufgewacht war und zuhörte, spürte sie mehr, als dass sie es sah. »In einem Zelt im Regen. Weißt du noch, Ralph? Erinnerst du dich? Man könnte meinen, es sei erst gestern gewesen, nicht wahr? Die Zeit hat keine Bedeutung mehr. Wir sind hier, und wir sind auch dort. Sind zugleich Erwachsene und Jugendliche; Vergangenheit, Gegenwart und Zukunft treffen sich. Mögen diese Sekunden ewig dauern!« Sinnlose Worte, in der Dunkelheit dahingesagt, aber sie merkte, dass Ralph zuhörte. Sein Körper war zur Ruhe gekommen. Sie legte ihm die Hand auf die Brust und spürte sein Herz beharrlich gegen die zerbrechlichen Rippen schlagen. Die ungeheure Kostbarkeit des Lebens. Ihre Stimme sprudelte weiter wie ein Fluss, der ihn überspülte. »Wenn du mich jetzt fragen würdest, ob ich dich heiraten will, würde ich ja sagen, Ralph. Bitte hör auf zu weinen! Ich ertrage es nicht, wenn du weinst. Sei nicht traurig! Schmerz und Kummer sind vorbei. Wir sind hier, und wir lieben dich, und wir lassen dich nie, nie mehr allein. Ja«, wiederholte sie. »Weine nicht mehr, liebster Freund. Sei nicht niedergeschlagen.«

Es kam ihr vor, als spräche aus ihr nicht nur ihre eigene, sondern auch Emmas Stimme. Als sei sie zur Mutter geworden und hielte ihren Sohn in den Armen, um ihn zu beschützen.

Ich wünsche dir all das, was ich nicht mehr haben kann. Du sollst dich für mich daran erfreuen: den ersten Sonnenschein im Frühling, der auf deinen Nacken fällt; ein geliebtes Gesicht beim Aufwachen neben dir; Möwengekreische; hohes Gras, das sich im Wind wiegt; Rühreier und Kreuzworträtsel am Sonntagmorgen, obwohl du das nie besonders gut konntest, stimmt's? Reisen zu fremden Hotelzimmern und leeren Stränden, wo sich in Felsentümpeln Seeanemonen bewegen; das wogende grüne Meer; ein Pferd, das seinen warmen Atem in deine hohle Hand prustet; die ständige Wiederkehr der Jahreszeiten; Vogelgesang bei Sonnenaufgang, Vollmond und Neumond; weiße Wolken und einen kräftigen Wind; Kuckucksrufe im Mai und Eulen, die in den Wäldern rufen; Stürme; Menschen, die dich verstehen; Geheimnisse; Kichern; einen Blick, der einen Raum voller Menschen durchquert. Ich wünsche dir, dass du alt wirst. Ich wünsche dir Liebe.

Halte mich fest! Solange du mich hältst, das ist gewiss, kann ich nicht gehen.

Offenbar waren sie beide eingeschlafen, denn als Marnie die Augen öffnete, wurde es gerade hell. Durchs Fenster sah sie ein gespenstisches rosafarbenes Licht auf dem Schnee, und die Kiefern schienen in Flammen zu stehen. Kaffeeduft erfüllte den Raum, und im Herd prasselte wieder ein Feuer. Holzscheite waren daneben aufgeschichtet und die kalte Asche fortgebracht. Marnie war ganz steif und fühlte sich wie zerschlagen. Ralph lag auf ihrem Arm. Sanft zog sie ihn unter ihm hervor, dann glitt sie vorsichtig aus dem Bett, ohne ihn aufzudecken. In T-Shirt und Slip stand sie da. Sie kam sich alt und albern vor, und sie war durchgefroren.

»Hier«, sagte Oliver. Er durchquerte den Raum und reichte ihr einen Becher heißen Kaffee. »Geh nach oben und nimm ein Bad, während ich uns in der Zwischenzeit Porridge zum Frühstück mache. Wir haben allerdings kaum noch Milch, er wird also ziemlich wässrig ausfallen. Ich werde Dot bitten, dass sie uns heute Morgen Milch bringt. Und ich habe dafür gesorgt, dass der Warmwasserboiler voll ist.«

»Ja«, antwortete Marnie verwirrt. Sie wusste nicht, welcher Tag es war und wie lange sie schon hier war. Sie nahm ihre Kleider und rieb sich mit dem Handrücken den Schlaf aus den Augen. »Gut. Danke. Ich könnte eine anständige Wäsche vertragen. Ich habe überhaupt kein Zeitgefühl mehr. Wie lange habe ich geschlafen?«

»Weiß nicht genau. Vielleicht drei Stunden.«

»Und Ralph?«

»Wie du. Er hat ganz friedlich geschlafen, ohne Albträume, soweit ich es beurteilen kann.«

»Gut.« Sie zögerte. »Ich hatte Angst, dass er tot ist, wenn ich aufwache.«

»Ich glaube nicht, dass es noch lange dauert. Ich werde den Arzt anrufen und ihn bitten, heute noch vorbeizuschauen.«

»Wozu?«

Oliver zuckte die Achseln.

Marnie stieg mit ihrem Kaffeebecher die Treppe hinauf. In dem ungeheizten Badezimmer war es eiskalt, sie konnte kaum barfuß auf den Fliesen stehen, das Wasser jedoch war ausnahmsweise einmal richtig heiß. Von Dampfwolken eingehüllt, lag sie in der Wanne und betrachtete die Eiszapfen an der Regenrinne, eine tropfende Reihe glitzernder Stalaktiten. Sie tauchte den Kopf unter und hörte plötzlich die Geräusche des Hauses: Schritte, Schubladen, die aufgezogen wurden, Ollies tröstende Stimme, die zu Ralph sprach. Sie tauchte wieder auf, schüttelte sich das Wasser aus dem Haar und überlegte, wie sie sich den Tag einteilen würde: noch einmal Vanillepudding kochen; Ralph umziehen und sein schweißgetränktes T-Shirt waschen; ihm vorlesen, vielleicht Gerard Manley Hopkins, allerdings seine erhebenden Naturgedichte und nicht die verzweifelten Sonette, die, wenn sie es genau bedachte, etwas von Ralphs schlimmsten Momenten seiner selbstzerfleischenden Depressionen widerspiegelten; kannenweise Kaffee und Tee kochen; und wenn Colette kam, einen kurzen Spaziergang an den See machen, um das Wachsen der Eisdecke und das Verblassen des Lichtes zu beobachten. Eva zu Hause und Lucy anrufen.

Sie wusch sich das Haar und stieg aus der Wanne auf die eiskalten Fliesen. Bald hatte sie saubere Sachen angezogen, das Haar getrocknet und zurückgebunden und sich die Zähne geputzt. Sie war bereit für das, was der Tag bringen würde.

22 *Zweiundzwanzig*

Zu Weihnachten kam Marnie für ein paar Tage aus Italien nach Hause. Wie jedes Jahr, seit Marnie denken konnte, backten sie Ingwerplätzchen in Form von Herzen und Sternen. Sorgsam auf die Tradition bedacht, hängte Emma eine mit Nelken gespickte Orange, die einen würzigen Duft verströmte, an einen Dachbalken in der Küche. Marnie schnitt aus weißem Papier Schneeflocken aus, die sie mit einem Tupfer Honig an die Fensterscheiben klebte. Dann stellten sie die kleinen Engel auf, die sie gemeinsam aus Tischtennisbällen und steifem rotem Karton gebastelt hatten, als Marnie sieben war. Sie erinnerte sich noch, wie sie ihnen mit schwarzem Filzstift Gesicht und Haare aufgemalt hatte, sie roch noch den Klebstoff, spürte seinen Film auf den Fingerspitzen.

An Heiligabend kauften sie auf demselben Bauernhof wie immer ihren Weihnachtsbaum. Emma holte den Karton mit dem Christbaumschmuck vom Speicher: die alten Rentiere aus Zinn; Glassterne; rot und grün schimmernde Kugeln; das sorgsam wieder eingesammelte Silberlametta vom Vorjahr und die bunte Lichterkette, die Jahr für Jahr zum Einsatz kam, nachdem die Knoten entwirrt waren, die sich rätselhafterweise beim Lagern gebildet hatten, und die kaputten Glühbirnchen durch neue ersetzt worden waren. Emma steckte den zerzausten Engel auf die Christbaumspitze, und sie traten beide zurück, um das Ergebnis zu begutachten. Vorsichtig drehten sie den Baum im Eisenständer, um ihn gerade auszurichten. Es war wie immer, und doch war alles anders. Marnies Zimmer, in dem ihr Akkordeon Staub ansammelte, die leere Staffelei am Fenster, das Bett, das mit zurückgeschlagener Decke auf sie wartete, und das kleine Alpenveilchen, das Emma auf die Fensterbank gestellt hatte. Aber die Luft roch anders, und die Räume erschienen ihr fremd. Wenn sie die Schubladen aufzog oder die Schranktüren öffnete, fand sie Klamotten, die einer anderen Zeit angehörten. Schwindelig vor Wehmut, ließ sie die Hand über die Kleider und die Oberteile auf der Stange gleiten. Da sie fast nie etwas wegwarf, schien ihre gesamte Teenagerzeit in diesen abgetragenen Sachen eingefangen zu sein: Erinnerungen in den Knitterfalten eines Mantels und einer ausgeblichenen Baumwollbluse. Ohne zu wissen, warum, stieg sie die Treppe zu Seths – und zuletzt Ralphs - früherem Zimmer hinauf und setzte sich neben den gefalteten Decken aufs Bett. Es war sauber und leer, alles atmete Abwesenheit und Verlust. Marnie wurde mit einem Schlag klar, dass dieses Haus, dieses Heim, nicht länger das Zentrum war, von dem aus sich ihr Leben entfaltete, sondern ein Teil der Vergangenheit, die mit jeder Woche weiter entrückte und unwirklicher wurde. Selbst als sie sich ans Fenster stellte und auf das bewegte grüne Meer hinausblickte, kam es ihr vor, als betrachte sie die ferne Landschaft ihrer Kindheit, die sie verlassen hatte, ohne sich dessen bewusst zu sein.

Am Weihnachtsmorgen überreichten sie sich gegenseitig Geschenke. Marnie hatte für Emma einen Schal in lebhaftem Blau und Grün gekauft sowie ein Paar Handschuhe aus feinem weichem Leder. Weil Marnie sie in Geschenkpapier gewickelt und mit einer breiten Goldschleife zusammengebunden hatte, brauchte ihre Mutter eine Weile, bis sie sie ausgepackt hatte. Emmas Hände schienen zu zittern. Sie legte sich den Schal über die Schultern und hielt sich die Handschuhe an die Wange.

»Die sind viel zu extravagant«, sagte sie. »Du solltest dein Geld lieber sparen, anstatt es für mich auszugeben.«

»Ich wollte dir etwas schenken, was wirklich schön und nicht einfach nur praktisch ist.«

»Nun, das ist dir gelungen.«

»Weil … ja, weil du auch schön bist.«

Emma schloss die Augen, bevor sie ihre Tochter lächelnd anschaute. »Wie charmant du lügen kannst! Ich bin in die Jahre gekommen und schon ganz grau und unbeweglich. Trotzdem danke.«

»Gern.«

Ihnen beiden war es peinlich, sie waren es nicht gewohnt, über ihre Gefühle zu sprechen.

»Und hier ist dein Geschenk.«

Emma überreichte Marnie ein großes viereckiges Paket.

»Ich weiß, was es ist: ein Fußball!« Das war ein Scherz, den eine der beiden in den vergangenen fünfzehn Jahren an jedem Weihnachtsfest gemacht hatte.

»Genau. Wie hast du das bloß erraten? Los, mach es auf!«

»Ich möchte das Papier nicht zerreißen.«

»Es hat mich einige Mühe gekostet«, sagte Emma betont beiläufig.

»Warte. Oh, aber …«

Es war ein Fotoalbum mit einem dicken Stoffeinband. Auf die erste Seite hatte Emma in fetten Druckbuchstaben geschrieben: »Für meine geliebte Tochter Marnie, auf die ich so stolz bin.«

Marnie traten Tränen in die Augen.

»Nun schlag's schon auf!«, sagte Emma. »Du musst es dir anschauen.«

»Du meine Güte!«, sagte Marnie. »Aber das ist ja …«

»Dein Vater, als wir uns das erste Mal begegnet sind. Sieht er nicht gut aus?«

»Ich habe diese Bilder noch nie gesehen.«

»Stimmt, und es tut mir leid.«

»Und da bist du! Aber du bist … richtig hübsch.«

»Ich bin jung, mehr nicht.«

»Wo hast du sie die ganze Zeit aufbewahrt? Ich habe dein Zimmer nämlich nach Fotos durchsucht.«

»Ich weiß«, sagte Emma in einem Anflug ihrer typischen Trockenheit. »Nach dem Unglück habe ich sie weggepackt. Ich dachte eigentlich, ich würde sie nie wieder anschauen können. Aber als du nach Italien gezogen bist, habe ich sie alle wieder nach unten geholt. Ich hätte sie dir schon längst zeigen müssen. Es war nicht richtig von mir.«

»Wo war das?« Marnie betrachtete ein Bild von Paolo und Emma in gelben Regenjacken, die Kapuzen hochgezogen, sodass man nur ihre lächelnden, regennassen Gesichter sah.

»Das? In Wales, beim Wandern, in dem Jahr, in dem wir uns kennengelernt haben. Es hat ununterbrochen geregnet.«

»Davon weiß ich nichts«, sagte Marnie. »Du hast nie etwas darüber erzählt.«

»Das war falsch.«

Marnie blätterte die Seite um. »Seth«, sagte sie.

»Auf dem Foto ist er gerade einen Tag alt. Es kam mir vor, als hätte ich noch nie so etwas Winziges und Zerbrechliches gesehen. Als ich aus dem Krankenhaus wieder zu Hause war, habe ich ungefähr drei Stunden gebraucht, um ihm ein Jäckchen anzuziehen, weil ich dachte, ich würde ihm einen Arm brechen, wenn ich nicht aufpasse. Sieh nur, er hat einen Storchenbiss auf der Stirn. Er ist nie ganz weggegangen und war noch da, als …« Sie hielt inne. »Und sein Haar ist leicht rötlich. Keine Ahnung, von wem er das hatte, von uns beiden jedenfalls nicht. Ich erinnere mich noch an seinen Geruch; selbst wenn er die Windeln voll hatte, roch er sauber. Ich hatte noch nie mit Babys zu tun gehabt, das alles war neu für mich, und deshalb saß ich manchmal stundenlang da und beobachtete staunend, wie seine kleine Hand meinen Finger umklammerte. Oder wie sein Gesichtchen zuckte und sich seine Lider im Traum bewegten. Ein Wunder.«

»Das wusste ich nicht«, sagte Marnie noch einmal.

»Hier. Das ist er mit deinem Vater.«

Das Foto zeigte ihren Bruder auf dem Bett ihrer Eltern, wo er nackt auf Paolos entblößter Brust lag. Paolos Gesicht wirkte friedlich.

»Und hier sind wir drei«, sagte Emma. »Vielleicht sind die Bilder nicht alle in der richtigen Reihenfolge. Man glaubt, es würde einem nie entfallen, aber so nach und nach gerät doch vieles in Vergessenheit.«

»Wirklich?«

»Natürlich nicht alles.«

Seth, wie er krabbeln, laufen, Dreirad und Fahrrad mit Stützrädern fahren lernte. Seth mit Paolo, mit Emma, mit allen beiden.

»Auf diesem Bild bin ich schwanger.« Emma zeigte mit dem Finger darauf.

»Mit mir?«

»Natürlich, du Dummchen. Mit wem sonst? Und hier bist du in Fleisch und Blut.«

»Ich sehe aus wie eine Dörrpflaume.«

»Da ist Seth, wie er dich zum ersten Mal im Arm hält.« Das tat er wirklich, mit einem Ausdruck von ungeheurem Stolz.

»Hat er mich gern gehabt?«

»Was für eine Frage! Er hat dich angebetet.«

»Ja?«

»Was denkst du denn?«

»Keine Ahnung.« Sie schlug die Seiten um, sah sich an, wie sie heranwuchs. »Du meine Güte! Ich hab aber oft ein grimmiges Gesicht gezogen.«

»Das machst du auch heute noch.«

»Ein grimmiges Gesicht?«

»Klar.«

Dann kam eine Lücke von mehreren Jahren, und die Bilder, die folgten, zeigten fast ausnahmslos Marnie in denkwürdigen

Augenblicken. Der erste Schultag, Abschlussfeiern. Offizielle Fotos, die ihre Fortschritte im Leben dokumentierten.

»Warum schenkst du mir das?«, fragte Marnie schließlich, als sie das Album schloss und mit der blauen Schleife zuband.

»Wieso fragst du?«

»Willst du die Fotos denn nicht selbst behalten?«

»Ich möchte, dass du sie hast.«

»Und was ist mit dir?«

»Ich habe mir ein paar aufgehoben.«

»Auf denen wir vier zu sehen sind?«

»Natürlich.«

»Ich weiß nicht, was ich sagen soll.«

»Dann sag lieber nichts!«

»Oder ob ich lachen oder weinen soll.«

»Vielleicht ist dir nach beidem.«

»Leidest du darunter, dass ich nicht mehr hier bin?«

»Leiden? Nein!« Emmas Stimme klang fest. »Natürlich freue ich mich, dich zu sehen, aber es war wichtig, dass du fortgegangen bist.«

»Findest du?«

»Ein Kind muss Abschied nehmen, so oder so. Du warst immer eine richtige Nesthockerin, und manchmal habe ich gezweifelt, ob du die Abnabelung schaffst.«

»Und was machst du?«

»Du meinst, ohne dich?« Emma lachte. »Mir fehlt es nicht an Beschäftigungen, falls du das befürchtest. Komm, gehen wir spazieren!«

Bei ihrem Weihnachtsspaziergang am Meer blies ein kalter Ostwind. Ihre Wangen brannten, ihre Augen tränten, und die salzige Gischt verklebte ihre Haare. Mit knirschenden Schritten gingen sie am Bootswrack vorbei, inzwischen nur noch ein Gerippe, an dem das Wasser leckte und das allmählich in Kies und Schlick versank. Weißt du noch, weißt du noch …? Doch die

Erinnerungen waren nicht mehr so schmerzlich, dass Marnies Herz wehtat.

Später beim Abendessen (es gab Entenbrust mit Wacholderbeeren und zum Nachtisch italienisches Apfel-Zimteis), auf dem Kopf die Papierkrönchen, die sie aus ihren Knallbonbons gezogen hatten, fragte Marnie: »Hast du in letzter Zeit Ralph oder Lucy gesehen?«

»Ralph hat mich ungefähr vor einer Woche besucht.«

»Sind die beiden noch zusammen?«

»Ja. Obwohl …« Emma hielt inne.

»Obwohl?«

»Ach, nichts. Er war furchtbar hektisch. Hat geredet wie ein Buch. Als würde etwas Schreckliches passieren, wenn er den Mund hielte. Du kennst ihn ja.«

»Sicher. Was meinst du, ging es ihm gut?«

Emma zögerte. »Schwer zu sagen. Er brannte regelrecht, so unglücklich war er, würde ich sagen. Wie im Fieber.«

»Oh, ich verstehe. Glaubst du …«

»Ich glaube, dass es dich nichts mehr angeht. Es ist vorbei.«

»Ja, sicher. Es ist nur …«

»Es ist vorbei«, wiederholte Emma. »Lass ihn los! Gib ihm und dir eine Chance.«

»Du hast Recht.«

»In diesem Fall, ja.«

Kurz vorm Schlafengehen, als sie bei einer Tasse Kaffee und einer Partie Patience zusammensaßen, nahm Marnie die Hand ihrer Mutter und hielt sie fest.

»Ist auch wirklich alles in Ordnung mit dir?«

»Ich will nicht, dass du dir auch nur einen Augenblick Sorgen um mich machst«, antwortete Emma. »Wirklich, es geht mir gut.«

Aber natürlich ging es ihr nicht gut, es ging ihr sogar ausgesprochen schlecht. Warum hatte Marnie das nicht gemerkt?

Hinweise gab es genug: das Fotoalbum, Emmas ungewohnt hageres Gesicht, ihre Müdigkeit, die Hartnäckigkeit, mit der sie Marnie in ihr Leben in Italien zurückschickte, die Entschlossenheit, mit der sie dafür eintrat, dass ihre Tochter eigene Erfahrungen sammelte, die kurze, feste Umarmung am Flughafen, das fröhliche, unerschütterliche Lächeln, als sie zum Abschied winkte, ehe sie sich umwandte und davonging.

23 Dreiundzwanzig

Bei Emmas Beerdigung hatte Marnie Ralph zum letzten Mal gesehen.

Einige Tage vor Emmas Tod kehrte Marnie nach Hause zurück. In Florenz standen die Bäume in voller Blüte, die Natur entfaltete die berauschende Pracht des italienischen Frühlings. Junge Liebespaare lagen auf den Wiesen oder gingen Hand in Hand am Ufer des träge dahinfließenden Flusses entlang und ließen sich von der Sonne wärmen. In East Anglia jedoch hing noch die letzte beißende Kälte des Winters in der Luft.

»Wenigstens war ich bei ihr, als es zu Ende ging«, sagte sie zu dem reglos daliegenden Ralph.

Sie wusste nicht, ob er sie noch hörte und spürte, dass sie seine Hände hielt. Sein trockener Atem rasselte in seiner Kehle wie Stroh. »Wenigstens war sie nicht allein, als sie starb.«

Es heißt, all die Dinge, die nach dem Tod eines Menschen erledigt werden müssen, seien hilfreich für die Hinterbliebenen. Da sie beschäftigt seien, würden sie die ersten Tage nach dem Verlust besser überstehen. Doch Marnie befand sich in einem Zustand dumpfer Trauer, während sie die unzähligen Formalitäten abwickelte: den Totenschein besorgen, Formulare ausfüllen, entfernte Verwandte und Freunde anrufen, sich mit Anwälten und mit dem Bestatter treffen, um die Trauerfeier und Einäscherung zu planen. Es wollte ihr nicht in den Kopf, dass Emma sie verlassen hatte – dass sie nun keine Mutter mehr hatte und allein war. Unmöglich, unvorstellbar, dass sie nie wieder mit ihr sprechen könnte, dass sie nicht mehr gemeinsam in der Küche Kartoffeln schälen, am Strand spazieren gehen und in der Werkstatt in stillem Einvernehmen nebeneinander arbeiten würden. Wer außer Emma verstand sie selbst dann, wenn sie nichts sagte? Wer außer Emma verstand Marnie, wenn nicht einmal sie selbst sich verstand? An wen sollte sie sich nun wenden, wenn sie traurig war? Und wenn sie sich freute, wem sollte sie es erzählen? Wenn ihr etwas gelang, wer wäre dann stolz auf sie? Und wer würde weiterhin an sie glauben, selbst wenn sie scheiterte? Wer würde sie trösten? Wer würde sie auf diese unvergleichliche Art anlächeln, verständnisvoll, liebevoll, und ihr dabei mitten ins Herz blicken? Niemand. Ihre Mutter war tot. Sie war nun keine Tochter mehr.

Marnie saß im Beerdigungsinstitut neben der Leiche. Die Verstorbene trug Emmas Kleider – Marnie hatte einen alten Rock und einen weichen Wollpullover gewählt, weil sie bequem aussahen und Emma sie unzählige Male getragen hatte, und hatte ihr den blaugrünen italienischen Schal um den Hals gebunden –, aber das war nicht Emma. Emma war fort.

Marnie legte ihr einen Finger auf die Wange, die kalt und fest war.

»Mummy«, sagte sie. »Mummy?«

In Italien hatte sie das Alleinsein genossen, endlich war sie unbelastet und frei. Dass sie Menschen und ihre Vergangenheit hinter sich gelassen hatte, stimmte sie froh, sie empfand ein Gefühl der Leichtigkeit und Unbeschwertheit, als könne sie fliegen. Jetzt erfüllte das Alleinsein sie mit Schrecken. Sie hatte weder Vater noch Mutter, weder Sohn noch Tochter, weder einen Geliebten, der bei ihr war, noch eine Familie. Nichts hielt sie an irgendeinem Ort, sie war ein Glied ohne Kette, ohne Gestern oder Morgen, ein treibendes Häufchen Mensch in einer weiten, einsamen Welt.

Sie nahm die steife Hand ihrer Mutter und spielte mit dem

Goldring am Ringfinger. Marnie hatte erwogen, ihn ihr abzunehmen und aufzubewahren, aber jetzt erschien es ihr irgendwie nicht richtig. Er gehörte Emma, Paolo hatte ihn ihr angesteckt.

»Lucy? Lucy, Emma ist tot.«

Seit Lucy und Ralph ein Paar waren, hatten Marnie und sie nur kurz miteinander gesprochen. Lucy hatte es ihr unmittelbar vor ihrer Abreise nach Italien in einem langen, förmlichen Brief mitgeteilt, als wolle sie Marnie um ihren Segen oder gar ihre Erlaubnis bitten. Marnie hatte damals lange mit dem Schreiben im Schoß dagesessen und auf die Worte gestarrt: »… so glücklich … was ich, wie du weißt, immer empfunden habe … meine teuerste Freundin … nichts Unausgesprochenes zwischen uns …« Dann hatte sie Lucy angerufen und – förmlich, aber begeistert – erklärt, wie sehr sie sich für sie beide freue. Nein, natürlich mache es ihr nichts aus, und ja, selbstverständlich wünsche sie ihnen alles Gute. Sie glaube fest, dass es das Richtige sei, sie könnten einander glücklich und zufrieden machen. Zugleich gab sie ihr zwischen den Zeilen das Versprechen: Ich mache es euch nicht kaputt, ich werde mich eurem Glück nicht in den Weg stellen.

»Nein! Ach, Marnie, es tut mir so leid.«

»Ja. Zum Schluss ging alles ganz schnell. Wenigstens bin ich noch rechtzeitig zurückgekommen.«

»Das ist gut.«

»Ich möchte, dass du es weißt: Sie hatte dich sehr gern.«

»Ja, sie war für mich wie eine zweite Mutter«, sagte Lucy schlicht. Und dann: »Geht es dir einigermaßen?«

»Mir? Ich weiß nicht. Wahrscheinlich ist es noch gar nicht richtig zu mir durchgedrungen.«

»Natürlich nicht. Ihr wart euch so nahe.«

»Ja, das stimmt.« Bei der Vergangenheitsform schossen Marnie die Tränen in die Augen, und sie wischte sie mit dem Handrücken fort.

»Kann ich irgendetwas für dich tun? Soll ich kommen und dir beistehen?«

»Ich weiß nicht. Ich fühle mich ein bisschen … keine Ahnung … wie auf See.«

»Es wäre eine Ehre für mich.«

»Danke. Ich werde darüber nachdenken, ja? Wenn ich jemanden bei mir haben möchte, dann nur dich.«

»Wann ist die Beerdigung?«

»Nächsten Montag, also schon in wenigen Tagen. Ich wollte es rasch hinter mir haben. Wirst du kommen?«

»Natürlich. Keine Frage.«

»Es werden nicht viele kommen. Aber Ralph«, sagte Marnie, »ihn hätte ich auch gern dabei. Er würde mir fehlen, wenn er nicht käme. Kannst du es ihm ausrichten?«

»Ja. Aber er ist in Cambridge. Ich sehe ihn erst morgen.«

»Vielleicht sollte ich ihn selbst anrufen. Er und Emma – du weißt ja, was sie ihm bedeutet hat.«

»Ich übernehme das«, erklärte Lucy. »Du brauchst dich wegen Ralph nicht zu bemühen, hörst du? Ich werd's ihm selbst sagen.« Ihre Stimme klang streng. Das ist jetzt meine Aufgabe, schien sie zu sagen, und Marnie verstand so deutlich wie nie, dass alles anders geworden war. In ihrer Vergangenheit zu dritt und später zu viert war es Marnie gewesen, die die Gruppe zusammengehalten hatte und an die die anderen sich gewandt hatten. Doch die alten Beziehungen waren zerrissen. Ollie war fort und hielt nur noch Kontakt zu Ralph, und Ralph hatte eine Beziehung mit Lucy. Während früher alles um Marnie gekreist war, stand sie nun nur noch am Rande. Und als sie in Lucys Stimme die unterschwellige Warnung hörte, durchfuhr reinste Panik sie: Selbst bei ihrer besten Freundin und dem Mann, der sie einmal bedingungslos geliebt hatte, stand sie nicht mehr an erster Stelle. Bei niemandem mehr. Selbstmitleid durchflutete sie. Aber dann gab sie sich innerlich einen Ruck und nickte in den Hörer. »Du hast völlig Recht, Lucy«, sagte sie.

»Weißt du was?« In Lucys Stimme klang wieder die warme Zuneigung durch. »Wenn du nichts dagegen hast, nehme ich am Samstag den ersten Zug und bleibe bis nach der Trauerfeier bei dir. Es geht nicht, dass du das allein durchstehst. Wir können das gemeinsam machen, ja?«

»Gut«, erwiderte Marnie halb erleichtert, halb widerstrebend. Ob Ralph wohl auch mitkommen würde, sodass sie noch einmal das vertraute Trio bilden und sich wieder die alte Nähe entwickeln könnte? Eine unwahrscheinliche Möglichkeit, die sie sowohl herbeisehnte als auch fürchtete. Sie traute sich jedoch nicht, Lucy darum zu bitten. Zu Ralph hatte Marnie keinen direkten Kontakt mehr, Lucy stand als Vermittlerin zwischen ihnen. »Danke«, sagte sie hilflos.

Lucy sagte es Ralph, und Ralph informierte offenbar Ollie in Amerika und dessen Eltern. Sie versprachen zu kommen, und Ollies Mutter schickte Marnie einen einfühlsamen Brief, in dem sie schrieb, Oliver sende ihr sein tief empfundenes Mitgefühl und seine herzlichsten Wünsche, eine altmodische Wendung, bei der sich alles in Marnie zusammenzog. Sie rief Eric an und presste den Hörer ans Ohr, während er weinte. Sie telefonierte mit Diana, der ältesten Freundin ihrer Mutter, die inzwischen in Frankreich lebte und die Nachricht offenbar erwartet hatte und gleich einen Flug buchen wollte. Sie blätterte Emmas abgeschürftes schwarzes Adressbuch voller durchgestrichener Namen und Kritzeleien durch, das sie besaß, seit Marnie denken konnte, und lud nur die Menschen ein, mit denen ihre Mutter ihres Wissens weiterhin in Verbindung geblieben war. Sie wünschte sich ebenso wenig eine große Trauerfeier mit Gästen, die nur aus Pflichtbewusstsein erschienen waren, wie eine Zeremonie mit einer Handvoll Gäste, die gerade einmal die erste Bankreihe des Krematoriums füllte, während Musik vom Band spielte und draußen schon die Nächsten für den Abschied von einem geliebten Verstorbenen anstanden und in der ungewöhnlichen Frühlingskälte von einem Fuß auf den anderen traten.

Das Haus war jetzt leblos wie Asche, nachdem das Feuer heruntergebrannt war. Marnie ging rastlos von einem Zimmer ins andere, setzte sich auf jedes Bett, legte die Hände in den Schoß und wartete. Aber worauf? Stundenlang blieb sie im Zimmer ihrer Mutter und wagte kaum zu atmen, weil sie sich vorkam wie ein Eindringling an einem Ort voller Geheimnisse. Hat ein Mensch ein Recht auf seine Privatsphäre über den Tod hinaus? Sie nahm jedes einzelne Kleidungsstück heraus, hielt es in den Händen, betastete den Stoff und atmete den unverwechselbaren Duft ihrer Mutter ein: sauber und scharf, Zitrone und Bergamotte. Sie hielt Kleider in die Höhe, dachte an jenen Tag, als sie es schon einmal getan hatte, und stellte sich ihre Mutter darin vor. Sie versuchte Emma als eigenständige Persönlichkeit zu sehen und nicht als ihre Mutter – Fleisch von ihrem Fleisch –, sondern als eine Frau, die gelebt hatte und gestorben war. Sie schob die Hände in Emmas Schuhe, zog die Schublade mit Emmas Unterwäsche auf, alles in Weiß oder Schwarz, zum Teil ein bisschen verwaschen, setzte sich mit einem BH auf den Boden und starrte ihn minutenlang an. Sie hockte sich in der Küche neben den kalten Herd und lauschte auf das Meer in der Ferne und den Wind in den Bäumen, die Geräusche ihrer Kindheit. Und hin und wieder vergaß sie es. Als die albinoweiße Amsel wieder zum Futterhäuschen kam oder ein spektakuläres Licht die dichte Wolkendecke durchbrach, wandte sie sich an Emma, um sie darauf aufmerksam zu machen.

Sie öffnete den Kühlschrank und sah nach, was er enthielt. Fast nichts, und die wenigen Sachen hatten ihr Verfallsdatum längst überschritten. Saure Milch und gärenden Joghurt, eine halbe Melone in Klarsichtfolie, Kaffeebohnen, alles sauber und aufgeräumt. Sie malte sich aus, wie Emmas Alltag nach dem Auszug ihrer Tochter verlaufen war. Sicher hatte sie sich nicht gegrämt, sondern sich Beschäftigungen gesucht, sich Abend für

Abend eine richtige Mahlzeit gekocht und zum Essen an den Tisch gesetzt. Marnie zog die Schubladen im Aktenschrank auf und sah, dass alles unter Namen und Datum abgelegt war. Insgeheim hoffte sie auf einen an sich adressierten Brief, fand aber keinen. Was versprach sie sich davon – eine Art letzten Segen, eine Enthüllung, die ihrem Leben und dem ihrer Mutter endgültig Sinn verleihen würde? Nein, sie konnte es nur einfach nicht ertragen, dass Emmas Worte versiegt waren, wollte nicht wahrhaben, dass sie sie nie mehr sprechen hören würde, dass die Geschichte ihrer Mutter zu Ende war.

Sie ging in den Garten und betrachtete die ordentlichen Gemüsebeete, in die Emma bereits Saubohnen gesät und Zwiebeln gesteckt hatte, den aufgerollten Schlauch, die beschnittenen Rosen und den Rasen, der demnächst zum ersten Mal in diesem Jahr gemäht werden müsste.

Dann setzte sie den Weg zur Werkstatt fort, wo sie den Riegel aufschob und die quietschende schwere Tür aufzog. Auf der Schwelle blieb sie stehen, weil sie sich fast außerstande fühlte, den intensiven sauberen Geruch des Brennofens, des Tons, der Farben und Glasuren zu ertragen. Alles war so vertraut, dass sie nur die Augen schließen musste, um ihre Mutter in ihrer grünen Schürze dort an der Töpferscheibe stehen zu sehen, die Haare zurückgebunden, die Füße leicht auseinander, wie sie mit geschickten Händen den weichen Ton formte und zu einer Schale öffnete oder zu einer Vase hochzog. Sie hörte die Stimme ihrer Mutter, die sie bat, diese Teekanne herunterzunehmen, jene Tür zu öffnen, ein wenig zur Seite zu treten. Emma hatte alles aufgeräumt. Ein Regalfach enthielt Becher, die noch bemalt werden mussten, ein anderes die fertigen. Auf dem Tisch stand ein Satz Teller mit einer wunderschönen Glasur. Marnie nahm einen in die Hand und strich mit dem Finger über die seidige Oberfläche und den unebenen Rand, als könne er ihr ein Geheimnis enthüllen.

Als Lucy kam, wurde es besser. Sie gingen zusammen einkaufen und bereiteten das Essen für die Trauergäste vor: Zitronenkuchen, Schnittchen mit Räucherlachs, verschiedene Salate. Und sie redeten – allerdings nicht über das, was ihnen beiden am Herzen lag. Sie tauschten Erinnerungen an ihre gemeinsame Vergangenheit aus, sorgfältig ausgesuchte, lustige, nicht verstörende Details meist aus der Zeit, bevor Ralph zu ihnen gestoßen war. Erst am Abend vor der Trauerfeier brach Marnie das stillschweigende Abkommen.

»Ist bei dir alles in Ordnung?«, fragte sie.

»Ja, bestens.«

»Lucy. Du weißt, was ich meine. Mit Ralph.«

»Es ist alles bestens«, wiederholte Lucy. »Morgen siehst du ihn ja selbst.«

»Wie hat er die Nachricht von Emmas Tod aufgenommen?«

»Ich weiß nicht. Er ist ganz still geworden und hat nichts mehr gesagt. Dann bin ich zu dir gefahren.«

»Oh. Hast du ihn seitdem angerufen?«

»Nein. Oder … doch. Ich habe es versucht, aber er hat nicht abgenommen.« Lucy zögerte und biss sich auf die Lippe, bevor sie hastig fortfuhr: »Wenn du ihn morgen siehst, Marnie …« Sie hielt inne, rot im Gesicht.

»Ja?«

»Er ist im Moment recht labil, und ich mache mir Sorgen, es könnte ihn aus der Bahn werfen. Ach, vergiss es! Ich hätte gar nichts sagen sollen.«

»Du hast doch noch gar nichts gesagt. Wie meinst du das? Du hast damit angefangen, jetzt musst du es mir auch erklären.«

Lucy hob den Kopf und schaute Marnie in die Augen. Ihr Ausdruck wurde kühl, und sie sprach in kurzen, abgehackten Sätzen. »Wenn du es wirklich wissen willst … Es ist wie immer, ich habe Angst, dass er noch nicht über dich hinweggekommen ist. Dass ich nach wie vor die zweite Wahl für ihn bin.«

»Ach, Lucy, das bist du bestimmt nicht!«

»Woher willst du das wissen? In der Vergangenheit war es so. Er ist nur deshalb zu mir gekommen, weil er nach dem Treffen mit dir so verletzt war. Und weil ihm die Kraft zur Gegenwehr fehlte.«

»Aber er ist bei dir geblieben.«

»Nun ja. Jedenfalls ist er nicht gegangen.«

»Um was also willst du mich bitten?«

»Dass du nicht zu ... zu warmherzig und vertraulich mit ihm umgehst, wenn du ihn siehst. Ihn nicht ermutigst oder ihm Hoffnung machst.«

»Oh!« Marnie kam sich vor, als hätte Lucy einen Eimer kaltes Wasser über ihr ausgekippt. »Verstehe. Nun, keine Sorge. Natürlich werde ich ihn nicht *ermutigen*.«

»Ich weiß, das hätte ich nicht sagen dürfen. Erst recht nicht heute, wo du Beistand brauchst. Ich verstehe mich selbst nicht. Tut mir leid, tut mir so leid!«

»Ach je! Lucy, hör zu: Ich bin mit Ralph befreundet, und ich bin mit dir befreundet. Ich möchte, dass ihr miteinander glücklich seid. Wirklich. Aber nehmen wir mal an, du hättest Recht – was mit Sicherheit nicht stimmt –, glaubst du im Ernst, es sei das Beste, dass du mich auf Abstand zu ihm hältst? Und das vielleicht für immer? Ich meine, ist das wirklich die Art ...«

»Ich weiß ja, ich weiß. Du hast Recht. Das war dumm. Wie dumm von mir!«

»Dumm warst du noch nie.«

»Stimmt. Aber diesmal schon. Ich habe Angst, ihn zu verlieren. Er wird mich verlassen, das weiß ich genau.«

»Du solltest mehr Selbstvertrauen haben.«

»Leicht gesagt.«

»Nein, wirklich. Du kannst einen Mann nicht halten, indem du dich an ihn klammerst. Er ist mit dir zusammen, weil er es möchte.«

»Wenn ich dich so reden höre, komme ich mir wirklich erbärmlich vor.«

»Ich hoffe, du weißt, dass ich nie etwas tun würde, was dir wehtut.«

»Du brauchst überhaupt nichts zu tun«, entgegnete Lucy trocken.

Er erschien, als der Gottesdienst schon begonnen hatte, und schob die grinsende, geifernde Grace in ihrem Rollstuhl vor sich her. Die Räder schepperten über den Boden, und alle drehten sich um. Marnie sah seine rotgeränderten Augen, seine eingefallenen Wangen, seinen schwarzen Anzug. Für einen Augenblick fühlte sie sich zurückversetzt auf die andere Beerdigung, und sie sah wieder den Ralph mit dem gequälten Gesicht, der einen schlecht sitzenden schwarzen Anzug trug. Aber dann blickte sie erneut nach vorn. Heute wollte sie nicht über Ralph nachdenken.

Zu ihrer Überraschung zeigte er sich von seiner besten Seite. Während des Gottesdienstes vergoss er keine Träne – dabei hätte Marnie gar nichts dagegen gehabt, dass jemand weinte. Sie hatte allerdings fast erwartet, dass Ralph, vom Schmerz der Trauer überwältigt, die Aufmerksamkeit von Emma auf sich selbst lenken würde. Aber das Gegenteil war der Fall. Still und aufmerksam saß er da, den Arm um Grace gelegt, und wartete, bis alle anderen die Kirche verlassen hatten, ehe auch er herauskam. Dort blieb er eine Weile stehen und unterhielt sich leise mit Ollies Eltern. Als Lucy zu ihm trat, küsste er sie auf die Lippen und auf beide Wangen, dann ließ er sich von ihr bei der Hand nehmen und zu Marnie führen. Mit schlichten Worten erklärte er, wie sehr er Marnie für diesen schweren Verlust bedauere und dass er sich vorstellen könne, wie traurig sie sei. Er sagte, sie alle schätzten sich glücklich, dass sie Emma gekannt hatten. Er wirkte ruhig und sprach mit leiser Stimme, dennoch schien nichts an ihm zur Ruhe gekommen zu sein. Seine Augen glühten wie Kohlen, als er Marnie ansah. Seine mageren Schultern zuckten unter dem Jackett. Eine Ader an seiner Schläfe pulsierte. Als er die Hand auf ihren Unterarm legte und sich vorbeugte, um sie zu küssen, ganz kurz, auf die Wange, spürte sie, dass er zitterte, als vibriere sein Körper wie eine Stimmgabel. Seine Lippen waren heiß und trocken.

»Danke, Ralph«, sagte sie, wohl wissend, dass Lucy, lauernd wie eine Katze, neben ihnen stand. »Ich bin so froh, dass du gekommen bist. Sie hat dich wirklich sehr liebgehabt.« Einen Moment lang hatten sie beide Tränen in den Augen. Nichts wünschte sie sich mehr, als ihn in die Arme zu nehmen und festzuhalten. Nur er, der denselben Verlust erlitten hatte wie sie, konnte ihre Trauer ermessen. Niemand sonst.

»Ich habe sie auch geliebt.« Seine Stimme war nur noch ein Flüstern. »Ich kann nicht …« Er brachte den Satz nicht zu Ende. Marnie sah, wie er sich zusammenriss.

»Schön, dass du Grace mitgebracht hast.«

»Dadurch bin ich zu spät gekommen. Bitte entschuldige!«

»Emma hätte sich gefreut.«

»Sie war immer so lieb zu Grace.«

»Ja. Ich glaube, ich muss jetzt zu Eric gehen. Ich sehe dich doch noch zu Hause, oder?«

»Natürlich.« Lucy gab die knappe Antwort, der Mund verkniffen vor Angst.

Später, im Haus, fiel ihr auf, wie er sich umsah. Er betrachtete Emmas gestreifte Kaffeebecher an den Haken, den alten Küchenherd, den Tisch, an dem er so oft gesessen hatte, die Herdplatte, auf der er den Frühstücksspeck für Emmas Pensionsgäste gebraten hatte, und Marnies Kohlezeichnungen an den Wänden. Dann ließ er den Finger über die Lehne des Sessels am Kamin gleiten, in dem Emma gewöhnlich mit ihrem Buch gesessen hatte, als wolle er sich vergewissern, dass er real war. Sein Blick blieb an einem Foto von Emma und Marnie hängen, das Eric vor mehreren Jahren aufgenommen hatte. Sie standen Arm in Arm im Garten, die dunklen Haare zurückgebunden, mit einem etwas schüchternen Lächeln, in dem sie sich auf aberwitzige Weise ähnelten.

Marnie wandte sich brüsk ab. Viel zu viele belegte Brote waren übriggeblieben, und der Salat war zusammengefallen. Die Gäste standen herum. Nach Marnies Geschmack hätten sich nun alle verabschieden können, doch zugleich fürchtete sie den Abend, der vor ihr lag. Sie ging hinaus in den Garten, wo Grace auf einem sonnigen, kühlen Fleck im Rollstuhl saß. Ihre Beine baumelten, ihr Kopf hing schief, und sie summte leise vor sich hin.

»Du bist die Einzige, mit der ich reden kann«, sagte Marnie, während sie sich neben ihr ins Gras setzte und dem ausdruckslosen Gesicht zulächelte. »Vielleicht, weil du nichts verstehst. Oder du verstehst es doch und kannst es uns nur nicht mitteilen. Eine schreckliche Vorstellung. Aber ich weiß ohnehin nicht, was ich sagen soll. Es gibt nichts zu sagen. Emma konnte das gut, sie wusste, wann man besser schwieg. Eric hat mir in seinem Kondolenzbrief geschrieben, sie habe ihn immer an einen Felsen in einem reißenden Fluss erinnert. Als ob nichts ihr etwas anhaben könne. Vielleicht hat er sich das eingeredet, um sein Gewissen zu beruhigen, weil er sie verlassen hat. Sie hat so viel Schlimmes in ihrem Leben erleiden müssen, aber sie hat nie geklagt und nicht ein einziges Mal mit mir darüber gesprochen. Das war womöglich ihre Überlebensstrategie: die Dinge herunterzuspielen. Manche meinen, das sei Verdrängung, aber ich glaube das nicht. Ich finde, es war ausgesprochen selbstlos von ihr, denn sie wollte verhindern, dass sich ihre Trauer auf mich überträgt. Sie hat sich immer nur ganz vorsichtig bewegt, als könnten sich die Gefühle in ihrem Innern entzünden und explodieren, wenn sie zu stark geschüttelt wurden. Verstehst du das? Das Gegenteil von Ralph, nicht wahr? Er rührt alles auf, er ist wie eine wandelnde Fackel. Sag mir, Grace, wie geht es deinem Bruder Ralph wirklich? Gut? Ich glaube nicht. Und was empfinde ich für ihn? Was meinst du? Würdest du es Liebe nennen? Keine Angst, auf diese Frage gibt es keine Antwort. Außerdem ist er mit Lucy zusammen. Manchmal wünsche ich mir, ich hätte ihn nie kennengelernt. Schrecklich, so etwas zu sagen, ich weiß. Frierst du? Deine Hände sind kalt, aber das sind sie ja immer, nicht wahr? Bald gehen wir wieder rein. Ich rede sowieso nur Unsinn. Achte nicht auf mich, ich bin furchtbar müde! Es kommt mir immer noch so vor, als würde Emma gleich aus der Tür treten, ein Tablett Limonade oder so etwas in der Hand. Oder als würde sie in der Küche am Fenster Geschirr spülen.

Ich bin froh, dass du hier bist, Grace. Es ist genau richtig. Ollie ist nicht gekommen, aber das ist vielleicht ganz gut so. Nein, bestimmt ist es das, denn heute könnte ich mich leicht lächerlich machen. Seit ich in Italien lebe, habe ich nicht mehr an ihn gedacht. Aber jetzt, wo ich wieder hier bin, ist er es auch, zumindest in meinen Gedanken. Glaubst du, er denkt an mich? Nein, natürlich nicht. Sobald hier alles geregelt ist, fahre ich zurück nach Italien. Ich möchte nicht bleiben. Das Haus werde ich wohl verkaufen müssen, obwohl ich mir nicht vorstellen kann, dass es einmal nicht mehr mein Zuhause sein wird. Ich habe mir immer vorgestellt, hierher zurückzukehren, mit einer ganzen Schar von Kindern, und Emma würde uns willkommen heißen. Ich habe uns auf der karierten Decke im Garten sitzen sehen. Drei Kinder vielleicht, das wäre nett. Ein Baby mit knubbeligen Beinen. Wer der Vater in dieser putzigen Idylle ist, weiß ich allerdings nicht, er ist nirgendwo in Sicht. Du meine Güte! Dabei habe ich keinen Tropfen getrunken. Wenn dies also nicht mehr mein Zuhause ist – denn selbst wenn ich es halten könnte, wäre es das nicht mehr –, wo bin ich dann daheim? Genug! Ich werde jetzt wieder reingehen und die Gastgeberin spielen. Mich von ihnen verabschieden. Sobald sie fort sind, werde ich einen Strandspaziergang machen und Emma Lebewohl sagen. Ich habe so viele Tränen und trotzdem noch nicht richtig geweint. Ich konnte noch nie gut weinen. Wie Emma – habe ich sie überhaupt je weinen sehen? Vielleicht hat sie geweint, wenn sie allein war und niemand es mitbekam. Eine Vorstellung, die ich schrecklich finde. Schrecklich, dass ich sie nie habe trösten können.

Aber jetzt gehe ich besser wieder rein. Du kannst ruhig hier warten, es wird gleich jemand kommen und dich holen. Ralph und Lucy bringen dich nach Hause.«

Die Trauergäste waren fort, endlich war sie allein. Lucy hatte angeboten zu bleiben, statt mit Ralph zu ihren Eltern zu fahren. Marnie, der schmerzlich bewusst war, dass Lucy »ich« gesagt hatte und nicht »wir«, hatte dankend abgelehnt und gesagt, sie wolle jetzt niemanden um sich haben. Nein, das Aufräumen werde sie schon schaffen, sie habe schon immer gern Ordnung gemacht.

Und so scheuchte sie sie hinaus. Sie gab vor, nicht zu bemerken, wie gequält Ralph dreinblickte und dass er vor ihr zurückwich, während er sie auf die Wange küsste. Es war alles zu viel. Ihr Herz pochte schmerzhaft, und ihre Augen brannten. Marnie stand in der Tür und beobachtete, wie die beiden Grace in ihrem Rollstuhl über die holprige Auffahrt zur Straße schoben, wo Lucy ihr Auto abgestellt hatte. An der Ecke blieb Ralph stehen und drehte sich um, aber Marnie winkte ihm betont munter. Dann waren sie aus ihrem Blick verschwunden, und Marnie blieb noch einen Moment stehen und starrte vor sich hin.

Wusste sie da schon, dass er zurückkehren würde? Den Rest des Tages spülte sie Teller und Gläser, wickelte belegte Brote ein und legte sie in den kleinen Kühlschrank, den sie später ohnehin leeren und abtauen würde. Sie fegte den Boden und wischte die Tische ab, voll dunkler Ahnung. Sie machte einen Spaziergang an den Strand, doch immer wieder wandte sie sich um und kniff die Augen zusammen, weil sie glaubte, dass Ralph plötzlich in der Dämmerung auftauchen könne, der schlaksig und ungelenk auf sie zulief, einen Ausdruck von Dringlichkeit im Gesicht, das Haar vom Wind zerzaust.

Er kam erst, als es schon ganz dunkel war und in der Buche die Eule rief. Marnie hatte gebadet und sich Emmas uralten Morgenmantel angezogen, der, frisch gewaschen, nach Seife und Deodorant und nur noch ganz leicht nach Emmas Schweiß roch. Sie hatte sich das nasse Haar hochgesteckt und war todmüde. Hinter ihren Augen pochte es, trotzdem war sie rastlos und aufgedreht.

Als es heftig an der Tür klopfte, wusste sie gleich, dass es Ralph war. Als sie öffnete, stand er tatsächlich vor ihr, noch immer in schwarzem Anzug und weißem Hemd. Sie tat überrascht.

»Ralph! Ist alles in Ordnung?«

»Marnie, Marnie! Gott sei Dank. Ach, Marnie, bitte!« Seine Finger tasteten nach ihrem Ärmel, griffen nach ihrer Hand. Auf der Schwelle sackte er zusammen und wäre fast gestürzt. Er fiel auf die Knie und vergrub das Gesicht in den Falten ihres Morgenmantels.

»Was …?« Aber sie ließ sich von ihm umarmen, strich ihm mit den Händen durchs Haar, murmelte tröstende Worte, kauerte sich schließlich neben ihn und hielt seinen mageren Körper, spürte seinen Atem in ihrem Nacken, seine Arme, die sie heftig umschlangen, seinen Daumen, der ihr die Tränen von den Wangen wischte. Sie hatte gar nicht gemerkt, dass sie weinte.

»Es tut mir leid«, sprudelte es aus ihm hervor. »Das mit Emma. Ich kann es gar nicht glauben. Du Ärmste! Mein armer Liebling! Ich will dir helfen. Ich habe immer gesagt, ich lasse dich nicht im Stich. Du bist nicht allein, meine Liebe, meine Liebste.«

»Ralph, steh auf. Bitte! Ich meine es ernst.«

»O Marnie, ich möchte bei dir sein.«

»Bitte nicht!«, schluchzte sie. Zugleich spürte sie, dass sein

Gefühlsausbruch sie zum Lachen reizte. »Das darfst du nicht, Ralph. Hör zu, wenn du mich liebst, tu das nicht!«

»Wenn du mich liebst. Pah, wenn du mich liebst!«

»Komm, setz dich!«

Sie nahm seine Hand und zog ihn hoch. Er rappelte sich auf, stand schwankend im Zimmer und sah sie an.

»Ich habe sie verlassen«, sagte er. »Ich konnte es nicht. Es war falsch. Ich habe immer gewusst, dass es falsch war.«

»Wie? Was soll das heißen?«

»Ich habe sie verlassen.«

»Lucy?«

»Hier war ich zu Hause, hier, und nirgendwo sonst. Wo du bist. Ich kann es einfach nicht, ich kann nicht.«

»O nein, Ralph, nein!«

»Mach dir keine Gedanken! Du bist nicht schuld. Niemand ist schuld. Nur ich.«

»Jetzt setz dich!« Er ließ sich zu Emmas altem Sessel am Kamin führen, hielt aber Marnies Hand ganz fest. »Was hast du getan?«

»Sie verlassen«, wiederholte er. Dann presste er ihre Hand an sein Gesicht, an die fiebrig heiße Wange, und seufzte leise und zufrieden auf.

»Nein! Das ist … das ist furchtbar. Und es ist falsch. Siehst du das denn nicht? Das mit Emma hat dich aus der Bahn geworfen. Du weißt nicht, was du tust.«

Er hob den Kopf. »Doch, ich sehe jetzt alles ganz klar. Ich habe es versucht und mir eingeredet, ich könnte glücklich werden, aber es hat nicht funktioniert. Ich konnte es nicht. Ich liebe sie, aber irgendwie anders … nicht so, wie sie mich liebt. Oder wie ich dich liebe. Schau mich nicht an, als wäre ich verrückt oder ein Monstrum! Ich erwarte gar nichts.«

»Aber Lucy«, sagte Marnie. Vor ihrem inneren Auge sah sie deren kleines trotziges Gesicht, die Mundwinkel mit dem schiefen Grinsen. »Was ist mit Lucy?«

»Sie ist besser dran ohne mich«, sagte Ralph verträumt. Alle Dringlichkeit schien plötzlich wie ausgelöscht, ruhig und gelassen lächelte er Marnie an. »Nur weiß sie das noch nicht. Sie wird schon noch merken, dass ich nicht gut für sie bin, für niemanden. Ich bin ein Versager.«

»Red kein dummes Zeug!« Mit einem Ruck entzog Marnie ihm ihre Hand und ging im Zimmer umher. »Hast du es ihr gesagt?«

»Was gesagt?«

»Verflixt noch mal, Ralph!«

»Ich habe ihr einen Brief dagelassen.«

»Aha.«

»Glaubst du, ich weiß nicht, was ich angerichtet habe? Doch, doch, ich weiß es. Ich weiß es sehr wohl. Manchmal glaube ich, ich drehe durch, weil ich es weiß, Marnie.«

»Sie hat mir vertraut«, sagte Marnie verzagt.

»Dich trifft keine Schuld. Nur mich ganz allein.«

Sie wirbelte herum und sah ihn an. »Du musst jetzt gehen!«

»Kann ich nicht hierbleiben, in meinem früheren Zimmer, nur für diese eine Nacht? Morgen früh breche ich sofort auf.«

»Nein!«, entgegnete Marnie heftig. »Das geht auf keinen Fall. Verstehst du, du kannst sie nicht verlassen und dann zu mir kommen. Hierbleiben? Auf gar keinen Fall! An jedem anderen Ort, aber nicht hier. Sie ist meine älteste, beste Freundin. Das würde mir wie Verrat vorkommen.«

»Verrat? Ich bin auch dein Freund!«

»Du bist mein … O Mist, Ralph! Ich kann nicht mehr. Ich habe gerade Emma verloren. Und jetzt soll ich mich auch noch damit auseinandersetzen.«

»Du hast Recht.« Er sprang auf. »Natürlich, du hast Recht. Bitte entschuldige, Marnie. Ich wollte dir beistehen. Es tut mir leid, tut mir so leid!« Er hob die Hände. »Sag mir, was ich tun soll, und ich mache es. Was du willst.«

»Dann geh!«, erwiderte Marnie.

»Ich soll gehen? Ist es das, was du willst?«

»Ja.«

»Jetzt gleich?«

Sie straffte sich, ballte die Hände zu Fäusten und grub die Nägel in die Handflächen. »Ja, Ralph, jetzt gleich.«

Für einen Augenblick wirkte er völlig verloren – so wie damals, als er an jenem kalten Abend vor vielen Jahren vor ihrer Tür stand. Wie ein Welpe, den man ausgesetzt hatte.

»Gut«, sagte er. »Dann gehe ich. Wenn du mich brauchst … Nun, du weißt ja …«

»Ich weiß.« Sie versuchte zu lächeln. »Dann rufe ich dich.«

»Ja.«

»Auf Wiedersehen.«

Er trat einen Schritt auf sie zu und sie einen auf ihn. Sie trafen sich in der Mitte des Raums und küssten sich hart auf den Mund wie zwei Ertrinkende. Dann drehte er sich um und ging hinaus in die Nacht. Marnie glaubte einen lauten Schmerzensschrei zu hören.

»Und das«, sagte Marnie zu Ralph in seinem Bett, »war das letzte Mal, dass ich dich gesehen habe. Du bist einfach aus meinem Leben verschwunden. Später habe ich dich gesucht, mich aber nicht genügend bemüht. Ich hatte zu viel Angst vor dem, was ich finden würde.« Sie stand auf und streckte sich. »Jetzt koche ich erst mal eine Kanne richtig starken Kaffee«, sagte sie. »Bin gleich wieder da. Ruh du dich nur aus!«

Ralph schlug plötzlich die Augen auf. Es sah aus wie bei einer Porzellanpuppe, die senkrecht gestellt wird. Er starrte sie an.

»Ralph?«, flüsterte sie. »Es ist alles gut, Ralph. Ich bin da.«

»Emma?«

»Nein, ich …«

»Emma«, wiederholte er. Seine Züge erschlafften, und die Augen fielen ihm zu. »Du bist gekommen.«

Endlich bist du da. Du warst fort, aber jetzt bist du wieder da. Ich wusste es. Aber dein Gesicht ist ganz verschwommen. Es wird alles so dunkel. Schatten senken sich herab, und die Nacht zieht auf.

»Er erkennt mich nicht mehr. Er hält mich für Emma«, sagte Marnie zu Oliver. Tränen traten ihr in die Augen.

Oliver legte ihr die Hand auf die Schulter. »Aber das darf er doch, oder?«

»Ich denke mal, ja.«

»Du siehst ihr ähnlich.«

»Ja, das höre ich oft.«

Grace? Geh nicht! Ich wollte dir sagen … Ich wollte es dir sagen. Du warst immer so freundlich. Du hattest nichts Böses in dir. Du fehlst mir, seitdem du uns verlassen hast.

»Was meint er? Ich glaube, er versucht zu sprechen, aber ich kann ihn nicht verstehen.«

»Ich weiß nicht. Vielleicht träumt er.«

»Nein, sieh nur! Er will wirklich etwas sagen.«

Sie alle sind hier. Meine Mutter; ich erkenne sie wieder, sie hat ein enttäuschtes Gesicht, sagt aber nichts. Auch David huscht vorbei. So jung und gar kein Ungeheuer, sondern nur ein Junge, der seine Scham und seine Ängste überspielen will. Ich wusste es nicht. Ich wusste es nicht. Ich wusste es nicht. Ich kann Gesichter sehen als Umrisse, die im Nebel treiben. Die Dinge verändern und überlagern sich. Nichts behält seine Form. Sie schmelzen, bilden sich neu, verblassen, kommen wieder und lösen sich auf. Du bist du und zugleich eine andere. Grenzen verschwimmen. Alles gibt nach, Wände fallen ein, und der Boden schwindet unter meinen Füßen. Ollie, mein Kumpel. Bist du das, Ollie? Ich sehe dich nicht richtig. Gedanken werden zu Rauch, schmutzige graue Fetzen, die davonschweben. Ich kann sie nicht festhalten, mich nicht an sie klammern, sie ziehen langsam vorbei. Ich will sagen … Ich will sagen … Meine lieben Freunde, hört ihr mich noch? Oder sind meine Worte jetzt stumm und schließen sich meine Augen, und werde ich spüren, wenn du mich berührst, und bin ich noch hier, bin ich hier oder schon auf dem Weg, o bitte, bitte …

24 Vierundzwanzig

»Komm«, sagte Oliver sanft. Er nahm ihre Hand und führte sie in die Küchenecke. »Ich koche dir einen Kaffee, und dann machen wir uns etwas zu essen.«

»Essen?«, flüsterte Marnie.

»Ja, wir müssen essen. Ich wärme den Rest von der Suppe auf, und wir haben noch eine Ecke von dem Brot, das Dot uns gebracht hat.«

»Du siehst müde aus.«

»Du auch. Aber es geht schon.«

»Wirklich?«

»Sicher. Er ist ganz friedlich. Er gleitet einfach hinüber.«

»Ich weiß.«

»Ohne dich würde ich das nicht durchstehen, Marnie.«

»Ja?«

Er schob ihr das Haar hinter die Ohren und küsste sie auf die Stirn. Dabei zog er sie so nah an sich heran, dass sie einen Augenblick von der Kraft und der Wärme seines Körpers umfangen wurde. »Wirklich?«

»Ich bin froh, dass du da bist.«

Wohin mochte er an jenem Abend gegangen sein, als er von ihr aufbrach? Wahrscheinlich war er mit leeren Händen und wundem Herzen durch die Nacht gelaufen. Sie würde es nie erfahren. Und wo war er in all den Jahren gewesen? Sie kannte nur Bruchstücke seines Lebens, nur das, was Oliver ihr in den vergangenen

Tagen erzählt hatte. Er war mitten im Semester aus Cambridge fortgegangen und nie mehr zurückgekehrt. Mit seinem Buch hatte er eine gewisse Berühmtheit erlangt, dieser einzelgängerische junge Mann, der in Fernsehinterviews so charmant herumstammelte oder unvermittelt in einen eloquenten Redefluss ausbrach und der für Teenager auf der Suche nach dem Sinn des Lebens unvermutet zum gefährlichen Idol geworden war. Das Buch rutschte auf der Bestsellerliste allmählich nach unten und verschwand schließlich ganz daraus. Seine Familie hatte keine Ahnung, wo er sich aufhielt, und machte auch nie den Versuch, ihn zu finden. Sein Vater, inzwischen ein schwerer Alkoholiker und höchst unglücklicher Mann, hatte Ralphs Mutter damals schon verlassen, Grace war in einem Heim untergebracht, und so hatte das Wort »Familie« die klassische Bedeutung für ihn verloren. Oliver hatte nach Ralph gesucht, ihn jedoch nicht aufspüren können, er musste warten, bis Ralph sich etwa ein Jahr später bei ihm meldete. Marnie wusste also nur, dass er ein unstetes Wanderleben geführt hatte, von einem Land ins nächste, von einem Job zum anderen, von Wohnung zu Wohnung. Einiges würde sie nie erfahren. Hatte er sein Glück gefunden? Frieden? Liebe? Fühlte er sich vom Leben enttäuscht? Sie wusste, welche Antwort er ihr geben würde, es war dieselbe wie früher, als sie Teenager gewesen waren: Auf das Glücklichsein kommt es nicht an. Das Leben ist eine Reise, hatte er gesagt. Es gehe darum, offen zu sein für neue Erfahrungen, für die Leidenschaft und für Entdeckungen. Sie sah den intensiven Blick seiner stechenden Augen, die schmalen, lebhaft gestikulierenden Hände. Man müsse seinen Überzeugungen treu bleiben, seinem Herzen folgen, dürfe sich nicht unterkriegen und korrumpieren lassen. Aber Marnie hatte ihm das nie so ganz abgenommen. Sie wusste, wie sehr er sich nach Wurzeln, nach Liebe, nach einem Zuhause sehnte. Wenn er bei ihnen am Tisch saß und sich von Emma und ihr bemuttern ließ, war er die Glückseligkeit in Person. Er war das bedürftigste, hungrigste, einsamste Wesen, dem Marnie je begegnet war.

Damals hatte Marnie nicht nach ihm gesucht. Erst viel später hatte sie im Internet recherchiert und sogar seine alte Nummer gewählt, die aber nicht mehr gültig war. Außerdem hatte sie in zahllosen Telefonbüchern nach dem Namen R. Tinsley gesucht, mehr nicht. Sie sagte sich, dass es keinen Sinn habe. Die Vergangenheit war vergangen.

Jahre später hatte sie sich bei Lucy nach ihm erkundigt, aber auch Lucy hatte nichts von Ralph gehört, nachdem er aus dem Haus ihrer Eltern gestürmt war und ihr einen Abschiedsbrief hinterlassen hatte. Wenn Marnie daran dachte, wie Lucy an jenem Abend vor ihrer Haustür stand, spürte sie noch immer einen leisen Schmerz. Lucy trug die alte grüne Wetterjacke ihres Vaters, die ihr bis zu den Knien reichte, ihr Gesicht schien geschrumpft zu sein; es war bleich und schmerzverzerrt. Sie wirkte kindlich und mager, aber als Marnie einen Schritt auf sie zutrat, um sie zu umarmen, stieß sie sie fort und wich zurück. Feindselig funkelte sie Marnie an.

»Er ist fort«, sagte sie. »Aber das weißt du sicher schon.«

»Ja«, erwiderte Marnie. Sie wollte sich nicht verteidigen. Lucy hatte jedes Recht, ihr Vorwürfe zu machen.

»Ist er hier?«

»Nein.«

»Und war er hier?«

»Ja.«

»Hab ich's doch gewusst. Er hat mich verlassen und ist zu dir gegangen.«

»Ja, aber –«

»Hast du mit ihm gevögelt?«

»Nein!«

»Er liebt mich nicht. Er liebt dich.«

»Ich glaube nicht, dass …«

»Halt die Klappe, Marnie! Halt die Klappe, und komm mir jetzt nicht mit Sachen wie: das wäre nicht so einfach und er würde mich lieben wie eine gute Freundin und du hättest ihn nicht ermutigt und so ein Zeug. Ich habe es gesehen. Es war alles in Ordnung mit ihm, aber ein Blick auf dich, auf die traurige, einsame Marnie, hat gereicht, und schon war alles aus. *Ein einziger Blick!* Ich rette ihn, nehm ihn bei mir zu Hause auf, lasse ihn in mein Bett. Ich habe alles getan, um ihn glücklich zu machen, sein Selbstvertrauen zu stärken und ihn wieder aufzurichten. Ich habe dafür gesorgt, dass meine Freunde auch seine Freunde werden, aber nur ein einziger verdammter Blick, und schon habe ich ihn verloren! Kannst du dir vorstellen, wie ich mich fühle? Nein! Sag jetzt nichts! Weißt du was: Ich hasse dich. Und erzähl mir ja nicht, du würdest es verstehen, denn das stimmt nicht. Du bist nämlich in deinem ganzen Leben noch nie in der Lage gewesen, in der ich mich praktisch schon mein halbes Leben lang befinde. Und wage bloß nicht zu sagen, das sei nicht deine Schuld! Ich bin nicht dumm, ich weiß, dass es letztlich nicht deine Schuld ist. Aber das macht es nur noch schlimmer. Dadurch stehe ich noch erbärmlicher da – bemitleidenswert, gedemütigt und dumm. Okay, jetzt gehe ich. Ich will dich nicht mehr sehen und nichts von dir hören.«

»Lucy!«

»Nein. Verstehst du denn nicht?« Ihre Stimme zitterte, ihre Miene verzog sich schmerzlich. »Ich war glücklich. Ich dachte … Ich dachte … Fass mich nicht an! Ich dachte, es könnte alles gut werden. O Mist, natürlich wusste ich, dass es nicht gutgeht. Es war nur ein dämlicher Traum. Was soll ich jetzt nur tun, Marnie? Was soll ich ohne ihn nur tun?«

»Es tut mir so leid.« Marnie war wie betäubt. »Wirklich, Lucy, ich bin untröstlich. Wenn ich dir irgendwie helfen kann …«

»Was du getan hast, reicht vorerst, meinst du nicht?«

»Aber es ist nichts passiert!«

»Wie kannst du das sagen? Ich habe ihn verloren.«

»Bleib nicht hier draußen vor der Tür stehen, Lucy! Bitte komm rein.«

»Ich will nicht.«

»Du bist meine beste Freundin. Wir dürfen uns das nicht kaputtmachen lassen.«

»Das ist schon passiert.« Lucy zog die Nase hoch. »Ich geh jetzt«, sagte sie.

»Sehen wir uns bald?«

»Ich weiß nicht.«

»Aber Lucy …«

»Ich sagte, ich weiß es nicht. Wirklich, Marnie, ich weiß es nicht. In Ordnung? Belassen wir es vorerst dabei.«

Als Marnie einige Wochen später nach Italien zurückfuhr, kam es ihr vor, als hätte sie ihre letzten und tiefsten Wurzeln verloren: Emma, Ralph und Lucy, sie alle waren aus ihrem Leben verschwunden, nur Erinnerungen waren geblieben.

Sie hatte den Haushalt aufgelöst und Emmas wenige Habseligkeiten sortiert: ein Stapel mit den Sachen zum Wegwerfen; einer mit Sachen, die verkauft werden sollten; einer mit allem, was sie für später aufheben wollte (Emmas und Paolos Doppelbett, die Töpfe und Pfannen mit schwerem Boden, der Holzsessel, der vor dem Kamin gestanden hatte, ihre Pastell- und Kohlezeichnungen, Emmas getöpferte Teller und Schalen); und einer mit den Sachen, die sie mitnahm (die beiden gestreiften Becher, der Ring mit dem Mondstein, der graue Pullover, in dem sie ihre Mutter immer gezeichnet hatte, der alte Regenmantel, einige Fotos und Briefe). Sie räumte die Werkstatt aus, wickelte Keramik in Luftpolsterfolie und verstaute sie in Kartons, setzte sich mit Kunden in Verbindung, die womöglich den einen oder anderen Ersatzartikel brauchen konnten, packte das Werkzeug zusammen. Sie holte die Asche ihrer Mutter ab und verstreute sie allein über den Gräbern ihres Vaters und ihres Bruders. Danach blieb sie noch lange dort sitzen und sah zu, wie die sanfte Brise Ascheflocken aufwirbelte. Sie presste die flache Hand ins Gras und stellte sich vor, drei Herzen schlagen zu spüren. Und dann hörte sie Emma, die klar und nüchtern sagte: »Los jetzt, Marnie! Es wird Zeit, dass du dein eigenes Leben wieder aufnimmst.«

Das Timing war perfekt. Marnie wusste von Anfang an, warum sie sich in Fabio verliebte. Zurück in Italien, fühlte sie sich einsam, und ihr fehlte ein Anker. Sie hatte Freunde und hin und wieder Liebhaber, aber ihr war stets bewusst, dass all diese Beziehungen zufällig und vorübergehend waren. Als sie sich auf den trockenen, spöttischen, charmanten und klugen Fabio einließ, war das etwas ganz anderes. Er war zehn Jahre älter als sie, und vor allem hatte er zwei mutterlose Töchter. Sie bekam das Gesamtpaket. Wenn die Leute bewundernd erklärten, wie mutig es von ihr sei, dass sie die drei unter ihre Fittiche genommen habe, noch dazu als Ausländerin, winkte sie ab und protestierte: Ob sie denn nicht sähen, dass sie von ihnen aufgenommen worden sei, dass die fertige Familie zusammengerückt sei und ihr das Zuhause gegeben habe, nach dem sie sich sehnte? Es war unerheblich, dass Eva sich ihr widersetzte und Fabio sie später reihenweise mit anderen Frauen betrog. Sie wurde gebraucht, sie wurde geschätzt. Solange sie da war, wurde sie vielleicht als selbstverständlich betrachtet, aber wenn sie fort war, wurde sie vermisst. Das war doch etwas, vermisst zu werden. Es war auch unerheblich, dass Fabios erste Frau noch immer als Geist im Haus lebte, idealisiert von ihren Töchtern und ihrem Gatten, über dessen Untreue sie offenbar im Bilde gewesen war, jedoch hinweggesehen hatte. Marnie würde ihnen ewig dankbar sein für die Jahre, die sie mit ihnen gemeinsam verbracht hatte. Wenn sie an Eva und Luisa dachte, dann mit einem Gefühl zärtlicher Zuneigung und Stolz: Sie war zwar nicht ihre Mutter, liebte sie aber trotzdem aus vollem Herzen.

Nun dachte sie an die beiden. War Luisa inzwischen angekommen und hatte sich im Chaos ihrer einst so makellosen Wohnung eingerichtet? Kam Eva im Museum zurecht? Und würde Marnie rechtzeitig zu Weihnachten zurück sein? Sie betrachtete Ralph: Unwahrscheinlich, dass er die nächste Stunde überleben würde, geschweige denn mehrere Tage. Es war von ihm kaum noch etwas übrig – Knochen und Organe, die sich unter der Haut abzeichneten, ein aufgeblähter Bauch und der eingefallene Kopf mit übergroßen, tief in den Höhlen liegenden Augen. Trotzdem schlug sein Herz tapfer immer weiter, und seine Brust hob und senkte sich unter seinem heißen, rasselnden Atem.

»Kaffee«, sagte Oliver und reichte ihr den Becher. »Und dazu ein trockener Haferkeks, damit du nicht vor Hunger umfällst.«

»Ich mag nicht …«

»Iss!«

Sie sah ihn stirnrunzelnd an, biss aber gehorsam ab.

»Colette wird bald hier sein, und ich glaube, der Arzt kommt auch. Sollen wir dann ein bisschen am See spazieren gehen?«

»Ja, das wäre schön.«

Und so standen sie am Ufer, Hand in Hand, in der zauberhaften Abenddämmerung, die einen geheimnisvollen Schimmer über die weiße Landschaft warf. Auch auf der Eisdecke lag funkelnder Schnee. Der Mond ging auf. Nach und nach zeigten sich ein paar Sterne. Über alldem lag Stille, nur gelegentlich hörten sie ein leises Plumpsen oder Rieseln, wenn Schnee von einem Ast zu Boden fiel. Marnie und Oliver schwiegen.

Aus irgendeinem Grund drehte Marnie sich plötzlich um und sah eine Gestalt, die von der Anhöhe auf sie zulief. Colette hob den Arm und winkte sie heran.

»Sieh mal, Oliver!«

Sie stürmten den Hang hinauf. Ihre Stiefel brachen in den Schnee, ihr Atem stieg vor ihnen in Wölkchen auf. Marnies Herz hämmerte laut.

»Doktor Gray meint, Sie sollten kommen«, sagte Colette, als sie bei ihr eingetroffen waren.

»Ist er …?« Überflüssig, den Satz zu beenden.

Sie hasteten zurück zum Haus.

Der Arzt beugte sich über Ralph, und als er den Kopf hob, sah er sie mit tiefem Mitgefühl an.

»Lebt er noch?«, flüsterte Marnie.

»Ja. Aber ich denke, nicht mehr lange. Sein Atem hat sich verändert.«

Doktor Gray und Colette zogen sich in das kleine Nebenzimmer zurück, Oliver und Marnie setzten sich zu Ralph ans Bett, jeder auf eine Seite. Beide nahmen eine seiner Hände, die freie Hand reichten sie sich gegenseitig. Olivers kräftige Finger waren warm, Ralphs schwache, schmale Finger waren kalt. Marnie drückte sie, bemüht, ihnen etwas von der eigenen Wärme abzugeben. Ein Schaltkreis war geschlossen. Die Energie des Lebens floss durch ihre zusammengefügten Hände, und solange sie sich nicht trennten, solange Oliver und Marnie ausharrten, konnte Ralph nicht sterben.

»Ralph, mein alter Freund«, sagte Oliver. »Wir sind bei dir.«

»Wir lassen dich nicht allein«, fügte Marnie hinzu. Aufmerksam achtete sie auf Ralphs langsame, unregelmäßige Atemzüge. Manchmal entstand dazwischen eine lange Pause, sodass sie bereits glaubte, er sei von ihnen gegangen, doch dann stieg aus seiner Brust wieder ein kratzendes Rasseln auf.

»Niemals«, bestätigte Oliver mit unendlicher Zärtlichkeit. In seinen Augen brannten ungeweinte Tränen, und er beugte sich über Ralph.

Es ist gut. Es ist gut. Am Ende muss jeder allein gehen.

»Weißt du noch …« – Olivers Stimme stockte, und er sah aus, als bräche er jeden Moment in Tränen aus, aber er riss sich zusammen –, »… wie wir nachts schwimmen gegangen sind, wenn wir bei Emma waren? Erinnerst du dich? Wir vier, splitterfasernackt im Meer?«

Ich erinnere mich. Wir haben uns im Wasser auf den Rücken gelegt und zu den Sternen hinaufgelacht. Ich habe es nie vergessen. Damals war alles so einfach.

Marnie nahm Olivers Faden auf. »Weißt du noch, wie du mit mir auf die Bäume geklettert bist, nachdem wir uns kennengelernt hatten. Du bist in den Wipfel hinaufgestiegen und hast dich wie ein Äffchen hin- und hergeschwungen und gelacht.«

Ich kann den Boden sehen, und ich kann den blauen Himmel sehen, und ich spüre den Wind in meinem Gesicht. Wenn ich die Augen schließe, schwankt die gesamte Erde und ich werde bald fallen.

»Und das Fahrradfahren«, sagte Oliver. »Freihändig bergab. Weißt du noch?«

Schneller, immer schneller. Wann werde ich anhalten?

»Und die Picknicks, die wir vor unserem Haus oder am Strand gemacht haben«, sagte Marnie. »Du hast mich mit Seegras beworfen und Handstand gemacht, über die Wellen hinweg. Und dann bist du in die Brandung gekippt.«

»Du warst verrückt«, ergänzte Oliver.

Ich war immer ein wenig verrückt. Verrückt vor Angst. Verrückt vor Hoffnung.

»Ich weiß noch, dass ich dir gezeigt habe, wie man einen Schokoladenkuchen backt«, sagte Marnie. »Lucy und ich. Du hast immer so gern die Schüssel ausgeleckt. Ich sehe dich noch vor mir, den Mund mit Teig verschmiert. Wie ein kleines Kind.«

All die Erinnerungen. Ob sie mit mir verschwinden? Einfach vergehen? Bis nichts von mir bleibt. Ist das alles? Wird nichts mehr da sein, wenn ich gegangen bin?

»Wenn wir Schach gespielt haben«, sagte Oliver, »hast du mich jedes Mal geschlagen. Du warst der Champion.«

Das Spiel ist aus, Kumpel. Schachmatt.

»Wie du mir vorgelesen hast, wenn wir vor dem Kamin saßen. Gedichte, ganze Romane. Und deine Hilfe bei den Hausaufgaben. Du warst immer so lieb zu mir, Ralph. Hörst du mich? Du warst ein guter Freund, der beste, den man sich denken kann. Einen besseren hatte ich nie. Ich bin so froh, dass ich dich wiedergefunden habe.«

Wogen in meinem Kopf. Sie branden gegen meine Schädeldecke. In dieser Dunkelheit kann ich kaum noch Bilder finden. Die Gesichter, die ich kannte.

»Wir sind hier.«

Ralph öffnete die Augen und sah Marnie an. Ihr Gesicht spiegelte sich in seinen Pupillen. Sie lächelte ihn an und drückte seine Hand. Solange sie ihn festhielten, konnte er nicht sterben.

Wellen schlagen an den Strand. Die Dunkelheit bricht herein, wird immer dichter, und am weit entfernten Horizont im anschwellenden Ozean der Nacht funkeln die Lichter wie Sterne. Ich werde in den Raum gestoßen, nur Wasser und Luft, in eine riesige, wirbelnde Spirale aus Dunkelheit und Licht, und nichts hält mich fest, nichts hält mich auf. Kein Grund unter meinen Füßen, kein Baum über mir, kein Vogel singt, kein Wind rauscht, kein menschliches Wort des Trostes, nur der langsame, unaufhaltsame Sog meines Todes.

»Ralph?«

»Er hat genug gelitten. Lass ihn gehen!«

Marnie holte tief Luft und sagte: »Ja. Du kannst jetzt loslassen. Du kannst gehen.«

25 Fünfundzwanzig

In den dunklen Ecken des Museums grinsten die skurrilen Holzgesichter der Puppen, und wenn ein Windstoß durch die offene Tür fuhr, bewegten sich ihre Glieder, als könnten sie jederzeit zum Leben erwachen. Eine Marionette in der Nähe der Treppe, beinahe mannsgroß, drehte sich langsam und bedächtig an ihren Drähten. Marnie hörte ein leises Knarren und Ächzen, das alte Haus atmete.

Sie ging von einer Figur zur nächsten, blieb vor jeder eine Weile stehen. Ihr langer Rock raschelte, ihre Schuhe klackten leise über die Dielen. Sie strich mit den Fingern feinen grauen Staub von den Regalbrettern, untersuchte kleine Risse in den Gewändern, richtete Puppen auf, die zusammengesackt waren, staubte mit einem Lappen die Zinnrüstungen der Krieger ab. Es war Silvester, und die Straßen vor dem Museum waren nahezu menschenleer. Hin und wieder sah sie durch die Fenster an der Vorderfront eine Gestalt durch die wachsende Dunkelheit huschen – mit prallen Tüten, in denen die letzten eiligen Einkäufe verstaut waren, oder tief im Mantel vergraben, die Schultern hochgezogen, den Kopf geduckt, als wollten sie sich in sich selbst verkriechen. Alles wirkte auf Marnie irreal und wie in Zeitlupe, das Leben vor der Tür und auch das in den nur schwach beleuchteten, vollgestopften Räumen ihres Puppenhauses.

In der Nacht war Schnee gefallen, der auf Straßen und Bürgersteigen inzwischen zu einem bräunlichem Matsch geschmolzen war. Doch im Hof hinter dem Museum lag noch eine dicke weiße Decke, bestickt mit den Spuren, die die Vögel hinterlassen hatten. Marnie nahm den Schlüssel vom Haken über der Hintertür, schloss auf und betrat den Innenhof. Ihre Stiefel versanken im Schnee. Sie griff sich eine Handvoll und betrachtete sein Funkeln in der Dämmerung. Ein paar Flocken wurden von den Baumkronen geweht und rieselten gemächlich auf sie herab, und ein kleine Lawine glitt vom Dach und landete vor ihren Füßen. Sie legte den Kopf in den Nacken und schaute in den dunkler werdenden Himmel, wo über dem orangegelben Licht der Straßenlaternen bereits einige Sterne schimmerten. Sie war im Herzen Londons, der schmutzigen, dynamischen Metropole, doch an diesem Ort, ruhig und geheimnisvoll, fühlte sie sich abgeschieden wie in einem einsamen Wintertraum.

Sie war erst seit wenigen Tagen wieder zurück, aber es kam ihr vor wie Wochen oder gar Monate. Die Zeit mit Oliver und Ralph, die Wache am Sterbebett in den dunkelsten Nächten und den kürzesten Tagen des Jahres, erschien ihr fern und lange her. Manchmal fragte sie sich, ob sie wirklich dort gewesen war. Oder hatte sie womöglich ihre verlorene Vergangenheit heraufbeschworen, um Wiedergutmachung zu leisten, sich ihren Erinnerungen hingegeben und endlich Vergebung gefunden?

Aber natürlich war sie dort gewesen. Das bewies allein schon das schreckliche Chaos, das sie in ihrer Wohnung vorgefunden hatte, als sie vom Flughafen Stansted heimgekommen war. Nachdem sie die Tür geöffnet hatte, war sie wie in einem Nebel auf die Küche zugesteuert. Angetrocknete Nudelreste und Chipskrümel knirschten unter ihren Füßen, sie musste über Berge von schmutzigen Kleidungsstücken steigen, vorbei an überquellenden Aschenbechern, und stieß gegen leere und halbvolle Flaschen. Jemand hatte einen Weihnachtsbaum besorgt und alles Mögliche darangehängt: Schleifen, Mistelzweige, Socken, Marnies Lieblingsschal und mehrere ihrer langen Ketten mit bunten Perlen. An einem Zweig baumelte gefährlich schwankend ein Zinnbecher. Ihre Küchenschränke waren geplündert – die Gläser mit den eingelegten Artischockenherzen, Tüten mit Pinienkernen, Dosen mit Oliven und Pakete mit Käsecrackern, alles fort. Sogar der Limoncello aus Neapel und der eigentlich ungenießbare chinesische Reisschnaps. Auf jeder freien Fläche stapelten sich Geschirr, Töpfe und Pfannen mit angetrockneten Resten Tomatensoße oder gestocktem Ei. Die Badewanne hatte Schaumränder, die Toilettenpapierrolle war leer, ebenso die Shampooflasche. In ihrem Kleiderschrank klafften verdächtige Lücken, aus den geöffneten Schubladen quollen Anziehsachen. Auf dem Teppichboden entdeckte sie einen hässlichen Fleck, an der Wand Fingerabdrücke. Und in ihrem Bett schlief friedlich ein junger Mann. Er hatte, wie sich herausstellte, milchweiße Haut, grüngraue Augen und wirkte jung, schmutzig, hungrig und erbärmlich. Seine Beine waren von Flohstichen übersät, und sein Haar brauchte dringend eine Wäsche. Er hieß Josef, kam aus Polen und spielte in der U-Bahn-Station Covent Garden Flöte. Mit den Münzen, die man ihm zuwarf, kaufte er sich Lebensmittel, wie sie in seiner Heimat üblich waren. Marnie durchfuhr ein Stich. Er erinnerte sie an Ralph, daher erlaubte sie ihm zu bleiben. Aber sie verbannte ihn aufs Sofa, zog die Bettwäsche ab und wusch sie zweimal.

Selbst jetzt, nach tagelanger Arbeit, hielt die Wohnung noch immer Überraschungen bereit: Irgendjemand hatte kleine Plastiksoldaten ins Honigglas gesteckt. Jetzt schwammen sie kopfüber in der klebrig goldenen Masse, die Gewehre im Anschlag – ein »Freund« hatte sich eines Abends wohl einen Scherz erlaubt. Es gebe noch mehr davon, meinte Eva, nur wisse sie nicht, wo. Einige hatte Marnie bereits in ihren Schuhen entdeckt, andere in den Fächern ihres Kühlschranks (den sie bei ihrer Ankunft leer, aber schmutzverkrustet vorgefunden hatte). Wie konnte man in so kurzer Zeit nur ein derartiges Tohuwabohu anrichten? Wie konnten Menschen so achtlos mit dem Lebensraum eines anderen umgehen?

Aber letzten Endes machte es Marnie nicht allzu viel aus. So hatte sie in diesen seltsamen losgelösten Tagen nach ihrer Rückkehr wenigstens etwas zu tun. Sie schrubbte, saugte, polierte, bleichte, besserte aus. Sie ersetzte zerbrochene Gläser und reparierte einen ihrer Becher mit Alleskleber, sodass die Bruchstellen kaum auffielen. Sie füllte den Kühlschrank mit Joghurt, Räucherlachs, Parmaschinken und Ziegenkäse, backte einen gehaltvollen Früchtekuchen und Ingwerkekse für Weihnachten sowie Aufläufe, die Josef mit ausgestochenen Teigblättern dekorierte. Eine große Schale, die Emma kurz vor ihrem Tod getöpfert hatte, grünblau glasiert und mit leicht asymmetrischem Rand, quoll über von frischen, leicht zu schälenden Satsumas. Sie bestellte einen Truthahn und bereitete eine Füllung aus Esskastanien zu. Sie griff die Tradition ihrer Mutter auf und spickte eine Orange mit Nelken, die sie an einen Haken in der Küchendecke hängte, und Luisa schnitt aus Papier Schneeflocken aus und klebte sie mit Honig an die Fensterscheibe. Gemeinsam schmückten die fünf – Josef war inzwischen offenbar bei ihnen eingezogen, er brauchte wenig Platz und war gewöhnlich schweigsam, wohl in der Hoffnung, dass er nicht auffiel und ihnen nicht einfallen würde, ihn fortzuschicken – den Baum mit den sorgfältig gehüteten Kugeln aus Marnies Kindheit. Und Marnie stellte brennende Kerzen in die Fensterbank, weil sie sich erinnerte, wie Emma das immer getan hatte, damit Marnie, wenn sie in der Dunkelheit nach Hause kam, das Licht flackern sah und sich willkommen und geborgen fühlte. Sie holte ihre Aquarellfarben wieder hervor. Sie brachte Greg das Akkordeonspielen bei. Sie hörte von unten das raue Gelächter der jungen Leute, wenn sie nachts im Bett lag, der Mond durchs Fenster mit den aufgezogenen Vorhängen schien und die Sterne zum Greifen nahe waren. Sie hielt Luisas Hand, als das Mädchen weinte, weil Marnie Fabio verlassen hatte, der mit einer anderen Frau zusammenlebte, da Luisa als Teenager von Hormonen überflutet und köstlicher Wehmut überschwemmt wurde. Marnie saß am Kopfende des Tisches, teilte Essen aus und schmunzelte über ihre unordentliche, zusammengestückelte Familie.

Tagsüber brachte sie das Museum wieder in Schuss. Sie rieb Flecken von den Zinnrüstungen der an ihren Fäden baumelnden italienischen Ritter, wischte Wollmäuse und Krumen vom Boden auf, ordnete Quittungen und trug in ihrer ungelenken Handschrift sorgfältig die Verkäufe in das altmodische Kassenbuch ein, auf dem Elaine bestand. Sie stieg die Treppe hoch und betrachtete die traurigen Prinzessinnen mit ihren Apfelbäckchen, die streitlustigen Krieger und die harmlosen Drachen. Und wenn sie in diese starren Augen sah, hatte sie manchmal das Gefühl, sie erwiderten den Blick.

Weihnachten war vorüber, die Knallbonbons geöffnet, die Geschenke verteilt. Die beiden Mädchen hatten sich ihr an den Hals gehängt, sie auf die Stirn geküsst und erwartungsvoll lächelnd angeschaut, sodass auch sie lachen musste. Das neue Jahr stand vor der Tür, und Marnie versuchte ihre Gedanken auf die Zukunft zu richten, die nackt und öde vor ihr lag: Die anderen würden fortgehen und sie zurücklassen. Doch immer wieder ertappte sie sich dabei, wie sie durch die majestätischen Wälder der stillen weißen Welt wanderte, in der bei Nacht die Eulen riefen und in der ein Freund im Sterben lag. Oder sie schlenderte langsam in der goldenen Abendsonne über einen Kiesstrand, während sich zu ihren Füßen die Wellen kräuselten und sie eine Gestalt am verrottenden Boot auf sich warten sah. Emma oder Ralph, Lucy, Oliver. Manchmal waren sie gemeinsam dort, ihre Lieben, und lächelten ihr zu, wenn sie am ausgefransten Ufersaum auf sie zuging. Wie war es möglich, dass sie ihnen nie wieder begegnen würde? Würden diese glücklichen Tage tatsächlich nie wiederkehren? Hätte sie damals gewusst, was sie heute wusste, wäre es dann anders gekommen? Hätte sie dann besser gehütet, was ihr lieb und teuer war? »Lass los!«, sagte eine Stimme, und es war ihre eigene. Sie sprach ihre Abschiedsworte zu Ralph, der zwischen ihnen lag und darauf wartete, dass das letzte Band zerschnitten wurde. »Du kannst jetzt loslassen. Du kannst gehen.«

Sie stand im Hof, im Schnee, und ihre Augen füllten sich mit Tränen. Sie war noch nie gut gewesen im Loslassen, Abschiednehmen, Aufgeben. Und dann klingelte es an der Eingangstür, einmal und noch einmal, und sie ging und öffnete sie, die Wangen noch brennend vor Kälte.

»Marnie«, sagte er. Sie zog ihn herein und schloss die Tür zur Straße. Dort, zwischen den Puppen, nahm Oliver sie in die Arme, und sie legte den Kopf an seine Brust, das Gesicht den Hunderten blinder Augen zugewandt. Sie schwiegen lange, aber er presste die Lippen auf ihr Haar, und sie umschlang ihn unter dem dicken Mantel, dem Hemd, spürte seine Haut über den Rippen, spürte sein Herz schlagen. Manchmal lösten sie sich voneinander und schauten sich an und lächelten, albern vor Freude. Dann umarmten sie sich wieder und drückten sich ganz fest aneinander. Wie hatte er ihr gefehlt, all die Jahre!

»Komm, ich bring dich nach Hause«, sagte sie.

Endlich, ach, endlich! Komm heim mit mir, mein Herz, mein Geliebter! Ich kann dein Zuhause sein.

Später, als sie in ihrem schmalen Bett lagen, sagte er: »Ich habe etwas für dich.« Er beugte sich hinunter, zog seine Tasche über den Boden zu sich heran und nahm ein abgestoßenes kartoniertes Notizbuch heraus, das von einem dicken Gummiband zusammengehalten wurde.

»Was ist das?«

»Das soll ich dir von Ralph geben.«

Marnie nahm das Buch, schwang die Füße auf den Boden und zog sich den Morgenmantel an. Unten hörte sie Eva, Luisa und ihre Freunde lachen. Sie ging zum Fenster und zog die Vorhänge auf. In alle Richtungen zischten Feuerwerkskörper über den Nachthimmel und explodierten in einer wahren Flut von Sternenfontänen. Sie zog das Gummiband ab, schlug das Notizbuch jedoch nicht auf, sondern hielt es eine Weile einfach nur in den Händen. Sein Rücken war brüchig, einige Seiten lose.

Innen auf dem Umschlag hatte er in ungewohnt sorgfältiger Schrift seinen vollen Namen, Ralph Raymond Tinsley, und seine Adresse notiert. Danach waren die Buchstaben wieder hastig hingekritzelt, krumm und schief oder übereinanderpurzelnd, als hätten sie mit seinen Gedanken nicht Schritt halten können.

Mehrere Fotos glitten heraus, und Marnie betrachtete sie eins nach dem anderen. Da war sie, noch ganz jung, die Haare zu Zöpfen geflochten, mit ihrem schiefen, selbst geschnittenen Pony, die Stirn gerunzelt, in Jeansshorts und einem ausgeleierten roten T-Shirt. Sie und Emma vor dem Haus, Arm in Arm in die Sonne blinzelnd. Ihr fiel ein, dass Ralph das Foto mit seiner wuchtigen Kamera aufgenommen hatte, die er in einem Secondhandladen gekauft hatte. Grace, die lachend mit einem schwarzen Herrenschuh in die Linse winkt. Eine junge Frau mit seidig blondem Haar und einem schüchternen Lächeln, die den Betrachter über die Schulter anschaute.

Marnie blätterte um.

Du maltest einen Vogel an mein Fenster,
Du öffnetest eine Tür zu meiner Seele.
Der Vogel breitete die Flügel aus
Und flog direkt in mein Herz.
O du mein Herz, meine Liebe,
Wenn du nur wüsstest …

Hier brach es ab.

Auf der nächsten Seite standen nur einen Zweizeiler und ein Satz, der heftig durchgestrichen war.

Dein Lächeln, wie es mir im Traum erschien,
Und als ich erwachte, träumte ich immer noch …

Nach einigen Seiten voller Kritzeleien und Gedankenfetzen und immer wieder ihrem Namen in unterschiedlichen Schrifttypen las sie:

Im hohen Gras hielt ich dich in den Armen.
Am tosenden Meer hab ich dich gefunden.
In deinen grauen Augen bin ich ertrunken.
Doch dein Lächeln rettet mich,
Und deine Stimme sagt mir,
Dass ich in Sicherheit bin.
Mein strahlendes Mädchen,
Das Gesicht all meiner Träume.

Marnie schob die Fotos zurück ins Buch, schlug es zu und zog das Gummiband über den Deckel. Dann schlüpfte sie wieder ins Bett und kuschelte sich in Olivers Arme. Sie schloss die Augen. Stimmen von unten wurden durch die Dunkelheit zu ihr getragen, und obwohl sie nicht verstehen konnte, was sie sagten, fand sie das An- und Abschwellen der Unterhaltung tröstlich. Plötzlich fiel ihr ein, wie sie als kleines Mädchen abends in ihrem Zimmer gelegen und sich vollkommen geborgen gefühlt hatte, wenn sie die Stimmen ihrer Eltern aus einem anderen Raum hörte. War es real, dieses Bild, das für immer in der Dunkelheit verloren zu sein schien, eine tief begrabene Erinnerung, die endlich wieder ans Licht trat? Marnie wusste es nicht. Doch das Gefühl, dass sich Vergangenheit und Gegenwart in ihrem Kopf verwoben und die Stimmen der Toten und der Lebenden einander überlagerten wie die Wellen, die daheim auf den Kiesstrand schlugen, blieb bestehen und erschien ihr wie ein Geschenk, als sie in den Schlaf sank.

Siehst du, so ist das, wenn man stirbt, Marnie. Dunkelheit legt sich über das Antlitz der Erde. Aber hör nur: Die Geräusche sind nicht vergangen, und noch liegen Stimmen in der Luft. Hör nur, hör!

Der große Soloauftritt von Nicci Gerrard, Autorin des Erfolgsduos Nicci French

Nicci Gerrard
ALS WIR TÖCHTER WAREN
BLT
288 Seiten
ISBN 978-3-404-92196-6

Es geht so schnell. Wie kann es nur so schnell gehen? Und was heißt das überhaupt: leben? Heißt es nein zu sagen zu Dingen, die man liebt und haben möchte?

»Ein höchst ergreifender Roman, der die großen Themen des Lebens behandelt – die Liebe, den Betrug und den Einfluss, den die Familie unausweichlich auf uns hat …«
THE GUARDIAN

»Ein wunderbares Familienporträt … Gefühlvoll, aber ohne jeden Kitsch … Hoffentlich ist bald mit Nachschub zu rechnen.«
FREUNDIN

BLT

»Betörend, ergreifend – einfach phantastisch.«

SUNDAY EXPRESS

Nicci Gerrard
ALS ER FÜR IMMER GING
Roman
Aus dem Englischen von
Gabriele Gockel und Rita Seuß
BLT
368 Seiten
ISBN 978-3-404-92270-3

»Es gibt eine andere.«
Plötzlich ist Irene eine verlassene, alleinerziehende Ehefrau, die am Betrug ihres Mannes zu zerbrechen droht. Verstört taumelt sie durch ihren Alltag – bis sie sich an die strahlende Irene erinnert, die die Nächte durchtanzte und Ja sagte zum Leben, und das Kribbeln im Bauch wiederentdeckt.